J. D. H. Temme

Dunkle Wege

Schilderungen aus der Wirklichkeit

J. D. H. Temme

Dunkle Wege
Schilderungen aus der Wirklichkeit

ISBN/EAN: 9783743648142

Hergestellt in Europa, USA, Kanada, Australien, Japan

Cover: Foto ©Andreas Hilbeck / pixelio.de

Weitere Bücher finden Sie auf **www.hansebooks.com**

Dunkle Wege.

Dunkle Wege.

Schilderungen aus der Wirklichkeit

von

J. D. H. Temme.

Berlin.
Verlag von Louis Gerschel.
1862.

Inhalt.

Carriere.

Ein unverschämtes Glück.

Bei dem Geheimen Ober-Regierungsrath Schröder von Schrodenstein war große Gesellschaft.

Ich meine wenigstens, der Herr Schröder von Schrodenstein sei Geheimer Ober-Regierungsrath gewesen. Einen so hohen Rang in der Beamtenhierarchie seines Landes nahm er mindestens ein, und wenn es, was ich nicht genau mehr weiß, in seinem Lande Wirkliche Geheime Ober-Regierungsräthe gab, so war er auch dies. Nur Wirklicher Geheimer Rath mit dem Prädikate Excellenz war er nicht; denn er wurde nicht Excellenz genannt, und dies wäre gewiß geschehen, wenn er so hätte genannt werden müssen oder auch nur dürfen.

Genannt wurde er dennoch Herr Geheimerath, und das durfte nach der Sitte seines Landes geschehen.

Er selbst erklärte übrigens, daß er auf diesen Titel gar kein Gewicht lege; denn selbst Geheime Registratur- und Kanzlei- und Hofräthe und andere Subalternbeamte würden so genannt.

Und ein Subalternbeamter war er nicht.

Er war vielmehr ein sehr reicher Mann, der in seiner Jugend zwar ein armer, aber ein sehr schöner Mann und dabei damals Subalternbeamter bei einem Gerichte und Lieutenant in der Landwehr gewesen war. In den schönen Herrn und zugleich in die Lieutenantsuniform hatte sich eine junge Dame verliebt, die einzige Tochter eines reichen Schneiders aus der Residenz, der das Handwerk aufgegeben und ein großes Rittergut gekauft hatte. Der arme Gerichtssupernumerarius und Landwehr-Lieutenant verliebte sich natürlich wieder in die reiche Rittergutsbesitzertochter, und der Vater der Dame gab seine Einwilligung zu der Verheirathung, unter der Bedingung, daß sein Schwiegersohn etwas thue, oder vielmehr an sich thun lasse, was er selbst nur unterlassen hatte, weil er keine Söhne habe: er solle sich adeln lassen. So wurde der arme Landwehr-Lieutenant und Supernumerarius Schröder der reiche Rittergutsbesitzer Schröder von

Schrodenstein. Geheimerath war er aber später in folgender Weise geworden. Er zog mit seiner jungen Frau in die Residenz. In der Residenz war natürlich ein Hoftheater. Zu dem Hoftheater gehörte eine Hoftheaterintendanz. Der Herr von Schrodenstein wurde ein fleißiger Besucher des Theaters, bald ein leidenschaftlicher. Er verrieth Kunstgeschmack, namentlich in Coulissen und Dekorationen. Sein Geschmack wurde bekannt. Man sprach sogar bei Hofe davon. Der Hoftheaterintendant erhielt daher einmal, als es sich um eine schwierige Coulissenfrage handelte, den allerhöchsten Befehl, den Herrn von Schrodenstein zuzuziehen, und dessen Ansicht mußte wirklich als die beste anerkannt werden. Sehr hohe Personen hatten die Gnade, ihn persönlich in ähnlichen Angelegenheiten um Rath zu fragen, und die Folge war das Anerbieten an ihn, ob er nicht in die Hoftheaterintendanz eintreten wolle.

Aber ohne Gehalt, erklärte er sofort in seiner generösen Weise. Es wurde ihm bewilligt. Und nicht als Subalternbeamter, bat er dann unterthänigst. Das verstand sich von selbst. Als vortragender Rath dann? Es mußte ihm bewilligt werden. Eine Generosität ist der andern werth. Und mit welchem Titel? Geheimer Intendanturrath, sagte er vorsichtig. Um des Himmelswillen, nicht Intendanturrath! Der Titel gehört der Armee, und der Kriegsminister ist so eigen! Gegen das Geheime hatte man also von selbst nichts. Wohlan denn, Geheimer Ober-Regierungs-Rath? Regiert wird überall im Staate!

Der Herr von Schrodenstein liebte es, in kurzen, schlagenden Sätzen zu sprechen, die er mit einem imponirenden Blick sowie in kurzen Schlägen, hervorstieß. Er selbst nannte sie Kernschlagsätze. So war er Geheimer Ober-Regierungsrath geworden.

Bei ihm war große Gesellschaft, Adel, Militär, Civilbeamte. Natürlich keine Subalternbeamte. Subaltern-Offiziere wohl, sie waren ja gar hoffähig. Herren und Damen war da, junge und alte. Die junge Welt tanzte, freilich improvisirt, und daher nach einem Flügel. Aeltere Damen und Herren waren in mannigfachen Gruppen beisammen. Auch Herren allein.

An einem Tische in einem offenen Nebenzimmer des Ballsaales saßen auch einige jüngere Herren unter den älteren. Meist waren es freilich blasirte Kammergerichts- und Regierungs-Assessoren-Gesichter. Ein hübsches, frisches, lebhaftes, gescheites Gesicht war aber auch darunter. Die Herren führten eine lebendige Unterhaltung. Sie besprachen einen Gegenstand, der in Kreisen von Beamten und Offizieren einer der wichtigsten zu sein pflegt.

Ein verteufelt schlechtes Avancement jetzt, brummte ein dicker Rittmeister.

Fast gar keine Carrière mehr, lispelte ein dürrer Regierungs-Assessor.

Ueberall das System des Stellensparens, zuckte ein Kammergerichts-Assessor die Achseln.

Und eine außerordentlich geringe Sterblichkeit, gerade in der Beamtenwelt, klagte ein Herr vom statistischen Bureau.

Bei uns tragen andere Uebelstände die Schuld, sagte der dicke Rittmeister. Besonders diese verdammte Friedenszeit.

Und ganz besonders, fiel zornig ein hagerer, baumlanger Major ein, hauptsächlich die Landwehr.

Die Landwehr schadet doch nicht mehr den Herren Stabsoffizieren, wie Ihnen, Herr Obristwachtmeister, bemerkte ein Regierungs-Rath. Denn die Stabsoffiziere der Landwehr werden nur aus der Linie genommen, und ein Landwehroffizier bringt es nie zum . . .

Darauf kommt es nicht an, mein Herr. Wenn wir diese unglückliche Landwehr nicht hätten, so müßten wir eben so viele Linienregimenter haben, und bedenken Sie, welches Avancement alsdann!

Das Gespräch wurde plötzlich unterbrochen. Der Herr des Hauses war rasch in den Saal getreten. Er ging geradeswegs auf den Tisch der Herren zu. Er war noch immer ein schöner Mann, der Geheimerath von Schrodenstein. Groß; etwas Embonpoint; gerade Haltung; blitzende Augen; eine Adlernase, eine hohe, zurückgebogene Stirn. „Eine Eselsstirn, Stein hatte sie!" pflegte er selbst in seiner Kernschlagswortweise zu sagen. Die hohe Stirn lag in diesem Augenblicke in düsteren Falten, die blitzenden Augen blickten hochwichtig.

Meine Herren, eine Schreckensnachricht! So eben empfange ich sie. Der Reichsgraf von Urnäsch ist ermordet!

Es war in der That eine wichtige, und eine Schreckensnachricht, die er so in die Gesellschaft warf, oder vielmehr stieß. Alles sprang auf. Alles fragte und sprach durcheinander.

Wo? Wo ist das geschehen?

Draußen in seinem Schlosse, oder doch in der Nähe.

Oder in der Nähe?

Man weiß es noch nicht bestimmt.

Wann ist es geschehen?

Man hat heute die Leiche gefunden.

Aber der Mord? Wann ist das Verbrechen verübt?

1*

Man weiß es noch nicht bestimmt. Es ist nur erst eine ganz allgemeine Nachricht hierher gelangt.

Von wem haben Sie die Nachricht, Herr Geheimerath?

Von — von — es ist da so ein Mensch draußen.

Der theilte sie ihnen mit?

Ja.

Wer ist der Mensch? Was wollte er bei Ihnen?

Der Geheimerath wollte antworten. Ein Anderer fragte: Wer ist der Mörder?

Der Geheimerath antwortete hierauf: Man weiß es noch gar nicht.

Man hat auch keinen Verdacht?

Man weiß auch das nicht.

Aber wer brachte Ihnen die Nachricht, Herr Geheimerath? wurde wiederholt gefragt.

Da schien der Geheimerath sich auf einmal auf etwas zu besinnen. Er sah auf das einzige, hübsche, frische Gesicht unter den blasirten Assessorengesichtern. „Ah, Herr Assessor Hartenberg, der Mann wünschte mit Ihnen zu sprechen."

Mit Ihnen? riefen alle die Anderen verwundert dem Assessor zu.

Der Assessor selbst fragte nicht. Er war auf einmal bleich geworden. Dem plötzlichen Erblassen folgte eben so schnell eine dunkle Röthe. Es war auffallend. Das Erbleichen zeigte eine tiefe innere Angst, das Errröthen wieder eine äußerliche, gesellschaftliche Verlegenheit.

Was wollte der Mann von dem Herrn Hartenberg? wurde der Geheimerath bestürmt. Wer war er? wiederholte hartnäckig der erste Frager.

Er nannte sich Kramer, antwortete endlich der Geheimerath.

Kramer? So heißen viele Leute. Wer ist er? Wo wohnt er?

Er habe einen Gewürzladen in der Vorstadt.

Ah, ah!

Der Assessor Hartenberg hatte das Zimmer schon verlassen. „Ah, ah!" sagten auch noch ein paar andere Stimmen.

Was wollen denn die Herren damit sagen? fragte der dicke Rittmeister, der den Frieden verdammte.

Der Assessor vom statistischen Bureau, der die geringe Sterblichkeit unter den Beamten verwünschte (er hatte den Titel Regierungsassessor, denn nach der Ansicht des Geheimeraths wurde ja auch im statistischen Bureau regiert), er nahm das Wort.

„Der Assessor Hartenberg ist verlobt, Herr Rittmeister."

Was hat das mit der Ermordung des Grafen Urnäsch zu schaffen?

Ich weiß das freilich nicht. Aber die Braut des Assessors ist eine geborne Kramer.

Am Ende eine Schwester jenes Gewürzkrämers?

So ist es.

Und die Person will er künftig als seine Frau in anständige Gesellschaft bringen?

Der Assessor zuckte die Achseln.

Der baumlange, hagere Major, der die Landwehr zu allen Teufeln wünschte, mischte sich mit seinem tiefen Baß in das Gespräch: Warum nicht, Herr Kamerad? Der Mann hebt die Frau zu sich herauf, wenn sie sonst nur brav und verständig ist. Und das ist hier der Fall. Ich habe etwas von der Geschichte gehört. Der Assessor Hartenberg ist ein gescheiter Mensch, der auch etwas tüchtiges gelernt hat. Ist es nicht so Herr Regierungs-Assessor?

Es ist so; er ist ein ausgezeichneter Beamter, mußte der Assessor vom statistischen Bureau einräumen.

Nun sehen Sie, meine Herren, fuhr der Major fort, als der junge Mann eben ausstudirt hatte, da starb plötzlich sein Vater, ohne einen Groschen Vermögen. Wovon sollte er weiter leben? Wovon die drei oder vier Jahre existiren, die er nöthig hatte, um sich auf seine Carrière vorzubereiten, in denen er selbst keinen Groschen verdienen konnte? Er hatte eine Braut, seit Kurzem, eine Nichte seiner verstorbenen Mutter, also seine Cousine. Sie war, sie ist noch ein prächtiges Mädchen, von dem echten Schrot und Korn, von dem ein echtes, braves, bürgerliches deutsches Mädchen sein soll. Ich bin auch ein Bürgerlicher, meine Herren. Er, der junge Hartenberg, war ebenfalls ein braver Mensch. Ich habe nur seit einiger Zeit Manches von ihm gehört, was mir nicht gefallen hat. Aber sage mir, mit wem du umgehst und —

Unter den tiefen, buschigen Augenbraunen flog sein Blick leicht über die blasirten Assessoren hin. Dann brach er seine Worte ab.

Doch, das gehört nicht hierher, meine Herren. Genug, das Mädchen, das brave Mädchen, hat ihn seitdem ernährt. Sie ging zu fremden Leuten als Gouvernante und quälte sich und sparte und gab, was sie verdiente, ihrem Bräutigam. Es hat ihm an nichts gefehlt. Sie aber hatte noch sonst schwer genug zu tragen, ihr Bruder ist ein Taugenichts. Der Major machte eine Redepause.

Ein Paar von den Assessoren hatten leicht die Nase gerümpft.

.Er ſah ſie faſt zornig an. Er war ein eigener Mann, der alte hagere, baumlange Major. Eigentlich mußte er ſich nur immer ärgern, und ärgern mußte er ſich eigentlich darum, weil er, obwohl einer der tüchtig- ſten Offiziere, noch immer nur Major war, wo Jüngere, als er, ſchon längſt Oberſte und Generale waren. Freilich, er war Bürgerlicher und ſie waren Adelige. Für ſeinen Aerger war ihm nun aber Alles ein will- kommener Gegenſtand, Landwehr und Adel, Naſenrümpfen und ein un- ſchuldiges Lächeln.

Zum Teufel, meine Herren, fuhr er auf, ein ſolches Verhältniß iſt etwas Großes und etwas Rührendes zugleich. Nur ein edles Herz kann ſo geben und nur ein edles Herz kann ſo nehmen, oder — wenn es anders wäre — bei Gott, ich könnte einem ſolchen Burſchen das Genick umdrehen. — Und nun, meine Herren, die Sie vorhin Aha ſagten und alſo noch etwas auf dem Herzen haben müſſen, fahren ſie fort.

Der ſtatiſtiſche Aſſeſſor fuhr wirklich fort:

Ich habe meinen Mittheilungen nur noch wenig beizufügen, meine Herren. Aber es dürfte unter den gegebenen Umſtänden bemerkenswerth ſein. Die Braut Hartenbergs, die Schweſter jenes Kramer, iſt Gouver- nante bei den Kindern des jetzt ermordeten Grafen Urnäſch.

Er hatte Recht. Die Mittheilung war den Herren ſehr bemerkens- werth. Es entſtand eine neue Aufregung.

Die Dame wohnt auf dem Gute des Grafen?

Gewiß, mit der Familie.

Und ihr Bruder hat zuerſt die Nachricht von der Ermordung hierher gebracht!

Er muß alſo auch auf der Stelle von dort die Nachricht erhalten haben. Durch die Schweſter!

Wer weiß? Die Nachricht könnte die Schweſter mit betroffen haben. Wie ſo? Sie wollen einen Verdacht ausſprechen?

Gott behüte mich. Aber der Bruder iſt ſofort hierher zu dem Aſſeſſor, dem Bräutigam, geeilt.

Und haben ſie bemerkt, wie Hartenberg erblaßte, als er den Mord vernahm?

Wie benahm ſich der Kramer, Herr Geheimenrath? wurde der Haus- herr gefragt.

Er hatte mich, antwortete dieſer, durch einen Bedienten herausrufen laſſen. Er habe mich dringend zu ſprechen. Ich fand ihn im Gange unruhig auf- und abgehen. Er ſah faſt verſtört aus. Ich fragte ihn, wer er ſei, was er wolle, er nannte ſich und bat mich um die Erlaubniß, den Assessor Hartenberg auf einige Augenblicke allein sprechen zu dürfen. Ich fragte ihn, ob es dringlich sei, was er mit dem Assessor zu sprechen habe. Darauf antwortete er mir: Der Graf Urnäsch sei heute ermordet gefunden. Der Assessor müsse es wissen. Weiter habe ich mit ihm nicht gesprochen. Ich eilte hierher, die Schreckenskunde mitzutheilen. Von dem Assessor dachte ich, würden wir das Nähere erfahren.

Sonderbar! höchst sonderbar! wurde bemerkt.

Und wie lange er ausbleibt!

Der Kramer muß ihm viel zu sagen haben.

Und Wichtiges.

Ich bin neugierig auf seine Rückkunft.

Das waren sie Alle.

Er kam zurück. In seinem Gesicht wollten sie schon Alles lesen. Aber sein Gesicht war verschlossen, fest, undurchdringlich. — Er war, wie sie Alle bestätigen mußten, ein Mensch von hervorragendem Talent, der Assessor Hartenberg. Er hatte sich vorzügliche Kenntnisse erworben. Er war ein hübscher, frischer, lebhafter, gewandter Mensch. Dazu eine Gewalt, eine Herrschaft über sich selbst, daß sein Gesicht, sein ganzes Aeußere die wichtigsten, die schreckhaftesten Nachrichten vielleicht, die ihn auf das Unmittelbarste berühren mochten, still und ruhig und fest, wie die gleichgültigsten Dinge von der Welt in sich verschließen konnte!

Vor einem solchen Menschen konnte, mußte Einem grauen.

Aber der alte Major, der trotz alledem selbst ein braver Mensch war, hatte ja auch von ihm gesagt, daß er ein braves Herz habe. Freilich, in der letzten Zeit hatte ihm Manches an ihm nicht gefallen wollen, und schlechte Gesellschaft kann gute Sitten und noch mehr, sie kann auch ein gutes Herz verderben. — Der Assessor Hartenberg kehrte mit seinem verschlossenen Gesichte ruhig, etwas nachdenklich in den Saal zurück. Da in seinen Mienen nichts zu lesen war, so sollte er sprechen.

Was für Nachrichten bringen Sie mit, Herr Assessor?

Keine, als die den Herren schon bekannt sind.

Er antwortete es ruhig, wie sein Gesicht war, zugleich in einem bescheidenen, aber auch sehr entschiedenem Tone. Keiner fragte weiter. Nur der statistische Assessor konnte seiner Neugierde nicht Meister werden. Er nahm den Arm des Assessors Hartenberg und ging mit ihm auf die Seite.

Wir sind Freunde, Hartenberg. Die Nachricht von dem Morde hatte zugleich eine persönlich unangenehme Seite für Sie. Wenn ich Ihnen irgendwie nützlich sein kann, Sie haben nur über mich zu bestimmen.

Ich bin Ihnen dankbar, sagte der Andere kalt, aber ich wüßte in der That nicht . . .

Eine Ihnen theure Dame ist in der Familie des Grafen . . .

Nun?

Der Bruder der Dame hat Sie vorhin herausrufen lassen, sofort, dringend, ängstlich.

Der Assessor Hartenberg erhob sich stolz:

Herr Assessor, sagte er mit einer beinahe schneidenden Kälte, die Dame, von der Sie sprachen, steht zu dem unglücklichen Ereignisse nicht in der entferntesten Beziehung. Und nun bitte ich Sie . . .

Er wurde unterbrochen. — Eine Dame war zu den beiden Herren herangetreten. Es war eine Dame, bei der man über manches in Zweifel sein konnte. Zuerst über ihr Alter. Sie schien zwanzig, sie schien dann auf einmal wieder fünf bis sechsundzwanzig Jahre alt zu sein. Bei Blondinen kommt das öfters vor, und sie war eine sehr helle Blondine, mit einem fein geformten Gesichte und einem sehr weißen Teint. So sah sie meist jung aus, bis zuweilen plötzlich kleine feine Striche um Mund und Augen jene sechsundzwanzig Jahre andeuten wollten. Zweitens über ihre Schönheit. Das feine Gesicht war zu mager; der weiße Teint war nicht klar, dagegen verlebt, blaß. Indeß verliehen jedenfalls ein paar schmachtend leuchtende, große blaue Augen dem Gesicht einen gewinnenden Zauber. Die Figur war untadelhaft zierlich; nur waren die Schultern auffallend dicht und bauschig verhüllt, als wenn da irgend ein Fehler zu verbergen sei. Drittens über den Charakter der Dame. Die Augen blickten sanft und schmachtend, die Lippen spitzten sich anmuthig, fast süß. Aber, wenn man Lippen und Augen aufmerksam ansah, man konnte nicht umhin, sich die Frage vorzulegen: Darf man Euch denn trauen? Meint Ihr es ehrlich?

Die junge Dame (denn jung war sie immerhin) war die Tochter des Hausherrn, die einzige Tochter des reichen Geheimraths, Fräulein Ludmilla Schröder von Schrodenstein. — Sie war zu den beiden Assessoren getreten. — Der statistische Assessor wollte schon ein mehr als glückliches Gesicht machen. — Sie nahm den Arm des Assessors Hartenberg: Ich habe viel mit Ihnen zu sprechen, lieber Hartenberg.

Der statistische Assessor kehrte ärgerlich an seinen Tisch zurück.

Der Mensch hat ein zu unverschämtes Glück, in Allem, sagte er.

Der Geheimerath war nicht mehr an dem Tische, auch der hagere Major nicht mehr. — Die Anderen unterhielten sich noch über den Mord, mehr noch über den Assessor Hartenberg, der nichts davon hatte sagen wollen.

Hat er Ihnen etwas mitgetheilt, lieber Leiner? wurde der statistische Assessor gefragt.

Er will auffallender Weise kein Wort sprechen.

Er ist immer verschlossen, bemerkte Einer.

Aber heute so eigenthümlich, so gemacht; es steckt etwas dahinter.

O, gemacht ist an dem Alles.

Ja, ja und warum? Er will Carrière machen, nur Carrière, quand même Carrière.

Hat er nicht Recht? bemerkte der dicke Rittmeister.

Und er wird sie auch machen, sagte ein Dritter. Er hat Glück.

Glück in Allem, rief der ärgerliche statistische Assessor Leiner. Er ist noch so jung und hat schon die etatsmäßige Stelle beim Ober-Kriminal-hof. Er ist verlobt mit einer Gouvernante, und ist der erklärte Liebling aller Damen; die vornehmsten reißen sich um ihn.

Teufel, Leimer, Sie sind eifersüchtig auf ihn.

Ich, eifersüchtig?

Oh, oh, die kleine Schrodenstein. Ich habe es eben wohl gesehen.

Pah!

Freundchen! Verstellen Sie sich nicht.

Sie machen ihr sehr den Hof.

Ich? Ich liebe keinen Verdruß, wenn er auch nur ein kleiner ist.

Aber wenn eine Million ihn verdeckt?

Gleichviel. Aber immer brauchte ich auf ihn nicht eifersüchtig zu sein. Er ist ja verlobt, und es heißt, er werde bald Hochzeit machen.

Ja, und so hieß es schon vor einem halben Jahre. Aber auch eben so lange ist er der vertraute Freund des Fräulein Ludmilla, und sie ist seine Freundin, und solche Freundschaft kann, ehe man die Hand umdreht, in ein noch zärtlicheres Gefühl umschlagen, wenn nur der Eine Theil will, und was das reiche Fräulein Ludmilla will, das setzt sie auch durch.

Sie meinen wirklich?

Ich meine wirklich.

Trotz ihrem Vater?

Trotz ihrem Vater.

Sie wissen, auf seinen neugebackenen Adel ist man am eitelsten.

Wenn sie will, ist er in ihrer Hand dennoch nur ein Werkzeug.

Aber er, der Hartenberg!

Man muß Carrière machen.

Sie thun ihm Unrecht. Er hat ein Herz. Wie sonst jenes Verhältniß zu der Gouvernante?

Wie sonst? Konnte er ohne ihre Unterstützung an eine Carrière nur
denken?

Aber seine Treue, seine Anhänglichkeit an sie, noch immer?

Seit einem halben Jahre erst hat er Gehalt, und gerade so lange,
wir sprachen eben davon . . .

Aber sehen Sie die zärtlichen Blicke, mit denen sie ihn fascinirt.

Aber er erwidert sie nicht.

Heute nicht. Jene Nachricht! Sie muß ihn doch ganz besonders betroffen haben.

Ach, aber was ist das?

Mitten in der Nacht?

Und wie er erblaßt. Was mag das sein?

Fräulein Ludmilla von Schrodenstein war an dem Arme des Assessor
Hartenberg auf die Seite gegangen. Sie gingen in tiefem Gespräche auf
und ab.

Ich habe Ihnen viel zu sagen, Hartenberg, hatte sie zu ihm gesagt,
in einem munteren Tone, mit einem freundlichen Blick.

Und was haben Sie mir zu befehlen, mein gnädiges Fräulein?
fragte er sie ernst und halb traurig und halb zerstreut.

Befehlen? Gnädiges Fräulein? rief sie. Ich denke, ich bin Ihre
Freundin?

Gewiß.

Aber nein. Ich war es vielleicht.

Sie hatte das mit einem gewissen weichen Schmerze gesagt.

Sie sprach wieder munter: Nein, nein, ich bin Ihnen Nichts mehr.
Nicht einmal zum Tanze haben Sie mich aufgefordert, den ganzen
Abend nicht.

Ich habe mit Niemandem getanzt.

Mit mir hätten Sie es sollen.

Sie waren fortwährend von Offizieren umgeben. Der Lieutenant
von Sodenstern hat viermal mit Ihnen getanzt.

Er sagte das auch mit einem gewissen weichen Schmerze.

Sie wurde noch munterer: Ei! Eifersüchtig? Doch woran
denke ich Thörin? Kann ein Bräutigam eifersüchtig über eine Fremde
werden?

Der junge Mann erwiderte ihr nichts. Er sah wie gedrückt vor sich hin.

Sie blickte ihn verstohlen von der Seite an. Sie sah die Trauer in ihm, die Schwermuth. Sie wurde wieder weich.

Sie haben etwas. Hartenberg, bin ich wirklich noch Ihre Freundin?

Gewiß. .

So theilen Sie mir mit, was Sie drückt.

Ich erhalte vor einer halben Stunde die Nachricht, daß der Graf Urnäsch ermordet ist.

Mein Gott, ist nicht in dem Hause Ihre . . . ?

Meine Verlobte! Sie ist da. Die Arme sendet mir die Nachricht.

Die Arme? Was ist es mit ihr?

Der Assessor wollte auf die Frage antworten, als eilig ein Bedienter des Hauses an ihn herantrat und ihm ein Billet überreichte.

Der Bediente des Herrn Präsidenten wartet auf Antwort, sagte der Diener.

Der Assessor war blaß geworden.

Ganz und vollständig hatte er sich also doch nicht in seiner Gewalt, und nicht Alles an ihm war gemacht.

Das Fräulein an seiner Seite war doppelt neugierig geworden auf die Antwort, die er ihr noch schuldig war, und auf den Inhalt des Zettels der ihm das Blut aus dem Gesichte trieb. Die Antwort sollte sie nicht erhalten, den Inhalt des Zettels sollte sie erfahren. .

Es gab gewiß Viele im Saal, die nicht minder neugierig waren, als sie. Aber nur Einer durfte es wagen, herbeizukommen, um seine Neugierde zu befriedigen. Das war ihr Vater.

Sie haben doch nicht wieder eine unangenehme Nachricht bekommen, mein Freund? fragte der Geheimerath.

Der junge Mann hatte das Zettelchen eröffnet und gelesen.

In Einer Hinsicht allerdings, antwortete er verbindlich. Der Präsident des Kriminalhofes ersucht mich, augenblicklich zu ihm zu kommen. Ich werde des Glückes beraubt, hier länger zu verweilen.

Er hatte das Billet dem Geheimerath hingereicht. Dieser las es.

Ach, sagte er dann, der Herr Präsident schreibt außerordentlich liebenswürdig. Und einen wichtigen Auftrag hat er für Sie. Gewiß in Betreff jenes Mordes.

Dann ließ er einen seiner Kernschlagsätze folgen:

„Junger Mann, Sie werden ihre Carrière machen! Empfangen Sie meinen Glückwunsch.“

Er schüttelte ihm kräftig die Hand.

Fräulein Ludmilla reichte ihm mit dem bezauberndsten Leuchten ihrer Augen ihre Hand zum Kusse.

Er küßte ehrerbietig die feine Hand und verließ eilig den Saal. Andere Neugierige hatten doch zugehört. Die Neugierigsten hatten errathen.

Der statistische Assessor Leimer war beinahe grüngelb geworden: „Ich sagte es ja, der Mensch hat ein unverschämtes Glück.“

II.

Ein Präsident.

Der Präsident des Oberkriminalhofs hatte sein L'hombre beendigt, das er zweimal die Woche mit drei Freunden zu machen pflegte. Die vier Herren spielten abwechselnd in ihren Häusern. Um eilf Uhr Abends hoben sie das Spiel auf. Sie waren sehr pünktlich. Heute war es bei dem Präsidenten gewesen.

Der Präsident war ein hoher, stattlicher Herr. Er gehörte dem ältesten Adel des Landes an. Wenn ein alter Adel sich herabläßt, seinem Lande zu dienen, so ist es nicht mehr als billig, daß ihm die höheren und höchsten Stellen des Dienstes zufallen müssen. Seine drei Mitspieler waren ihm ebenbürtig. Sie standen ihm auch im Range nicht nach. Der eine war General, der zweite war der Hofmarschall, der dritte war ein am Hof accreditirter fremder Gesandter.

Es war eilf Uhr Abends vorbei, die Wagen des Generals und des Gesandten waren pünktlich angekommen. Die beiden Herren waren nach Hause gefahren. Der Wagen des Hofmarschalls war noch nicht da.

Es ist mir ärgerlich, lieber Brandenberg, daß meine Leute so unpünktlich sind, sagte der Hofmarschall zu dem Präsidenten.

Es ist mir angenehm, lieber Hohenfels, daß wir so noch eine Weile plaudern können, antwortete ihm der Präsident.

Sie plauderten.

Ich höre, es weht keine besonders gute Laune am Hofe.

Rosig ist sie schon längst nicht mehr.

Die politischen Ereignisse?

Auch die. Aber besonders macht die Armee Kummer.

Die Armee?

Eigentlich der Kriegsminister. Er hat immer zu mäkeln. Jetzt gefallen ihm wieder die Uniformknöpfe nicht, zu denen doch Serenissimus eigenhändig die Zeichnung entworfen haben.

Der Mann wird alt. Er verkennt seine Stellung. Er sollte entlassen werden.

Allerdings aber . . . . Ach ich höre die große Hausglocke. Mein Wagen wird da sein.

Die Glocke höre ich wohl. Aber ich habe keinen Wagen gehört.

Da kommt schon Jemand die Treppe herauf, und gar sehr eilig.

Eilig auch öffnete sich die Thür. Ein Bedienter des Präsidenten trat ein. Er meldete indeß nicht den Wagen. Er trug ein Schreiben in der Hand, das er seinem Herrn überreichte.

Ein reitender Bote brachte es.

So spät in der Nacht?

Es sei sehr eilig, und ich möge es dem gnädigen Herrn sogleich überreichen.

Gut, der Bote mag warten!

Der Präsident erbrach das Schreiben und las es. Sein Inhalt mußte ein wichtiger sein, zugleich ein bedenklicher.

Der Präsident schien das Papier mit den Augen verschlingen zu wollen. Seine Stirn verfinsterte sich.

Der Graf Urnäsch ist ermordet, sagte er, als er zu Ende gelesen hatte.

Der Hofmarschall fuhr fast in die Höhe.

Der Graf? Ermordet?

Der Rentmeister des Guts macht mir die amtliche Anzeige. Er ist zugleich Polizeiverwalter.

Mein Gott, Brandenberg, wissen Sie, daß das ein großes Unglück ist?

Leider, leider.

Der Graf ist entfernt mit dem Hofe verwandt, und die Gräfin. Ha, wer ist der Mörder?

Man weiß es nicht. Hier lesen Sie.

Der Präsident überreichte das Schreiben dem Hofmarschall. Er las es mit nicht geringerem Interesse, wie der Präsident, er wurde ebenso bedenklich.

Das ist eine unglückliche Geschichte, lieber Präsident. Und wissen Sie, für wen am meisten?

Er brauchte nicht zu fragen. Dem Präsidenten stand schon der Schweiß auf der Stirn.

Eine verzweifelte Geschichte, sagte er.

Ja, sie kann einen Präsidentenstuhl kosten. Der Weg des Rechtes ist ein gefährlicher.

Am meisten für uns arme Richter.

In der gräflichen Familie herrschen schon lange Zerwürfnisse.

Namentlich eheliche.

Und die Gräfin . . . .! Ach durch sie ist jene Verwandtschaft begründet..

Und ihre Mutter die Fürstin, lebt bei ihr . . . .

Der Präsident verfiel in tiefes Nachdenken.

„Was werden Sie machen, Freund?" sagte der Hofmarschall.

Eine Untersuchung ist nicht zu vermeiden, seufzte der Präsident.

Damit wird auch der Hof einverstanden sein. Es kommt nur auf die geeignete Persönlichkeit des Untersuchungsrichters an.

Darüber sinne ich eben nach, er darf nichts kompromittiren, nach keiner Seite hin. Weder Personen, noch auch das Recht.

Der Hofmarschall war ein feiner Mann, nicht blos Hofmann.

Dem Präsidenten rann der Schweiß von der Stirn. Ja, ja, sagte er. Und dazu gehört ein äußerst feiner Kopf und gewandter Arbeiter.

Und vor Allem setzte der Hofmarschall hinzu, ein Charakter.

Ein Charakter?

Gesinnung, wenn Sie das Wort lieber hören. Zum Beispiel, haben Sie an Ihrem Gerichte nicht einen tüchtigen jungen Mann, der gern Carrière machen möchte?

Freilich, wo gäbe es deren nicht? In der Demagogenzeit waren sie zu Hunderten da. — Ach, Sie haben mich auf den rechten Weg gebracht. Der Assessor Hartenberg . . .

Ich habe von dem jungen Mann gehört. Er soll vortreffliche Eigenschaften besitzen. Er kann hier sein Glück machen. Ich höre da meinen Wagen. Seien Sie vorsichtig. Instruiren Sie den jungen Mann gut. Adieu. Apropos, ich darf dem gnädigsten Herrn Mittheilung machen? Auch von Ihrer Vorsorge, die Untersuchung in tüchtige Hände zu legen?

Sie werden mich sogar verbinden.

Die beiden Herren trennten sich. Der Präsident schrieb rasch einige Zeilen, versiegelte sie und schellte einem Bedienten. An den Assessor Hartenberg. Er ist in einer Gesellschaft bei dem Geheimerath Schrodenstein. Das Billet ist ihm sofort zu übergeben. Der Ueberbringer wartet auf Antwort.

Eine Viertelstunde später war der Assessor Hartenberg da.

Der Herr Präsident haben befohlen!

Ich bin Ihnen sehr dankbar, lieber Herr Assessor, daß Sie sofort meiner Bitte gefolgt sind.

Der Herr Präsident haben immer über mich zu befehlen.

Ich habe Ihnen einen äußerst wichtigen Auftrag zu ertheilen. Ich erhalte so eben die Anzeige eines entsetzlichen Verbrechens.

Der Assessor zeigte dem Präsidenten ein verlegenes Gesicht.

Sie haben schon davon gehört? fragte der Präsident.

Wenn der Herr Präsident die Ermordung des Grafen Urnäsch meinen ...

In der That, und auf die sollte mein Auftrag sich beziehen.

Der Assessor wurde noch verlegener. Er wollte sprechen und wagte es nicht.

Sie hätten etwas zu sagen? fragte ihn der Präsident.

Wenn ich mir unterthänigst eine Bemerkung erlauben dürfte ...

Ich bitte darum.

In der Familie des Grafen Urnäsch lebt, als Gouvernante, eine Dame, die mir nahe steht, Ottilie Kramer, sie ist meine Braut. Sollte dieses Verhältniß nicht dem Auftrage entgegenstehen, den der Herr Präsident die Gnade haben wollen, mir zu ertheilen?

Keineswegs, mein lieber Assessor. Ich lobe Ihre Gewissenhaftigkeit. Aber die Dame wird in der Sache nicht genannt, und so kann in ihrer Person nicht das mindeste Hinderniß liegen.

Die Verlegenheit des Assessors zeigte sich nicht mehr. Er verbeugte sich ehrfurchtsvoll und glücklich, daß er jetzt die Befehle seines hohen Vorgesetzten annehmen dürfe. Der Präsident ertheilte ihm diese. Der Graf Urnäsch lebt, oder lebte auf seinem Schlosse Urnäsch, fünf Meilen von hier. Er lebte dort mit seiner Familie, seiner Gemahlin, zwei Kindern und seiner Schwiegermutter, der verwittweten Fürstin Steinhausen. Der Graf war gestern gegen Abend in seinem Char-à-Bane ausgefahren, in den Forst, wo er etwas besichtigen wollte. Der Abend war schön. Die Fürstin hatte ihn gebeten, sie eine Strecke weit mitzunehmen, bis zu einer Anhöhe, die Klippe genannt. Man hat von da eine reizende Aussicht; sie wollte dort die Sonne untergehen sehen. Der Graf hob sie in seinen Wagen. Der Wagen fuhr ab. Er selbst fuhr ihn. Zwei Stunden später kam die Fürstin allein zurück. Der Graf hatte sie an der Klippe abgesetzt und versprochen, sie in einer halben Stunde wieder abzuholen. Sie hatte vergeblich über eine Stunde auf ihn gewartet. Sie meinte, irgend ein Umstand müsse ihn veranlaßt haben, auf einem andern Wege zurückzukehren. Der Graf kehrte aber auch später nicht zurück. Um Mitternacht wurden Boten ausgesandt, ihn zu suchen. Gegen Morgen fand man seine Leiche. Sie lag in dem Forst, in der Gegend, in welcher er die Besichtigung hatte vornehmen wollen. Der Kopf war zerschmettert. Die Leiche war beraubt. Wagen und Pferde des Grafen wurden nirgends gefunden. So, fuhr der Präsident fort, theilte der Rentmeister des Grafen mir kurz den Thatbestand mit. — Ein Verbrechen liegt darnach unzweifelhaft vor, und die schleunigste Untersuchung, und zwar an Ort und Stelle, wird erforderlich. Ich wünschte Sie, Herr Assessor, damit zu beauftragen. Ich habe aus einem doppelten Grunde Sie zu dem Geschäfte ausersehen. Einmal, weil die Sache wegen ihrer Wichtigkeit und schon jetzt sich herausstellenden Schwierigkeit einen erfahrungstüchtigen und gewandten Inquirenten erfordert.

Ich werde suchen, verbeugte sich der Assessor wieder glücklich und dankbar, das hohe Vertrauen zu rechtfertigen.

Der Präsident sprach weiter: Dem Anscheine nach läge zwar ein einfacher Raubmord vor. Allein, wer die Verhältnisse näher kennt — doch das führt mich auf meinen zweiten Grund. Ich will Ihnen wohl, lieber Kollege. Sie werden noch einmal eine bedeutende Carrière machen, und ich schätze mich glücklich, durch meinen gegenwärtigen Auftrag Sie auf eine neue Stufe derselben heben zu können.

Der Assessor verbeugte sich tiefer und strahlte Glück. Der Präsident fuhr fort: Es scheint, wie gesagt, ein Raubmord vorzuliegen.

Er muß vorläufig angenommen werden, bestätigte der Assessor.

Das Verbrechen könnte sich aber auch anders qualifiziren, und dann, mein junger Freund, würde die äußerste Vorsicht und Gewissenhaftigkeit erforderlich sein. Bei einem im Verborgenen verübten Verbrechen, dessen Spuren nicht sofort klar aufzufinden sind, taucht oft plötzlich ein Verdacht auf, bald nach dieser, bald nach jener Seite. Der hitzige, der unvorsichtige Inquirent meint sofort Gewißheit zu haben. Er handelt mit bestem Willen und dienstlichem Eifer. Aber er hat nicht überlegt, was er will, und das ist ein unverständiger Diensteifer, der ihn blindlings fortreißt. So hält er an dem bloßen Verdachte fest, verfolgt ihn weiter, als wenn er unfehlbar zum Ziele führen müsse, und denkt nicht daran, daß der Faden schon in der nächsten Stunde abreißen kann, und daß er dann nichts gewonnen hat, als einen Unschuldigen zu kompromittiren, vielleicht für das ganze Leben unglücklich zu machen. Der vorsichtige, der besonnene, der gewissenhafte Inquirent verfährt anders. Er läßt allerdings nichts aus dem Auge, was auf eine Spur leiten könnte, auch einen ent-

fernten Verdacht nicht. Aber er denkt immer zugleich daran, daß die
Spur sich wieder verlieren, daß der Verdacht ein falscher sein könne, und
sein Gewissen macht es ihm dabei zur Pflicht, von vornherein Niemanden
zu kompromittiren, der schon morgen wieder als völlig schuldlos erscheinen
kann. Er forscht und sammelt daher im Stillen, für sich, und erst, wenn
der Verdacht zu einer unumstößlichen Gewißheit geworden ist — nein,
auch dann noch nicht immer verfährt er mit der offenen Strenge des
Gesetzes. Denn was er für Gewißheit hält, kann einem Anderen kaum
Wahrscheinlichkeit sein. Auch dann noch kann die sehr dringliche Pflicht
für ihn entstehen, vorab anderweite Rücksprache zu nehmen, bei dem Präsidenten oder bei dem Kollegium anzufragen und dessen Anweisungen zu
erwarten. Unter Umständen kann diese Pflicht eine unabweisliche werden.
Namentlich können gewisse delikate Verhältnisse vorliegen. — Aber in der
That, mein junger Freund, bei Ihrem hellen Verstande und mir oft bekannt gewordenen taktvollen Benehmen verschwende ich hier nur Worte.
Ich sprach vorhin von Damen; ich glaube es wenigstens. Es gilt hohe
Liaison. Ich wünsche Ihre Carrière zu befördern. Ich darf Ihnen ganz
vertrauen. Hier die Anzeige des Rentmeisters. Ich habe Ihr Kommisso-
rium sofort darauf geschrieben. Als Protokollführer habe ich Ihnen den
Auditor Grafen Rehmen zugeordnet. Er ist ein völlig zuverlässiger junger Mann. Sein Vater ist Oberstjägermeister, wie Sie wissen. Ich wünsche Ihnen Glück, mein junger Freund. Sie werden morgen früh bei
Zeiten abreisen.

Der Assessor Hartenberg war entlassen. Worte des Dankes hatte er
nicht. Mein Herz ist zu voll! versicherte er, als er sich verabschiedete.
Voll war ihm das Herz freilich.

.

III.

Ein Inquirent.

Der Sommernachmittag war klar. Der leichte Reisewagen fuhr schwer
den steilen Berg hinan. Es waren nur zwei Herren darin. Sie hatten
fast gar kein Gepäck bei sich. Eine weite Reise machten sie nicht. Sie
waren in einer lebhaften Unterhaltung. Sie sprachen von Carrière.

Also der diplomatischen Carrière wollen Sie sich widmen Herr Graf?

Was bleibt für einen strebsamen, jungen Mann aus einem alten
Hause anders übrig, als Militär oder Diplomatie?

Der Hof, denke ich.

Der Hofdienst fordert kein Talent. Er ist ein rein äußerlicher Mechanismus.

Aber er gewährt dem, der Talent mit hinein bringt, um so mehr Vorzüge, namentlich Einfluß.

Der Kammerdiener theilt ihn mit dem Obersthofmeister. Aber Diplomatie und Militär beherrschen die Welt. Beide Hand in Hand. Die Diplomatie macht den Krieg. Die Armee gewinnt ihn. Die Diplomatie gewinnt wieder den Frieden. So liegt in beiden zusammen das Geschick der Völker, das Schicksal der Herrscher, das Wohl und Wehe der Welt. Alles Andere ist ihnen untergeordnet. Der Obersthofmeister ist dem General nicht mehr als ein Kammerjunker, und dem Diplomaten ein Kammerdiener.

Der Auditor Graf Rehmen, ein sehr junger Mann von zwanzig Jahren, der so eben die Universität verlassen hatte, sagte das mit vollem aristokratischem Selbstvertrauen. Der Assessor Hartenberg hatte ihm mit einer leisen Röthe von Eifersucht und Verdruß zugehört. Der junge Mann sprach da, wie von einer abgemachten Sache, von einer Carrière, von welcher der Assessor bisher nicht einmal geträumt hatte. Und wie weit stand dieser junge Mann unter ihm! Nur Eins hatte er vor ihm voraus, die hohe Geburt.

Sie hatten die Höhe des Berges erreicht. Der Wagen rollte leicht und rasch den Abhang der andern Seite hinunter. Er eilte in ein reizendes Thal hinein. Wiesen, Aecker, Baumgruppen wechselten darin ab. In der Mitte dehnte ein hohes Schloß mit Flügeln und Thürmen seine weiten, weißen Mauern aus. Hinter dem Schlosse zeigten schlanke Pappeln, krauses Gebüsch, lange Alleen einen großen Park an. Jenseits des Parkes erhob sich das Land zu sanften Anhöhen. Die Höhen bedeckte dichte, dunkle Waldung. Hinten links aus dem Walde ragten über den Bäumen die blauen Schieferdächer eines weitläufigen Klosters hervor. Der rothe Kupferthurm der Kirche, die dazu gehörte, überragte hoch die Dächer. Ueber Allem stand die klare, warme Nachmittagssonne. In den Strahlen der Sonne lag Alles so still, so freundlich, so schön da.

Dort ist unser Reiseziel, sagte der Assessor. Er zeigte nach dem Schlosse. Er kannte die Gegend. Er war vor einigen Jahren schon einmal dagewesen zum Besuche seiner Braut, aber nur flüchtig, auf einen halben Tag. Von der Herrschaft hatte er damals Niemanden gesehen.

Eine recht hübsche Gegend, sagte der Graf Rehmen.

Und wie ruhig und friedlich sie daliegt, bemerkte der Assessor. Und doch wohnen hier schlechte Leidenschaften, gemeine Begierden, empörende Verbrechen.

Diese schöne Gegend liegt ja nicht außer der Welt, lächelte der junge Graf, der Diplomat werden wollte.

Auf einmal überkam den Assessor doch auch ein Bewußtsein. Ach, Herr Graf, sagte er, Sie erhoben vorhin die Stellung des Diplomaten und Soldaten. Der erhabenste Beruf bleibt zuletzt doch der des Richters. Er erhält der Welt den wahren Frieden, den Frieden des Zusammenlebens der Menschen unter der Herrschaft des Rechts.

Der junge künftige Diplomat lächelte ironisch.

Wir tragen diesen Frieden auch hierher, Herr Assessor?

Gewiß.

Und lassen den Schuldigen, den wir treffen werden, hängen oder köpfen? Freilich, Friede wird dadurch, für den Geköpften wenigstens.

Auch für die Anderen, für das Ganze, das Verbrechen muß gesühnt werden.

Das hat mir auch mein Professor des Kriminalrechts gesagt. Aber, mein lieber Herr Assessor, wenn nun der Schuldige, an dem das Verbrechen so gesühnt werden soll — Sie hatten die Güte von den eigenthümlichen Verhältnissen jenes schönen, so friedlich und freundlich vor uns liegenden Schlosses mich zu unterrichten, und ich kannte auch Manches davon — wenn nun der Schuldige, oder wenn die Schuldigen, der Verdacht kann sich gegen Mehrere richten, in sehr hohen Schichten der Gesellschaft gefunden würden?

Das Recht ist für Alle gleich, rief der Assessor. Das ist sein innerstes Wesen.

Auch für den, der es ausübt? fragte sein der junge Graf.

Der Assessor erblaßte.

Der Graf Rehmen fuhr fort: Ah, mein Herr Assessor, ich glaube doch, daß auch das Recht am Ende der Diplomatie dient.

Sie waren vor dem freundlichen und friedlichen Schloß. Sie sollten hier ein schweres Verbrechen untersuchen, vielleicht das schwerste. Das schwerste aller Verbrechen ist vor dem Gesetze und vor den Menschen der Verwandten- und Gattenmord. Der Zweck ihrer Untersuchung war, den Schuldigen zu der verdienten Strafe zu bringen, auch hier dem Rechte sein Recht zu verschaffen. Das Recht ist für alle gleich, hatte der Assessor ausgerufen. Aber er war auch gleich darauf erblaßt. Kann man denn, dur Untersuchung des Verbrechens, in den Palast des Grafen so hineinfallen, wie in die Hütte des Armen? Ewige Schmach für alle Zustände, unter denen man es nicht könnte.

Der Wagen fuhr in den Schloßhof. Er hielt vor dem Portale des Schlosses. Bedienten eilten ihm dienstfertig und geschäftig entgegen. Sie trugen schon Trauerkleider. Sie halfen den Herren aus dem Wagen. Der Rentmeister des Schlosses erschien, sie zu empfangen. Er machte auch den Haushofmeister.

Die Herren waren nach meinem Schreiben an den Präsidenten erwartet. Die gnädigste Frau Gräfin hat mir aufgetragen, Ihre Befehle entgegenzunehmen. Er führte sie in ein elegantes Zimmer. Erfrischungen standen dort bereit.

In der Hütte der Armen findet der Inquirent ein dunkles, dumpfes Loch, das man Stube oder Kammer nennt, und darin ein verhungertes Weib, nackte Kinder. Das Herz möchte Einem brechen. Dem Menschen! Und der Inquirent? Wo ist er rücksichtsvoll?

Der Assessor konnte nicht sofort mit Inquiriren beginnen. Ein wesentlicher Theil seines Geschäfts war die gerichtliche Besichtigung und Sektion der Leiche des ermordeten Grafen. Sie konnte nur unter Zuziehung der Gerichtsärzte vorgenommen werden. Diese wohnten eine starke Meile vom Schlosse entfernt. Die Leiche lag noch im Walde, dort, wo sie aufgefunden war. Sie hatte vorschriftsmäßig dort bleiben müssen. Dort mußte die Obduktion vorgenommen werden. Der Assessor schrieb an die Aerzte, sie zum nämlichen Abend dahin zu bescheiden. Der Rentmeister beförderte das Schreiben durch einen reitenden Boten. Der Assessor hätte darauf zunächst ausführlich den Rentmeister über die dem Präsidenten gemachte schriftliche Anzeige vernehmen müssen. Aber er besann sich. Sie werden ermüdet sein, lieber Herr Graf, sagte er zu seinem vornehmen Protokollführer, „und mir also um so mehr einen kurzen Besuch gestatten, den ich hier zu machen habe." Der Graf lächelte verbindlich seine Zustimmung. „Ah, ich errathe. Sie allein haben ja zu befehlen."

Darf ich bitten, wandte der Assessor sich an den Rentmeister, mich zu Fräulein Kramer zu führen?

Der Rentmeister wurde auf einmal unruhig. Zu Fräulein Kramer?

Ich bin der Assessor Hartenberg.

Der Mann wurde noch unruhiger. Er suchte es zu verbergen. Auch er lächelte verbindlich. Der Herr Assessor sind der Verlobte des Fräuleins!

Ja.

Ich werde sofort nachsehen, ob das Fräulein in ihrem Zimmer ist, und Sie dann zu ihr führen.

Er ging. Der Affeffor verfolgte ihn mit einem sonderbar forschenden Blick. Warum war der Mann unruhig und verlegen geworden? Freilich, was hatte das Fräulein ihm selbst, dem Affeffor schon am geftrigen Abende durch ihren Bruder sagen laffen?

Es dauerte lange, bis der Rentmeister zurückkam. Dem Anscheine nach war er noch mehr verlegen. Ich bedaure sehr, daß es für den Augenblick unmöglich ist, das Fräulein zu sprechen. Sie ist bei der Frau Gräfin, die sehr leidend ist. Auch der Affeffor suchte eine sich in ihm steigernde Unruhe zu verbergen.

So beginnen wir unser Geschäft, sagte er mit voller geschäftlicher Trockenheit. Herr Graf, darf ich bitten, das Protokoll anzufangen? Herr Rentmeister, es bedarf zunächst Ihrer ausführlichen Vernehmung. Theilen Sie mir Alles mit, was Ihnen über dies unglückliche Ereigniß bekannt ist.

Der Rentmeister war einer jener höflichen, stillen, verschloffenen, ihrer Herrschaft unbedingt treu ergebenen Hausbeamten, die man namentlich in den Häusern des höheren Adels öfter antrifft. Es fehlte ihm dabei nicht an geistiger Gewandtheit. Er hatte sofort das Verlangen des Inquirenten in seinem ganzen Umfange begriffen. Er schien ihm auch vollständig zu entsprechen. Er erzählte im Zusammenhange:

Der Herr Graf hatte schon vor acht Tagen angeordnet, daß in der zum Gute gehörigen Forst, ungefähr eine halbe Meile von hier, eine Partie Eichen geschlagen werden sollen. Vor drei Tagen begann die Arbeit. Zum Abend fuhr der Graf hinaus, um zu sehen, ob seine Anordnungen pünktlich befolgt werden. Er hatte diese auch früher selbst an Ort und Stelle ertheilt. Am zweiten Abend, vorgestern, fuhr er wieder hin. Um sieben Uhr fuhr er fort. Er fuhr in einem einspännigen Char-à-Bank, in dem er gewöhnlich solche Touren auf dem Gute zu machen pflegte. Er lenkte den Wagen selbst, wie ebenfalls gewöhnlich. Mit ihm bestieg die Schwiegermutter des Herrn Grafen, die Frau Fürstin, den Wagen. Sie hatte schon am Mittag bei der Tafel den Grafen gebeten, wenn er in die Forst fahre, sie bis zur sogenannten Klippe mitzunehmen, wo sie den Sonnenuntergang zu sehen wünsche. Die Klippe ist etwa fünfzehn Minuten vom Schloffe entfernt; sie liegt am Wege zu der Forst; man hat eine sehr schöne Aussicht auf dem hohen Punkte. Die Fürstin machte öfter Abendpromenaden dahin, zu Wagen wie zu Fuß.

Es waren seit der Abfahrt des Wagens schon zwei Stunden verfloffen, als um neun Uhr die Fürstin allein und zu Fuß zurück kam. Sie erkundigte sich, ob der Graf noch nicht da sei. Sie war unwillig über ihn.

Er hatte ihr, als sie an der Klippe den Wagen verlassen, versprochen, sie spätestens in einer halben Stunde wieder abzuholen.

Sie hatte vergebens beinahe anderthalb Stunden auf ihn gewartet, bis es schon völlig dunkel geworden war. Der Graf war, als sie ausgestiegen, auf dem geraden Wege nach der Forst weiter gefahren. Sie, wie wir Alle im Schlosse, wunderte sich, daß er noch nicht zurück sei. Die Arbeiter in der Forst wohnten nicht auf dem Schlosse, man konnte also nicht gleich erfahren, ob er in der Forst gewesen sei, wenn auch sie nach sieben Uhr Abends noch sollten an der Arbeit gewesen sein.

Bis nach elf Uhr in der Nacht wurde mit wachsender Besorgniß auf den Grafen gewartet. Als er aber da noch immer nicht zurückgekommen war, ließ die Frau Gräfin mich zu sich in ihr Zimmer rufen. Sie war schon seit mehreren Tagen unwohl und sollte ihre Gemächer nicht verlassen. Sie war bei meinem Eintreten in großer Angst und Sorge. Sie konnte sich gar nicht denken, wo der Graf sei, oder was ihm begegnet sein könne. Die Fürstin, die bei ihrer Tochter war, theilte vollkommen ihre Unruhe. Die Gräfin trug mir auf, sofort Leute nach den verschiedensten Seiten, besonders nach der Forst abzuschicken. Sie bat mich, denen, die in der Forst suchten, mich selbst anzuschließen.

Ihrem Befehle wurde entsprochen. Ich begab mich mit in die Forst. Ich suchte zunächst die in der Nähe wohnenden Arbeiter auf, deren Arbeit der Graf hatte kontroliren wollen. Sie hatten schon um sieben Uhr die Arbeit verlassen und wußten nichts von ihm. Die Forst selbst ist unbewohnt. So erhielten wir von Niemandem Nachricht über ihn. Andere Spuren waren in der Nacht nicht zu verfolgen. Gegen vier Uhr Morgens aber, als es anfing hell zu werden, suchte ich die Spur des gräflichen Wagens auf. Sie war in dem weniger befahrenen Wege der Forst zu finden. Sie leitete zu der Stelle des Eichenschlages. Der Graf war also da gewesen. Er war aber nicht auf demselben Wege zurückgekehrt. Die Spur des Wagens führte zurück in einen Seitenweg des Waldes. Ich folgte ihr. Ich fand sie ununterbrochen, und sie führte seitwärts aus der Forst hinaus in die an dieser vorbeilaufende große Chaussee. Dort verschwand sie völlig.

Ich stand da vor einem Räthsel, das ich nicht lösen konnte. Der Graf hatte zu einem ganz speziellen Zweck auf eine halbe Stunde in die Forst fahren wollen. Ich vermochte in der Welt nichts zu ersinnen, was ihn hätte anderswo, was ihn hätte weiter, namentlich in jene Chaussee führen können. Ich konnte zuletzt nur noch an ein Verbrechen denken.

Er war in der Forst allein gewesen; die Arbeiter waren schon nach Hause gegangen; im Uebrigen war die Gegend menschenleer. Wie, wenn er plötzlich überfallen, erschlagen und beraubt wäre?

Aber wer sollte der Verbrecher sein? Von Wilddieben und Forstfrevlern hatten wir nie gehört. Sie hätten auch das Gefährt nicht mitgenommen. Indeß war auch sonst von Raub- oder Diebesgesindel in der Gegend nichts bekannt. Ich beschloß dennoch in der Forst nach einem Verbrechen näher zu suchen. Ich vertheilte die Leute, die ich bei mir hatte.

Meine Ahnung war die richtige gewesen. Funfzig Schritte von dem Eichenschlage wurde, seitab vom Wege, in einem Dickicht von Unterholz, die Leiche des Grafen gefunden.

Das Gesicht war gräßlich entstellt. Der Hirnschädel war an mehreren Stellen eingeschlagen. Der Graf war ermordet. Er war aber auch beraubt. — Uhr und Uhrkette vermißte ich sofort. Bei weiterm Nachsuchen fehlte auch seine Börse, die er bei sich getragen hatte.

Ich ließ die Leiche in der Lage, in der sie gefunden war. Ich ließ auch die Leute, die sie zuerst aufgefunden hatten, als Wache dabei.

Ich eilte dann zum Schlosse zurück, die Schreckensnachricht hierher zu bringen. Das Entsetzen war allgemein. Die unglückliche Gräfin konnte sich gar nicht fassen. Sie kann es noch nicht. Sie ist in einem bedauernswerthen Zustande. Sie läßt Riemanden zu sich. Nur die Frau Fürstin und das Fräulein Kramer dürfen um sie sein.

Die in der Nacht ausgesandten Personen, die nicht in meiner Begleitung gewesen waren, brachten nicht die geringste Nachricht. Ich machte von dem traurigen Vorfall dem Herrn Präsidenten des Kriminalhofes die Anzeige und sandte dann weitere Boten aus, um die Spur des Wagens auf der Chaussee weiter zu verfolgen. Sie sind im Laufe des gestrigen und heutigen Tages ohne alle Kunde zurückgekehrt. Weder Wagen noch Pferd ist von Jemandem gesehen worden. Der Wagen war ein niedriger, dreisitziger Char-à-Banc, braun lackirt, das Pferd eine helle Fuchsstute mit dunklen Mähnen, sechszehn Hand hoch, fein gebaut, ohne alles Abzeichen. Die Leiche wird noch an der Stelle bewacht, an der sie gefunden wurde. —

Der Rentmeister schloß somit seine Angaben. Seine Aussage war vollständig; ihr Inhalt erschien innerlich wahr; er hatte sie unbefangen, mit anscheinender Offenheit, mit einer gewissen gewinnenden Treuherzigkeit abgegeben. Der Assessor hatte nur noch eine Frage an ihn zu richten.

Haben Sie auf Riemanden einen Verdacht, hinsichtlich des verübten Verbrechens? — Rein, antwortete der gräfliche Beamte mit voller Ueberzeugung, indem er wie zur mehreren Bekräftigung, die Hand auf die Brust legte.

Die Fürstin, die Schwiegermutter des Ermordeten, mußte jetzt vernommen werden. Sie war die letzte in seiner Gesellschaft gewesen. „Wären Sie so gütig, mich bei Ihrer Durchlaucht anzumelden?" bat der Assessor den Rentmeister. Der Rentmeister entfernte sich, ihn anzumelden.

Er war kaum fort, als die Thür sich leise öffnete und ein weiblicher Kopf in das Zimmer blickte. Gleich darauf trat schnell eine Kammerjungfer ein. Sie wandte sich an den Assessor:

Sie sind der Herr Assessor Hartenberg?

Ja.

Fräulein Kramer läßt Sie dringend bitten, mir zu ihr zu folgen.

Der Assessor stutzte. Dann schien er verlegen zu werden. Er hatte sich bei einer Fürstin anmelden lassen; er sollte sie warten lassen, um zu einer Gouvernante zu gehen? Dachte er daran und zugleich an seine Carrière? Er hatte sich entschieden.

Sie erlauben, Herr Graf!

Der junge Graf verbeugte sich.

Führen Sie mich zu dem Fräulein.

Das Fräulein ist in ihrem Zimmer.

Der Assessor folgte der Zofe zu dem Zimmer der Gouvernante. Es lag in einem Seitenflügel des Schlosses, in einem oberen Geschosse.

Hier! zeigte das Mädchen auf eine Thür. Sie ging zurück. Er klopfte an die Thür. Er stand auch vor einem Räthsel. Ihm sollte es bald gelöst werden. Die Thür wurde geöffnet.

IV.
Eine Zeugin.

Die Thür war geöffnet. Der Assessor lag in den Armen einer Dame.

Es war eine hohe, schlanke Frauengestalt, mit einem schön und edel geschnittenen und Adel und Geist aussprechenden Gesichte. In der ersten Jugend war sie nicht mehr. Der Druck äußerer Verhältnisse, Anstrengungen, vielleicht gar Entbehrungen hatten sie noch älter gemacht, als sie den Jahren nach war. Aber immer blieb sie mit ihrem zwar leidenden, aber klaren Gesichte, eine schöne, edle Erscheinung, doppelt schön in der Trauer, die mit dem ganzen Hause auch sie um den verstorbenen Grafen hatte anlegen müssen.

Wie anders war sie, als jene Tochter des Geheimeraths Schröder von Schrodenstein, die sich in eine Fluth von Spitzen hüllen mußte, um ihren Höcker zu verderben! *umborgan*.

Sie hatte sich leidenschaftlich in die Arme des jungen Mannes geworfen, fast als wenn sie auf einmal aus einer schweren Bedrängniß erlöst werde.

Der Assessor empfing sie mit einer innigen, wahren, aufrichtigen Liebe. Sie war gewiß wohl noch nie aus seinem Herzen gewichen. Sie war nur, und auch das gewiß nicht immer, von der kältenden Eisrinde der Carrière in einen tiefen Winkel zurückgedrängt worden.

Gottlob, Gustav, daß du da bist.

Was ist dir geschehen, Ottilie? Du bist aufgeregt. Du bist in Angst gar. Mein Bruder hat dich gesprochen?

Gleich in der gestrigen Nacht. Er theilte mir den Mord mit, und daß du von hier fort wollest.

Und ich muß von hier fort. O, Gustav, ich bin hier in dem Hause der Sünde und des Verbrechens. Ich kann keinen Tag länger hier bleiben. Aber sie wollen mich nicht fort lassen. Gerade jetzt nicht. Es werde auffallen, wenn ich unmittelbar nach dem Ereignisse das Schloß verlasse. Du mußt mich mit dir nehmen.

Du wirst mit mir von hier zurückkehren, meine gute Ottilie. Du hast ja dein hartes Loos nur um meinetwillen getragen. Schon so lange. Es soll keinen Augenblick länger mehr dauern. Mache dich fertig zur Abreise. Aber erzähle mir vorher. Ich bin . . .

Auf einmal stockte er, der Assessor Hartenberg. Er war, seit er die Geliebte, die Verlobte, die um seinetwillen Tragende und Duldende, wieder gesehen, nur der liebende, dankbare Bräutigam gewesen. Er hatte nicht an seine Untersuchung, nicht an seine Carrière gedacht. Was er jetzt aussprechen wollte, mußte ihn an jene erinnern, und also auch an diese, an die unglückliche Carrière! Warum mußte er plötzlich stocken?

„Ich bin als Untersuchungsrichter hier," fuhr er langsam fort. „Und — fügte er noch hinzu — was Du mir mittheilen wirst, kann von großer Erheblichkeit für die Untersuchung sein."

Sie hatte auf sein Zögern nicht geachtet.

Ich dachte es gleich, sagte sie, daß Du in amtlicher Eigenschaft hier seiest, da ich Dich mit noch einem Herrn aussteigen sah.

Er mußte wieder stutzen.

Du sahest mich ankommen?

Hier in meinem Zimmer.

Und Du warst nicht bei der Gräfin?

Ich habe sie seit Mittag nicht gesehen.

Auch nicht die Fürstin?

Auch sie nicht. Aber die Fürstin ließ mir unmittelbar nach Deiner Ankunft sagen, ich solle mich in meinem Zimmer bereit halten, sie werde zu mir kommen.

Du wolltest mir erzählen, arme Ottilie, sagte der Assessor in einem liebevollen Tone.

Aufrichtig war er nicht mehr. Man hatte die Verlobte von ihm, und ihn von ihr zurückgehalten. Der Rentmeister hatte zu dem Zwecke ihn mit einer Reihe von Lügen hintergehen müssen, und der Mann hatte das mit dem ehrlichsten Gesichte und der treuherzigsten Sprache von der Welt gethan. Hatte der Mann auch in dem Anderen eben so ehrlich und treuherzig gelogen? Und warum jenes Zurückhalten der Verlobten von ihm?

Und der Assessor zeigte über das Alles nicht die geringste Verwunderung, verhehlte es vollständig der Braut! Hatte die Eiskruste des Carrièremachens sich wieder um sein Herz gelegt? Arme Ottilie, hatte er zu ihr gesagt. Ja, dann war sie arm. Du wolltest mir erzählen!

Sie erzählte. Nein, erzählen konnte sie nicht. Sie mußte gleich das gedrückte, gepreßte Herz gegen den Geliebten, den Bräutigam, den Erlöser aus ihrer traurigen Lage, voll ausschütten.

Hier im Hause sind die Mörder. Hier in diesem Hause ist der Mord beschlossen. Hier ist der Plan gemacht, hier sind die Vorbereitungen getroffen. Von hier ist das Opfer in seine Falle gelockt.

Der Assessor war doch erschrocken. „Um Gotteswillen, Ottilie! Ich denke, es liegt ein gewöhnlicher, gemeiner Raubmord vor."

Ja, ein gemeiner Mord liegt vor, ein empörendes, gemeines, empörend gemeines Verbrechen! Aber ein Raubmord? Die Gattin hat den Gatten, die Schwiegermutter den Sohn, der Buhle den Mann der Buhlin ermordet. O, Gustav, wenn dieses zum Himmel aufschreiende Verbrechen von den Menschen nicht gestraft wird? Nein, nein, es ist ja nicht anders möglich, mögen sie noch so hoch in der menschlichen Gesellschaft stehen! Es ist eine Fügung des Himmels, daß gerade Dir die Führung der Untersuchung aufgetragen ist. Dein Scharfblick, dein lebendiger Sinn für das Recht wird die Verbrecher entdecken, wird sie überführen, wird sie der gerechten Strafe überliefern.

Dem Affeffor begann der Schweiß auf die Stirn zu treten, wie in der Nacht vorher seinem Präsidenten. „Du bist aufgeregt, liebe Ottilie. Es greift Dich an."

Du haft Recht. Ich will verfuchen, Dir ruhig zu erzählen.

„Thu' das, meine Liebe."

Sie erzählte ruhiger.

Ich lebe seit drei Jahren in diefem Haufe. Das Familienverhältniß war fchon, als ich herkam, ein innerlich zerriffenes. Es hatte nur noch äußerlich einen Halt, einen Schein. Auch diefer verfchwand mehr und mehr. Die Schuld lag auf allen Seiten. Sie war fchon bei der Begründung des Verhältniffes dagewefen. Diefes beruhete nicht auf Liebe. Der jetzt ermordete Graf gehörte dem reichften und älteften Adel des Landes an.

Die verwittwete Fürftin lebte mit ihrer Tochter von einer geringen Rente. Ihr Gemahl war ohne männliche Nachkommen geftorben; fo war das ehemals reichsunmittelbare Befitzthum an feinen jüngeren Bruder gefallen. Den Frauen blieb die ärmliche Jahresrente. Der Graf machte vor zehn Jahren die Bekanntfchaft der Fürftin.

Er war damals etwa fünfundzwanzig Jahre alt, nur erft wild, unbändig, geneigt zu Abenteuern. Die Fürftin konnte fünfunddreißig Jahre zählen. Sie war noch immer eine fchöne Frau, eine impofante Schönheit. Gefallfüchtig war fie ftets gewefen. Sie mußte den Grafen an fich zu feffeln. Indeß die Feffeln waren natürlich leicht zerbrechliche. Von einer ehelichen Verbindung Beider konnte nicht die Rede fein, fchon wegen der Verfchiedenheit des Alters nicht.

Die Fürftin, zugleich herzlos und intrigant, wie die Sünde immer ift, wußte einen andern Ausweg. Ihre Tochter, Gräfin Leontine, war fünfzehn Jahre alt. Sie war ein fchönes, fanftes, liebenswürdiges Kind. Der Graf mußte fich mit ihr verloben. Sie war auch ein arglofes Kind. Sie verlobte fich mit ihm. Sie wurde feine Frau.

Das fo durch Sünde und Intrigue entftandene Verhältniß entwickelte fich bald naturgemäß weiter. Die arglofe Verlobte wurde bald eine argwöhnifche Frau. Der Graf wurde rückfichtslos und roh. Die Fürftin konnte nicht anders und nicht mehr werden, als fie fchon war.

Doch! Sie höhnte ihre Tochter, die fich bei ihr beklagte, die ihr Vorwürfe machte. Die junge, betrogene Frau hatte lange Zeit Bitten und Thränen. Zuletzt kam die Sünde auch über fie. Es mußte fo kommen. So erbt und pflanzt die Sünde fich fort.

Es entstand in der Familie ein entsetzlicher Zustand des Verderbnisses und des Verderbens. Ich trat hier schon mitten in ihn hinein. Er konnte sich mir nur in der ersten Zeit, nur wenige Wochen, verhehlen. Ich blieb dennoch. Eine heilige Pflicht hielt mich. Die Kinder des Grafen, ein Mädchen von acht, ein Knabe von sieben Jahren — sie sind unschuldig, unverdorben, liebenswürdig. Ich wurde ihr Schutzengel. Ich mußte es bleiben. Ich konnte, ich durfte sie nicht verlassen. Jetzt muß ich es dennoch.

Daß das Verderben immer weiter greifen, daß es in einem grauenvollen Verbrechen endigen werde, die Ahnung hatte mich nie verlassen wollen. Sie hat sich vorgestern erfüllt. Kein Raubmord hat stattgefunden, ein noch empörenderes, ein unnatürliches Verbrechen ist verübt.

Vor etwa einem halben Jahre kam ein neuer Oekonomie-Inspektor hierher. Braun war sein Name. Es war er ein hübscher, junger Mann. Er war auch ein schon verdorbener Mann. Ich fürchtete schon wenige Monate nach seiner Ankunft, ein unlauteres Verhältniß zwischen ihm und der Gräfin ahnen zu müssen. Bald wurde es mir zur Gewißheit. Dem Grafen erging es wie mir, nur achtete und sah er später als ich. Er war oft auswärts, manchmal wochenlang.

Erst vor drei Wochen schien er Gewißheit erhalten zu haben. Der Inspektor Braun wurde plötzlich am späten Abend vom Schlosse gejagt. Der Fürstin, seiner Schwiegermutter, machte der Graf den Vorwurf, sie habe das Verhältniß des Inspektors zu der Gräfin begünstigt. Er erklärte ihr, daß sie zum Herbst sein Haus zu verlassen habe. Er jage nicht auch sie auf der Stelle fort, damit der Skandal nicht durch das ganze Land ruchbar werde. Darum blieb auch das Verhältniß zu ihr äußerlich ein leidliches.

Nur vor mir genirte man sich nicht; weder der Graf noch die Fürstin. Er mißhandelte sie oft in meiner Gegenwart. Er war unsäglich roh geworden, und er verachtete die Fürstin, wie er seine Frau haßte. Daher blieb auch sein Entschluß, daß die Fürstin fort müsse, unwiderruflich. Sie haßte ihn dafür mit einer stillen, aber tief feindlichen, tödlichen Bosheit.

Die Gräfin — sie war in den ersten Tagen nur unglücklich über die plötzliche Trennung von dem Manne, für den sie eine heftige Leidenschaft gefaßt hatte. Man sah sie nur verweint, verfallen, abgehärmt. Dann war sie getröstet, gefaßt. Die Mutter hatte sie zu trösten gewußt, mit jenem Hasse, mit jener feindlichen Bosheit. Sie hatten Haß und Bosheit in der Gattin entzündet, und das hatte ihr die Fassung wiedergegeben. Anderes war hinzugekommen.

Nur das Verbrechen konnte folgen. Ich betete stündlich zu Gott, daß er es abwenden möge. Es war in seinem hohen Rathe anders beschlossen. Vorgestern, am Dinstag ist das Verbrechen ausgeführt. Schon am Tage vorher war es vollständig von den Verbrechern besprochen, verabredet.

Am Montag war eine Arbeit in der Forst begonnen. Der Graf hatte sie schon früher angeordnet. Er legte Gewicht auf sie. Er hatte daher auch schon früher erklärt, daß er jeden Abend hinausfahren werde, um ihr Fortschreiten zu besichtigen. Gleich am Montag Abend fuhr er hinaus. Er fuhr selbst und allein. Er kam nach ungefähr einer Stunde zurück. Er trank dann gemeinsam mit den Damen im gewöhnlichen Speisesaal den Thee. Er zog sich aber früh zurück, zum Schlafen.

Ich bemerkte nach seiner Entfernung, daß die Fürstin und die Gräfin allein zu sein wünschten. Auch ich zog mich daher zurück. Ich konnte noch nicht schlafen. Ich ging in den Garten. Der Abend war außerordentlich schön. Ich setzte mich in eine Laube, in der Nähe des Schlosses, dicht an der Rückseite des linken Flügels. Ich saß still, ich träumte von Allerlei, von Vergangenheit und Zukunft, auch von der traurigen Gegenwart. So war ich länger da geblieben, als ich beabsichtigt hatte.

Die Schloßuhr schlug elf. Ich wollte in mein Zimmer zurückkehren. Ich stand auf. Ich hatte schon den Fuß aufgehoben, die dunkle, dichte Laube zu verlassen. Auf einmal hörte ich Schritte. Sie waren ganz in meiner Nähe. Sie ging rasch und doch leise. Sie kamen seitwärts vom Schlosse her. Dort ist ein Seitenpförtchen. Aus diesem mußten sie gekommen sein. Ich zog mich in das Dunkel der Laube zurück. Eine Neugierde, eine Angst hatte mich plötzlich erfaßt.

Ich war nicht bemerkt worden. Die Schritte naheten sich der Laube. Sie mußten dicht an mir vorüber. Ich mußte sehen können, wer kam. Ich mußte es sehen. Die Fürstin war es. Ich erkannte sie ganz deutlich. Sie ging kaum fünf Schritte von mir. an der Laube vorüber. Sie ging rasch und leise, wie ich sie hatte kommen hören. Sie schritt einem bestimmten Ziele zu, sie sah weder nach rechts, noch nach links.

In der Richtung, die sie nahm, lag ungefähr vierzig bis fünfzig Schritte weiter ein dichtes, weit sich hinziehendes Boskett. Sie konnte nur dahin ihren Weg nehmen. Was wollte sie dort? Ich meinte, ich wüßte es.

Meine Angst steigerte sich. Wenn meine Meinung richtig war, so durfte ich in der Laube nicht länger bleiben. Sie mußte an dieser auch auf ihrem Rückwege wieder vorbei. Sie war auf einem schlechten Wege. Wie leicht konnte sie in der Laube nachsehen, ob sie beobachtet war. Freilich, was konnte sie mir thun? Sie sowohl, wie der, den ich in ihrer Gesellschaft vermuthete? Meine Angst war eine thörichte. Aber ich sah es erst später ein.

Ich verließ die Laube, als sie so weit war, daß sie mich nicht mehr sehen konnte. Ich kehrte in das Schloß, in mein Zimmer zurück. Aber ich mußte wissen, was weiter geschah. Ein Gang in der Nähe meines Zimmers hat ein Fenster, das in den Garten führt, gerade nach jenem linken Flügel hin. Ich stellte mich an das dunkle Fenster.

Nach kaum drei Minuten kamen zwei Gestalten aus der Gegend des Bosketts zum Vorschein. Sie glitten in flüchtiger Eile zu dem Seitenpförtchen des Schlosses. Die Fürstin erkannte ich wieder deutlich. Ihre hohe, starke Figur ist nicht zu verkennen. Eine männliche Gestalt, in einen Mantel gehüllt, begleitete sie. Einige Bewegungen, die mir noch wohl erinnerlich waren, ließen mich auch sie erkennen. Es war Braun, der vormalige, vor drei Wochen weggejagte Oekonomie-Inspektor, der —

Die Fürstin führte ihn zu der Gräfin. Ein heftiges Zittern befiel meinen ganzen Körper. Und an das Verbrechen, das seitdem verübt ist, dachte ich nicht einmal sogleich. Aber dann trat es plötzlich vor mich.

Er, der Graf stand den beiden Frauen im Wege, der glühenden Leidenschaft der einen, der ganzen Existenz der anderen. Sie haßten ihn Beide tödtlich. Und der junge Mensch war von ihm empfindlich beleidigt, liebte die Gräfin, war leichtsinnig, ohne Grundsätze und ohne Gewissen, wurde also Alles, was die beiden Frauen aus ihm machen wollten.

Die Drei saßen jetzt beisammen, einsam, heimlich in der zu unheimlichen Plänen und Entschlüssen auffordernden Mitternacht. Welchen Entschluß, welchen Plan brüteten sie aus? Einen Mord? Ich schreckte vor dem Gedanken zurück. Er wollte mich dennoch nicht verlassen. Aber ich konnte mir nichts Bestimmtes denken.

Wie oft habe ich mir dennoch seit dem vorgestrigen Abende Vorwürfe gemacht, nicht gewarnt, den Verrath nicht zur Anzeige gebracht zu haben! Ich hätte ein anderes Verbrechen hervorgerufen, aber nicht dieses entsetzliche. Ich wartete die Rückkehr des Menschen aus dem Schlosse nicht ab. Ich ging in mein Zimmer, um zu beten. Schlafen konnte ich nicht.

Und am anderen Tage — ich sah die beiden Frauen freilich erst an der Mittagstafel — aber nichts an ihnen zeigte den Verrath, den sie begangen hatten, das Verbrechen, daß sie begehen wollten. Die Fürstin war immer eine vollendete Heuchlerin gewesen. Die Gräfin war es geworden. Beide waren ruhig, kalt, höflich. So war auch der Graf, der nichts ahnte, weder was geschehen war, noch was geschehen sollte.

Die Fürstin wurde einmal sogar freundlich gegen den Mann, den sie haßte, wie keinen anderen Menschen, dessen Tod sie beschlossen, gegen den sie den Mordplan mit ihren Genossen schon festgestellt hatte. Es war der Anfang der Ausführung des Verbrechens. Der Graf sprach bei der Tafel von jener Arbeit im Walde. Er wollte auch zum Abend wieder hinfahren. Um welche Stunde? fragte ihn die Fürstin.

Um sieben Uhr.

Werden Sie lange ausbleiben?

Vielleicht Dreiviertelstunden.

Hätten Sie dann vielleicht die Güte, mich bis zur Klippe mitzunehmen? Der Abend verspricht schön zu werden.

Sehr gern, erwiderte der Graf.

Die zwei Worte gaben mir plötzlich einen Stich in das Herz. Sie sind sein Todesurtheil! Er hat es sich selbst gesprochen! rief es in mir. Bestimmtere Rechenschaft konnte ich mir wieder nicht geben. Ich entdeckte auch weder in dem Gesichte der Fürstin noch in dem der Gräfin irgend einen Zug, der mir auch nur zu dem leisesten Verdachte eine Veranlassung hätte darbieten können. Beide waren völlig unbefangen. Ebenso der Graf.

Ich mußte mir Vorwürfe über meinen Verdacht machen, zu dem ich keinen Grund finden konnte. Ich suchte, ihn mir aus dem Sinne zu schlagen. Es war freilich vergebens.

Zum Abend mußte ich es doch. Mein Bruder — Du weißt, wie viele Sorge er mir macht. Nein, Du weißt es nicht. Ich habe es auch Dir nicht zur Hälfte mittheilen mögen. Er ist immer unordentlich; er vernachlässigt sein Geschäft; er ist Spieler. Wie oft war er in Noth, wie oft habe ich ihn retten müssen! Gegen Abend erhielt ich ein Billet von ihm. Ein Knabe aus der Nachbarschaft des Gutes brachte es mir. Ein fremder Mann habe es ihm für mich übergeben.

Er schrieb mir, daß er in meiner Nähe sei. Er sei in großer Noth, er solle in das Schuldgefängniß abgeführt werden. Nur ich könne ihn retten. Er flehete darum. Ich möge ihn im Park treffen. Um sechs Uhr werde er an dem Pavillon zu Ende der großen Kastanien-Allee sein. Er schrieb in Verzweiflung. Ich konnte ihn der Verzweiflung nicht überlassen. Ich war um sechs Uhr an der bezeichneten Stelle im Park. Aber ich konnte ihm nur die Hälfte der Summe bringen, die er gefordert hatte. Ich beſaß in dem Augenblick nicht mehr, und die Gräfin, die ich um Geld hatte bitten wollen, hatte ich nicht ſprechen können; es hieß, ſie ſei unwohl. Ich verſprach meinem Bruder den Reſt zum andern Morgen. Er wollte bis dahin in der Nachbarſchaft bleiben.

Es war neun Uhr, als ich ihn verließ. Ich hatte ihn zu einem beſſern Lebenswandel ermahnt; ich glaubte endlich, einen empfänglicheren Boden in ihm gefunden zu haben.

Mein Herz hatte ſich erleichtert. Wie ſchwer ſollte es mir werden!

Die Fürſtin war mit dem Grafen um ſieben Uhr ausgefahren, wie ſie verabredet hatten. Bei meiner Rückkehr war ſie wieder da, aber allein. Der Graf war noch nicht zurück. Die Nachricht erfüllte mich mit Entſetzen. Sie hat ihn dem Mörder überliefert. Er iſt ihr Opfer geworden.

Wo iſt die Fürſtin? fragte ich.

In dem Zimmer der Gräfin.

Sie ſtattet der Mitverſchworenen Bericht ab! Ich mußte hin zu den beiden Frauen. Ich ließ mich bei der Gräfin anmelden. Ich wurde nicht angenommen. Sie ſei unwohler geworden, als am Nachmittage, ſie liege zu Bette. Aber nach einer Stunde ſchickte ſie zu mir.

Das ganze Schloß war ſchon in Sorge und Aufregung über das Ausbleiben des Grafen. Die beiden Frauen mußten die meiſte Angſt zeigen, wenn ſie nicht auffallen wollten; es wäre noch auffallender geweſen, wenn ſie da ſich ferner vor mir hätten zurückziehen wollen. Dennoch war, daß ſie mich rufen ließen, für mich ein Anzeichen ihrer Schuld. Ich ſollte über dieſe bald völlig klar werden.

Ich fand die Gräfin und die Fürſtin allein. Die Gräfin ſaß blaß, angegriffen, leidend in einem Lehnſtuhl. Sie war ja ſchon ſeit einiger Zeit unwohl, ſie ſah auch aufgeregt genug aus. Die Fürſtin ging im Zimmer umher. Sie blickte bald durch das eine bald durch das andere Fenſter. Ihr immer ſtark geröthetes Geſicht trug Spuren der Spannung, die auch freilich Spuren der Abſpannung ſein konnten.

Das Alles war ganz natürlich und paßte auch vollkommen zu der ängſtlichen Erwartung des ſo räthſelhaft Ausbleibenden. Dennoch trat es mir ſchon in der erſten Minute unverkennbar als baare Heuchelei entgegen.

Haben Sie denn gar keine Ahnung, wo mein Mann ſein kann? ſagte die Gräfin zu mir, indem ſie ihren leidenden Blick auf mich richtete.

Man kann ſich allerlei Gedanken machen, Erlaucht, erwiderte ich etwas gemeſſen.

O, gewiß ist ihm ein Unglück begegnet.

Ich fürchte das ebenfalls.

Aber welcher Art könnte es sein?

Ich konnte nicht länger an mich halten. Ich mußte Gewißheit haben, mochte für mich daraus erfolgen, was wollte. Ich mußte wissen, ob sie Mörderinnen waren. Ich konnte mit den Mörderinnen nicht ferner zusammen leben. Ich mußte dann noch mehr.

Haben Sie, sagte ich zu ihr, schon Ihre durchlauchtigste Frau Mutter gefragt? Ich sprach langsam, mit erhobener Stimme. Ich sah sie fest an.

Es zuckte plötzlich aber heftig in ihr. Sie sah mich mit einem Blicke an, der Festigkeit zu erringen suchte. Die Fürstin? sagte sie mit derselben Ungewißheit der Stimme.

Die Fürstin war gewandter, konnte sich mehr beherrschen. Sie ist schlechter. Sie hatte meine Worte gehört. Sie trat rasch vor, sie sah mich vornehm an.

Was sagten Sie da, Mamsell?

Ich fragte die Frau Gräfin, ob sie schon mit Ew. Durchlaucht über den Herrn Grafen gesprochen habe?

Konnten Sie daran zweifeln?

Ich hatte angefangen, ich mußte vollenden. Ich mußte schnell zum Ende kommen, wenn ich klar sehn sollte.

Frau Fürstin, sagte ich, ich habe gestern Abend hier am Schlosse einen Menschen gesehen, dessen Begegnen mit dem Herrn Grafen wohl ein großes, schweres Unglück zur Folge haben dürfte.

Die Röthe ihres Gesichts war plötzlich auf eine erschreckende Weise entwichen. Sie war gelb, blau, als wenn sie vom Schlage getroffen sei. Volle Herrschaft hatte sie nicht über sich. Sie konnte nicht einmal sofort sprechen. Sie mußte nach Sprache, nach Fassung ringen.

Die Gräfin hatte alle Gewalt über sich verloren. Sie suchte ihr leichenblasses Gesicht mit ihrem Taschentuche zu bedecken. Aber ihre Hände flogen hin und her. Sie konnte das Tuch kaum halten. Eines Wortes war sie gar nicht mächtig.

Die Fürstin war es wieder geworden. Sie hatte auch ihre Fassung wieder gewonnen. Aber es war die Alles verrathende der Frechheit.

Und wen hätten Sie gesehen, Mamsell?

Muß ich ihn nennen?

Ich denke, ich befehle es.

Den Herrn Braun, Frau Fürstin.

Hier?

Ihre Stimme zitterte doch wieder.

Hier! Gestern Abend. In der Gesellschaft Eurer Durchlaucht. Sie führten ihn in das Schloß.

Allmächtiger Gott! schrie die Gräfin auf.

Sie hatte krampfhaft ihre bebenden Hände vor das Gesicht gepreßt. Die Fürstin aber hatte sich auch von dem zweiten Schlage wieder erholt. Hätten Sie Zeugen? fragte sie höhnisch.

Sie sah mir an, daß ich keine hatte. Ich mußte auf die Frage schweigen. Sie hatte gegen mich gewonnenes Spiel. Ihre Angst löste sich in Zorn, in Bosheit auf.

Sie sind eine Lügnerin! rief sie. Eine elende, unverschämte Lügnerin. Den Augenblick verlassen Sie uns. Auf Ihr Zimmer! Und unterstehen Sie sich, ein einziges von den Worten zu wiederholen, die Sie hier gesprochen haben, so werde ich Sie auf der Stelle den Gerichten überliefern. Sie selbst Mamsell, wo waren Sie den Abend? Wer war bei Ihnen? O! — Aber fort mit Ihnen! Gehen Sie!

Ich ging. Ich mußte gehen.

Sie hatte doch nicht gewonnenes Spiel. Eine Drohung mit den Gerichten wäre auf meiner Seite gewesen. Aber ich konnte mich mit der Bosheit und Gemeinheit nicht ferner einlassen. Meinen Zweck hatte ich erreicht. Es war ein Verbrechen verübt. Ich kannte die Verbrecher. Sollten Verbrechen und Verbrecher an das Tageslicht kommen?

Das Verbrechen war schon nach wenigen Stunden offenbar. Der Graf wurde am andern Morgen erschlagen im Walde gefunden. Werden auch die Verbrecher so offenbar werden? Ich verbrachte eine entsetzliche Nacht. Der Tag, der darauf folgte, war nicht anders. Mein Trost warst Du nur. Ich hatte meinen Bruder im Park gesprochen. Ich bat ihn, zu Dir zu eilen, Dir Alles zu sagen, Dich zu beschwören, daß Du so schnell wie möglich hierherkommen und mich aus der entsetzlichsten Lage der Welt befreien möchtest.

Ottilie Kramer schloß ihre Mittheilung.

Man sah es ihr an, wie sie noch unter einem schweren Drucke litt. Fast nicht minder gedrückt war der Assessor geworden. Und mehr, je weiter sie in ihrer Erzählung voranschritt, schien er, statt in eine immer klarer werdende Helle, in einen tieferen, dunkleren, ihm Unheil drohenden Abgrund zu blicken.

Das sind entsetzliche Dinge! sagte er, als die Verlobte schloß. Er mußte einen Entschluß aussprechen, und er hatte noch keinen. So sprach er nichtssagende Worte.

Dein Bruder, sagte er dann, hat mir von diesen Einzelnheiten nichts erzählt. Weiß er davon?

Nein, erwiderte sie. Er weiß nur, was Alle wissen. Jenes durfte ich zuerst nur Dir mittheilen.

Der Assessor athmete auf.

Kein Mensch weiß also davon, Ottilie?

Kein Mensch. Du mußt entscheiden, welchen Gebrauch Du davon machen willst.

Gebrauch? Der Assessor verfärbte sich wieder. Gebrauch? Du hast ja schon der Fürstin zugestehen müssen, daß Du keine Beweise hast. Das brave, einfache Mädchen sah ihn doch verwundert an.

Bin ich nicht Zeugin?

Allerdings, allerdings. Aber wenn Deine Angaben durch gar nichts weiter unterstützt werden —; für sich allein — Du mußt das zugeben — könnten sie kaum einen einzelnen Verdachtsgrund bilden. Welche Weitläufigkeiten dann, ohne allen Zweck, und nach allen Seiten hin, auch für Dich, meine gute Ottilie. Nein, nein, ich war anfangs zweifelhaft, aber ich sehe jetzt klar, es ist eine Pflicht, eine Gewissenssache für mich, bis jetzt noch nichts, noch kein Wort von Dir vernommen zu haben. Erst wenn ich den gesammten Thatbestand hier aufgenommen und festgestellt habe, wird die Frage entstehen, in wie fern ich auch Dich als Zeugin zu vernehmen habe. Bis dahin habe ich von Dir nichts gehört, und Du hast kein Wort zu mir gesprochen.

Du mußt das als Inquirent wissen, sagte die bescheidene Verlobte, der Einsicht des Beamten sich unterordnend. Aber vergissest Du auch nicht jene Drohung gegen mich?

Welche Drohung?

Man wolle mich den Gerichten überliefern. Wo ich gewesen, wer bei mir gewesen sei?

Der Assessor ⬛ einen Augenblick. „Pah, es ist lächerlich!" sagte er ⬛

Und ⬛ wirst Du mich, Gustav? Ich kann hier nicht länger ⬛

Ich werde Di⬛ ⬛r nehmen. Wir reisen zusammen, sobald mein Geschäft beendet ist. Ich werde es beeilen.

Wohl um es zu beeilen, verließ er sie schnell. Er kehrte zu seinem Protokollführer zurück.

Sie haben lange auf mich warten müssen, Herr Graf.

Ich wüßte nicht, Herr Assessor.

Wurde unterdeß nach mir gefragt?

Der Haushofmeister war da.

Sagten Sie ihm, wo ich sei?

Wer wird solchen Burschen Auskunft über Dinge geben, die ihn nichts angehen?

Dieser Stolz! sagte der Assessor für sich. Aber er mußte doch, sich selbst demüthigend, hinzusetzen: Es ist ihnen angeboren, diesen Adlichen. Es berechtigt sie doch zu höheren Carrièren, als Unsereinen!

V.
Eine gerichtliche Untersuchung.

In der Hütte des Armen, in dem Hause des Bürgerlichen schlägt der Inquirent seinen Sitz auf, und er läßt Alles, was er zu verhören und zu vernehmen hat, „sich vorführen", „zu sich hereinführen." In den Schlössern des Adels bittet man, sich herbemühen zu wollen, auch unter dem Erbieten, zu der Dame des Hauses allenfalls selbst zu kommen. In den Palästen der Großen läßt man sich unterthänig anmelden. Vor dem Gesetze sind Alle gleich, steht in dem — Gesetze. Der Rentmeister kam wieder: „Die Herren werden Ihrer Durchlaucht angenehm sein. Darf ich bitten, mir zu folgen?" Der Assessor hatte nur sich anmelden lassen; sein Protokollführer war nur ein Zubehör von ihm. Die Fürstin ließ die beiden Herren bitten. War es von ihr, oder von dem höflichen Haushofmeister ausgegangen? Der Assessor sollte es bald erfahren.

Der Haushofmeister geleitete die Herren bis zu dem Zimmer der Fürstin. Er ließ sie eintreten. Er selbst zog sich zurück.

Der Assessor trat zuerst ein, hinter ihm sein Protokollführer. „Durchlaucht wollen gnädigst verzeihen," begann er, ▓▓▓▓ verbeugend. Die Dame sah an ihm vorbei.

Herr Graf Rehmen, wenn unser Haush▓▓▓▓▓▓▓et hat?

Durchlaucht sind sehr gnädig, von mir ▓▓▓▓

Ich bin erfreut, ein Mitglied eines so a▓▓▓▓▓▓▓n Hauses kennen zu lernen. Ich bedaure nur, das Glück ▓▓▓▓ beklagenswerthen Umstande verdanken zu müssen.

Darf ich fragen, was Sie von mir wünschen?

Der Herr Assessor Hartenberg wird Ew. Durchlaucht seine Bitten vortragen.

Ah, Sie, mein Herr?

Auch von dem Assessor wurde endlich Notiz genommen. Es war ihm warm geworden, innerlich, wie äußerlich. Diese Impertinenz! Aber er durfte es nur sich selbst sagen, und nur sehr leise. Hier mußte Alles geschont werden, wenn nicht die Carrière auf dem Spiele stehen sollte. Und — vornehme Geburt hat einmal diese Bevorzugung! setze er, seinen Zorn beschwichtigend, hinzu.

Es war eine große, sehr starke Dame, die endlich von dem Assessor Notiz genommen hatte. Ihr hochrothes Gesicht zeigte Spuren großer ehemaliger Schönheit. Es zeigte aber auch Leidenschaften und Begierden, die schon lange wild und wüst gelodert haben mochten und doch noch immer nicht ausgebrannt waren. Vor Allem zeigte es, oder bemühte es sich, einen harten, hochmüthigen Stolz zu zeigen. Einer solchen Frau gegenüber Inquirent zu sein, ist keine leichte Aufgabe, man möchte sie denn sich leicht machen wollen.

Ich komme zu Eurer Durchlaucht mit der Bitte, sagte der Assessor — daß er Bitten vorzutragen habe, hatte ja auch sein vornehmer Protokollführer schon angekündigt — ich komme mit der Bitte, um gnädige Mittheilung der Umstände, unter denen Euer Durchlaucht den Herrn Grafen Urnäsch zuletzt sahen.

Es ist eine traurige Mittheilung, die Sie von mir wünschen, mein Herr!

Mein Amt! zuckte der Assessor die Achseln.

Die Fürstin hatte sich niedergelassen.

Darf ich bitten, Platz zu nehmen, sagte sie zu dem jungen Grafen. Dem Assessor wies ein leichter Wink der Hand einen Stuhl an.

Nun mein Herr! fragte ihn dann die Dame.

Euer Durchlaucht fuhren gemeinschaftlich mit dem Herrn Grafen, als er in der Forst eine Arbeit besichtigen wollte?

Ja, mein He

Wie .... ie den Herrn Grafen?

Bis .... nde von hier. An einer Anhöhe, die Klippe genannt, ... onnenuntergang anzusehen. Mein Schwiegersohn fuhr .... zu, versprach, in einer halben Stunde wieder da zu sein, kam ab .... wieder, und wurde am andern Morgen ermordet in der Forst gefunden. Ich hatte allein hierher zurückkehren müssen.

Wünschten Sie noch mehr von mir zu erfahren, mein Herr? Ich wüßte aber kaum, was ich Ihnen noch sollte mittheilen können.

Der Assessor hatte doch noch einige Fragen: „Euer Durchlaucht haben keine Vermuthung über den Urheber des verübten Verbrechens?"

Nicht die geringste mein Herr.

Lebte der verstorbene Herr Graf mit Niemandem in Feindschaft?

Ich wüßte nicht.

Hat er nicht vielleicht (so etwas kommt so leicht vor) einen Diener plötzlich entlassen müssen, der zu einem Racheakt fähig gewesen wäre?

Auf diese Frage erhob die Dame sich sehr stolz: „Mein Herr, ich habe die Ehre, den Bräutigam des Fräulein Krainer vor mir zu sehen?"

Das Fräulein ist meine Braut.

Sie haben sie vorhin gesprochen?

Ja.

Und Sie hat Ihnen von einem Manne gesagt, der eine Zeit lang Mitbewohner dieses Schlosses war?

Der Assessor war ein gewandter Inquirent und stolz konnte auch er werden.

Durchlaucht, meine Braut hat mit mir nur von unseren eigenen Verhältnissen gesprochen. Hätte sie über die Untersuchung, die ich hier amtlich zu führen habe, etwas mitzutheilen gehabt, so wäre es meine Pflicht gewesen, auf der Stelle von jedem amtlichen Vorschreiten hier Abstand zu nehmen, zurückzukehren und meinen Platz als Inquirent einen Andern einnehmen zu lassen. Daß ich aber meine Pflicht, die ich kenne, auch zu erfüllen weiß, davon bitte ich Eure Durchlaucht überzeugt sein zu wollen.

Die Fürstin sah ihm doch etwas mißtrauisch in die Augen.

Allein sein Blick war eben so stolz und beinahe stolz gekränkt, wie seine Worte.

Verzeihen Sie mir, mein Herr, sagte sie, wenn ich einem unbegründeten Verdachte einen Augenblick Raum gab. Hätten Sie sonst noch eine Frage an mich?

Jetzt allerdings noch, meine gnädige Fr[au] Und?

Sie selbst, Durchlaucht, haben einen M[ ] erwähnt, als wenn es möglich sei, einen Verdacht auf i[ ] meine Pflicht fordert, um nähere Auskunft über ihn zu bitte[n].

Die Fürstin besann sich einen Augenblick.

Sie haben Recht, mein Herr, sagte sie dann. Hier im Hause war einige Monate lang ein Oekonomie-Inspektor, Namens Braun, angestellt. Er wurde vor drei oder vier Wochen entlassen. Ich glaubte, Ihre Frage hätte auf ihn gezielt.

Meine Frage bezog sich auf einen möglichen Verdacht, und so auch die Antwort Eurer Durchlaucht.

Ich habe gefehlt, mein Herr. Ich muß es offen gestehen. Die Ursache der Entlassung jenes Mannes war einzig und allein ich, und nur gegen mich, nicht im entferntesten gegen meinen Schwiegersohn hätte er auf Rache sinnen können.

Darf ich um den Grund jener Entlassung bitten.

Der junge Mann hatte einmal die Achtung aus den Augen gesetzt, die ich glaubte von ihm fordern zu müssen.

Der Gegenstand wäre damit für die Zwecke der Untersuchung erledigt.

Die Dame sah den Assessor von der Seite an, nicht mehr mißtrauisch, aber als wenn sie ihn jetzt kenne. Sie war eine kluge Dame.

Der Assessor hatte keine Fragen mehr. Das Verhör war zu Ende.

Ich würde auch die Frau Gräfin befragen müssen, bemerkte er noch der Dame.

Ich bedaure, meine Tochter ist sehr leidend.

Es ist nur eine Formalität.

Um so mehr dürften Sie von ihr Abstand nehmen können.

Nur auf Grund eines ärztlichen Zeugnisses, und da ich jeden Augenblick den Gerichtsarzt erwarte . . . .

Für die Formalität war der Assessor zähe. Der Fürstin war sie ungefährlich.

Wenn es sein muß, sagte sie.

Gewiß, Euer Durchlaucht.

So bitte ich mir zu folgen. Ich werde selbst die Herren zu meiner Tochter führen. Ihren Arm, Herr Graf.

Sie nahm den Arm des jungen Grafen, die Herren zu dem Zimmer ihrer Tochter zu führen. Der Assessor mußte hinterher gehen.

Impertinent! knirschte er, wieder sehr leise, mit den Zähnen. Aber diese Vornehmen wissen, was sie einem bieten dürfen.

Sie wissen wenigstens, wem sie es bieten dürfen, und darin hatte auch die Fürstin den richtigen Blick gehabt.

Die Gräfin Urnäsch war allerdings leidend. Sie war eine feine, blasse, auch in ihrer tiefen Wittwentrauer sehr schöne Dame. Sie sah aus, wie ein sanfter, leidender Engel. In anderen Verhältnissen, in einer anderen Umgebung wäre sie auch wohl ein Engel geworden.

Die Herren, sagte die Fürstin zu ihrer Tochter, haben einige Fragen über den Tod des armen Paul an Dich zu richten.

Was könnte ich noch darüber zu sagen haben, erwiderte eine sanfte, leidende Stimme.

Ich habe das ebenfalls schon bemerkt.

Es ist nur eine Formalität, Erlaucht, sagte der Assessor.

Die Gräfin antwortete darauf schon, ehe sie gefragt war: „Sie werden schon gehört haben, mein Herr, wie mein Mann in den Wald gefahren und nicht zurückgekehrt ist; wie ich ihn durch sämmtliche Leute des Schlosses habe suchen lassen, und wie am Morgen die Leiche des Unglücklichen gefunden ist. Das ist Alles, was ich Ihnen über seinen Tod sagen kann. Es ist so wenig, und doch so schrecklich.“

Die Dame hatte Recht, gegenüber dem Assessor, der seine Carrière machen wollte. Er hatte zuerst nur noch auch hier die banale Frage, ob sie auf keinen Menschen einen Verdacht bezüglich des Mordes werfen könne? „O mein Herr!“ erhielt er zur Antwort? „würden wir nicht sofort jede, auch die geringste Spur eines Verdachtes, auf das lebhafteste verfolgt haben?“

Dann aber zeigte er sich als vorsichtigen Inquirenten.

Es ist nach den bisherigen Ermittelungen allerdings zunächst an einen Raubmord zu denken. Könnten mir Eure Erlaucht angeben, welche werthvollen Gegenstände der Herr Graf bei sich trug?

Mein Mann führte seine Börse bei sich, eben so seine Taschenuhr; weitere Sachen von Werth wohl nicht.

Von welcher Beschaffenheit war die Börse?

Es war eine gestrickte Ziehbörse, von grauer Seide!

Und ihr Inhalt?

Sie konnte vielleicht an zweihundert Gulden enthalten.

In welchen Münzsorten?

In Louisd'or, in Zwei- und Einguldenstücken, und in kleinerer Münze. Aber ich kann das nur vermuthen, weil mein Mann zu Hause und auf einer kurzen Spazierfahrt selten mehr Geld bei sich trug.

Die Beschaffenheit der Uhr?

Eine kleine goldene Cylinderuhr, pariser Fabrikat; näher kann ich sie nicht beschreiben.

Der Herr Graf trug sie an einer Kette?

An einer sogenannten Erbsenkette von Gold.

Auch das Verhör der Gräfin war zu Ende. Sie war keinen Augenblick verlegen oder auch nur befangen gewesen. Sie war immer jener Engel der Trauer und des Leidens.

Schon während ihrer Vernehmung hatte der Haushofmeister angezeigt, daß die Gerichtsärzte angelangt seien. Mit ihnen mußte jetzt die Besichtigung und Sektion der Leiche vorgenommen werden.

Gräfliche Equipagen brachten die sämmtlichen Beamten in den Wald. Der Haushofmeister begleitete sie. Die Personen, die die Leiche gefunden hatten, wachten im Walde bei ihr. Die Ermittelungen wurden mit der größten Sorgfalt vorgenommen. Sie konnten trotzdem freilich nichts Neues herausstellen.

Das Dickicht, in welchem der Leichnam gefunden wurde, war, wie schon der Haushofmeister gesagt hatte, von dem Eichenschlage, den der Ermordete hatte besichtigen wollen, ungefähr fünfzig Schritte entfernt. Der Körper lag auf dem Rücken, lang ausgestreckt.

Das Verbrechen war nicht dort verübt. Das Moos, das den Boden bedeckte, und die Zweige und Blätter der Bäume hätten Spuren davon aufzeigen müssen. Der Körper war erst nach vollbrachter That hingebracht worden, um ihn unter den dichten und tief herunterhängenden Zweigen von Nußstauden und Hagebuchen zu verbergen.

Die Ermordung hatte neben einer geschlagenen Eiche stattgefunden. Die Eiche lag unmittelbar am Rande einer Lichtung des Waldes. Der Boden war dort mit frischem Blute getränkt. Von einem vorhergegangenen Ringen oder Kämpfen war keine Spur zu entdecken.

Der Körper trug Verletzungen nur am Schädel. Dieser war an vielen Stellen, besonders am Hinterhaupte, zerbrochen und zersplittert. Die Verletzungen waren mit einem harten stumpfen Instrumente zugefügt, wahrscheinlich einem starken und schweren Stücke Holz. Sie wurden von den Aerzten für unbedingt tödtlich erklärt. Der Tod mußte fast unmittelbar nach ihrer Zufügung erfolgt sein.

Das Ganze des Befundes ließ auf den Hergang des Verbrechens schließen, ihn wenigstens vermuthen. Der Ermordete hatte, bei dem Eichenschlage angelangt, seinen Wagen verlassen. Bei jenem geschlagenen Baume stehend, war er plötzlich von hinten überfallen, und sofort, ehe er an eine Gegenwehr nur denken konnte, zu Boden geschlagen worden. Daher die meisten Schädelbrüche am Hinterhaupte, und darum keine Spur eines Kampfes neben der Eiche. Die Leiche war dann in das Dickicht getragen.

Getragen, nicht geschleppt. Ein Schleppen hätte Spuren zurücklassen müssen, die nicht zu finden waren.

Das Tragen aber konnte, da der Ermordete ein starker, schwerer Mann war, schwerlich durch einen einzigen Menschen geschehen sein. Die Vermuthung sprach also auch dafür, daß bei dem Verbrechen mehrere Personen betheiligt gewesen waren. Sie hatten hinter den starken Bäumen, die keine fünf Schritte von der geschlagenen Eiche standen, sich leicht verborgen haben können.

Die Spur des Wagens wurde verfolgt, wie schon der Haushofmeister angegeben hatte. Weitere Spuren fanden sich nicht vor. Auch das Instrument, mit dem das Verbrechen verübt war, konnte, aller Mühe des Nachsuchens ungeachtet, nicht aufgefunden werden.

Der Assessor suchte und inquirirte bis spät in die Nacht hinein. Er ermittelte nichts weiter. Er vernahm alle Personen, die in der Nähe des Orts des Verbrechens wohnten, alle Arbeiter an dem Eichenschlage. Niemand hatte den Grafen gesehen, Niemand hatte aber auch irgend einen anderen, verdächtigen oder unverdächtigen Menschen vor, während oder nach der That in der Gegend wahrgenommen.

Die Thäter blieben für das gerichtliche Protokoll völlig unermittelt, keine Spur zeigte sich zu ihrer Entdeckung, oder nur Verfolgung.

Der Assessor schloß sein gerichtliches Protokoll. Es war im Schlosse aufgenommen. Die Fürstin hatte ihn um Nachricht bitten lassen, wenn sein Geschäft beendet sei. Um Mitternacht war es beendet. Sie hatte sich nicht zu Bette begeben. Er ließ sich bei ihr anmelden. Er wurde sofort angenommen.

Sie entschuldigen, mein Herr, ich wünschte vor Ihrer Abreise das Resultat Ihrer schwierigen und mühevollen Arbeit zu erfahren. Haben Sie etwas entdeckt?

Durchaus nichts, Eure Durchlaucht.

Keine Spur des Verbrechens?

Nicht die geringste.

Es ist entsetzlich! Aber Sie, mein Herr, dürfen das ruhige Bewußtsein mit sich nehmen, daß Sie mit einem Eifer, einer Aufopferung und einer Umsicht ohne Gleichen Ihre schwere Pflicht erfüllt haben.

Noch Eins, Fräulein Kramer hat meine Tochter um ihre Entlassung gebeten, und meine Tochter hat sie ihr, wiewohl ungern, bewilligen müssen. Ihre Gesundheit ist in der That angegriffen. Sie ist Ihre Verlobte, wie ich höre. Sie wünscht mit Ihnen von hier abzureisen. Von unserer Seite steht kein Hinderniß entgegen.

Er war mit einem gnädigen Neigen des Kopfes entlassen.

VI.

Eine arme Kranke.

Es war acht Tage später. Der Assessor Hartenberg hatte seine Akten-
arbeit beendet. Er begann seine Toilette zu machen. Er war beim Geheimerath Schröder von Schrodenstein zum Mittagessen eingeladen. Nur
zum Familientische, durch ein außerordentlich liebenswürdiges Billet des
Fräuleins Ludmilla.

Seit seiner Rückkehr von Urnäsch, hatte sie ihm geschrieben, habe er
sich in ihrem Hause nicht mehr blicken lassen. Eifersüchtig zu sein, dazu
habe sie allerdings kein Recht. Aber auf das Recht und auf die Freude,
Freunde des Hauses bei sich zu sehen, könne weder ihr Vater noch sie
ganz verzichten. So müsse er denn nothwendig heute Mittag zu ihnen
kommen, eigentlich heute ausschließlich zu ihr.

Er warf, während er sich ankleidete, sinnende Blicke auf das offen
neben ihm liegende Billet. Er sprach auch leise, langsame Worte zu sich selber.

Sie ist eine Millionärin. Mein Gott, wieviel kann man mit einer
Million in der Welt machen! Vierzig bis fünfzigtausend Thaler jährliche
Renten! Ein Präsident hat höchstens vier bis fünftausend Thaler jährlich, ein Minister nicht über achttausend! Eine Schulter ist ihr zwar etwas
höher, als die andere. Aber der Unterschied ist ja nur so unbedeutend.

Ottilie! ach da fällt mir ein, ich habe ihr versprechen müssen, heute
Abend zu ihr zu kommen!

Sie ist doch sehr verblüht.

Wer von den Beiden wohl die ältere sein mag.

Er war fertig, mit seinem Ankleiden nämlich; mit Fragen und Zweifeln
des Herzens wohl noch lange nicht. Es wurde an seine Thür geklopft.

Herein! rief er.

Ein Bedienter trat ein.

Ah, erheiterte sich das Gesicht des Assessors. Es war ein Bedienter
seines Präsidenten, ein Privatdiener. Der Mann konnte nur in einem
Privatauftrage des Präsidenten zu ihm kommen.

Der Herr Präsident lassen den Herrn Assessor ersuchen, wenn es
Ihnen möglich sei, sofort zu dem Herrn Präsidenten zu kommen.

Melden Sie dem Herrn Präsidenten meinen Respekt. Ich werde auf
der Stelle zu Befehle sein.

Der Diener entfernte sich wieder. Der Assessor bürstete seinen Hut
noch einmal.

Sogleich soll ich kommen? Er hat also etwas Wichtiges. Was es nur sein mag? Mich muß es betreffen. Er sprach sich sehr vortheilhaft über die Urnäsch'sche Untersuchung aus, als er die Akten gelesen hatte. Er machte zugleich so beziehungsvolle Anspielungen.

Er war schon auf dem Wege zu seinem Vorgesetzten. Vor dem Kabinet des Präsidenten stand, auf ihn wartend, der Bediente. De Assessor trat ein: „Der Herr Präsident haben befohlen." Der Präsident sah gerührt aus.

Mein theurer junger Freund, es gereicht mir zum besonderen Vergnügen, Ihnen eine überaus freudige Mittheilung machen zu können. Sie hatten die Untersuchung, den an dem Grafen Urnäsch verübten Mord betreffend, mit einer Sorgfalt, Umsicht und Gründlichkeit geführt, die meine höchste Zufriedenheit, ja selbst meine Bewunderung erregen mußten. Ich hatte den Befehl, aus den Akten unmittelbar im Kabinet Vortrag zu halten. Ich konnte es nicht, ohne zugleich das rühmendste Urtheil über Sie auszusprechen. Ich habe die Genugthuung, so eben die Nachricht zu erhalten, daß für Sie Allerhöchst das Patent als wirklicher Rath ausgefertigt ist. Empfangen Sie meinen herzlichsten Glückwunsch Herr Rath.

Da wurde auch der neue Rath gerührt. „Herr Präsident", rief er aus, und seine Stimme zitterte, „mein Herz wird ewig voll Dankbarkeit für Sie schlagen. Ich kann nicht mehr Worte finden, mein Herz ist zu voll."

Nicht mir, mein Freund, erwiderte ihm der würdige Präsident, nur Ihren Verdiensten verdanken Sie Ihre Beförderung.

Er ging mit seinem vollen Herzen. Es war ihm wieder voll.

Auf der Treppe begegnete ihm eine hohe, stolze Dame in tiefer Trauer. Ein Bedienter in voller Livree, den Hut ehrerbietig in der Hand, schritt ihr vor.

Die Fürstin, die Schwiegermutter des ermordeten Grafen Urnäsch! mußte der neue Rath sich verwundert sagen. Was mag die hier wollen?

Die Dame erkannte ihn ebenfalls. Aber sie sah ihn nicht an. Sie wandte ihren Blick nach der anderen Seite, stolz, kalt und . . .

Lag nicht auch Hohn und Bosheit in diesem Blicke? mußte er sich unwillkürlich fragen. Aber was kann sie nur wollen? Gerade sie? Pah, ich wüßte in der Welt nichts. Es ist das so die Art der Vornehmen. Wenn ich einmal Präsident bin, oder gar noch mehr . . .

Er schritt die Treppe hinunter.

Sein gerader Weg führte ihn zu dem Hause des Geheimenraths von Schrodenstein.

Rath! Rath! Man ist doch derselbe Mensch wie gestern, wie vor einer Stunde, und doch wieder ein anderer! Welche Augen wird Fräulein Ludmilla machen!

Dachte er an seine Verlobte nicht, der allein, deren Liebe, deren Treue, deren Sorgen, Mühen und Entbehrungen er Alles verdankte, was er war, was wenigstens Gutes an ihm war? Sie wohnte freilich weit aus seinem Wege, da hinten in der Vorstadt, in einem kleinen ärmlichen Gewürzladen. Aber die Gedanken durchfliegen ja den weitesten Raum, wie den engsten, mit gleicher Schnelle, mit gleicher Leichtigkeit. Wenn sie nur wollen!

Der Rath Hartenberg langte in der Wohnung des Herrn von Schrodenstein an. Man wartete schon auf ihn und auf die Tafel.

Ihren Arm, mein lieber Affessor, lächelte ihm Fräulein Ludmilla mit ihrem bezauberndsten Lächeln entgegen.

Ich bin zum Rath befördert, flüsterte er verschämt, und er wollte sie zur Tafel führen.

Aber auch das scharfe Ohr des Herrn von Schrodenstein hatte die beiden Worte gehört. Halt! befahl er. Dann sann er tief nach, wohl auf einen Kernschlagsatz. Er hatte einen gefunden.

Junger Mann, Sie stehen auf der Stufe zu einer hohen Macht! Geben Sie meiner Tochter Ihren Arm.

Der Rath Hartenberg führte Fräulein Ludmilla zur Tafel. Sie ging an seiner Seite, wie eine stolz erröthende Braut.

Es war schon sehr später Nachmittag, als er sich endlich von ihr trennte.

Sie gehen zu ihrer Braut? sagte sie.

Ich hatte es ihr versprochen.

Die Glückliche!

Das Fräulein mußte sich seufzend von ihm abwenden.

Ottilie Kramer saß in einem kleinen Gärtchen hinter dem Gewürzladen in der entfernten Vorstadt. Sie sah nicht aus wie eine glückliche Braut. Die Strahlen der sinkenden Abendsonne beschienen einen vollen, frisch blühenden Rosenstock, aber hinter den Rosen ein bleiches, bekümmertes Gesicht.

Sie war mehr angegriffen, sie war kränklicher, als mitten in jenen Ereignissen, die vor acht Tagen auf Schloß Urnäsch ihr Gemüth erschüttert, an ihrer schwankenden Gesundheit gezehrt hatten. Sie hatte eine Rose von dem Strauche gepflückt; sie zerpflückte die Blätter der Rose. Sie sah ihnen nach, wie sie Stück für Stück dahin fielen, auf den trocknen, kalten Sandboden, um zu sterben. Sie seufzte schwer.

Wer sie so ansah, dem wurde es klar, wie nur eine volle, innige, ganz sich hingebende, wie nur die heiligste Liebe diesem zarten Körper die Frische des Lebens, diesem gedrückten Gemüthe die fröhliche Lust zum Leben wiedergeben könne. Sie hatte ja durch die edelste Aufopferung der Liebe alles Das verloren, was zum Leben so unentbehrlich ist. Hatte sie jene Liebe verloren? Sollte sie sie wiederfinden? Sie seufzte so schwer.

Mein Bruder mußte ihn in jenem Hause aufsuchen; er war in einer rauschenden Gesellschaft. Ich litt unterdeß Todesqualen. Er ist oft in dem Hause, sagen die Leute; wie ein Kind im Hause, wollten sie sogar wissen. Mit ihr fährt er fast täglich aus. Mich hat er hier nur zweimal besucht. Und wenn er bei mir ist — nur für Carrière, nur für Beförderung hat er Worte. Wie war er früher so ganz anders! War ich nicht auch früher anders? Ach, man sollte nicht alt werden, nicht verblühen, wie diese arme Rose! Arm, arm! Und vor Allem sollte man nicht arm sein. Verblühet ist auch sie, aber sie ist so reich!

Von Dank und Undank sprach sie nicht. An alles, was sie getragen und entbehrt, was sie mit Hingebung ihrer Gesundheit und ihres Herzensfriedens gerade für den Mann gethan hatte, über den sie jetzt so schwer seufzte, an das Alles dachte sie nicht. Sie wollte keinen Dank, ihr Herz mußte nur Liebe haben. Und doch, sie mußte auch an den Dank denken, an den Undank wenigstens, und sie mußte mit ihrem Herzblut daran denken.

Sie hatte die Rose entblättert und zerpflückt. Sie hielt nur noch den nackten, kahlen, zerrissenen todten Kelch in der Hand, das zerrissene Herz der Blume, die so schön gewesen war.

Mein Gott! rief sie auf einmal, und sie warf das zerrissene Herz von sich. Mein Gott, mein Gott, soll auch mein Herz so zerrissen werden? Und von ihm, von ihm, dem ich Alles geopfert habe, für den ich gearbeitet, Nächte durchwacht, o, für den ich entbehrt, diesen Körper früh entkräftet habe?

Eine tiefe, dunkle Röthe füllte das blasse Gesicht. Alles Blut war ihr plötzlich vom Herzen zum Kopfe geschossen. Sie hatte mit ihrem Herzblute gedacht. Auch ihre bleichen Lippen waren geröthet. Schnell strömte zwar die Masse des Blutes zu dem Herzen zurück; es schlug ja noch. Das Gesicht wurde wieder weiß wie der frisch gefallene Schnee. Aber die Lippen blieben roth. Nur zwei einzelne Blutstropfen hingen wie wunderbar dunkle und doch helldurchsichtige Perlen an ihnen. Es waren Perlen ihres Herzblutes. Die Arme fühlte sie.

Schon wieder? sagte sie. Auch gestern —

Sie stockte. Sie hatte Schritte gehört. Sie nahm schnell ihr Taschentuch; die beiden Blutstropfen verbargen sich in der schneeweißen Leinwand.

Ihr Verlobter trat in den Garten. Sein Gesicht glänzte in Glück und Freude.

Er kann noch glücklich zu mir kommen, jauchzte das liebende und liebend gläubige Herz der Verlobten auf. Ich habe ihm Unrecht gethan machte ihr braves Herz sich selbst Vorwürfe.

Die Liebe und der Glaube hatten sie gestärkt. Sie erhob sich, sie konnte ihm mit festem Schritte entgegengehen.

Er eilte ihr entgegen: Ottilie, ich bin Rath geworden. — Carrière, Beförderung! das war sein Glück! Sie erbleichte wieder; sie schwankte.

Er nahm sie in seinen Arm, er sah sie besorgt, dann ihre tiefe Blässe erschrocken an.

Um Gotteswillen, Ottilie, was fehlt Dir? Hat das Glück Dich so angegriffen?

Das Glück?

Die Arme warf ihm die Frage nicht entgegen. Aber eine andere mußte sie aus ihrem wunden Herzen an ihn richten: Liebst Du mich noch, Gustav? Liebst Du mich noch ganz wie früher, wie in der schönsten, besten Zeit unserer Liebe? Sie blickte ihn an mit jenen unendlich klaren und glänzenden Augen der Brustkrankheit. Es lag ihr ganzes wundes und liebendes Herz in dem Blicke.

Er sah es. Er sah ihr Herz. Er sah sein eigenes. Er erbleichte, er wurde glühend roth. Gefühle besserer Zeiten kehrten in sein Inneres zurück, mit ihnen die Scham, dann die alte, herzliche Liebe. Ja, in diesem Augenblicke die volle Liebe seines Herzens: „Ottilie, ich liebe nur Dich! Immer und ewig nur Dich!"

Da umfaßte auch sie ihn. „Gott segne Dich, mein Geliebter! Wir werden glücklich werden!"

Dem Gärtchen naheten sich wieder Schritte. Ein Polizeibeamter, gefolgt von zwei Gendarmen, trat ein.

Die leidigen Amtsgeschäfte! rief der neue Rath aus. Aber der Beamte wandte sich nicht an ihn.

Fräulein Ottilie Kramer? fragte er die Braut des Rathes.

Mein Name.

Ich bedaure, mein Fräulein. Ein unangenehmer Auftrag führt mich hierher. Ich habe den Befehl Sie zu verhaften.

Die Fürstin! rief sie entsetzt.

Die Fürstin! rief auch der Rath, allein er rief es nur in seinem Inneren laut.

Laut sagte er: „Es ist ein Mißverständniß, mein Herr."

Aber der Beamte zeigte ihm seinen schriftlichen Befehl.

Eigenhändig von dem Herrn Präsidenten?

Eigenhändig von dem Herrn Präsidenten.

Es ist dennoch ein Mißverständniß. Ich gehe auf der Stelle zu ihm. Erwarten Sie hier meine Rückkehr!

Ich bedaure, es ist gegen meine ausdrückliche Vorschrift.

Diese lautet?

Sofort diese Dame und ihren Bruder zu arretiren, und beide getrennt zu dem Kriminalgefängnisse abzuführen. Der Bruder fährt diesen Augenblick ab. Der Wagen für die Dame wartet vor dem Hause.

Ich darf sie begleiten?

Ich bedaure.

Sie ist meine Verlobte, und mich kennen Sie.

Ich bedaure dennoch.

Ottilie Kramer hatte sich mit bewunderungswürdiger Kraft gefaßt und erhoben. „Ich folge Ihnen, mein Herr. Du, Gustav, hast nur wenige Worte zu sprechen, um mich und meinen Bruder auf der Stelle zu befreien von der Haft, wie von jedem ungerechten Verdachte. Lebe wohl, nur auf wenige Stunden!" Sie reichte ihm ruhig die Hand, sie sah fest und klar in sein Auge.

So schied sie von ihm. Ihr Herz war so edel und so voll Liebe! Und der Assessor, der neue Rath?

VII.
Eine Berichtigung.

Den Rath Hartenberg überfiel auf einmal, als er die Verlobte mit dem Polizeibeamten und den beiden Gensdarmen fortfahren sah, eine große Angst. Wie ein elektrischer Schlag durchfuhr ihn ein Gedanke, der bisher nicht einmal wie eine Ahnung in ihm aufgetaucht war. Siedend heiß überlief es dann seinen ganzen Körper.

Großer Gott, rief er aus, ich, ich liefere sie da in die Kriminalgefängnisse ab. Du mußt es als Inquirent wissen, sagte sie zu mir. Ich mußte es wissen.

Er suchte sich zu beruhigen. Aber ist es denn möglich? War denn eine solche Bosheit, eine solche unerhörte Frechheit vorauszusehen?

Doch von diesem Versuche der Selbstberuhigung mußte er abstehen. Freilich, freilich, es ist schon öfters so vorgekommen, daß Verbrecher, um desto mehr den gegen sie laut werdenden Verdacht von sich abzulenken, mit solch voller Frechheit einen Unschuldigen als den Verbrecher angeben. Der Verdacht gegen die beiden Frauen war im Publikum lauter geworden, troß dem Resultate der gerichtlichen Untersuchung; es ist nicht zu leugnen. Das Zerwürfniß in der Familie war bekannter geworden; es wird überall davon gesprochen. Das kann auch ihnen nicht verborgen geblieben sein. Da haben sie zu diesem Mittel gegriffen. Aber es ist das letzte Mittel der verzweiflungsvollen Frechheit und — drei Worte von mir machen alle ihre bösen Anschläge zu nichte. Und ich werde sie sprechen, die Worte, ich muß sie sprechen. Auf der Stelle.

So hatte er auch einen Entschluß gefaßt, und der Entschluß goß Beruhigung in sein Herz. Er eilte, wie er war, zu dem Präsidenten.

· Er wurde nicht angenommen. Der Herr Präsident sei dringend beschäftigt, hieß es. Es gab ihm einen Stich in das Herz, einen Stich freilich nur.

Der Präsident mußte wissen, wußte, was er wollte, wußte, daß es für ihn, den Rath, keine wichtigere und dringendere Angelegenheit geben könne. Er wollte ihn dennoch nicht sprechen; die banale Entschuldigung mit dringender Beschäftigung war dem neuen Rath bekannt genug. Was hatte das zu bedeuten?

Gottlob, Rath bin ich einmal, sagte er zu sich.

Er schlief doch unruhig. Und am andern Morgen, so früh der Anstand es erlaubte, war er schon wieder im Vorzimmer des Präsidenten. Er wurde angenommen. Aber der Empfang war ein kalter, streng abgemessener, äußerst zurückhaltender.

Sie wünschen etwas von mir, Herr Rath?

Herr Präsident, ich bitte in der wichtigsten Angelegenheit meines Lebens um Ihr geneigtes Gehör.

Und?

Meine Verlobte, Fräulein Kramer, ist gestern plötzlich verhaftet.

Ja, mit ihrem Bruder.

Sie sind zu den Kriminalgefängnissen abgeliefert.

Ja.

Es ist also eine Kriminaluntersuchung gegen sie beschlossen.

Allerdings.

Darf ich fragen, Herr Präsident, welchen Gegenstand sie betrifft?

Die Dame ist Ihre Braut, Herr Rath, und Sie kennen die Gesetze der Amtsverschwiegenheit.

Der Rath wurde doch warm. Andere Leute müssen es durch solche Kälte werden. Ihm war es allerdings anzurechnen, daß er es trotz derselben wurde.

Herr Präsident, rief er, ich beschwöre Sie um die Gnade, offen, aus dem Herzen, mit Ihnen sprechen zu dürfen. Es handelt sich hier um das Schicksal einer edlen Person einerseits, und um eine ungeheure, um eine kaum glaubliche Bosheit andererseits.

Auch der Präsident schien ein Herz zu haben.

Sprechen Sie, sagte er, wenigstens mit einiger Theilnahme.

Herr Präsident, die Fürstin war gestern bei Ihnen. Ich begegnete ihr hier auf der Treppe.

Sie war bei mir.

Sie hat bei Ihnen meine Braut und deren Bruder als die Mörder des Grafen Urnäsch angeklagt.

Nun ja, sagte der Präsident nach kurzem Besinnen, ob er antworten solle.

Herr Präsident, und sie ist die Mörderin, sie, die Fürstin, und mit ihr ihre Tochter, die Gräfin selbst, die Gattin des Ermordeten, und mit dieser ihr Buhle, ein Oekonomie-Inspektor Braun, der früher auf dem Schlosse lebte und vor ungefähr vier Wochen um seines verbrecherischen Verhältnisses zu der Gräfin willen, von dem Grafen fortgejagt wurde.

Es waren das in wenigen Worten die wichtigsten Entdeckungen, die dem Präsidenten eines Kriminalgerichtshofes über ein in Untersuchung gezogenes schweres Verbrechen gemacht werden können. Der Präsident hatte sie dennoch mit dem größten Gleichmuthe angehört. Ebenso ruhig und kalt fragte er dann:

Und Sie haben Beweise für Ihre Behauptungen, Herr Rath?

Gewiß, Herr Präsident, rief der Rath, der jetzt wirklich durch die Kälte des Präsidenten warm und wärmer wurde. Gewiß. Meine Verlobte selbst ist fast unmittelbare Zeugin der Vorbereitungen zu dem Verbrechen gewesen. Der Graf fuhr die Abende in die Forst, um nach dem Vorschreiten der von ihm befohlenen Arbeiten zu sehen. Es war gewiß, daß er auch an jenem Abende dahin fahren werde. Er fuhr allein. Er fuhr nach Beendigung der Tagesarbeit hin. Die Forst war völlig menschen-

leer. Nie und nirgends war eine bessere Gelegenheit, den Grafen zu überfallen und aus der Welt zu schaffen. Er mußte aus der Welt geschafft
werden. Die unsittlichen Verhältnisse in jenem Schlosse sind in Aller
Munde. Er stand der Gräfin im Wege, ihrem Buhlen. Er hatte der
Fürstin angekündigt, sie habe in einigen Wochen sein Haus zu verlassen.
So wurde sein Mord beschlossen. Es mußte nur noch der Plan der Ausführung gemacht werden. Am Abend vorher ward Braun herbeigeholt,
die Fürstin selbst führte ihn in das Schloß, zu der Gräfin. Der Plan
wurde verabredet. Am folgenden Mittag bat die Fürstin mit heuchlerischer
Freundlichkeit den Grafen, sie auf seiner Fahrt in den Forst mitzunehmen.
So führte sie das Schlachtopfer dem lauernden Mörder zu. Sie will
auf dem Wege zurückgeblieben sein, um die Sonne untergehen zu sehen.
Nirgends steht fest, ob dies wirklich der Fall gewesen ist. Aber der Graf
mußte an den Ort geführt werden, wo der Verabredung gemäß der
Mörder lauerte. An ihrem Arm dachte er um so weniger an einen Mord-
überfall. Der Leichnam ist nach der That, um ihn zu verbergen, an
vierzig Schritte weit in ein Dickicht gebracht. Er ist dahin nicht am Boden
geschleppt, sondern getragen. Das konnte Braun allein nicht; die Fürstin
ist eine starke, kräftige Frau. Mit dem Wagen und Pferde hat Braun
dann in die dunkle Nacht sich davon gemacht, um die Vorspiegelung eines
Raubmordes desto glaublicher zu machen. So, Herr Präsident, ist das
Verbrechen verübt. So ist die That einfach zu kombiniren aus den Umständen, die meine Verlobte mir mittheilte, deren Verbreitung die rechten
Mörder fürchteten, und deren überzeugender Kraft sie jetzt durch eine
Frechheit und Bosheit ohne Gleichen zuvorgekommen sind. Ihnen, Herr
Präsident, mußte ich jetzt Alles entdecken. Sie haben mich angehört.
Ihrem lebendigen Gerechtigkeitssinne darf ich getrost das Weitere
anheimstellen.

Der Präsident war wieder vollkommen ruhig und kalt geblieben.
Sein Gesicht hatte nur zugleich den Ausdruck einer ernsten, tiefen Strenge
erhalten.

Wann wußten Sie alle diese Umstände, die Sie mir mitgetheilt haben,
Herr Rath?

Meine Verlobte theilte sie mir schon in Urnäsch mit.

Und Sie nahmen sie nicht zu Protokoll?

Der Herr Präsident werden sich erinnern . . .

Vollkommen. Jedoch, welchen Gebrauch sollte ich jetzt von Ihrer
Mittheilung machen?

4*

Ich stelle lediglich der höheren Einsicht des Herrn Präsidenten anheim, in welcher Weise meine Verlobte und ihr Bruder sofort aus der Untersuchung befreit werden.

Die Miene des Präsidenten wurde noch strenger.

Mein Herr Rath, sagte er mit einer schneidenden Kälte, daß ich in die Untersuchung auf keine Weise eingreifen darf, müssen Sie als Beamter wissen und wissen Sie. Von Ihren Mittheilungen aber, wenn Sie das vielleicht noch nicht wissen sollten, kann ich nur einen einzigen Gebrauch machen, falls Sie nämlich überhaupt wünschen sollten, daß ich Gebrauch davon mache. Es ist der, daß ich sofort mit Ihnen ein amtliches Protokoll aufnehme, zu dem Sie selbst sich des schwersten richterlichen Amtsverbrechens anklagen, der vorsätzlichen Begünstigung eines peinlich Angeklagten, um ihn der gesetzlichen Strafe zu entziehen. Wünschen Sie das? Sie haben zu befehlen.

Der neue Rath war erstarrt. Der Präsident hatte Recht, vollkommen Recht, in jedem einzelnen seiner Worte.

Aber, Herr Präsident! stöhnte er.

Er wagte nicht fortzufahren. Er sah das Nutzlose der Worte, die er hinzusetzen wollte, ein, bevor der Gedanke nur halbfertig in ihm war.

Aber, mein Herr Rath? fragte der Präsident.

Er mußte sie doch aussprechen.

Aber ich habe ja nur dem ausdrücklichen Befehle des Herrn Präsidenten gemäß gehandelt . . .

Mein Herr! fuhr der Präsident in hoher Entrüstung auf. Aber er mäßigte sich auf der Stelle wieder.

Herr Rath, ich vergebe Ihnen die unbedachten Worte, die Sie aussprachen. Sie sind in einer Lage, die in der That eine bedauernswerthe ist. Aber Sie sind nur durch Ihre eigene Schuld darin. Was Sie aber von einem Befehle sagten, bedarf einer erheblichen Berichtigung. Ich erinnere mich ganz genau eines jeden Wortes, das ich vor Ihrer Abreise nach Urnäsch zu Ihnen gesprochen habe. Ich mahnte Sie ausdrücklich, sehr ernst und sehr eindringlich, an die Pflichten eines vorsichtigen, besonnenen und gewissenhaften Inquirenten. Haben Sie als solcher verfahren? Ich warnte Sie dabei vor Allem vor jener Hitze und jenem unverständigen Diensteifer, die ohne Ueberlegung des Guten zu viel thun wollen. Hatten Sie bestenfalls, und da die Hand aufs Herz, nicht des Guten zuviel gethan? Sie sind, wie gesagt, in einer traurigen Lage. Sie gestattet Ihnen in diesem Augenblicke keine klare Ueberlegung; dieser bedürfen Sie aber, um einzusehen, was Ihre Pflicht nach der einen oder andern Seite von Ihnen fordert. Ich habe heute nichts, kein Wort von Ihnen vernommen, kein Wort mit Ihnen gesprochen. Haben Sie mir etwas zu sagen, so bitte ich, kommen Sie morgen wieder zu mir. Daß ich Ihnen wohl will, wissen Sie. Leben Sie jetzt wohl.

Er war entlassen.

VIII.

Eine Inquisitin.

Während der Präsident und der Rath sich besprachen, wurde Ottilie Kramer vor ihren Inquirenten geführt, um „ihr erstes Verhör zu bestehen."

Ihr Inquirent war ein alter Rath des Kollegiums. Er war ein strenger und gewissenhafter Mann, aber auch einer jener alten Inquirenten, denen durch den vieljährigen Verkehr mit dem Verbrechen das Herz, wenn auch nicht gegen die Welt feindselig, doch verhärtet geworden ist. Eine Carrière konnte und wollte er nicht mehr machen. Er hatte auch schon die Ordensklasse erhalten, die er nach der Dienstpraxis möglicher Weise erlangen konnte.

Er saß mürrisch in seiner Verhörstube, die Akten vor sich, auf das Eintreten der Inquisitin wartend. Ihm gegenüber saß, zum Schreiben bereit, sein Protokollführer mit jenem nichtssagenden Gesichte alter Protokollführer, die seit zwanzig bis dreißig Jahren keine andere Beschäftigung gehabt haben, als mechanisch das niederzuschreiben, was ihnen diktirt wird.

Ottilie Kramer wurde durch einen Gerichtsdiener in die Verhörstube geführt.

Sie war blaß, krank, aber nicht blasser, nicht kranker, als am Abende vorher. Sie zitterte nicht. Sie konnte gerade, aufrecht stehen. Sie konnte frei das Auge aufschlagen. Das Bewußtsein der Unschuld, die Liebe und die Hoffnung hielten sie aufrecht. Ihr Bräutigam hatte nur bis jetzt noch nicht, nicht so eilig, ihre Freilassung bewirken können.

Setzen Sie sich, sagte trocken, geschäftlich der mürrische Inquirent zu ihr, als er gesehen hatte, wie blaß und krank sie aussah.

Sie durfte sich auf einem harten hölzernen Stuhle niederlassen, der vor dem Aktentische stand. Wie anders war in jenem gräflichen Schlosse mit den hohen Damen verfahren worden. Mit den Schuldigen! Und hier war die Unschuldige vor Gericht! Der Rath begann das Verhör.

„Wissen Sie, weßhalb Sie verhaftet worden sind?" Der Inquirent soll bekanntlich in manchen Ländern schablonenmäßig so beginnen, damit er keine Suggestivfragen stelle, sagt man.

Nein, mein Herr, antwortete die Gefragte.

Wie werden Sie das nicht wissen? Denken Sie etwas nach.

Sie möchten vielleicht Fragen über den Tod des Grafen Urnäsch an mich zu richten haben.

Nun ja.

Und in welcher Eigenschaft soll ich darüber Auskunft geben? Als Zeugin oder . . . ?

Als Angeklagte.

Und wer hat mich angeklagt?

Fräulein, ich bin hier der, der zu fragen hat.

O! ich weiß es ohnehin. Die Fürstin . . .

Antworten Sie mir auf meine Fragen.

Fragen Sie mich, mein Herr.

Erzählen Sie mir ausführlich, was Ihnen über den Tod des Grafen Urnäsch bekannt ist.

Die Angeklagte hatte einen Entschluß gefaßt. Sie hatte mit ihm schon wohl das Verhörzimmer betreten. Auf die Aufforderung, die jetzt an sie gemacht wurde, hatte sie vorbereitet sein können.

Mein Herr, sagte sie in ruhigem, aber völlig entschiedenem Tone, bevor ich Ihnen über den Tod des Grafen irgend einige Mittheilungen mache, muß ich von Ihnen vollständig erfahren haben, wessen ich beschuldigt werde, und auf welchen Thatsachen die Beschuldigung gegen mich beruht. Ich bitte Sie, mir dieses mitzutheilen.

Es wird später geschehen, sagte der Inquirent.

Ich muß jetzt darauf bestehen, vorher.

Ihr krankes Gesicht hatte völlig den Ausdruck der Entschiedenheit, der in dem Tone ihrer Stimme lag.

Es ist ein krankhafter Eigensinn, sagte der Rath halblaut für sich. Zu der Angeklagten sagte er dann in seiner trockenen und mürrischen Weise:

Ich kann Ihnen den Gefallen schon thun. So hören Sie denn. Sie sind der Ermordung des Grafen Urnäsch dringend verdächtig.

Dringend verdächtig? Ich? mußte die Angeschuldigte doch ausrufen.

Sie und Ihr Bruder, sagte der Inquirent.

Und die Gründe des Verdachtes, mein Herr?

Hat der Graf Sie nie mit zudringlichen Liebesanträgen verfolgt?

Nie, mein Herr! Nie! rief die Angeklagte, und das kranke Gesicht wurde glühend roth.

Er soll sogar unverschämt gegen Sie geworden sein. Sie haben ihn nur mit Mühe zurückweisen können.

Herr Rath, hat es die Fürstin angegeben?

Antworten Sie mir!

Es ist nicht wahr, mein Herr. Kein Wort ist wahr davon.

Sie sollen indessen einen tiefen Haß gegen ihn gefaßt haben.

Der Graf war mir völlig gleichgültig.

War Ihr Bruder bei Ihnen auf Schloß Urnäsch?

Ja.

Wann war das?

Am Abend der Ermordung des Grafen.

Nicht auch später?

Auch am folgenden Morgen.

In welcher Absicht war er bei Ihnen?

Er bat mich um Geld.

Er war also dessen bedürftig?

Ja.

Hat Jemand Ihren Bruder bei Ihnen gesehen?

Nein.

Warum nicht?

Ich sprach ihn nur im Park.

Also heimlich. Warum das?

Er wollte im Schlosse nicht gesehen werden.

So. Und warum das nicht?

Ich weiß das nicht.

Ah! Wußten Sie, daß der Graf an jenem Abend in die Forst zu dem Eichenschlage fahren wollte?

Ja.

Auch um welche Stunde?

Um sieben Uhr.

Auch daß er allein fahren, daß die Fürstin ihn auf dem halben Wege verlassen werde?

Ich wußte es.

Um neun Uhr kam die Fürstin allein zurück. Bis dahin muß der Mord verübt gewesen sein.

Es ist wahrscheinlich.

Wo waren Sie in der Zeit von sieben bis neun Uhr?

Mit meinem Bruder im Park.

Ah! Also mit Ihrem Bruder zusammen.

Ich sagte es.

Und Sie waren heimlich mit Ihrem Bruder zusammen. Er hat sich vor keinem Menschen sehen lassen. Jener Eichenschlag war in der Nähe. Man kann auf Fußpfaden durch den Park dahin gelangen. Sie hatten den lange genährten Haß gegen den Grafen. Ihr Bruder bedurfte Geld. Der Graf trug werthvolle Sachen bei sich. Ihr Bruder hat in der That seit einigen Tagen seine Schulden bezahlt. Müssen Sie nicht die Schwere dieser Verdachtsgründe anerkennen?

Die Angeklagte hatte wohl noch nie so frei und so stolz aufgeblickt und aufblicken können, als auf den Vorhalt dieser Verdachtsgründe.

O, mein Herr, sagte sie, muß ich mich denn wirklich noch gegen die Anklage eines so gemeinen Raubmordes rechtfertigen, dessen Sie, gestützt auf solche erbärmlich seichten Gründe, mich fähig halten wollen?

Ihrerseits lag auch Haß vor, mein Fräulein, sagte der Inquirent.

Gleichviel!

Sie hielt es nicht der Mühe werth, mehr als dieses Eine Wort zu erwidern. Sie kannte die Kunst des Inquirirens nicht, die auch dieser trockne und mürrische Inquirent inne hatte.

Ich hätte noch andere Gründe, fuhr er unerschütterlich ruhig fort. Wie war Ihr Bruder gekleidet, als er bei Ihnen war?

Er trug einen braunen Oberrock und einen grauen Filzhut.

Sie wissen, daß Wagen und Pferd des Grafen nicht wieder aufgefunden sind?

Ich weiß es.

Man hat mit diesem Wagen und Pferde einen Mann von der Gestalt Ihres Bruders, in einem braunen Oberrock und mit einem grauen Filzhute, gesehen.

Wo? fuhr die Angeschuldigte auf.

Fünf Meilen von Schloß Urnäsch und acht Meilen von hier.

Und wann?

Um sieben Uhr am Morgen nach der That.

Die Angeklagte wurde wieder ruhig. „Gerade um sieben Uhr an jenem Morgen war mein Bruder bei mir im Parke zu Urnäsch."

Haben Sie Beweise dafür? fragte nicht minder ruhig der Inquirent.

Ich selbst bin Zeugin.

Sie? Sie sind mit ihm des Mordes angeklagt.

Die Angeklagte erblaßte.

Ah, Sie werden blaß. Herr Protokollführer verzeichnen Sie zum Protokoll: die Angeschuldigte wurde bei dieser Frage auffallend blaß und unruhig; sie vermochte keine Antwort zu geben.

Die Angeklagte hatte sich gefaßt. „Wer will jenen meinem Bruder ähnlichen Menschen mit dem Wagen und Pferde gesehen haben?"

Zwei untadelhafte Zeugen, die erst jetzt ermittelt sind, werden ihm seiner Zeit gegenüber gestellt werden. Aber ich bin noch nicht zu Ende, Fräulein. Ich mußte Ihnen vorhin im Allgemeinen bemerken, daß der Graf unverschämt gegen Sie geworden ist. Ich werde Ihnen jetzt Einzelnheiten vorhalten.

Aber der Graf hat sich nie das Geringste gegen mich herausgenommen.

Am dritten Tage vor seinem Tode hat er Sie in Ihrem Zimmer überfallen.

Nie, mein Herr!

Sie haben um Hilfe gerufen. Die Gräfin hat Ihr Rufen gehört. Selbst unwohl, hat sie die Fürstin Ihnen zu Hilfe gesandt.

Es ist eine entsetzliche Lüge.

Zwei Tage nachher war Ihr Bruder da. Unzweifelhaft hatten Sie ihn in Folge jenes Vorfalls kommen lassen, wahrscheinlich, damit er Sie von dem Schlosse abholen sollte.

Ich hatte meinen Bruder gar nicht kommen lassen.

Sie änderten Ihren Vorsatz. An demselben Tage, an welchem der Graf ermordet wurde, hatten Sie mit diesem eine noch empfindlichere, beleidigendere Scene. Es war im Speisesaal, nach der Mittagstafel, als die Kinder nicht mehr da waren, und die Bedienten sich entfernt hatten. Die Fürstin, die Gräfin, der Graf und Sie waren allein da, Sie wollten sich entfernen. Der Graf vertrat Ihnen den Weg. Er stellte Sie wegen Ihres lauten Hilferufes zur Rede, und dabei rühmte er sich roh und laut lachend Ihrer Gunst. Fast unmittelbar darauf . . .

Die Angeklagte war wieder blaß geworden; diesmal war es eine fürchterliche Blässe. Ihr ganzer Körper zitterte. Sie wollte von ihrem Stuhle aufspringen. Sie hatte nicht die Kraft dazu. „Auch das hat die Fürstin gesagt?" konnten ihre bebenden Lippen nur hervorpressen.

Der Inquirent fuhr ruhig fort: Unmittelbar darauf trafen Sie mit Ihrem Bruder zusammen. Es war Ihnen ein Schimpf angethan, ein Sie bis in das Innerste treffender Schimpf. Was war natürlicher, als daß unter seinem Eindrucke Ihre Unterredung mit Ihrem Bruder zu Plänen des Hasses und der Rache gegen den frechen Beleidiger wurde? Drei Stunden später war der Graf ermordet.

Die Angeschuldigte war auf ihrem Stuhle erschöpft zurückgesunken. Sie war für den Augenblick keines Wortes mächtig.

Sie antworten mir nicht? fragte der Rath sie. Sie können auf solche schwere Beschuldigungen nichts erwidern? Herr Protokollführer, schreiben Sie: Die Angeschuldigte erblaßte auf diese Beschuldigungen von Neuem, stärker als das vorige Mal. Sie konnte, trotz der Aufforderung, sich zu vertheidigen, nichts darauf erwidern, und schien so allerdings den Eindruck zu machen, daß die Schwere der Vorhaltungen sie niederdrückte.

Aber die Angeklagte hatte sich erholt. „Mein Herr", sagte sie mit der ruhigen Würde der Unschuld, die sie wieder gewonnen hatte, „jedes Wort, das Sie mir haben vorhalten müssen, war eine Unwahrheit, und wenn, woran ich nach Allem nicht zweifeln kann, die Fürstin jene Umstände dem Gerichte angegeben hat, so ist ein Gericht noch nie frecher und unverschämter belogen worden, als von dieser Frau. Ich bitte Sie, auch das zum Protokoll niederschreiben zu lassen."

Die Gräfin wird die Angaben der Fürstin bestätigen, bemerkte der Inquirent.

So wird die Gräfin das Gericht nicht minder frech und unverschämt belügen, wie die Fürstin.

Beide Damen werden ihre Aussagen als Zeuginnen beschwören.

Da mußte die Angeschuldigte noch einmal auffahren. „Ha! Sie sollen als Zeuginnen gelten? Sie, sie? Und nicht ich? Sie gegen mich?"

Jene Damen sind unverdächtig, sagte der Inquirent.

Allmächtiger Gott im Himmel!

Oder wären Sie im Stande, ihr Zeugniß aus irgend einem Grunde verdächtig zu machen?

Ottilie Kramer sprang von ihrem Stuhle auf. Trotz ihrer Schwäche litt es sie nicht mehr auf ihm. Eine ungeheure innere Unruhe hatte sie ergriffen. Sie kämpfte mit sich um einen schweren, entscheidenden Entschluß. Sie konnte ihn nicht fassen.

Sie hatte nur Weniges zu sagen, und nur die Wahrheit. Sie hatte nur das zu wiederholen, was sie auf Schloß Urnäsch ihrem Bräutigam mitgetheilt hatte, und nur hinzuzusetzen, daß sie das damals schon ihrem Verlobten entdeckt habe, der es Wort für Wort bestätigen werde. Sie hatte die Pflicht, das Alles zu sagen; es war die Pflicht der Selbsterhaltung.

Warum konnte sie dennoch den Entschluß nicht fassen? Hielt der Gedanke an ihren Verlobten sie zurück? Weil sie ihm einmal den Gebrauch jener Mittheilungen anheimgestellt hatte? Weil sie fürchtete, sie könnten ihm schaden? Oder vielleicht . . . ? Er war seit ihrer Rückkehr von Urnäsch nicht mehr wie früher gegen sie gewesen. Sie hatte mit Eifersucht an eine andere, vornehme, reiche Dame denken müssen. Sie hatte Zweifel an seiner Liebe in ihrem Herzen aufwerfen müssen. Liebte er sie wirklich noch, so war es seine Pflicht, so war es seine erste Pflicht, seinerseits, zuerst und unaufgefordert, die volle Wahrheit für sie und ihre Freiheit und Unschuld einzulegen. Ja, schon die allgemeine Pflicht des Menschen forderte das von ihm, die Pflicht des ehrlichen Mannes, die Ehre. Er liebte sie nicht nur nicht, er war ein Elender, wenn er es nicht that. Er war noch immer nicht da, sie zu befreien. Jetzt hätte er doch schon für sie wirken können. Ja, hätte er nicht schon längst, schon vor ihrem Verhöre, zu seiner Vernehmung sich selbst melden müssen? Warum hatte er es nicht gethan? War er unentschlossen gewesen? War eine solche Unentschlossenheit nicht Feigheit, schmachvolle Feigheit und der schnödeste Verrath an der Liebe zugleich? Und da sollte sie bei ihm betteln?

Dachte sie an das Alles? Sie kämpfte wohl schwer. Sie erhob sich wohl stolz. Sie war doch Weib. Sie war ein liebendes Weib. Aber auch ein stolzes.

Mein Herr, sagte sie zu dem Inquirenten, lassen Sie meinen Verlobten, den Rath Hartenberg, vorladen. Befragen Sie ihn über das, was ich ihm mitgetheilt habe. Wenn Sie ihn vernommen haben, lassen Sie mich wieder vorführen, falls es dann noch nöthig sein sollte.

Sie wollen mir also, sagte der Rath, jetzt keine Auskunft weiter geben?

Kein Wort weiter, bevor Sie den Rath Hartenberg vernommen haben.

Sie sagte das mit jener vollen Entschiedenheit, welcher der Inquirent schon einmal hatte nachgeben müssen. Er gab auch diesmal nach. Er ließ sie in das Gefängniß zurückführen.

IX.

Der glücklichste Mann der Welt.

Am folgenden Morgen saß der alte Rath des Kriminalgerichts, der Inquirent in der Kriminal-Untersuchungssache gegen Ottilie Kramer und ihren Bruder, wieder in seiner Verhörsstube. Er saß wieder mürrisch da, die Akten vor sich, auf Jemanden wartend, den er zu vernehmen hatte.

So ein alter Rath kann wohl mürrisch und das Herz kann ihm auch wohl hart werden. Tag für Tag, wenn anderen Leuten doch irgend eine Abwechslung des Lebens wird, wenn Böses, aber auch Gutes an ihnen vorübergeht, wenn an ihnen zu dem manchen Leid im Leben doch auch oft eine Freude sich zugesellt, wenn zu trübem, traurigem Wetter der liebe Gott ihnen doch auch manchen hellen, freundlichen Sonnenblick sendet, der alte Inquirent sitzt Tag für Tag in seiner finstern, traurigen Verhörsstube und muß Alles, was er an Gefühlen, an Gedanken und an Phantasie hat, aufbieten und anstrengen, um Verbrechen und Verbrecher an das helle Tageslicht zu bringen, um die Bosheit und Niederträchtigkeit und Gemeinheit der Menschen bis in ihre innersten Tiefen zu verfolgen, um so recht tief und weit in den Herzen der Menschen zu wühlen und sie blutig und schmerzlich zu zerwühlen. Es muß so sein, und Einer muß es sein, der es thut. Es ist der arme Inquirent. Und ach, hätte er nur das! Nur die Bosheit und Gemeinheit an Menschen zu erforschen und zu strafen! Wie oft muß er auch das blos schwache Herz, das nur aus Leichtsinn, oft sogar nur aus bloßer Gutmüthigkeit, und wie häufig nur aus Liebe, aus der reinsten, edelsten Liebe, zu dem Gatten, zu den Kindern, zu den Eltern, gefehlt hat, wie oft muß er auch dieses schwache Herz blutig und schmerzlich zerwühlen, daß ihm das eigene Herz vielleicht noch mehr blutet und weh thut, bis sein Herz freilich zuletzt daran gewöhnt wird. Die anderen aber — sie gehen daran zu Grunde.

So wird der Inquirent mürrisch und verhärtet. Doch manchmal auch nicht.

Der, den der alte Rath erwartet hatte, erschien. Es war sein Kollege, der Rath Hartenberg. Es war wohl das erstemal in seiner langen Praxis, daß er als Inquirent einen Kollegen zu verhören hatte. Mürrisch blieb er auch hier. So kam er kurz zur Sache.

Herr Kollege, Sie kennen die Untersuchung wegen der Ermordung des Grafen Urnäsch, jetzt gegen die Geschwister Kramer gerichtet.

Ich kenne sie, Herr Kollege.

Ich habe Sie auf den Antrag der Inquisitin Kramer zu vernehmen. Sie ist zwar Ihre Braut. Sie werden dennoch, trotz dieses Verhältnisses, nur die Wahrheit sagen.

Herr Kollege, ich kenne meine Pflicht, wie ich sie der Wahrheit, wie ich sie aber auch meinem Amte gegenüber habe.

Die Inquisitin hat jede Auslassung verweigert, bis Sie in der Sache vernommen seien.

Und was soll ich in der Sache aussagen?

Ich soll Sie über das befragen, was Sie Ihnen mitgetheilt habe.

Herr Kollege, Verlobte sprechen viel miteinander, theilen einander Mancherlei mit. Dürfte ich fragen, um welcher Art Mittheilung es sich hier handelt?

Unzweifelhaft nur bezüglich der Untersuchung.

Auch über diese Untersuchung haben wir Mancherlei mit einander gesprochen. Ich müßte, bevor ich es zu einem gerichtlichen Protokolle wieder erzähle, genau den besonderen Gegenstand wissen, über den ich etwas bekunden soll. Sie wissen selbst, Herr Kollege, in einer Kriminal-Untersuchung kann jeder noch so unschuldige Umstand eine beschwerende Bedeutung gewinnen, wenn er aus dem Zusammenhang gerissen oder in eine Beziehung gebracht wird, in die er nicht hineingehört. Ich kann und muß Ihnen nun aus meiner vollsten Ueberzeugung die heiligste Versicherung geben, daß meine Braut, ebenso wie ihr Bruder, völlig unschuldig ist, und daß nur die bodenloseste Bosheit und Gemeinheit die verläumderische Anklage gegen sie vorgebracht haben kann. Umsomehr aber muß ich Bedenken tragen, vor genauer und spezieller Kenntniß dessen, worüber meine Braut sich auf mein Zeugniß beruft, hier irgend eine Aussage zu machen, die, aus dem Zusammenhange gerissen oder in eine unrichtige Beziehung gebracht, leicht einen Schatten von Schuld auf die völlig Reine und Unschuldige werfen könnte.

Ich kann Ihnen das nicht verdenken, Herr Kollege, sagte der Inquirent, zumal da Sie nach dem Gesetze vollkommen das Recht haben, jede Aussage zu verweigern, die Ihrer Verlobten zum Nachtheile gereichen könnte. Wir wären also fertig.

Sie waren fertig. Doch hatte der Rath Hartenberg noch eine Bemerkung zu machen.

Um Eins bitte ich Sie dringend, Herr Kollege, fest überzeugt sein zu wollen, daß meine Braut, wie ihr Bruder, vollkommen unschuldig ist, und daß ich auch meinerseits keinen einzigen Umstand weiß, der, richtig dargestellt und zugleich richtig aufgefaßt, ihr im geringsten nachtheilig sein könnte.

Er verließ das Verhörzimmer. — Er ging doch etwas gedrückt und gebeugt, und sein Gesicht war weißer, wie seine untadelhaft weiße Halsbinde.

Die Inquisitin Ottilie Kramer werde vorgeführt! befahl der mürrische Inquirent dem aufwartenden Gerichtsdiener. Ottilie Kramer wurde vorgeführt. Sie trat mit jener vollen klaren Ruhe ein, mit der sie am gestrigen Tage das traurige Zimmer verlassen hatte. Sie hatte doch wohl nicht an dem Geliebten gezweifelt. Sie hatte ihn ja immer nur als einen Mann von Ehre gekannt, der sie liebte, den sie liebte, der immer ihrer würdig gewesen war. Und sie war so brav, so edel.

Und — sie hatte so viel für ihn gethan und für ihn geopfert. Schon der gewöhnliche, der gewöhnlichste Mensch mußte der Pflicht der Dankbarkeit sich nicht entziehen können. Sie zweifelte auch jetzt nicht an ihm. Sie vertraute ihm, sie vertraute der Liebe, der Dankbarkeit.

Liebe und Vertrauen spiegelten sich siegreich in dem schönen, blassen Gesicht ab, leuchteten in den glänzenden Augen, die in diesem Momente nicht den Glanz der Brustkrankheit hatten. Er hat die Wahrheit für mich eingelegt; der Inquirent wird meine und meines Bruders Freilassung verkünden. Mit dieser festen Zuversicht trat sie ein.

Der Inquirent sah so kalt und mürrisch aus. Aber so sah er ja immer aus, das war seine Natur.

Der Rath Hartenberg, hob der Inquirent an, hat jede Auslassung in dieser Sache verweigert.

Hatte sie recht gehört? „Wie?" fragte sie.

Der Rath Hartenberg, wiederholte der Inquirent, hat auf die Fragen, die ich an ihn richtete, jede Auskunft verweigert.

Die Antwort war deutlich. Sie hatte sie deutlich gehört. Sie sagte nichts. Sie sah sich nach einem Stuhle um. Der harte hölzerne Stuhl, auf dem sie gestern gesessen hatte, stand nicht weit von ihr. Sie wollte darauf zugehen.

Sie war zum Erschrecken blaß geworden. Aber sie konnte noch den Fuß erheben. Doch auf einmal nicht mehr. Eine furchtbar dunkle Röthe schoß in ihr Gesicht.

„Mein Herz!" schrie sie auf. Sie griff mit beiden Händen nach ihrem Herzen. „Ich sterbe!" rief sie noch. Die letzte Silbe aber starb schon auf ihrem Munde.

Ein Strom dunklen Blutes erstickte ihn. Es quoll aus ihrem Munde. Sie fiel nieder.

Mit einer Sterbenden, vielleicht schon mit einer Leiche, konnte der mürrische Rath kein Verhör mehr abhalten.

——————

Es war doch beinahe drei Vierteljahre später, als wieder ein Fest bei dem Geheimen Ober-Regierungsrath Schröder von Schrodenstein gefeiert wurde. Diesmal war es das glänzendste, das je in dem Hause des reichen und vornehmen Mannes begangen war. Es war das Hochzeitsfest seiner einzigen Tochter. Fräulein Ludmilla von Schrodenstein war Frau Ober-Regierungsräthin Hartenberg geworden.

Der Rath Hartenberg war aus dem, manchmal doch zu dornenvollen Justizdienste ausgetreten und in die Verwaltungs-Carrière übergegangen.

Die festliche Hochzeitstafel war beendet. Das junge Paar hatte sich heimlich zurückgezogen, um in den Reisewagen zu der hergebrachten Hochzeitsreise zu steigen.

Die junge Frau entledigte sich des fluthenden Ueberflusses von Spitzen, die ihren Körper bedeckten, in dem Wagen aber geniren mußten. Der junge Gatte half ihr. Magere Schultern und ein kleiner Höcker kamen allerdings zum Vorschein. Aber sie sah ihn so süß lächelnd an.

Bist du glücklich, Gustav?

Ich bin der glücklichste Mensch der Welt, seufzte er.

Es war das, wie gesagt, doch beinahe drei Vierteljahre später, nach dem Tode der armen Ottilie Kramer, die aus dem Verhörzimmer auf ein Krankenlager getragen war, von dem sie nicht wieder aufstand.

Der Rath Hartenberg hatte sie innig betrauert, ein volles halbes Jahr lang. Dann erst hatte er sich mit dem Fräulein Ludmilla von Schrodenstein verlobt.

Nach dem Tode der Hauptinquisitin hatte die Untersuchung gegen den Bruder eine Zeit lang nicht rechten Fortgang nehmen wollen. Sie war lahm geworden. Dann hatten die Zeugen, die ihn mit Wagen und Pferd des Ermordeten gesehen haben sollten, als er ihnen vorgestellt wurde, erklärt, er sei es nicht gewesen, sondern ein Anderer, der eine entfernte Aehnlichkeit mit ihm gehabt habe.

Darauf hatte man ihn aus der Haft und Untersuchung entlassen, mit einer Bescheinigung, daß sich durch die Voruntersuchung keine Beweise gegen ihn ergeben hätten, welche die Eröffnung der Spezialuntersuchung rechtfertigen könnten.

Die Fürstin, die Gräfin, der Inspektor Braun? Eine Kriminaluntersuchung wurde nicht gegen sie eröffnet. Weiter weiß ich von ihnen nichts zu erzählen.

Doch Eins muß ich noch mittheilen. Der Rath Hartenberg ist seitdem Minister geworden. Man konnte in neuerer Zeit vielerlei Minister gebrauchen. Ob er auch Graf geworden ist, weiß ich nicht.

Ehre und Verbrechen.

Ungefähr eine Meile von der Stadt D. entfernt, liegt in anmuthiger Gegend das Rittergut Forsthausen. Es gehörte zur Zeit der nachfolgenden Begebenheiten dem Kaufmann Eversen in D. Der Herr Daniel Eversen war einer der reichsten Handelsherren der reichen Handelsstadt.

Es war im August des Jahres 184—, als in Forsthausen das Ernte-fest gefeiert wurde.

Der Herr Eversen gab das Fest jährlich seinen Leuten. Er selbst nahm Theil daran, mit seiner Familie und mit befreundeten Familien aus der Stadt, die dazu eingeladen wurden. Er wohnte mit seiner Fa-milie in der Stadt; das Gut war der Aufsicht und Bewirthschaftung eines erfahrenen und zuverlässigen Inspektors anvertraut. Nur im Sommer pflegte seine Frau mit seiner einzigen Tochter sich einige Wochen, auch wohl Monate, wenngleich nicht immer ununterbrochen, auf dem Gute auf-zuhalten. Eversen fuhr dann jeden Abend nach Beendigung der Komptoir-stunden zu ihnen hinaus. Zuweilen blieb er auch in der Nacht da, na-mentlich zum Sonntage.

Daniel Eversen war, wie einer der reichsten, so unzweifelhaft der pünktlichste Geschäftsmann des Platzes. In seinem kaufmännischen Thun und Lassen herrschte eine Ordnung und Genauigkeit, die pedantisch nie nach der einen oder anderen Seite abwich.

Er war, wir müssen es gleich hier sagen, zugleich der redlichste Mann des Platzes, und kein Mensch in der Welt konnte eifersüchtiger auf den Ruf der Redlichkeit und Solidität sein.

Er war in zweiter Ehe verheirathet, und wenn man ihm irgend etwas vielleicht zum Vorwurfe machen wollte, so war es der Umstand, daß er, der schon fast fünfzig Jahre alte Wittwer, zudem ein trockener, pedantischer Geschäftsmann, noch eine junge Frau genommen hatte, die kaum dreiund-zwanzig Jahre zählte, von großer Schönheit und von noch größerer Leben-digkeit des Charakters war.

Indessen, Eversen war schon zwei Jahre wieder verheirathet, und von den Folgen, die man aus der ungleichen Verbindung gefürchtet, ihm auch wohl prophezeit haben mochte, war keine eingetreten. Eversen lebte glücklich mit seiner schönen jungen Frau, wie sie mit ihm. Er betete sie noch immer an, wie nur je vorher. Sie liebte ihn zärtlich.

Er betete sie an, der trockene, nüchterne Geschäftsmann. Das war wohl das Einzige, was man bei dem ordentlichen Manne außer der Ordnung finden mochte. Sie war in ihrem zwanzigsten Jahre als Erzieherin seiner Tochter erster Ehe in sein Haus gekommen. Er hatte sie zuerst kaum angesehen, weil sie nicht zum Geschäft gehörte; dann aber hatte er jene heftige Leidenschaft für sie gefaßt, die er selbst am wenigsten als mit Geschäft und Ordnung vereinbar ansah, die dennoch eine solche Gewalt über ihn erhielt, daß er dem schönen, jungen, sehr lebhaften Mädchen zuletzt seine Hand anbieten mußte.

Die völlig vermögenlose Gouvernante nahm sie an. Er war reich, angesehen, brav; er hatte ein außerordentlich braves Herz und sie hatte es oft kennen gelernt.

Seine Tochter erster Ehe war zu der Zeit, da er sich wieder verheirathete, zwölf Jahre alt.

Nur einmal hatten die Leute Veranlassung gehabt oder genommen, über das eheliche Verhältniß Eversens mit einiger Bedenklichkeit zu sprechen. Ein junger Franzose war nach D. gekommen, in kaufmännischen Geschäften, wie es hieß. Er hatte anfänglich auch mit dem Herrn Daniel Eversen Beziehungen angeknüpft. Diese hatten sich aber bald aufgelöst. Mit der Frau Eversen sollte er trotzdem noch in einer gewissen Verbindung geblieben sein. Indessen wurde nichts Bestimmtes hierüber gesprochen, und behaupten konnte man auch nur, daß der junge Franzose ein hübscher, gewandter, geistreicher und liebenswürdiger Mensch, und die Frau Eversen eine junge, schöne, lebhafte Frau war, die einen nicht mehr jungen, aber sehr trockenen Mann hatte.

Zur Zeit des jetzt zu Erzählenden war übrigens der Franzose schon seit mehreren Wochen von D. fort. Bei seiner Abreise hatte er zu seinen Bekannten gesagt, daß er nach New-York gehe, wo er sich mit einem Landsmann etabliren werde.

Es war zum drittenmal während seiner neuen Ehe, daß Herr Daniel Eversen auf seinem Gute Forsthausen das Erntefest feierte. Seine Frau war mit seiner Tochter schon seit längerer Zeit auf dem Gute.

Das Fest wurde an einem Sonnabend gefeiert. Die Leute hatten am anderen Tage keine Arbeit und konnten so bis in die Nacht hinein lustig sein. Sie waren lustig, freilich nicht bis in die Nacht hinein. Es sollte etwas dazwischen treten.

Das Gut Forsthausen hatte ein Schloß mit herumgelegenen weitläufigen Oekonomiegebäuden. Hinter dem Schlosse dehnte sich ein großer Park aus.

Eversen hatte das Gut aus dem Konkurse seines letzten adeligen Besitzers gekauft. Schloß, Nebengebäude und Park waren verfallen gewesen. Er hatte sie überall anmuthig und bequem, selbst elegant wieder herstellen lassen. Das Erntefest wurde in zwei verschiedenen Lokalen gefeiert. Die Leute des Guts hatten Musik, Tanz und Bier in einer großen, zu einer weiten Halle eingerichteten und festlich geschmückten Tenne eines der Oekonomiegebäude. Die aus der Stadt geladene zahlreiche Gesellschaft bewegte sich in den weiten und eleganten Sälen des Schlosses.

Herr Eversen fand es zwar wohl „romantisch," aber nicht recht „konvenabel," vielmehr für alle Theile nur gezwungen und störend. wenn auch bei solchen Gelegenheiten Herrschaft und Dienerschaft sich durcheinander mischen wollten. Er sah es daher nicht einmal gern, wenn einzelne junge Herren auf die Tanztenne gingen, um sich die hübschen, frischen Dirnen, anzusehen, gar einen Tanz mit ihnen zu machen. Er hatte das früher nicht gern gesehen; denn heute war er noch nicht da. Die Leute in der Tenne erlustigten sich schon seit Mittag. Die Gesellschaft im Schlosse war schon seit sechs Uhr Abends versammelt. Nur der Hausherr selbst fehlte noch. Er hatte zwar, wie in früheren Jahren, an dem Tage das Komptoir schon um vier Uhr Nachmittags geschlossen, und auch seine Herren aus dem Komptoir waren pünktlich um Sechs im Schlosse eingetroffen. Er war aber noch zu einer Sitzung der Handelskammer eingeladen, und. ordentlich und pflichtgetreu wie er war, wollte er auf keinen Fall darin fehlen.

Seine Abwesenheit war der Freude und Fröhlichkeit des Festes nicht hinderlich, nicht auf der Tenne, nicht in den Gesellschaftssälen des Schlosses. Ueberall herrschte Lustigkeit, nur gebunden durch die Bande der Sitte und des Anstandes, auch unter den „Leuten auf der Tenne."

Im Schlosse selbst war ein eigenthümliches Benehmen der Frau vom Hause nur sehr Wenigen aufgefallen. Den besonders Aufmerksamen hatte schon bei ihrer Ankunft nicht entgehen können, daß sie zerstreut, sogar in einer gewissen Befangenheit war. So war sie auch später geblieben; mitunter hatte man eine Art Aengstlichkeit an ihr wahrnehmen können. Sie hatte umher gesehen, ob man auch auf sie achte, etwa, ob man es bemerken werde, wenn sie sich entferne. Besonders nachdenkliche und forschende Blicke hatte sie auf ihre Stieftochter geworfen.

Das Kind war damals vierzehn Jahre alt. Sie war beinahe kein Kind mehr.

Ein paar Mal war sie wirklich plötzlich fort gewesen.

Ihre Stieftochter schien dann auch die Erste gewesen zu sein, die ihre Entfernung bemerkte. Und das Mädchen war unruhig geworden; sie hatte ungeduldige, besorgte Blicke nach der Thür gerichtet, durch welche ihre Stiefmutter zurückkehren mußte. Es war gewesen, als wenn sie selbst gern sich unbemerkt entfernen möge, um der Mutter nachzugehen, sie zu suchen, sie zurückzuholen. Aber sie konnte nicht. Das alles war am meisten einem alten Freunde Eversens aufgefallen, dem Kaufmann Brand.

Aber der Herr Ernst Brand, obwohl seit langen Jahren ein intimer Freund Eversens, war in fast Allem, was Charakter anbetraf, vollständiger Gegensatz des ruhigen, trockenen, nüchternen Freundes. Er war ein vollendeter Lebemann, der die Dinge in der Welt gewaltig leicht nehmen konnte. Nur auf Ehrlichkeit und Solidität hielt er, wie Herr Eversen, und er war auch ein reicher Mann, wie dieser. Er schlug auch das eigenthümliche Benehmen der schönen jungen Frau und der halberwachsenen Tochter seines Freundes in den Wind und dachte: Wer weiß, was die Frauenzimmer haben! Eversen muß bald kommen, und dann werde ich es gewahr. Er ist nur ein Narr, daß er heute in die Handelskammer ging.

Eversen kam.

Es war neun Uhr Abends. Die Dunkelheit war schon seit beinahe einer Stunde eingetreten. Er mußte nicht unmittelbar nach seiner Ankunft im Schlosse zu der Gesellschaft gegangen sein. Man hatte schon vor etwa zehn Minuten einen Wagen vorfahren hören, und seitdem nicht wieder. Auch das war dem Herrn Brand aufgefallen. Diesem vorher auch etwas anderes.

Gerade fünfzehn Minuten vor der Ankunft Eversens hatte die Schloßfrau sich wieder aus dem Saale entfernt; also zu einer Zeit, wo ihr Mann noch nicht im Schlosse angelangt war. Sie hatte sich wieder plötzlich entfernt, heimlich, ohne Geräusch und Aufsehen, nachdem sie sich wieder vorher umgeblickt hatte, ob man auf sie achte, besonders, ob ihre Tochter nach ihr sehe. Das Kind hatte sie nicht gesehen. Sie tanzte, und die angelegentlichen Aufmerksamkeiten, die ihr junger und hübscher Tänzer erwies, hatten sie ganz in Anspruch genommen.

Was hat denn die Frau vor? mußte der Herr Brand sich doch diesmal dringender fragen, und er konnte nicht umhin, ein bedenkliches Gesicht zu machen. Es schien ihm sogar auf einmal etwas einzufallen und es mußte ihm zugleich schwer auf die Seele fallen. Es war ihm wirklich schwer darauf gefallen, wie er später erklärte.

Zum Teufel, sollte der Mensch, der Franzose, hier sein? Versteckt, verborgen? Aber er ist seit drei Wochen fort. Man hat seitdem nichts mehr von ihm gesehen und gehört. Und das Gerede der Leute war wohl nichts! — Dennoch! Wohin geht sie alle Augenblicke? Er war ein frecher Bursch. Er kann sie hier überfallen haben. Grade heute! Und — der Teufel traue den Weibern. Warum hat der Eversen die junge Frau genommen!

Er stand unschlüssig. Er schien trotz seiner leichten Worte diesmal die Sache nicht so leicht nehmen zu wollen. Er machte Miene den Saal zu verlassen. Er wollte wohl die Frau des Freundes aufsuchen, sie retten, den Freund.

Ein Bekannter trat ihm entgegen.

Der Kardinal royal ist verteufelt gut gerathen, Brand. Haben Sie schon versucht?

Nein.

Sie müssen.

Der leichtsinnige Lebemann ließ sich zu der Bowle des duftenden und schäumenden goldenen Kardinal royal ziehen, und vergaß Freund und Frau und Franzosen, bis der Freund eintrat.

Eversen trat unruhig ein. Man konnte den stets so ruhigen und klaren Geschäftsmann kaum in ihm erkennen. Es mußte ihm etwas Ungewöhnliches begegnet sein. Sein sonst bleiches Gesicht war geröthet. Seine sonst so gemessenen Bewegungen waren haftig. Sein unruhiges Auge durchschweifte rasch den Saal. Er suchte etwas, dringend, angelegentlich, ängstlich. Er fand nicht, was er suchte. Suchte er seine Frau, die nicht da war? Seine Erregtheit fiel Allen auf. Er sah seine Tochter. Er wollte auf sie zugehen.

Brand, der ihn gesehen hatte, vertrat ihm den Weg. Wen suchst Du?

Ich wüßte nicht.

Du suchst jemand, angelegentlich.

Ich wüßte wirklich nicht.

Du bist schon vor einer Viertelstunde angekommen.

Es kann sein.

Wo warst Du unterdeß? Es ist Dir etwas begegnet. Ich sehe es Dir an.

Nein, nein. Aber, hast Du meine Frau nicht gesehen?

Deine Frau? Sie ging vor einigen Minuten hinaus.

Vor einigen Minuten erst?

Ich denke. Ich habe nicht darauf geachtet.

Brand sagte das mit der gleichgiltigsten Miene.

Ich wollte ihn nicht noch mehr aufregen, erklärte er später.

Eversen setzte den Weg zu seiner Tochter nicht fort. Er sah sie grade tanzen, und sie hatte ihn nicht gesehen. Er wollte den Saal wieder ver-lassen, in den er kaum eingetreten war.

Brand hielt ihn auf. Wohin willst Du?

Ich habe etwas zu besorgen.

Willst Du Deine Frau aufsuchen?

So grade nicht.

Dann bleibe hier. Du hast Deine Gäste noch nicht begrüßt.

Du bist ja so freundlich, die Honneurs für mich zu machen.

Ja, ja, und auch für guten Kardinal ist gesorgt. Dem sprich wenigstens zu.

Nachher!

Damit verließ er den Saal. Er hatte offenbar etwas auf dem Her-zen und es drückte ihn schwer.

Brand sah ihm unruhig nach. Er war zweifelhaft, ob er ihm folgen solle. Aber der leichtsinnige Mensch blieb. „Er wird schon wieder kommen. Auch sie. Aber wissen möchte ich, was er hat."

Auch Eversens Tochter — Juliane hieß sie — hatte ihren Vater ge-sehen; aber erst in dem Augenblicke, als er den Saal verließ. Sie wollte auf ihn zueilen. Er war schon fort. Sie wollte ihm nacheilen. Sie war plötzlich wieder unruhig geworden, beinahe ängstlich erschrocken. Aber es mußte auffallen, wenn sie mitten im Tanze den Saal verließ. Sie wandte sich an Brand, der mit ihrem Vater gesprochen hatte.

Wohin ging der Vater?

Er wollte nur draußen etwas besorgen.

Die Mutter ist auch nicht da.

Wie kann Dich das ängstigen? Sie werden Beide schon wieder kom-men. Kehre Du zu Deinem Tanze zurück. Du hast ja einen allerliebsten Tänzer, und wie sehnsüchtig sieht er Dir nach.

Er suchte das Kind zu beruhigen. Sie kehrte zu ihrem Tanze zurück, aber nicht beruhigt.

„Die weiß etwas," sagte Brand: „was es nur sein mag?" Er ging dennoch zu seiner Bowle.

„Sie werden Beide schon wieder kommen," hatte Brand gesagt.

Sie sollten nicht wieder kommen, keines von ihnen, weder Eversen noch seine Frau.

Es war eine halbe Stunde vergangen. Brand hatte mit steigender Besorgniß, Juliane Eversen mit wachsender Angst nach der Thür gesehen. Manche Gäste hatten mit einer an Befremden gränzenden Verwunderung den Wirth und die Wirthin vermißt.

Juliane schien es in dem Saale nicht mehr aushalten zu können. Sie wollte ihn verlassen. Brand bemerkte es. Er trat ihr entgegen. „Du hast recht mit Deiner Unruhe, Kind. Aber laß Du mich gehen."

Sie ließ sich zurückhalten.

Brand verließ den Saal. Er erkundigte sich draußen bei der Dienerschaft nach den Vermißten. Niemand wußte von ihnen. Man hatte gemeint, sie seien bei der Gesellschaft. Er suchte sie in ihren Zimmern. Zuerst ging er zu dem der Frau. Es war verschlossen. Er rief hinein. Er bekam keine Antwort. Es war auch kein Licht darin; er hätte es durch irgend eine Ritze der Thüre wahrnehmen müssen. An dem Zimmer Eversen's erging es ihm völlig ebenso.

Vielleicht sind sie auf der Tenne bei den Leuten, dachte er bei sich. Er ging dahin. Sie waren auch da nicht. Er fragte wieder nach ihnen. Auch von den Leuten auf der Tenne hatte niemand sie gesehen. Doch Einer glaubte, die gnädige Frau gesehen zu haben.

Wo?

Im Schloßgarten.

In welcher Gegend?

An dem großen Schwanenteiche.

Wann war das?

Vor einer starken halben Stunde; es können auch drei Viertelstunden sein.

War sie allein?

Sie war ganz allein.

Was machte sie?

Sie ging an dem Teiche entlang, auf der Schloßseite. Sie schien auch vom Schlosse hergekommen zu sein.

Wohin ging sie?

Sie ging langsam am Ufer hinauf. Ich dachte bei mir, es sei ihr in den Zimmern zu heiß geworden, und sie wolle sich an dem Wasser erfrischen.

Dem Manne — es war ein Knecht, der die Auskunft gab — war also nichts aufgefallen.

Brand wurde desto unruhiger. Er wußte selbst nicht, warum. Sah sie Euch? fragte er noch den Knecht.

Der Mann wußte es nicht.

Brand eilte in den Schloßpark. Der Park breitete sich in großer Ausdehnung hinter dem Schlosse aus. Man gelangte von diesem zuerst an Blumenbeete, die zu beiden Seiten von Orangeriehäusern einge-schlossen waren. Hinter ihnen waren Boskets. In diesen erhoben sich zwei einfache, aber freundliche Pavillons. Jenseits der Boskets lag ein großer Teich. Es war der Schwanenteich, von dem der Knecht gesprochen hatte. Er war durch eine Allee von den Boskets getrennt. Die Allee lief um den ganzen Teich. Aus den Fenstern der beiden Pavillons über-sah man den Teich. Man erblickte auch von dort, grade gegenüber auf der anderen Seite des Wassers, ein größeres in chinesischem Geschmacke aufgeführtes Gartenhaus. Es wurde das chinesische Häuschen genannt.

Brand eilte an den Schwanenteich. Es war gegen zehn Uhr. Der Abend, oder vielmehr die Nacht, war still, warm, hell in einem klaren Sternenschein.

Brand umging den Teich. Es war ihm in seinem schweren Herzen, als müsse er ein Unglück finden. Aber er konnte sich über nichts nähere Rechenschaft geben. Es lastete nur jener Druck und jene Ahnung auf ihm, die einem wirklichen Unglücke so oft vorherzugehen pflegen. Er ent-deckte an und auf dem Wasser nichts, was seine Unruhe rechtfertigen, seine Ahnung bestätigen konnte. Auch zwei Nachen, die auf dem Teiche gehal-ten wurden, lagen, befestigt, wie gewöhnlich an ihrer Stelle.

Er ging zu den beiden Pavillons an der Schloßseite des Teiches. Die Thüren zu beiden waren nur angelehnt. Er ging hinein. Es fand sich in beiden keine Spur, daß Jemand dagewesen sei.

Er ging auf die andre Seite des Teiches zu dem chinesischen Häus-chen. Die Thüre war verschlossen. Es fiel ihm auf.

Die Gesellschaft war am Nachmittage, theilweise bis zum Abende in dem Park gewesen. Die sämmtlichen Gartenhäuser hatten offen gestan-den, auch das chinesische. Er wußte es bestimmt. Wer konnte es seit-dem abgeschlossen haben? Wann konnte dies geschehen sein? Er versuchte wiederholt an der Thür; sie blieb verschlossen. Ein Schlüssel steckte nicht darin. Es war auch drinnen kein Licht; die Fenster waren dunkel. Er rief dennoch durch die Thür, durch die Fenster hinein. Er bekam keine Ant-wort. Drinnen blieb es so lautlos, wie es dunkel war, eine peinigende Angst ergriff ihn. Er hatte einmal den Gedanken, die Thür, ein Fenster einzuschlagen, um hineinzudringen. Er unterließ es. Wozu vielleicht unnöthigerweise einen Lärm machen, der gehört werden konnte, mußte, und dann zu allerlei Argwohn führen dürfte?

Desto eiliger kehrte er zum Schloße zurück. Er begab sich graden Weges in die Gesellschaftssäle. Die Gesuchten waren noch immer nicht da. Aber Juliane flog ihm entgegen, wie er kaum eingetreten war. Sie mußte in gespanntester Angst auf seine Rückkunft gewartet haben. Also auch auf die Eltern. Also waren auch diese unterdessen nicht dagewesen und man wußte noch nichts von ihnen.

Du hast sie nicht gefunden, Onkel Brand?

Nein.

Du bist in Angst!

Ich, Mädchen? Aber Du.

Auch Du; ich sehe es Dir an. Hast Du gar nichts von ihnen erfahren?

Gar nichts. Es ist mir unbegreiflich. Aber ich habe Dich etwas zu fragen, Juliane; komm' mit mir beiseite.

Sie trat mit ihm in eine Fensternische.

Was hast Du mir zu sagen?

Juliane, mein gutes Kind, sprich offen mit mir. Du warst schon den ganzen Abend so sonderbar, und als Dein Vater kam, erschrackst Du beinahe. Was war das?

Das Kind wurde ängstlicher. Sie mußte die Augen niederschlagen.

Du kannst mir nicht antworten, Juliane?

Sie konnte es nicht.

Ich muß zu meinem Vater, sagte sie heftig.

Wo hast Du sie gesucht? fragte sie dann noch.

Ueberall, im Schloße, auf der Tenne, im Park.

Ich werde sie finden, Ihn gewiß.

Sie riß sich von ihm los. Sie verließ den Saal.

Das ist eine verteufelte Geschichte, sagte Brand für sich. Aber vor allen Dingen, ich bin durch das Herumlaufen gewaltig durstig geworden.

Er ging zu der Bowle. Er sah nur vorher auf seine Uhr. Sie zeigte grade halb eilf Uhr.

Da bin ich über drei Viertelstunden umhergelaufen. Und seit beinahe anderthalb Stunden schon ist er verschwunden. Und sie seit beinahe zwei Stunden.

Er löschte seinen Durst. Dann kam er doch wieder auf die Folter einer ängstlichen Ungeduld.

Auch die Gesellschaft war mehr und mehr still geworden. Die Wirthe fehlten schon so lange. Das Kind hatte die Angst nicht mehr verbergen können, mit der es nach den Eltern aussah. Dem vertrauten Hausfreunde Brand wollte der Kardinal royal nicht mehr munden. Man machte bedenkliche Gesichter; man stellte sich in Gruppen; man flüsterte heimlich.

„Auch die Kleine will nicht wiederkommen!" mußte Brand sich zurufen. „Kommt nicht bald etwas, so giebt es nothwendig einen Spektakel."

Da trat leise und schüchtern ein alter Mann in den Saal. Er wollte vergebens seinem verstörten Gesichte den Ausdruck der Ruhe und Fassung geben. Er suchte jemand. Er sah Brand. Er ging auf ihn zu. Es war der alte Kutscher des Herrn Eversen. Er war ein alter, vertrauter Diener des Hauses, wie Brand der Hausfreund. Es war wenige Minuten vor Eilf, als er in den Saal trat.

Juliane war also seit beinahe einer halben Stunde fort.

Brand ging ihm entgegen. Der alte Mann winkte ihm zu, mit ihm den Saal zu verlassen.

Brand ging hinaus. Der alte Mann folgte ihm. Draußen im leeren Korridor blieben sie stehen.

Konrad, Ihr bringt ein Unglück?

Ich fürchte es, Herr Brand.

Wo ist Herr Eversen?

Ich denke, in seinem Zimmer.

Ihr denkt? Ihr habt ihn nicht gesehen?

Ich hatte ihn von der Stadt hergefahren. Seitdem habe ich ihn nicht wieder gesehen.

Und jetzt? Was bringt Ihr?

Vor einer starken Viertelstunde — ich hatte grade oben im Hause zu thun — höre ich die Stimme des Fräuleins Juliane. Sie war an der Thür des Herrn, nicht weit von mir. Ich höre sie: „Vater, Vater!" rufen. Aber sie rief es leise, und ich meinte, daß sie dabei schluchzte. Ich blieb stehen und horchte. Sie weinte wirklich. Sie stand vor der verschlossenen Thür. Sie wollte in das Zimmer. Darum bat sie den Herrn. „Vater, laß mich ein, laß mich zu Dir. Du bist ja drinnen." Das Kind bat, daß mir das Herz zerspringen wollte. Aus dem Zimmer kam keine Antwort. Aber sie ließ nicht nach. „Ich weiß, Vater, daß Du drinnen bist. O, laß mich zu Dir, dein Kind, deine Juliane!" —Endlich, das Bitten und Weinen hätte ja einen Stein erbarmen können — endlich wurde die Thür aufgemacht, leise, ohne daß ein Wort gesprochen wurde. Sie wurde sogleich wieder verschlossen, und ich sah und hörte auch von dem Kinde nichts mehr. Ich blieb doch noch stehen. Ich mußte wissen, was das Kind hatte, und der Herr, der es nicht zu sich lassen wollte. Und er hat sie doch so lieb. Ich hörte zuerst nichts. Dann war es mir, als wenn ich plötzlich einen Schrei gehört hätte und das Kind war es. Das Schreien lautete so sonderbar, so, als wenn sie mit der Stimme nicht recht hätte herauskommen können oder dürfen. Was mochte dem armen braven Kinde sein? Ich dachte noch darüber nach, da ging die Thür wieder auf. Das Fräulein kam heraus. Sie trug ein Licht in der Hand. Sie sah schrecklich aus. Ihr Gesicht war weiß, wie die Wand des Ganges. Das Licht zitterte in ihrer Hand. Die Thür wurde von innen hinter ihr wieder verschlossen. Sie ging in ihr Zimmer, es liegt auf der andern Seite des Korridors, mehr nach hinten hin. Sie ging eilig, und doch zitterte sie so. Sie blieb kaum eine halbe Minute in ihrer Stube. Als sie zurück kam, hatte sie das Licht noch in der linken Hand. Aber in der rechten trug sie einen Waschnapf und über den Arm hing ihr ein Handtuch. Sie ging damit wieder zu dem Zimmer des Herrn. Sie klopfte leise an die Thür. Die Thür wurde geöffnet und dann gleich wieder hinter ihr verschlossen. Kein Mensch hatte ein Wort gesprochen. Es blieb auch weiter Alles still. Mir lief es kalt über den ganzen Körper. Was wollte das Kind mit dem Waschnapf und dem Handtuche? Warum hatte sie so kreideweiß ausgesehen und so gezittert? Ich hatte es in meinem Versteck genau bemerkt. Sie hatte mich nicht gesehen, und ich hatte nicht den Muth gehabt, sie anzurufen. Ich weiß selbst nicht, wie mir so schrecklich zu Muthe war. Und nun kam die Todtenstille in dem Zimmer hinzu. Doch auf einmal meinte ich in dem Zimmer das Plätschern von Wasser zu hören, und dann als wenn gewaschen und gerieben oder gescheuert werde. Was konnten die da drinnen aufwaschen? Gesprochen wurde immer noch kein Wort dabei. Aber ich konnte es in meiner Angst nicht mehr aushalten. Du mußt es dem Herrn Brand sagen, rief es in meinem Herzen. Er ist der Freund des Herrn, und das Kind ist sein Liebling. So kam ich zu Ihnen.

Auch Brand fühlte, wie es seinen ganzen Körper eiskalt überlief. „Sagt keinem Menschen in der Welt ein Wort von dem, was Ihr gesehen habt," befahl er dem Kutscher.

Dann eilte er zu dem Zimmer Eversens. Er klopfte an. Mache auf, Eversen. Ich weiß, daß Du drinnen bist. Er erhielt keine Antwort.

Dann mache Du auf, Juliane, Du armes gutes Kind. Da entstand Bewegung in dem Zimmer. Man hörte das laute Weinen des Kindes, Flüstern, Hin- und Hergehen.

Eversen, ich beschwöre Dich, um des armen Kindes willen, das Du todtmachen wirst.

Er wußte wohl selbst nicht mehr, was er sagte. Die Schritte im Zimmer nahten der Thür. Die Thür wurde geöffnet.

Brand schritt durch sie in das Zimmer. Sie wurde hinter ihm verschlossen. Nach zehn Minuten öffnete sie sich wieder.

Brand trat heraus. Sein Gesicht war weißer als die Wand des Korridors, in den er trat. Seine Schritte wankten. Er kehrte zu den Gesellschaftssälen zurück. Er trat in den Tanzsaal. Die jungen Leute wollten grade eine lustige Mazurka beginnen.

Brand trat wie ein Gespenst des Todes zwischen sie. Die Reihen, die Kreise flogen auseinander. Die Musik schwieg.

Darf ich, sagte Brand, und seine Stimme bebte und er konnte es nur leise sagen — darf ich Sie alle bitten, dieses Schloß still verlassen zu wollen?

Man sah nur entsetzte Gesichter.

Was ist vorgefallen? fragten Einige.

Aber Brand war verschwunden. Man sah ihn nicht wieder. Kein Anderer konnte Auskunft geben. Die Gäste mußten heimkehren in einer Stimmung, in der wohl keiner von ihnen jemals ein fröhliches Fest verlassen hatte.

Um ein Uhr in derselben Nacht wurde ich, der Schreiber dieser Zeilen, geweckt. Ich war zu jener Zeit Kriminal-Direktor in D.

Der unglückliche Eversen und ich waren Freunde. Wir waren gebürtig aus einer kleinen Stadt der Provinz. Wir waren als Knaben zusammen aufgewachsen. Wir waren sehr fest mit einander verbunden gewesen. Er war das Kind einer armen Wittwe, die früher bessere Tage gesehen hatte. Ihr Mann war Kaufmann gewesen und hatte, unter widrigen Zeitverhältnissen — es war in der französischen Zeit — Bankrott gemacht. Mutter und Sohn mußten Vieles entbehren. Wie manches theilte ich mit dem armen Knaben! Mein Mitleid, seine Dankbarkeit fesselten uns unzertrennlich aneinander. Er war so außerordentlich brav, besonders so ängstlich ehrlich und gewissenhaft. Ein armer Mensch ist grade darin so leicht

ängstlich, er hat ja nichts als seine Ehrlichkeit. Als Jünglinge kamen wir
auseinander. Aber wir trugen das lebendige Bewußtsein in uns, daß
wir uns wiedersehen, uns einst wieder angehören müßten. In D. fanden
wir uns wieder, freilich erst als gereifte Männer.

Ich hatte Eversen als den reichen, angesehenen Handelsherrn wieder-
gefunden, aber auch als einen Mann, der allgemein den Ruf und die
Verehrung des solidesten Kaufmannes und des redlichsten, fleckenlosesten
Charakters genoß. Und er trug das Bewußtsein in sich, daß er diesen
Ruf in vollem Umfange verdiene, und jene Aengstlichkeit, ihn sich und
sich seiner würdig zu erhalten, lebte noch ganz von seinen Knabenjahren
her in ihm. Kein Mensch konnte eifersüchtiger auf seine Stellung, seinen
Ruf, seine Ehre sein.

Es war das so natürlich bei dem Manne, der als Knabe und als
Jüngling nichts als seine Ehrlichkeit gehabt hatte, und dann durch diese
Ehrlichkeit Alles geworden war, was er war, der reichsten und angesehensten
Kaufleute einer in der reichen, angesehenen Handelsstadt. —

Der Kutscher des Herrn Eversen sei da, wurde mir gesagt, als ich
geweckt wurde. Er sei mit einem Wagen von Forsthausen hereingekommen
und wünsche dringend, mich zu sprechen. Er werde mich wohl hinausholen,
habe er geäußert. Ich ließ ihn sofort zu mir kommen.

Der alte, treue Diener trat mit jenem Unglück bringenden Gesichte ein.

Auch ich mußte es ihm sagen, was vor zwei Stunden Brand zu ihm
gesagt hatte: Konrad, Ihr bringt ein Unglück.

Ja, Herr Direktor, ich bringe ein großes Unglück.

Und was ist es?

Was es war, wußte er selber nicht, noch nicht. Er wußte nur, daß
irgend ein entsetzliches Unglück sich ereignet haben müsse. Er konnte mir
nur erzählen, was er Brand mitgetheilt und was er darauf mit Brand
gesprochen hatte. Als Brand dann aus dem Zimmer des Herrn zurückgekommen war, hatte er ihm befohlen, sofort den Wagen anzuspannen,
zu mir zu fahren, mir zu sagen, daß ein großes Unglück sich ereignet habe,
daß Forsthausen ein Trauerhaus sei, und mich zu bitten, auf der Stelle
in dem Wagen hinauszukommen.

Ich besann mich keinen Augenblick, ich kleidete mich rasch an; nach
zehn Minuten saß ich in dem Wagen auf dem Wege nach Forsthausen.

Die Equipagen der zurückkehrenden Gäste begegneten uns. Der alte
Kutscher hatte schon vor ihnen das Schloß verlassen; er war in Galopp
gefahren. Er fuhr auch jetzt in Galopp.

Um zwei Uhr in der Nacht hatten wir das Schloß erreicht.

Es lag dunkel und still da. Dunkel und still waren alle seine Nebengebäude. Vor wenigen Stunden noch hatte überall, in allen den Räumen die hellste, lauteste Freude geherrscht. Da war auf einmal das Unglück hineingetreten, der Tod. Das Haus der Freude war ein Trauerhaus, ein Grab.

Brand hatte den Wagen ankommen hören. Er kam mir entgegen. Er führte mich in ein Empfangszimmer.

Er war nur in gewöhnlichen Tagen, eigentlich nur im geselligen Leben, ein leichtsinniger Mensch. Wo es galt, konnte er sich mit eben so viel Umsicht, wie Willenskraft zusammennehmen. Brav war er immer. Er mußte in diesem Augenblicke nach Fassung ringen.

Unseres Freundes Frau ist todt! sagte er, als wir in dem Zimmer allein waren.

Ich war darauf gefaßt nach den Nachrichten des alten Konrad.

Aber das ist nicht das ganze Unglück, das Sie mir mitzutheilen haben, Brand?

Nein.

Sie ist eines unnatürlichen gewaltsamen Todes gestorben?

Ja!

Ermordet?

Ermordet.

Von wem? Von wem?

Ich weiß es nicht.

Sie wollen es nicht wissen!

Da fuhr er auf.

Nein, nein! Sie denken an Eversen. Er nicht. Er ist nicht der Mörder.

Aber wer?

Ich weiß es nicht. Aber nicht Eversen. Ich schwöre es Ihnen zu.

Gottlob. Erzählen Sie.

Er mußte sich wieder zusammennehmen. War er doch seiner Sache nicht gewiß.

Konrad hat Ihnen von der Kleinen, von Juliane, erzählt.

Ja, und auch, daß Sie darauf zu Eversen in das Zimmer gegangen sind.

Hören sie das Weitere. Es ist kurz. Eversen selbst hatte mir geöffnet. Er war mit dem Kinde allein. Sie sahen Beide aus wie Leichen, so blaß, so hohl. Er hatte auf dem Sopha gesessen. Er schwankte dahin zurück. Er sprach kein Wort.

Das Kind lag weinend auf einem Stuhle. Es schien die Augen nicht aufschlagen zu können.

Aber das Entsetzlichste sah ich anderswo. An der Seite stand ein kleiner Tisch. Darauf befand sich ein Waschnapf; neben dem Napfe lag ein Handtuch. In dem Napfe war blutig gefärbtes Wasser. Das Handtuch hatte große Blutflecken.

Als ich dann wieder nach dem Sopha auf Eversen sah, bemerkte ich, daß einzelne Stellen des Fußbodens frisch gescheuert waren. Ich konnte vor Entsetzen kaum sprechen.

Was ist geschehen, Eversen?

Ich erhielt keine Antwort.

Wo ist Deine Frau?

Sie ist todt.

Wo, wo?

Er antwortete wieder nicht. Er stierte vor sich hin.

Das Kind war aufgesprungen. Sie umschlang, laut weinend, den Vater.

Ich fragte sie: „Wo ist Deine Mutter, Juliane?"

Ich weiß es nicht. O, mein armer, armer Vater!

„Eversen, Freund", bat ich, „antworte mir."

Er antwortete: „Sie ist todt. Sie ist ermordet. — Aber schickt zum Kriminal-Direktor. Das Weitere gehört ihm an."

Das Kind war einer Ohnmacht nahe.

Ich befahl dem Kutscher, in die Stadt zu fahren, Sie zu holen. Ich kehrte darauf zu ihm zurück. Er stierte noch immer vor sich hin und das Kind lag still weinend neben ihm. Auf meine Frage gab er keine Antwort. „Bis der Kriminal-Direktor kommt," das waren seine einzigen Worte.

Mit Mühe gelang es mir später, Juliane in ihre Stube zu bringen. Eversen erwartet Sie. —

„Aber wer ist der Mörder?" mußte ich Brand noch einmal fragen.

Ich weiß es nicht.

Haben Sie keinen Verdacht? Gar keinen?

Ich kann keinen aussprechen, aber Eversen ist nicht der Mörder.

Lassen Sie uns zu ihm gehen.

Wir gingen zu Eversens Zimmer. Einem fürchterlichen Argwohn konnte ich nach allem doch nicht wehren, troß Brands Versicherungen.

Eversen war allein. Aber er war gefaßt. Er ging im Zimmer umher, als wir eintraten. Aber nicht haftig. Er kam mir mit Ruhe entgegen.

Er reichte mir die Hand. Er konnte mir ins Auge sehen, zwar nur schmerz-
voll, aber klar.

Eine Centnerlast fiel mir vom Herzen. Eversen war nicht der Mörder.
Er hätte mir die Hand nicht reichen können, mit der er sein Weib erschla-
gen; er hätte die Augen nicht zu mir erheben können, mit denen er sein
Schlachtopfer angeblickt hätte.

„Ich danke Dir, daß Du gekommen bist," sagte er.

Er führte mich zum Sopha. Er setzte sich zu mir.

Brand, setze auch Du Dich.

Er hatte sich vollkommen gefaßt. Er hatte beinahe die Ruhe des
Geschäftsmannes wieder, der sich mit Freunden zu einer wichtigen Bera-
thung hinsetzt.

„Armer Freund", sagte ich, „welches entsetzliche Unglück hat Dich
betroffen?"

„Du sollst alles erfahren," erwiderte er. „Ihr Beide. Laßt uns
dann überlegen, was weiter zu thun ist."

Er war schon vollständig wieder der ruhige, besonnene Geschäftsmann.
Aber er war auch nicht der Mörder. Er erzählte:

Du hast den Franzosen gesehen, der vor einem halben Jahre in
mein Haus kam? Junod hieß er.

Ich habe ihn gesehen.

Er war aus Marseille. Er wollte Geschäfte mit mir machen. Er
brachte ein Empfehlungsschreiben von einem befreundeten Marseiller Hause.
Er gefiel mir nicht. Ich wußte selbst nicht, was ich gegen den Menschen
hatte; sagen konnte ich mir nur, daß sein ganzes Wesen keine rechte Solidität anzuzeigen scheine. Dann stieß mich auch noch Eins von ihm zurück. Sein Blick schien mir manchmal gar kein menschlicher zu sein. Er
hatte plötzlich so etwas Hyänenartiges. Es fiel mir doppelt auf, da er
gewöhnlich so sehr sanft und einschmeichelnd war. Ich ließ mich nicht
mit ihm ein. Aber das Haus hatte mich außerdem gebeten, ihm hier am
Platze Freundschaft zu erzeigen. So konnte ich ihn nicht aus meinem
Hause weisen. Ich mußte ihn einladen. Er kam dann öfter. Freilich
nur zu meiner Frau, so daß er mir nicht beschwerlich fiel. Meine Frau
unterhielt sich gerne mit ihm. Er war aufmerksam, unterhaltend, er hatte
die ganze Welt gesehen, er wußte von allem zu erzählen. Aber nach
einiger Zeit glaubte ich eine Veränderung an ihr wahrzunehmen. Sie
war nicht mehr so heiter und unbefangen wie sonst. Ich sagte es ihr
offen, ich wies auf den Franzosen hin. Sie weinte, sie fühlte sich durch

meinen Verdacht bitter gekränkt. Ich war leicht überzeugt, daß ich ihr unrecht gethan habe. Ihre Liebe gegen mich war dieselbe geblieben. Ich vergaß die Sache. Der Franzose kam auch seltener zu ihr. Dies war im April dieses Jahres. Vier Wochen später zog meine Frau mit Juliane nach Forsthausen hinaus. Den Franzosen sah ich nun gar nicht mehr, bis er vor ungefähr drei Wochen zu mir kam, um sich zu verabschieden. Er gehe nach Newyork, wo er mit einem Freunde ein Geschäft etabliren wolle. Sobald er arrangirt sei, werde er mir seine Karte schicken. Ich erfuhr, daß er wirklich am Tage nachher abgereist sei. Mit meiner Frau hatte ich nie wieder über ihn gesprochen. Es hätte sie an den Verdacht erinnern müssen, durch den ich sie einmal gekränkt hatte.

So kam ich gestern Abend hierher zu dem Erntefeste. Ich kam kurz vor neun Uhr an. Konrad fuhr an dem Schloßportal vor. Ich ging in das Haus. Ich stieg die Treppe hinauf und ging dann zuerst in den Gang, der zu meinem Zimmer führt. Ich wollte hier, bevor ich zur Gesellschaft ging, Papiere weglegen, die ich mitgenommen hatte.

Wie ich um die Ecke des Ganges bog, sah ich in dem Hintergrunde eine dunkle Gestalt. Es war eine Frauengestalt. Sie war in der Nähe des Zimmers meiner Frau, des zweiten hinter dem meinigen. Sie mußte mich sofort gesehen haben. Sie flog zurück. Sie verschwand an der Hintertreppe, die am Ende des Ganges hinunterführt.

Wer war es gewesen? Meine Frau nicht, oder sie hatte sich absichtlich vermummt gehabt. Ich wußte, daß sie zu dem Feste helle Kleidung tragen wollte. Warum hätte sie auch vor mir fliehen sollen? Oder war sie es doch?

Ich mußte Näheres wissen. Ich eilte zu der Gegend, wo ich sie gesehen hatte. Das Zimmer meiner Frau war unverschlossen, sie war nicht darin. Der Gang war leer. Ich ging die Treppe hinunter. Ich traf auch dort niemand. Unten an der Treppe führt eine Thür auf den Hof, nach den Remisen hin. An diesen stand zufällig ein Knecht, ich fragte ihn, ob er niemand gesehen habe?

Es sei soeben ein Frauenzimmer aus dem Hause gekommen und in den Garten gegangen.

Wer es gewesen sei?

Er hatte sie nicht gekannt. Er hatte auch nicht auf sie geachtet. Es seien so viele Fremde im Schlosse.

Der Park ist nach den Remisen hin offen. Ich ging hinein. Gleich rechts laufen zwei gerade Alleen. Ich sah nichts darin. Es war freilich tief dunkel unter den Bäumen. Links fängt das Boskett an. Es mußte vergeblich sein, jemand darin zu suchen, der sich vor mir verbergen wollte. Ich kehrte zum Hause zurück. Ich fand auch in meinem Zimmer alles in Ordnung. Ich ging zu der Gesellschaft. Aber meine Frau war nicht da. Sie hatte sich grade kurze Zeit vorher entfernt. Eine sonderbare Unruhe ergriff mich. Ich mußte wissen, wo meine Frau war.

Ich verließ den Saal. Ich suchte sie zuerst wieder in ihrem Zimmer. Das Zimmer war leer, wie vorhin. Sie war nicht da. Sie war nicht in Julianens Zimmer. Ich fand sie im ganzen Hause nicht. Kein Mensch hatte sie auch gesehen. Keiner wußte von ihr. Jeder meinte, sie sei in den Gesellschaftssälen.

So war es auch auf der Tenne, wo ich sie suchte. Sie konnte nur noch im Garten sein, mochte sie jene dunkle Gestalt gewesen sein oder nicht.

Ich ging ihr noch einmal dahin nach. Aber wo konnte ich sie in dem weitläufigen Parke finden? Ich suchte sie zunächst in den beiden vorderen Gartenhäusern. Sie war nicht da. Ich durchstreifte dann aufs Gerathewol das Bosket.

Auf einmal hörte ich einen Schuß fallen, mitten in die Ballmusik hinein, die vom Schlosse herüberrauschte. Er war nicht weit von mir gefallen, auf der andern Seite des Wassers, des großen Schwanenteiches, in der Gegend, wo der chinesische Pavillon steht.

Ich erschrack. Wer konnte dort im Parke sein? Wer konnte dort schießen? Ich mußte an meine Frau denken, und unwillkürlich stand mit ihr das Bild des Franzosen mit dem versteckten Hyänenblicke vor mir.

Ich rannte zu dem Pavillon. Er war dunkel. Um ihn her war es still. Aber weiter hinten im Gebüsche glaubte ich flüchtige Schritte zu hören, die davoneilten. Ich achtete nicht näher darauf; ich mußte zuerst wissen, was im Pavillon geschehen war.

Die Thür stand offen. Sie führt in das einzige Zimmer des Gartenhauses. Ich durchschritt sie. Ich stand in einem dunklen Raume. Ich sah nichts. Aber ich hörte eine Bewegung darin; in einer Ecke, an der Erde. Es war, als krümme sich dort etwas.

„Amalie!" rief ich in einem furchtbaren Entsetzen.

Ein tiefer Seufzer, ein Stöhnen antwortete mir. Ich flog hin.

Ein dunkler Gegenstand lag an der Erde. Er bewegte sich. Er krümmte sich wirklich. Ich beugte mich zu ihm nieder. Meine Augen durchdrangen die Nacht. Sie lag da, Amalie, meine Frau. Sie stöhnte, sie wand sich. Ich wollte sie aufrichten. Sie sank wie schweres Blei zurück. Ich fühlte Blut. Ich trat in Blut.

„Sie ist todt!" schrie ich auf.

Sie war noch nicht todt. Aber sie war in dem letzten Momente ihres Lebens. Sie kam noch einmal zu sich. Sie erkannte mich an der Stimme. Ihr brechendes Auge senkte sich in das meinige. Sie konnte noch sprechen, nur wenige Worte, mühsam, leise, heiser.

Kannst Du mir verzeihen?

Was ist geschehen, Amalie?

Ich habe gefehlt. Ich habe Dich verrathen. Der Fremde — Junob. — Aber verlassen konnte ich Dich nicht. Er wollte es. Er verlangte es. Ich konnte nicht. Da —

Ein Blutstrom stürzte aus ihrem Munde. Sie konnte nicht weiter sprechen. Gleich nachher zuckte sie heftig auf.

„Ich sterbe!" rief sie. „Verzeihe mir, gieb mir Deine Hand."

Ich gab ihr die Hand.

Ein tiefes Stöhnen. Ein neuer Blutstrom. Sie war todt. —

Mich wollte der Wahnsinn ergreifen.

Ich weiß nicht mehr, was ich in den ersten Augenblicken that. Ich erinnere mich nur noch dunkel, daß ich die Thür des Pavillons abschloß — der Schlüssel steckte nach innen im Schlosse — und daß ich dann in einem dumpfen Hinbrüten neben der Leiche verharrte.

Meine Gedanken wurden allmälig wieder klarer. Aber einen Plan, einen Entschluß konnte ich nicht fassen.

Der Franzose hatte sie verführt. Er war ihr Mörder geworden, weil die Verführte ihm nicht hatte folgen, den Gatten nicht verlassen wollen. Was sollte weiter werden? Ich war entehrt. Aber niemand wußte es. Sollte ich dem Mörder sofort nachsetzen, nachsetzen lassen? Ich mußte meine Schande vor aller Welt verkünden. Sollte er seiner verdienten Strafe entgehen? Ich war in einem Zustande der Verzweiflung. Vielleicht konnte ich nur nicht bei der Leiche, an dem Orte der blutigen That zu einem Entschlusse kommen. Ich verließ das Gartenhaus. Ich schloß es zu. Ich ging in mein Zimmer. Ich schloß mich dort ein. Aber ein Entschluß wollte mir nicht werden.

Du kamst an die Thür, Brand. Ich konnte Dich nicht einlassen. Ich mußte erst mit mir fertig sein.

Mein Kind kam, mein armes Kind. Ihm, seinen Bitten konnte ich nicht widerstehen. Die Unschuld sollte mir folgen. Ich ließ es ein. Aber es konnte nur mit mir weinen.

Doch nein. Eine entsetzliche Angst hatte auf einmal die Unglückliche ergriffen. Sie sah das Blut an meinen Kleidern, auf dem Boden, den meine Füße getreten hatten.

Vater, man wird Dich für den Mörder halten.

Der Wahnsinn der Angst und der Liebe sprach aus ihr. Aber ich konnte sie nicht zurückhalten. Es war, als ob ihr Leben davon abhänge, daß sie die Blutspuren vertilge. Einen Rath hatte sie für mich nicht. Ihn konnte nur Einer haben, der wohlerfahrene Freund, dessen vielfach trauriger Beruf doch auch so oft die erhebendste Freude des Helfens und Rettens gewährt. Du bist gekommen. Du wirst auch hier helfen. —

Ich mußte helfen, ihm. Zu allernächst ihm.

Hatte er keine Beweise für seine Angaben, selbst nur für die Anwesenheit Junods, wie leicht konnte der Verdacht des Mordes aus Eifersucht auf ihn fallen! Ja, auch wenn die Anwesenheit des Franzosen feststand. Vielleicht dann noch mehr. Und er hatte nicht einmal eine Ahnung davon, daß nur der Schatten eines Verdachts auf ihn fallen könne. Der richtige Sinn des Kindes war ihm Wahnsinn gewesen. Er durfte auch die Ahnung nicht haben. Wie ich ihn kannte, bei seiner Angst für seinen Ruf und seine Ehre, hätte der leiseste Gedanke, die Welt könne in ihm einen Mörder sehen, ihm nothwendig die Besonnenheit rauben und ihn so zu Handlungen und Aeußerungen verleiten müssen, die geeignet waren, einen Verdacht nur noch mehr zu verstärken. Allerdings waren nur Brand und ich bei ihm, und ich nicht als Kriminalrichter. Aber auch die Freunde konnten und mußten über sein Thun in der Untersuchung als Zeugen vernommen werden. Ich war in einer doppelt schwierigen und peinlichen Lage. Nur die feste Ueberzeugung, daß er unschuldig sei, konnte sie mir erleichtern und mir um so sicherer den rechten Weg zeigen.

Die Beweise, auf die es zunächst ankam, konnte nur eine sofortige und sorgfältige Besichtigung der Mordstelle liefern.

Eversen hatte seine volle Ruhe und Besonnenheit wiedergewonnen. Er begleitete mich und Brand in den Park. Die Morgendämmerung war angebrochen als wir hineintraten. Es war fast vollkommen hell, als wir den chinesischen Pavillon erreichten. Er war verschlossen.

Eversen trug den Schlüssel bei sich. Er schloß ihn auf.

Die ersten Strahlen der Sonne fielen in das Zimmer des Gartenhauses. Sie beleuchteten einen Schauplatz des Schreckens.

In einer Ecke lag die Erschossene. Sie lag in ihrem noch nassen Blute, das weit über das Parket des Fußbodens dahingeflossen war.

Ihre Kleider waren in Unordnung; unter einem leichten Mantel von schwarzer Seide sah hell, aber von dunklem Blute vielfach getränkt, das weiße Ballkleid hervor. Unter der schwarzen Umhüllung verborgen, war sie zu dem Buhlen geschlichen. Das weiße Ballkleid schimmerte als ihr Todtenkleid.

Sie war eine schöne Leiche. Der Mörder hatte den Schuß nach ihrer Brust gerichtet und er hatte gut getroffen, in die unmittelbarste Nähe des Herzens. Das Gesicht war unversehrt geblieben. Es war nur völlig blutleer. Aber es war weiß, wie frischgefallener Schnee und nur die Lippen trugen rothes Blut, wie weiße Blüthen in ihrem Kelche rothe Blättchen tragen. Es war auch im Tode noch sehr schön, dieses weiße Gesicht. Man konnte es nicht ohne die innigste Theilnahme ansehen. Es war erbleicht im Verbrechen, und doch im Kampfe mit dem Verbrechen. Das Auge war gebrochen in Bitten, in Flehen. Den Buhlen, den leidenschaftlichen Südfranzosen mit dem Hyänenblick, den zum wilden Thiere gewordenen Mörder, hatte sie um ihr Glück, um ihren Frieden, gar um ihr Leben angefleht. Den Gatten dann, den braven, ehrlichen, von ihr betrogenen Gatten um seine Verzeihung. Wie viel spricht das Gesicht eines Ermordeten aus, und doch, wie stumm ist es!

Der Tod, der Mord standen hier unzweifelhaft fest. Es kam nur darauf an, die Umstände seiner Verübung festzustellen und Spuren seines Urhebers aufzufinden. Beides stand zu einander in Beziehung. War der Mörder bekannt, so konnte, zumal nach den letzten Worten der Ermordeten, über die Umstände der That nicht großer Zweifel sein. Feststellungen der letzteren mußten hinwiederum auf jenen schließen lassen.

Jene letzten Worte der Todten schienen allerdings auf den Thäter hinzuleiten. Der Franzose Junod war es demnach und er hatte seine That in der Heftigkeit einer rasenden Leidenschaft und in der Wuth einer wilden Eifersucht verübt. Wahrscheinlich unter folgenden Umständen: Er war wohl nur zum Scheine von D. abgereist und hatte sich verborgen in der Gegend von Forsthausen aufgehalten, fortwährend die sträfliche Verbindung mit der von ihm verführten, in seiner Gewalt stehenden Frau unterhaltend. Vielleicht war er auch wirklich fortgewesen und grade zu dem Erntefeste zurückgekehrt und nach Forsthausen gekommen, möglicherweise sogar absichtlich zu diesem Feste, von dem schon Wochen vorher gesprochen war. In dem einen wie in dem anderen Falle hatte sie ihm eine nächtliche Zusammenkunft in dem Pavillon gewähren müssen. Er hatte dort von ihr verlangt, daß sie mit ihm fliehen solle. Sie hatte Gatten, Kind und

ihre öffentliche Ehre nicht aufgeben wollen. In der Wuth der wilden
Liebe und Eifersucht hatte er sie, die ihm nicht ferner angehören konnte
und einem anderen nicht angehören sollte, erschossen.

So war es wahrscheinlich. Es konnte aber auch anders sein. Jedenfalls mußten Beweise dafür herbeigeschafft werden.

Denn — ich konnte es mir nicht verhehlen, und es fiel mir immer
wieder schwer auf das Herz — eine Gewähr dafür, daß es so sei, lag bis
jetzt einzig und allein in den Worten, in der Aussage, in der einseitigen
Behauptung Eversens selbst, und ich selber hatte anfangs den Unglücklichen
für den Mörder gehalten und sogar sein eigenes, unschuldiges, argloses
Kind hatte es. Bloß der treue, aber leichtsinnige Brand hatte von vornherein gegen den Gedanken an ihn sich gewehrt, aber doch sich auch wehren
müssen. Wie war da das Urtheil der Welt zu erwarten? Wie namentlich
und besonders das der Gerichte, die für Alles Beweise verlangen und gegen
nichts mißtrauischer sind, als gegen Behauptungen von Personen, welche
in der Stunde des Mordes allein um den Ermordeten waren? Zumal
wenn ein Motiv der Tödtung bei ihnen auch nur schwach und entfernt
vorausgesetzt werden konnte? Bildet doch die Anwesenheit am Orte des
Verbrechens zur Zeit desselben schon für sich allein nach den Rechten ein
nahes Indizium! —

Ich nahm die sorgfältigste Nachforschung in dem Gartenhause vor.
Ich fand gar nichts, was auf den Thäter und auf die Umstände der That
hätte schließen lassen können. Keine Spur, daß ein Dritter dagewesen sei,
war zu entdecken. In dem Blute zeichnete sich der Fuß eines Mannes
ab; es waren die Stiefel Eversens. Kein Eindruck eines anderen Fußes
war zu gewahren. Auch sonst kein Gegenstand, der fremd gewesen wäre,
oder im geringsten hätte auffallen können. Von dem Auffinden eines
Mordinstrumentes, nur eines fremden Papierstreifens, war gar keine Rede.

Bloß der leichte, dunkle Ueberwurf über die Ballkleidung legte Zeugniß dafür ab, daß die Gestorbene heimlich, schnell, und wahrscheinlich nur
auf kurze Zeit den Ball verlassen habe, und zwar zu einer geheimen Zusammenkunft im Park, wahrscheinlich wieder in diesem Pavillon, in dem
sie das Leben verloren hatte. Wahrscheinlich war es allerdings dann ferner,
daß sie diese Zusammenkunft mit dem Franzosen gehabt hatte; möglich
war dann auch der wilde Ausbruch der Leidenschaft, der glühenden Eifersucht des Südfranzosen. Aber war nicht ebenso möglich, daß der gleichfalls eifersüchtige Ehegatte die Schuldige betroffen hatte, daß der Franzose
ihm entkommen, die Frau als Opfer seines Zornes gefallen war? Er

konnte sie in dem Pavillon selbst getroffen haben. Die Frau konnte vor ihm hineingeflüchtet sein.

„War der Pavillon für gewöhnlich verschlossen?" fragte ich Eversen.

Dieser, „ja."

Wer war im Besitze des Schlüssels?

Meine Frau. Dieses Zimmer war ihr Lieblingsaufenthalt."

Die Auskunft sprach für die eine, wie für die andere jener Möglichkeiten.

Die Kugel, durch welche die Tödtung geschehen war, mußte nähere Auskunft ergeben. Der Mörder hatte sie schwerlich selbst gegossen. Es mußte zu ermitteln sein, wo sie gekauft war; dann auch der Käufer. Sie war im Zimmer nicht zu finden. Sie steckte also noch in der Leiche. Aber es fiel mir auf, daß die Todeswunde in der Brust zackig war, zerrissene Ränder hatte. Ich fürchtete sehr, daß das Gewehr mit einem anderen Gegenstande, wahrscheinlich mit zerhacktem Blei geladen war. Dann konnte auch das Auffinden desselben bei der Sektion der Leiche keinen weiteren Anhalt geben.

Ich suchte noch in der Umgebung des Gartenhauses nach, in den Wegen, auf dem Grase, im Gebüsche. Aber nirgend eine weitere Spur. In den Wegen lag feiner Kies; der Rasen war glatt gemäht; das Wetter war längere Zeit trocken gewesen; so war nicht einmal der Eindruck eines Fußes zu entdecken. —

Es blieb nur noch Eines übrig, und es war so schleunig als möglich, es war sofort zu veranlassen: das amtliche, gerichtliche Einschreiten, zur Feststellung des Thatbestandes, zur Verfolgung der Spuren des Thäters.

Es war nur die Frage, durch wen es einzuleiten sei? Sollte ich selbst es übernehmen? Sollte ich es einem Rathe des Kriminalgerichtes auftragen? Ich hatte die Befugniß zu dem einen wie zu dem andern. Nur dann hatte ich eine wenigstens moralische, eine Ehrenverpflichtung, die Untersuchung nicht selbst zu führen, wenn ein Verdacht der Schuld auf Eversen fallen konnte. Der vertraute Freund des Verdächtigten konnte dann, namentlich in den Augen der Menge, nicht mehr für einen unbefangenen und unparteiischen Inquirenten gelten. Aber ich hielt ihn für völlig unschuldig, und ich mußte ihn dafür halten.

Ich erklärte ihm, daß die gerichtliche Untersuchung eintreten müsse.

„Ich mußte es," sagte er ruhig.

Ich selbst werde sie führen.

Die Worte nahmen doch einen Druck von ihm.

Du erzeigst mir einen großen Gefallen, vorausgesetzt, daß Du es darfst.

Ich darf es.

Es wird Manches zum Vorschein kommen müssen, das ein Dritter nicht mit so vieler Schonung anfassen würde, wie Du. Manches würde ich offen nur dem Freunde sagen können, wenn es dann auch in die Akten kommt.

Die Bemerkungen waren so natürlich, sie legten so klar sein Unschuldbewußtsein, also auch seine Unschuld an den Tag. Daran, daß man ihn für schuldig, auch nur für verdächtig halten könne, dachte er nicht, hatte er vorher nicht gedacht, konnte er gar nicht denken.

Unwillkürlich fiel es mir schwer auf das Herz: Wie, wenn dennoch ein Verdacht auf ihn fällt, und wenn er gewahrt, daß man ihn für verdächtig hält, daß man ihn als einen Mörder, als den Mörder seiner eigenen Frau ansieht? Welchen Eindruck muß das auf den Mann machen, der mehr als irgend ein anderer Mensch auf seinen Ruf, seine Ehre eifersüchtig ist, dem dieser Ruf, diese Ehre noch nie, auch nur im geringsten angegriffen worden? —

Ich blieb in Forsthausen und ließ das erforderliche gerichtliche und gerichtsärztliche Personal zur Einleitung der Untersuchung sofort nachkommen. Ich nahm dann die Untersuchung in vorschriftsmäßiger Weise vor.

Aber wie bald schon mußte ich sie abgeben!

Ich vernahm zuerst Eversen selbst, darauf Brand. Diesen über das Weggehen der Getödteten aus der Gesellschaft, Eversen über das Fallen des Schusses, über das Auffinden der Sterbenden, über ihre letzten Worte. Beide nur kurz; doch mußte ich Eversen das Verhältniß seiner Frau zu dem Franzosen vollständig berühren lassen.

Ich nahm sodann die Obduktion der Leiche vor. Dabei traf zu, was ich befürchtet hatte. Der Mörder hatte mit zerhackten Bleistücken geschossen. Drei davon wurden in dem Körper gefunden; eines hatte das Herz gestreift. Ein Beweisstück, das weiter zur Ermittelung des rechten Thäters hätte führen können, mithin sofort jeden Verdacht von Eversen hätte ablenken müssen, war dadurch verloren.

Ein positiver Verdachtsgrund gegen Eversen sollte fast unmittelbar darauf hinzutreten.

Die Obduktion der Leiche wurde in dem Pavillon selbst vorgenommen. Sie hatte viele Neugierige herbeigezogen, die draußen vor dem Hause standen und warteten und sich unterhielten. Von ihnen hatte sich schon während der Sektion Einer bei mir melden lassen; er habe mir eine sehr wichtige Mittheilung für die Untersuchung zu machen. Ich vernahm ihn

nach Beendigung der Sektion und zwar als Inquirent, also zum Krimi-
nalprotokolle und unter Zuziehung des Kriminalaktuars.

Es war ein alter Mann, der Hirt des Gutes, zu dessen Diensten es
zugleich gehörte, für die Schwäne auf dem Schwanenteich zu sorgen, namentlich sie jeden Morgen mit Futter zu versehen. Er erzählte Folgendes:

Um am heutigen Morgen — ich inquirirte den Sonntag durch —
nach der fröhlichen Festnacht recht lange schlafen zu können, war er noch
am gestrigen Abende spät zu dem Teiche gegangen, um den Schwänen
ihr Futter zu bringen. Es war ziemlich dunkel und ganz still in dem
Park gewesen, auch rund um den Teich her. Er hatte nur die Musik aus
dem Ballsaale des Schlosses und in etwas weiterer Ferne von der Tenne
her gehört. Wie er schon fertig war und zurückkehren wollte, vernahm
er auf einmal Schritte. Sie kamen vom Schlosse her und wandten sich
der andern Seite des Teiches zu, an dem der chinesische Pavillon stand.
Sie waren nicht in seiner Nähe, sehen konnte er daher nichts. Es waren
Schritte nur eines einzigen Menschen. Sie waren rasch, leicht, leise. Das
Alles fiel dem alten Manne auf. Wer konnte am so späten Abend, grade
heute, vom Schlosse her allein, eilig und heimlich zum Teiche gehen, nach
dem Pavillon hin? Er horchte. Er stand an der Schloßseite des Teiches,
der Pavillon lag ihm also gerade gegenüber. Die Schritte entfernten sich
mehr und mehr von ihm. Dennoch glaubte er, sie bis unmittelbar an
den Pavillon zu unterscheiden. Dann hörte er aber nichts mehr, auch
kein Aufschließen des Häuschens, kein Schließen der Thüre, kein Sprechen.
Sein Ohr vernahm nichts, als die Musik im Schlosse und auf der Tenne.

Er war um so neugieriger geworden, der alte Mann. Er mußte
wissen, wer da gegangen wäre. Er ging ebenfalls zu dem Pavillon; aber
nicht auf dem nächsten Wege dem Ufer des Teiches entlang. Am Wasser
konnte er trotz der Dunkelheit von dem Hause aus gesehen werden, und
er wollte hören und sehen, und zu dem Zwecke weder gehört noch gesehen
werden. Er verließ das Ufer und schlich sich durch die Alleen und Boskets, die den Teich mehr in der Ferne umgaben, zu dem Gartenhause hin.
Er hörte und sah auf seinem Wege nichts. Er kam bis ganz dicht an
das Gartenhaus, bis auf eine Entfernung von ungefähr zehn Schritten.
Dort stellte er sich, grade einem Fenster gegenüber, hinter einen Baum.
Er wagte nicht, näher heranzutreten, weil der Raum unmittelbar um das
Haus frei war. Das Fenster war dunkel und verschlossen. Sehen konnte
er durch dasselbe nichts. Aber er hörte etwas im Innern. Freilich nur
unbestimmt bei dem Verschluß des Fensters. Auch wurde drinnen nur

sehr leise gesprochen. Was er hörte, waren menschliche Stimmen, zwei, eine Manns- und eine Frauenstimme.

Wie leise sie auch sprachen, die weibliche Stimme erkannte der Hirt. Es war die Stimme der Schloßfrau, der Frau Eversen. Die männliche Stimme konnte er nicht erkennen, sie sprach zu leise. Sie murmelte, sie zischelte fast nur, vom Anfang bis zum Ende. Zuerst verstand er auch von dem, was die Frau sprach, nichts. Es schien ihm jedoch, daß sie in einem traurigen Tone redete. Dann aber verstand er einzelne ihrer Worte.

Ich mußte den Mann, als er das sagte, verwundert anblicken.

Ihr verstandet, was Madame sprach?

Ja, Herr, gewiß.

Es fiel mir, wie heißes Wasser auf den Körper. So viel ich wußte, verstand der Franzose Junod kein Wort deutsch, und die Frau Eversen hatte sich immer nur in französischer Sprache mit ihm unterhalten. Wie wäre sie grade jetzt dazu gekommen, Deutsch mit ihm zu sprechen?

War nicht der Franzose mit ihr in dem Pavillon gewesen?

Wer dann?

Eversen? —

„Seid Ihr Eurer Sache ganz gewiß?" mußte ich den Zeugen wiederholt fragen. „Bedenkt, daß ihr jedes Wort beschwören müßt, das Ihr hier aussagt!"

„Es ist so, Herr," versicherte er. „So gewiß ich das Leben habe."

Er sprach mit der größten Bestimmtheit.

Nennt mir Worte, die Ihr verstanden habt.

Er hatte anfangs nichts Zusammenhängendes verstehen können. Er hatte nur einzelne Worte unterschieden, und zwar nur am häufigsten vorkommende Verbindungsworte.

Es war genug, einen Druck auf mich zu lasten, von dem ich mich nicht befreien konnte. Ich sollte mit Schrecken erfüllt werden.

Der Mann erzählte weiter.

Der traurige Ton der Frau, der „Madame," wie er fortwährend mit Bestimmtheit sie nannte, war nach einiger Zeit in einen bittenden übergegangen. Und nun hatte er auch einzelne andere, einen bestimmten Sinn andeutende Worte unterschieden. „Eine ehrliche Frau" hatte sie einmal gesagt. „Nicht verstoßen" hatte er ein anderes Mal vernommen.

Das waren Worte, die keinen Sinn haben wollten, wenn sie dem Franzosen, dem Verführer, dem sie ja grade nicht folgen wollte, gegenüber ausgesprochen waren. An den Gatten, zumal bittend gerichtet, hatten sie vollkommen verständlichen Sinn.

Der Mann hatte darauf sehr schnelle, und wie es dem Zeugen geschienen, sehr heftige Worte erwidert, aber immer in einem so leisen, murmelnden Tone, daß die Stimme nicht zu erkennen, geschweige nur ein einziges Wort zu verstehen war.

Dann hatte die Frau wieder gebeten, und er hatte deutlich die Worte verstanden: Ich liebe nur Dich. Ich bin Dir immer treu.

So hatte sie nur zu dem Gatten sprechen können.

Auch der Gerichtsschreiber sah mich darauf an.

Habt Ihr die Worte deutlich gehört? fragte ich den Zeugen.

Ganz deutlich, Herr. Wie hätte ich sie sonst behalten können?

Das war ein schlagender, überzeugender Moment in dem Munde des einfachen und ehrlichen alten Mannes.

Ehrlich war er, sein ganzes Wesen zeigte es.

Auf die letzten Worte der Frau mußte der Mann sehr Bitteres geantwortet haben. Sie hatte laut geschluchzt und geweint. Der Mann hatte dazwischen gesprochen, aber gewiß noch keine guten Worte; das Weinen der Frau hatte nicht aufgehört.

Es war dem Hirten durch das Herz gegangen. Mit wem mag sie da drinnen sein? hatte er sich gefragt. Und: was mögen sie zusammen haben? Er hatte auf beide Fragen keine Antwort. Aber er hatte zuletzt gedacht: was geht es Dich an! Und so hatte er das Gartenhaus und den Garten verlassen. Er meinte, daß er ungefähr zehn Minuten bis eine Viertelstunde unter dem Fenster gestanden haben könne, und daß es in der Zeit zwischen halb und drei Viertel auf zehn Uhr gewesen sein müsse.

Er hatte von dem Gehörten niemand etwas mitgetheilt, auch dem Herrn Brand nicht, der etwa eine halbe Stunde später auf der Tenne sich nach der Herrschaft erkundigt habe. Ein rechtschaffener Diener müsse um die Geheimnisse seiner Herrschaft sich nicht bekümmern und noch weniger sie ausplaudern. Erst dem Gerichte hatte er geglaubt Alles sagen zu müssen.

Und es sprach Alles dafür, daß er dem Gerichte die Wahrheit gesagt habe.

Von dem Verhältnisse der Verstorbenen zu dem Franzosen hatte er keine Ahnung. Bei seiner Aussage blieb er fest, bestimmt. Keine Querfragen konnten ihn zu der geringsten Veränderung daran vermögen.

Die Untersuchung war durch sein Zeugniß in eine wesentlich andere Lage gerathen. Nicht für meine Ueberzeugung. Ich konnte allerdings das Zeugniß des alten Hirten nicht in Einklang mit dem bringen, was

Eversen mir mitgetheilt hatte. Darin konnte jedoch für mich nicht die mindeste Veranlassung liegen, nur den entferntesten Argwohn einer Schuld gegen Eversen zu fassen. Wie oft war ich in den dunklen Anfängen einer Untersuchung auf ähnliche scheinbare Widersprüche gestoßen, die sich nachher natürlich genug gelöst hatten! Und ein wie tiefes Dunkel lag noch über dieser Untersuchung! Aber es war einmal ein Widerspruch da, und dieser Widerspruch wog zum Nachtheile Eversens. Da war ein Moment eingetreten, der die unbefangenste und unparteiischeste Weiterführung der Untersuchung forderte. Völlige Unbefangenheit und strenge Unparteilichkeit setzen aber einen völlig unbefangenen Standpunkt voraus. Den hatte der Freund nicht mehr.

Ich war es dem Rechte, ich war es mir, ich war es fast am meisten Eversen selbst schuldig, die Untersuchung nicht mehr weiter zu führen, sie an einen andern Inquirenten abzugeben. Ich durfte mich nicht erst durch Andere oder Anderes daran mahnen lassen. Der Gerichtsschreiber hatte mich schon betroffen, dann fragend angesehen.

Ich schloß die Verhandlungen mit der Vernehmung des alten Hirten und reiste mit den Akten nach D. zurück. Ich durfte auch in Forsthausen nicht bleiben, damit nicht einmal der Anschein entstehen könne, als hätte ich auf den weiteren Gang des Verfahrens eingewirkt oder nur einwirken wollen.

Ich theilte Brand meinen Entschluß und dessen Gründe im Allgemeinen mit. Er war einverstanden, daß ich auch Eversen davon in Kenntniß setzen müsse, sollte es ihn auch noch so sehr angreifen.

Es berührte ihn zu unserer Verwunderung wenig.

„Die Untersuchung fängt an verwickelter zu werden," sagte ich ihm; „man wird im Publikum davon sprechen. Da bin ich es auch Dir schuldig, sie in die Hände eines anderen Inquirenten zu legen. Man könnte mir Parteilichkeit für Dich vorwerfen, und nur die allgemein anerkannte strenge Unparteilichkeit kann Deine Unschuld zu vollständiger und allgemeiner Anerkennung herausstellen."

„Wie Du willst," erwiderte er. „Ich begreife Deine Peinlichkeit und Deine Güte für mich. Meine Unschuld wird sich unter allen Umständen voll und klar herausstellen."

Er war hiervon unerschütterlich überzeugt.

Er war noch unter dem Eindruck seines doppelten Verlustes, der Frau, die er so sehr geliebt hatte, der Ehre seiner Ehe, die so schmachvoll verletzt war. Der Gedanke, daß die Welt ihn auch für einen Mörder halten könne, konnte da noch keinen Eingang in ihn finden.

Ich sah mit umsomehr Besorgniß dem Zeitpunkte entgegen, da er den Gedanken, die Ueberzeugung, daß er für schuldig gehalten werde, und auch diesen Verdacht nicht mehr von sich werde abwehren können. Ich übertrug die Untersuchung einem gewandten, humanen, aber auch eben so strengrechtlichen und gewissenhaften Rathe des Kriminalgerichtes. Ich selbst enthielt mich vollständig jeder Einwirkung auf sie.

Es war zur Zeit des geheimen Inquisitionsverfahrens. Ich erfuhr daher auch außeramtlich von dem Fortgange der Sache nichts. Aber meine Besorgnisse sollten sich sehr bald in erschreckender Weise bestätigen.

In der Nacht vom Sonnabend zum Sonntag war das Verbrechen verübt. Am Mittwoch Mittag kam Brand zu mir. Er war in auffallender Unruhe. Er kam von der Börse. Dort war auch Eversen gewesen, zum erstenmal wieder seit dem Tode seiner Frau. Er hatte sich bis dahin auf seinem Gute eingeschlossen gehabt. Er war der Gegenstand der allgemeinen Neugierde gewesen, aber keiner Theilnahme. Man hatte ihn angesehen; manche hatten ihn angestarrt; andere hatten mit einander gezischelt. Keiner hatte ihm sein Bedauern über das Unglück, das ihn betroffen, ausgedrückt.

Eversen hatte es anfangs nicht bemerkt. Als er es wahrgenommen, war es zuerst gewesen, als könne er nicht begreifen, was sich denn zugetragen habe, daß man sich so gegen ihn benehme, gegen ihn, der seit so vielen Jahren einer der geachtetsten Männer, fast der Mittelpunkt der Börse war. Dann auf einmal war er leichenblaß geworden, ein Zittern hatte seinen Körper durchschlichen. Aber er hatte dem Angriffe, der ihn niederzuwerfen drohte, gebieten können. Er hatte die bleichen Lippen zusammengekniffen, die fahle Stirne gerunzelt. So hatte er seine Geschäfte fortgesetzt, eigentlich erst begonnen. Er hatte der Begegnung, die er sich nun erklären konnte, Trotz entgegengesetzt, vielleicht nur Ruhe entgegensetzen wollen. Allein er mußte auch den Trotz aufgeben. Er war nicht der Mann dazu, ihn lange auszuhalten. Trocken, pedantisch, stets ängstlich eifersüchtig auf seinen Ruf, war er von der guten Meinung seiner Mitbürger und besonders auch seiner Standesgenossen zu abhängig geworden, als daß die Umkehr derselben ihn nicht bald hätte niederdrücken müssen. Er hatte plötzlich die Börse verlassen. Er war nachhause gegangen, vor sich hinbrütend, über den Vorfall kein Wort mit Brand sprechend, der ihm gefolgt war.

„In der Untersuchung muß etwas vorgekommen sein," meinte Brand. Ich wußte es nicht.

„Aber an der Börse weiß man es," fuhr er fort, „und uns, den Freunden, verhehlt man es."

Er mochte in Beidem recht haben. Auch in Ersterem. Wie oft hatte ich es erfahren müssen, daß aus wichtigen wie aus unwichtigen Untersuchungen, trotz aller Heimlichkeit des Verfahrens, Geheimnisse, die ich für unbedingt gesichert hielt, in das Tagesgespräch gedrungen waren, oft sogar bis zur Entstellung vergrößert und übertrieben!

„Wenn nur kein Unglück geschieht," sagte Brand. Kommt seine Unschuld nicht bald an den Tag, so begeht er eines."

Ich wollte mir noch an dem nämlichen Tage Kenntniß von dem Stande der Untersuchung verschaffen. Allein der Inquirent war mit den Akten nach Forsthausen, wo er neue Verhöre abhielt. Er wurde erst am folgenden Tage zurückerwartet.

Nächsten Mittag war Brand wieder bei mir. Er war fast wie verstört.

Eversen war wieder an der Börse gewesen.

Brand hatte ihn vergebens zurückhalten wollen. „Die Geschäfte laufen Dir ja nicht fort. Du solltest überhaupt auf vierzehn Tage verreisen."

Verreisen? Jetzt? Hast Du das Gezischel gestern gehört? die Blicke gesehen, die sie auf mich richteten? Ich sollte durch eine Entfernung dem giftigen Argwohn neue Nahrung geben?"

Du sollst Dich gar nicht darum kümmern.

Eben darum muß ich wieder hin. Ich muß ihnen meine Verachtung zeigen.

Er war hingegangen, mit seinem kalten Trotze, wie gestern. Auch mit mehr Festigkeit, wie er gemeint hatte. Er hatte sich verrechnet.

Es war wieder gewesen, wie gestern. Er war auf seine Bekannten, die sich vor ihm zurückzogen, zugegangen. Sie waren weiter vor ihm gewichen. Die ihm Stand halten mußten, sprachen nur ein paar nothdürftige Worte mit ihm und machten sich dann in auffallender Weise von ihm los. Dagegen suchten unbedeutende, selbst zweideutige Menschen, die früher nicht gewagt hatten, nur ein Wort an ihn zu richten, jetzt sich an ihn heranzudrängen, wollten gar vertraulich mit ihm sprechen, als wenn er auf einmal ihresgleichen geworden sei.

Das hielt er nicht aus. Er ergriff Brands Arm. Er schwankte, auf ihn gestützt, aus dem Börsensaale.

„Bin ich denn wirklich ein Mörder?" fragte er ihn draußen. „Sieh mich an. Siehst Du den Mörder in mir?"

Du bist es nicht. Die Untersuchung wird Deine Unschuld herausstellen.

Aber welche Schuld hat sie denn jetzt gegen mich herausgestellt?

Gar keine, denn Du bist unschuldig.

Und die Welt verdammt mich dennoch! Und, Freund, was ist die Unschuld, wenn die Welt das Schuldig ausspricht? —

Ich versprach Brand, zu Eversen zu gehen und ihn zu beruhigen zu suchen.

Ehe ich noch hingehen konnte, erhielt ich einen anderen Besuch.

Der Kriminalrath, dem ich die Untersuchung aufgetragen hatte, kam zu mir. Er war von Forsthausen zurückgekehrt. Er wollte mir eine Mittheilung machen.

Er trat mit sichtlicher Verlegenheit bei mir ein.

Er hatte den vollen Thatbestand aufgenommen. Er hatte alle Zeugen, sämmtliche andere Personen, die irgend eine Auskunft geben konnten, verhört.

„Die Untersuchung ist in ein Stadium getreten," sagte er, „in dem sie nunmehr gegen eine bestimmte Person gerichtet werden muß. Bevor ich sie so weiter führe, wollte ich mir eine Rücksprache mit Ihnen erlauben, nicht mit dem Direktor des Kriminalgerichtes, aber mit dem Freunde dessen, gegen den nun speciell weiter inquirirt werden muß."

„Es liegen wirklich Verdachtsgründe gegen Eversen vor?" rief ich.

Urtheilen Sie selbst. Durch die bisherigen Vernehmungen der Zeugen und anderen Auskunftspersonen, wie zum Theil durch die eigenen, von Ihnen selbst noch zu Protokoll genommenen Aussagen Eversens stehen folgende Momente fest: Um drei Viertel auf neun Uhr hat die verstorbene Frau Eversen den Ballsaal verlassen. Zehn Minuten vor neun Uhr, also fünf Minuten später, ist Eversen in seinem Wagen auf Forsthausen angelangt. Er will zunächst in sein Zimmer gehen; im Gange sieht er eine dunkle Gestalt, die vor ihm flieht, die er zwar für seine Frau hält, aber nicht weiter verfolgt, weil er sich vorab überzeugen will, ob seine Frau nicht bei der Gesellschaft sei. Er geht in die Gesellschaftssäle. Er sieht sie dort nicht. Er verläßt die Säle, nach kurzer Zeit, vielleicht fünf Minuten nach neun Uhr. Er sucht seine Frau, zuerst auf der Tenne; sie ist auch da nicht. Dann im Park. Er muß um zehn Minuten nach neun Uhr in den Park gekommen sein.

Zur Verfolgung seiner Frau trieb ihn die Eifersucht. Sie trieb ihn namentlich auch in den Park.

Die Frau Eversen hatte sich längere Zeit von dem Franzosen Junod den Hof machen lassen, in einer Weise, daß man in der Stadt davon sprach. Eversen selbst hatte nicht umhin gekonnt, mit seiner Frau darüber zu reden. Kurz darauf reist der Franzose ab. In Eversen entsteht der Verdacht, er sei nur zum Scheine abgereist, oder eben zurückgekehrt. An jenem Abend ist dieser Verdacht lebendig in ihm. Er ist es, der ihn in den Park treibt.

Der Verdacht war nicht unbegründet. Der Franzose war da. Eversen selbst sagt es.

Und — eine Stunde später, nachdem Eversen den Garten betreten hat, ist seine Frau eine Leiche. Sie ist von fremder Hand erschossen. Und niemand, kein Mensch in der Welt ist in dieser Zeit bei ihr gewesen, als Eversen und der Franzose. Eversen nach seinem eigenen Geständnisse, der Franzose nach Eversens Behauptung.

Wer ist der Thäter des Verbrechens? Wer ist der Mörder? Nur einer von diesen Beiden kann es gewesen sein, soll es auch gewesen sein.

Eversen war schon früher eifersüchtig gegen seine Frau. Er sieht sie an jenem Abend vermummt; er erkennt sie nicht bestimmt. Seine Eifersucht erwacht neu. Er sucht sie, unruhig im Ballsaal, hartnäckig im Park. Er findet sie; er findet zugleich ihren Geliebten, ihren Verführer, den Gegenstand seiner Eifersucht. Der Mensch entflieht. Die Frau wird erschossen. Eversen ist ein ruhiger, klarer, besonnener Mann. Aber, stille Wasser sind tief, sagt schon ein altes Sprüchwort, und die ruhigsten Menschen, wenn sie einmal aufgeregt sind, werden am leichtesten bis zur Wuth aufgeregt und sind dann in ihrer Wuth zum Aeußersten fähig. Der Verführer war seiner Rache entgangen. Die Betrügerin mußte um so schwerer büßen.

Alles weist auf Eversen, als auf den Mörder hin.

Was hat er dagegen vorbringen können? Nichts, als die bloße, nackte Behauptung: der Franzose sei der Thäter; seine Frau, die er noch sterbend gefunden, habe es ihm selbst gesagt, nein, nur zu verstehen gegeben, daß der Franzose sie erschossen habe, und zwar aus Eifersucht, weil sie ihm nicht habe folgen, ihren Gatten nicht verlassen wollen.

Eifersucht gegen Eifersucht!

Es sei zugegeben, daß der Charakter des Südfranzosen zu einer wilden Eifersucht sich hinneigt, und daß auch diese in jenem Junod lebte; welcher Eifersucht ist demnach hier die That mehr zuzutrauen, der des betrogenen zur Auffindung der Betrügerin ausgehenden, sie in den Armen des Verführers antreffenden, in seiner Ehre tief und für immer verletzten Ehegatten, oder der eines wenn auch leidenschaftlichen, doch auch leichtsinnigen in der Welt umherschweifenden fremden Abenteurers?

Aber gehen wir weiter.

Gegen den Franzosen liegt in der Welt nichts vor, als die Behauptung Eversens, des Verdächtigen selbst. Eine Menge weiterer Indicien häufen sich eben gegen Eversen.

Eversen hat nach dem Tode seiner Frau sich vor jedermann zurückgezogen und verborgen. Selbst seinen Freund Brand, der ihn aufsuchte, ließ er nicht zu sich. Er war in seinem Zimmer, als Brand Einlaß begehrte. Er verleugnete sich vor ihm. War er nicht der Mörder, hatte er seine Frau ermordet gefunden, so wie er angiebt, es hätte ihn drängen und treiben müssen, mindestens Einem das Entsetzliche zu entdecken, grade dem vertrauten Freunde das Unglück mitzutheilen. Erst sein Kind ließ er später zu sich. Und welchen Eindruck machte seine Erscheinung auf sie, die Erscheinung des eigenen Vaters auf die Tochter? Vielleicht auch seine eigenen Worte, der erste Ausbruch seiner Verzweiflung? Ich hielt es für ungerechtfertigt, das Kind gegen den Vater als Zeugen zu vernehmen. Ich weiß daher nicht, was zwischen Beiden gesprochen oder sonst vorgefallen ist. Aber Eines steht fest: das unschuldige, liebende Kind hatte in entsetzlicher Angst nur den einen Gedanken, die Blutspuren zu vertilgen, die ihren Vater verfolgten, die ihn verrathen mußten. Sie hielt ihn für den Mörder, das eigene Kind, wenn er ihr auch nicht gradezu gesagt hat, daß er es sei.

Es kommt das Zeugniß des alten Hirten. Er hat die Ermordete — nach Allem in der letzten Viertelstunde vor ihrem Tode — in dem Pavillon mit einem Manne reden hören, den er auch an der Stimme nicht erkannt hat. Es kann nur Eversen oder der Franzose gewesen sein. Aber sie hat deutsch gesprochen und mit dem Franzosen sprach sie nie deutsch. Vielleicht jetzt in der Todesangst? Es ließe sich erklären, wie unwahrscheinlich es immer bleibt. Aber auf keinen Fall stimmen zu der Annahme die Worte, die sie sprach. Dem Manne gegenüber haben diese Sinn.

Es kommt endlich Folgendes: Der tödtliche Schuß ist mit zerhacktem Blei geschehen. Der Thäter hat dadurch die Möglichkeit beseitigt, durch Nachforschung nach dem Gießen der Kugel oder durch Vergleichung der Kugel mit dem Kaliber einer Waffe seine Spur zu gewinnen. Der Franzose, der unmittelbar nach der That spurlos verschwinden wollte und verschwand, hatte zu einer solchen Vorsichtsmaßregel kaum eine Veranlassung. Für Eversen war diese gegeben. Will man bei ihm aber auch keine Absichtlichkeit annehmen, so bleibt ein anderer Umstand desto bemerkenswerther.

Es hat zwar nicht ermittelt werden können, daß Eversen, sei es in der Stadt oder auf dem Gute Forsthausen, mit Gewehr, namentlich mit Pistolen versehen gewesen ist. Vor ungefähr vierzehn Tagen waren aber zwei Neffen des Gutsinspektors, Knaben von dreizehn bis vierzehn Jahren, zum Besuch bei ihrem Onkel in Forsthausen. Diesen hatte der Inspektor, um zum Vergnügen zu schießen, ein Terzerol überlassen, das sie, beim Mangel von Kugeln, die hineinpaßten, mit zerhacktem Blei geladen hatten. Nach der Abreise der Knaben hatte Eversens Tochter, Juliane, die mit den Knaben manchmal spielte, die Waffe in ihrem Zimmer gefunden und sie ihrer Mutter übergeben. Diese hatte sie in ihre Stube in eine Schublade ihres Sekretärs gelegt, ohne daß weder sie noch Juliane geprüft hatten, ob sie geladen sei. Niemand weiß, daß sie aus der Schublade des Sekretärs herausgenommen war. Gleichwohl ist sie seit dem Tode der Frau verschwunden. Das Zimmer der Frau Eversen war an jenem Abend unverschlossen gewesen. Die Schublade war nicht einmal verschließbar. Es steht fest, daß Eversen seine Frau auch in ihrem Zimmer gesucht hat, sogar zweimal. Es liegt nahe, daß er von dem Vorhandensein des Pistols wußte; wenn aber auch nicht, wie leicht konnte er es zufällig finden, wenn er zugleich in dem Zimmer der Verdächtigen nach Gegenständen zu seiner Ueberzeugung von ihrer Untreue suchte! Daß die Knaben das Gewehr geladen zurückgelassen hatten, ist wahrscheinlich. Sie sind darüber befragt, sie haben es geglaubt und nur nicht mehr mit Bestimmtheit angeben können. Es sind ihnen auch die gefundenen Bleistücke vorgezeigt; mit ähnlichen wenigstens hatten sie das Terzerol geladen.

Der Kriminalrath schloß damit seine Mittheilung.

„Würden Sie auf Grund dieser Anzeigen," fragte er mich, „gegen den, den sie treffen, mit der Einleitung der Kriminaluntersuchung vorgehen?"

Ich konnte es nicht bestreiten.

„Auch gegen Eversen, meinen liebsten Freund," mußte ich hinzufügen, „obwohl er in meinem Innern so rein und frei und unschuldig an dem Morde dasteht, wie ich selbst. Es liegt leider ein Zusammentreffen der unglücklichsten Umstände vor, das den für sein amtliches Handeln eben nur auf die objektiven Momente angewiesenen Kriminalrichter unabweisbar zur Einleitung der Untersuchung zwingt."

Ich hatte diesen Ausspruch von Ihnen erwartet, sagte er, „es beruhigt mich. Ich werde danach verfahren." Er ging, danach zu verfahren.

Der arme Eversen! Und ich durfte ihn nicht einmal vorher benachrichtigen. Der Kriminalrath hatte mir doch nur als seinem Amtsvorgesetzten die Mittheilung gemacht. Eine weitere Mittheilung von meiner Seite hätte eine Verletzung meiner Amtspflicht enthalten. Diese mußte mir über jede andere Pflicht oder Rücksicht gehen.

Der arme Eversen! Wie mußte dieser Schlag ihn treffen, zumal so unvorbereitet und so unmittelbar nach dem, was ihn heute und gestern schon betroffen hatte!

Mit der Einleitung der Kriminaluntersuchung gegen ihn war, bei der Schwere des Verbrechens, die Nothwendigkeit seiner sofortigen Verhaftung verbunden. Er wurde an demselben Abend verhaftet und in das Kriminalgefängniß gebracht.

Am andern Morgen durfte, wollte ich ihn dort besuchen. Er war im Verhör. Gegen Mittag ging ich wieder hin. Das Verhör dauerte noch fort. Schon seit fünf Stunden, ununterbrochen. Ich begriff das nicht. Es war das erste Verhör des Angeschuldigten, das kurz sein konnte. Es mußte etwas Ungewöhnliches vorgefallen sein. Ich wurde besorgt. Ich trug einem Gerichtsdiener auf, mir sofort Anzeige zu machen, wann das Verhör beendigt sei.

Statt des Gerichtsdieners kam erst am tiefen Nachmittage der Kriminalrath selbst zu mir. Er kam diesmal nicht verlegen. Zwar mit einem Ausdrucke von Mitgefühl, Mitleid, aber zugleich unvermögend, einen Triumph zu verbergen, der mächtiger und natürlicher war, als das Mitleid. Ich las in seinem Gesichte, was geschehen war. Der Beamte hatte in ihm den Menschen zurückgedrängt. Vielleicht konnte ich es auch anders ausdrücken. Ich konnte es nicht glauben, was ich sah. Ich wollte mich dagegen wehren, es war vergebens.

„Eversen hat ein vollständiges Bekenntniß abgelegt,“ sagte der Kriminalrath.

Eversen ist der Mörder? Es ist nicht möglich!

Er ist der Mörder. Haben Sie die Güte zu lesen. Ich werde mir in einer Stunde die Freiheit nehmen, wiederzukommen.

Er ließ mir das Verhörsprotokoll zurück, das er mit Eversen, mit dem „Inquisiten“ Eversen aufgenommen hatte. Das furchtbarste Entsetzen faßte mich, je weiter ich in dem Protokoll las. Es enthielt ausführlich den ganzen Gang, alle Einzelheiten des mehr als achtstündigen Verhörs. Der Angeschuldigte Eversen war schon bei seiner Vorführung in das Verhörzimmer in hohem Grade niedergeschlagen gewesen.

Der Inquirent hatte ihm eröffnet, daß gegen ihn die Kriminaluntersuchung wegen Ermordung seiner Ehefrau eröffnet sei. Er hatte die

Mittheilung angehört unter Bewegungen, die anzeigten, daß er sie erwartet, befürchtet hatte; sie hatte dennoch einen furchtbaren Eindruck auf ihn gemacht; er hatte schwer aufgeathmet; seine Brust hatte sich schnell bewegt; er hatte den Blick nicht erheben können; so hatte er unter einem schweren Drucke seines Innern vor sich hingestarrt.

Der Inquirent hatte ihn gefragt, was er auf die Anschuldigung zu erwidern habe? Es hatte einer Weile bedurft, ehe er mit trockner, wie angeklebter Zunge hatte antworten können: „Ich bin unschuldig, ich bin kein Mörder." Er ward aufgefordert, Alles zu erzählen, was ihm von dem Verbrechen bekannt sei.

Er hatte wiederholt, was er schon am Sonntag bei mir zu Protokoll erklärt hatte.

Es waren ihm dann von dem Inquirenten diejenigen Aussagen vorgehalten worden, die theils direkt seinen Angaben zu widersprechen schienen, theils in andrer Weise ihn graviren und die gegen ihn erhobenen Anschuldigungen begründen und unterstützen mußten. Sie waren ihm einzeln vorgehalten, Punkt für Punkt. Er war bei jedem einzelnen Punkt befragt, was er dagegen zu erinnern habe, ob er ihn als falsch darzustellen, oder wie er ihn sonst zu entkräften vermöge.

Er hatte gegen ihre Richtigkeit und Glaubwürdigkeit nichts vorbringen können. Er war aber bei jedem einzelnen Thatumstande unruhiger, gedrückter geworden. Bald hatte Leichenblässe, bald glühende Röthe sein Gesicht bedeckt. Er hatte zerstreute Antworten gegeben. Er hatte manchmal den Inquirenten bewußtlos angestarrt. Er hatte ganz den Eindruck eines Menschen gemacht, der unter einem schweren, unerträglichen Druck leidet, den Druck von sich abwerfen kann, aber nicht den Muth hat, der dazu erfordert wird, und nun selbst unter Vergessen der Gegenwart mit sich kämpft, ob er ferner das Unerträgliche tragen, oder, koste es auch das Leben, sich von ihm befreien soll. Der Druck des Verbrechens lastete auf ihm. Es fehlte ihm der Muth des Geständnisses. Er konnte zuletzt den Druck nicht mehr tragen.

Sie haben zugestanden, daß Sie schon früher auf den Franzosen Junod eifersüchtig waren! hielt ihm der Inquirent vor.

Ich war es.

Mit welchen Gedanken suchten Sie Ihre Frau in dem Park?

Ich kann nicht leugnen, ich dachte an eine geheime Zusammenkunft zwischen meiner Frau und dem Franzosen.

Sie wollen Ihre Frau schon verwundet, im Verscheiden angetroffen haben?

Sie starb kaum eine halbe Minute nach meiner Ankunft bei ihr.

Sie wollen nur wenige Worte mit ihr gewechselt haben?

Sie bat mich nur um Verzeihung; sie sagte mir, daß sie mich nicht habe verlassen wollen.

Es wurde ihm die Aussage des alten Hirten vorgehalten, wonach die Frau fast eine Viertelstunde lang in deutscher Sprache geredet und Worte gesprochen habe, die sie nicht an den Franzosen, sondern fast nur an ihn, den Gatten, gerichtet haben konnte.

„Der alte Mann muß sich geirrt haben," konnte er nur erwidern, indem der Schweiß ihm auf der Stirne perlte.

Der Mann hat seine Aussage mit der größten Bestimmtheit gemacht, zuerst gleich am Morgen nach der That vor dem Kriminaldirektor selbst, sodann ohne alle Abweichung noch gestern vor dem gegenwärtigen Inquirenten.

Es ist mir unbegreiflich. Mir schwindelt der Kopf. Mit diesen Worten war er plötzlich von seinem Stuhle aufgesprungen. Er war mit heftigen Schritten durch das Zimmer gegangen. Er hatte beide Hände vor die nasse Stirn gedrückt, dann gegen das Herz. „Ich bin verloren!" hatte er ausgerufen. Er war stehen geblieben. Er hatte Miene gemacht, auf den Inquirenten zuzugehen. Er hatte es nicht vermocht. Er hatte sein heftiges und hastiges Auf- und Abgehen fortgesetzt. Sein innerer Kampf war auf das Höchste gestiegen. Er konnte nicht lange mehr dauern.

Auf einmal ging er auf den Inquirenten zu, aber nicht mehr heftig. Sein Schritt war ruhig und fest geworden. So war auch sein Blick und dann auch seine Stimme. Sein Kampf war zu Ende. Er hatte einen Entschluß gefaßt.

Herr Kriminalrath, ich bin der Mörder. Nehmen Sie mein Bekenntniß zu Protokoll. Dann hatte ihn seine Kraft verlassen. Der lange und schwere Kampf hatte ihn zu heftig angegriffen. Er sank erschöpft auf seinen Stuhl.

Er wurde aufgefordert, den Hergang der Sache, die That mit ihren Einzelnheiten zu erzählen.

„Ich kann es nicht," erwiderte er. „Ich habe mich schuldig bekannt. Das Recht, das Gesetz hat sein Opfer. Ich kann nicht mehr."

Es wurde ihm bemerkt, daß man nach dem Gesetze ein detaillirtes Geständniß von ihm fordern müsse.

So bitte ich um einige Zeit Ruhe. Ich muß mich sammeln. Er legte sein Gesicht in seine Hände; die Elbogen hatte er auf die Knice gestützt. So saß er fast eine Viertelstunde, ohne sich zu bewegen, schweigend, nur manchmal tief seufzend. Dann blickte er auf. Sein Gesicht war in den wenigen Minuten entsetzlich eingefallen; es war beinahe entstellt. Sein Blick war der der Verzweiflung.

Ich bin bereit, sagte er zu dem Inquirenten. „Fragen Sie mich jetzt." Seine Stimme war fest geblieben.

„Erzählen Sie einfach," forderte der Inquirent ihn auf, „Alles, was Sie am Abende und in der Nacht des Verbrechens gethan haben."

Er erzählte.

Ich konnte nicht zweifeln, daß die dunkle Gestalt, die ich gleich nach meiner Ankunft im Schlosse in dem Gange sah, und die sich vor mir flüchtete, meine Frau war. Als ich sie dann nicht in ihrem Zimmer, nicht in der Gesellschaft, nicht draußen auf der Tenne traf, glaubte ich auch nicht daran zweifeln zu können, daß sie eine Zusammenkunft mit dem Franzosen Junod haben müsse, der entweder zurückgekehrt sei, oder aber die Gegend gar nicht verlassen und fortwährend ein sträfliches Verbrechen mit ihr unterhalten habe. So suchte ich sie im Park. Ich fand sie; ich fand sie schon bald; Beide; beisammen. Ich hatte sie in einem der Gartenhäuser auf der Schloßseite des Teiches vermuthet; sie waren nicht da. Sie mußten in dem Pavillon auf der andern Seite des Teiches sein; so meinte ich. Ich ging dahin, vorsichtig spähend. Ich erreichte jene Seite. Ich nahte dem Pavillon. Mein Auge entdeckte zwei dunkle Gestalten. Sie waren in der Nähe des Gartenhauses, etwa zwanzig Schritte von diesem entfernt, in der Mitte zwischen ihm und dem Ufer des Teiches. Sie hatten dort eine freie Stelle gewählt, unzweifelhaft, um den Blick nach allen Seiten frei zu haben und also nicht überrascht werden zu können. Mein Blick war schärfer oder aufmerksamer gewesen, als der ihrige. Sie hatten mich dennoch entdeckt, als ich noch in weiter Ferne von ihnen war. Mit einmal waren sie meinen Augen entschwunden.

Ich hatte keine Veranlassung mehr zur leisen Vorsicht. Ich eilte zu der Gegend, in der ich sie gesehen hatte.

Zwischen dem Pavillon und dem Teiche ist sie völlig frei; es befindet sich kein Gebüsch und kein anderer Gegenstand da. Unmittelbar hinter dem Pavillon beginnt ein schmales Bosket, das sich zu beiden Seiten an ihn anschließt. Jenseits desselben ist ein ziemlich weiter Wiesengrund. Sie konnten nur in das Boskct oder in den Pavillon entflohen sein.

Ich eilte zuerst in das Gebüsch. Waren sie in dem Pavillon, so konnten sie mir auf keinen Fall mehr entgehen. Ich durchsuchte das Buschwerk. Sie waren nicht da. Es ist nicht dicht; es hat keinen großen Umfang; ich war mit der Durchsuchung in wenigen Minuten fertig. In den Wiesengrund hatte ich schon während dieses Suchens geblickt. Ich hatte auch dort nichts entdeckt.

Sie mußten in dem Pavillon sein. Die Thür zu diesem war von innen verschließbar; die Fenster waren verschlossen. Gewiß hatten sie, so vermuthete ich, sich darin eingeschlossen. Auf mein Klopfen und Rufen wollten sie keine Antwort geben. Ohne Gewalt war weder hineinzudringen, noch hineinzublicken. Daß ich eine laute Gewalt in der Stille der Nacht und in der Nähe des Schlosses nicht wagen werde, durften sie voraussetzen. Ich ging zu dem Pavillon. Ich faßte an die Thür. Sie war verschlossen. Der Schlüssel steckte von außen nicht im Schlosse. War wirklich jemand im Innern, so war die Thür von innen verschlossen. Ich lauschte an der Thür. Ich hörte nichts. Ich klopfte an, nicht stark. Augenblicklich hörte ich im Innern eine Bewegung.

Wer ist da? fragte eine Stimme, nahe jenseits der Thür. Es war die Stimme meiner Frau. Ich stutzte. Es war mir unerklärlich, daß sie mir sofort Antwort gab.

Ich fand nur Einen Erklärungsgrund, und der Gedanke an ihn empörte mich, empörte mich doppelt: Sie war allein da. Der Franzose hatte gewiß die Flucht ergriffen, er war schon jenseits des Wiesengrundes gewesen, bevor ich den Rand des Boskets nach jener Seite hin erreicht hatte. Sie hatte sich in den Pavillon zurückgezogen, um bei meiner Ankunft die Unbefangene zu spielen, auf meine Fragen die Leugnende zu machen. „Ich bin da,“ antwortete ich.

Ah, Du, Eversen! Sie öffnete.

Ich sah mich in dem Gemache des Pavillons um. Sie war allein da. Meine Ahnung sollte mich auch ferner nicht betrogen haben.

Was machst Du hier? fragte ich sie.

Sie antwortete unbefangen: „Ich suchte hier Ruhe und Kühle. Es war da drüben überall so heiß und unruhig.“

So allein?

Wen sollte ich mitnehmen? Du warst nicht da; Juliane tanzte.

Warum hattest Du Dich hier eingeschlossen?

Sie lachte. „Ich hörte Schritte nahen. Ich wußte nicht, wer es war. So schloß ich aus Vorsicht die Thür ab und hielt mich still.“

Ich konnte nicht mehr an mich halten. Ich hatte bestimmt zwei Personen beisammen gesehen. Grade, daß sie behauptete, allein gewesen zu sein, war ein Beweis, daß die zweite Person, der Entflohene, der Franzose gewesen war. Ich sagte es ihr auf den Kopf zu. „Du bist eine Heuchlerin, eine Lügnerin. Es war jemand bei Dir, und gestehe, der Franzose war es."

Sie versuchte noch einmal zu leugnen. „Welcher Verdacht, Eversen?"

Meine Ruhe, meine Geduld waren erschöpft. Ich zog ein Terzerol hervor, das ich zu mir gesteckt hatte. „Schlange, Elende," rief ich, Du bist des Todes, wenn Du nicht eingestehst, Alles.

Ich spannte den Hahn des Gewehres. Ich wäre, wenn sie beim Leugnen geblieben wäre, schon in jenem Augenblicke im Stande gewesen, sie zu erschießen. Ihre Heuchelei, ihre Falschheit hatten mich in eine furchtbare Wuth versetzt.

Sie warf sich vor mir nieder. „Verschone mein Leben!" rief sie. Ich bin schuldig. Ich will Alles sagen.

Erzähle!

Aber treu bin ich Dir geblieben.

Erzähle!

Junod war wirklich abgereist. Ich hatte mehre Wochen nichts von ihm gehört. Auf einmal gestern begegnet er mir in einer Allee des Parkes. Er sagt, daß die Liebe zu mir ihn zurückgeführt habe. Er bat um eine Unterredung mit mir. Ich verlangte, daß er sich sofort entferne. Er drohte mit einem Unglück. In meiner Angst sagte ich ihm zu, ihn heute Abend um Neun Uhr am Teiche zu treffen. Ich war dann nicht allein im Schlosse, ich konnte jeden Augenblick Hilfe rufen. So kam ich vor einer halben Stunde hieher. Er war da. Ich beschwor ihn, seine unglückliche Leidenschaft aufzugeben, sich zu entfernen, mich nie wieder zu beunruhigen. Da kamst Du. Er flüchtete. Ich zog mich in das Gartenhaus zurück, in der Hoffnung, Du werdest mich hier nicht gesehen haben und mich hier ferner suchen. Ich war Dir ja treu geblieben; ich wollte Dir keine Veranlassung zu einem ungerechten Verdachte geben. —

Mußte ich nicht auch diese Worte, diese ganze Erzählung für Heuchelei, für Lug halten? Ich wurde nur noch mehr erbittert. Sie beschwor mich, ihr zu glauben.

Ich bin schuldig, ich habe gefehlt. Ich hätte mich gar nicht mit ihm einlassen, ihm die Unterredung nicht gestatten sollen. Aber einer weitern Schuld bin ich mir nicht bewußt. Ich liebe Dich, nur Dich. —

Ich konnte ihr nicht glauben. Mein Geist war geblendet, meine Vernunft war dahin. Und vor dem geblendeten Geiste stand nur das Bild der untreuen Frau, der Verrätherin an meiner Ruhe, meiner Ehre, meinem Leben. Die Wuth, die Verzweiflung faßte mich mehr, ich wußte nicht mehr, was ich that. Ich setzte die Mündung des Pistols auf ihre Brust. Ich drückte es ab. Sie hatte vor mir auf den Knieen gelegen, zu mir hinaufgeblickt. Sie fiel zurück. „Verzeihe mir, wie ich Dir verzeihe," rief sie noch. Dann hatte sie aufgehört zu leben.

Ich saß lange in dumpfer Verzweiflung neben der Leiche. Die Thür des Pavillons hatte ich gleich nach meinem Eintreten verschlossen. Mein Freund Brand kam, mich zu suchen. Ich gab mich nicht kund. Erst nachdem er sich wieder entfernt hatte, verließ ich den Pavillon, den ich wieder verschloß. Den Schlüssel steckte ich zu mir. Ich ging in mein Zimmer. Als dort meine Gedanken wieder klar wurden, fiel mein Verbrechen mit Centnerlast auf mich. Ich hatte meine Ehre retten, meine verlorene Ruhe, mein zerstörtes Leben rächen wollen. Jetzt hatte ich Alles vernichtet, Alles, ich selbst.

Doch, Eines, jene Ehre, die ich vor Allem hatte retten wollen, war vielleicht dennoch zu retten. Ich versuchte es. Darum das Ableugnen meiner That, und das Hinüberwälzen der Schuld auf einen Anderen. Aber ich habe meine Rolle nicht lange spielen können. Mein Gewissen ließ mir von Anfang an keine Ruhe. Daß auch meine Ehre verloren, unwiederbringlich verloren sei, zeigte mir jeder Tag, jede Stunde mehr und mehr. —

Das war das Bekenntniß Eversens.

Er ward noch von dem Inquirenten gefragt, woher er das Pistol genommen, mit dem er die That verübt habe?

Die Ermittelungen über das Pistol der Neffen des Gutsinspektors waren ihm noch nicht mitgetheilt worden.

Seine Antwort auf die Frage lautete: „Ich nahm es aus meinem Zimmer mit. Es hatte dort schon einige Zeit geladen in meinem Zimmer gelegen."

Die Antwort schien mit jenen Ermittelungen nicht in Einklang zu stehen. Er wurde daher weiter gefragt, wann er das Pistol von da mitgenommen?

Als ich in den Park ging, meine Frau zu suchen.

Hatten Sie damals schon die Absicht, Ihre Frau zu tödten?

Ich hatte einen unbestimmten Gedanken, ob ich von der Waffe werde Gebrauch zu machen haben, gegen den Franzosen, gegen meine Frau. Ich weiß selbst nicht recht mehr, was ich mir gedacht habe.

Wer hatte das Pistol geladen?

Ich selbst.

Wann war das?

Vor ungefähr vierzehn Tagen.

Zu welchem Zweck?

Ich wüßte kaum einen Zweck. Vielleicht nur aus Spielerei. Es hatte schon lange in dem Sekretär gelegen. Es lag immer vor mir, wenn ich ihn öffnete.

Womit luden Sie es?

Mit zerhackten Bleistücken.

Warum grade damit?

Sie lagen ebenfalls zufällig, wer weiß, wie lange schon, in dem Sekretär.

Hat jemand das Pistol und das Blei bei Ihnen gesehen?

Ich glaube nicht. An meinen Sekretär kam nur ich selbst.

Wo haben Sie das Pistol gelassen?

Ich habe es in den Teich geworfen.

In welcher Gegend?

Das weiß ich nicht mehr. Ich war damals in großer Verwirrung.

Der Inquirent hielt ihm nun die Ermittelungen über das von den Neffen des Inspektors gebrauchte Terzerol vor und wie damit seine Angaben in einem anscheinenden Widerspruch ständen.

Er erwiderte: „Einen Widerspruch kann ich nicht finden. Das Pistol der Knaben kann aus dem Sekretär meiner Frau auch schon vor längerer Zeit fortgenommen sein, vielleicht von meiner Frau selbst, indem sie die gefährliche geladene Waffe dort nicht länger dulden wollte. Ich bin nie an dem Sekretär gewesen."

Damit war das Verhör beendigt.

Der Inquirent hatte über das Benehmen Eversens während desselben noch Folgendes zum Protokoll verzeichnet:

Der Inquisit zeigte von dem Augenblicke an, da er begonnen hatte, sein detaillirtes Geständniß abzulegen und den Hergang der Sache zu erzählen, eine große äußere Ruhe, die der Reflex einer wiederhergestellten inneren Beruhigung zu sein schien. Man sah deutlich, wie das Geständniß seiner That ihm deren schwere Last erleichtert hatte, eine psychologische, tief in der Sittlichkeit des Menschen begründete Erscheinung, die bei jedem aufrichtigen und reuevollen Bekenntnisse beobachtet wird. Seine Aussagen waren bestimmt, meist im Zusammenhange. Seine Antworten erfolgten auf der Stelle, ohne daß er sich vorher besinnen mußte. Nur, als er über die zu dem Verbrechen gebrauchte Waffe gefragt wurde, schien er zu stutzen, und er dachte einen Augenblick nach, ehe er antwortete. Nach der ersten Antwort erfolgten aber seine ferneren Antworten wieder augenblicklich, wie die früheren.

So schloß das Protokoll. —

Sein Inhalt war entsetzlich für mich.

Eversen wirklich der Mörder! Sein Geständniß lag klar, vollständig, mit Haupt- und Nebenumständen vor mir, gerichtlich angegeben, gerichtlich niedergeschrieben. Nach seiner Niederschreibung in einer so gesetzlichen, ordnungsmäßigen Weise abgegeben, daß rechtlich nicht der mindeste Zweifel gegen seine Wahrheit und Richtigkeit aufkommen konnte. Und daß die Niederschreibung dem wirklich Verhandelten entsprach, dafür bürgte die strenge Rechtschaffenheit und Gewissenhaftigkeit, wie selbst die Humanität des Inquirenten.

Eversen der Mörder, der Mörder seiner Frau! Ich konnte es mir dennoch nicht denken, trotz aller jener juristischen Wahrheit und Zweifellosigkeit. Die innere Wahrheit schien mir zu fehlen. Warum, wußte ich klar selber nicht. Der Charakter Eversens wollte mir nicht dazu passen, meine Freundschaft zu ihm nicht. Und dann —

Ich mußte das Protokoll noch einmal lesen, und dann noch einmal —

Und nun wollten mir immer mehr auch juristische Zweifel kommen, die freilich zum großen Theil zugleich psychologische waren.

Ein schlechter Kriminalist, der nicht auch Psycholog ist.

An den Schluß des Protokolls mußte ich zunächst anknüpfen.

Das Geständniß gießt eine erhabene Ruhe in die Brust des Schuldigen, denn es ist das Produkt des Sieges, es ist selbst der Sieg der bessern sittlichen Kraft im Menschen über Alles, was an Schlechtigkeit, an Ohnmacht, an Feigheit in ihm ist. Aber es kann nie die Schuld selbst vertilgen oder auch deren Bewußtsein verwischen, und von diesem Bewußtsein ist die Reue unzertrennlich, und mit der Reue ist unvereinbar die äußere Ruhe des Geständigen, der die Einzelnheiten seiner verbrecherischen That, seiner Unthat erzählt, vor dessen Augen diese also mit allen ihren einzelnen Handlungen und Umständen sich wieder hinstellt. Eversen hätte, je weiter er in die Erzählung seines Verbrechens hineingerieth, um so zerknirschter, über sich und sein Thun empörter werden und auch sich zeigen müssen. Das gemachte Bekenntniß dagegen griff ihn, nachdem er zu demselben sich einmal entschlossen hatte, nicht weiter an. Er hatte im Gegentheile alle seine Ruhe und Besonnenheit nöthig, um alle Rollen durchzuspielen, um zutreffende Thatsachen zu erfinden, zu ordnen und mit den in den Akten bereits erwiesenen und ihm bekannt gemachten in Einklang zu bringen.

Ein zweites Bedenken lag für mich in dem Umstande, daß er schon fast gleich im Beginne der Unterredung mit seiner Frau in eine „furchtbare Wuth" wollte gerathen sein, und daß diese mithin unter Berücksichtigung der Angaben des alten Hirten beinahe eine volle halbe Stunde lang hätte anhalten müssen. Es war das bei jedem anderen Charakter unwahrscheinlich, doppelt aber bei dem eines ruhigen und besonnenen Menschen, wie Eversen, der wohl plötzlich in große Wuth gerathen kann, aber immer nur auf kurze Zeit, indem seine natürliche Ruhe und Besonnenheit bald wieder ihre gewohnte Herrschaft einnehmen müssen.

Weniger Gewicht legte ich darauf, daß zwischen seinen Angaben und denen des alten Hirten noch immer einige Widersprüche bestanden; namentlich waren die einzelnen Worte, die der Hirt gehört hatte, in einer ganz anderen Folgerung gesprochen, als in welcher Eversen das Gespräch mit seiner Frau angab. Der Hirte konnte freilich grade darin leicht geirrt haben.

Von desto größerer und entscheidender Wichtigkeit war mir aber wieder Folgendes: Eversen hatte sämmtliche einzelne Thatsachen seines ausführlichen Geständnisses bestimmt, in fließendem Zusammenhange, ohne Stocken vorgebracht, mit Ausnahme einer einzigen. Und grade alle jene Thatsachen waren ihm entweder vorher ausdrücklich von dem Inquirenten bekannt gemacht worden, oder bezogen sich auf Umstände, die ihm sonst schon bekannt waren. Der einzige Umstand, auf den er sich nicht hatte vorbereiten können, war der über Erlangen, Laden und Verbleiben der Mordwaffe, und hier mußte er sich erst besinnen, bevor er antwortete, er brachte dann Unwahrscheinlichkeiten vor, ja, er, der Mann, der auf alles Andere die bestimmtesten Antworten gegeben hatte, mußte hier zuletzt mehrfach zu einem Nichtwissen seine Zuflucht nehmen, und zwar zu einem Nichtwissen von Umständen, die ihm unmöglich hätten entgehen oder aus dem Gedächtnisse entschwunden sein können.

Er ist unschuldig! rief es in mir.

Die Aussage des Hirten stand mir nicht entgegen. Die Worte, die er gehört hatte, konnten auch dem Franzosen gegenüber gesprochen sein. Sie konnte ihm vorgestellt haben, wie sie in den Augen der Welt noch

eine ehrliche Frau sei, die von ihrem Manne nicht verstoßen werde. Sie
konnte ihn versichert haben, schon um ihn zu beschwichtigen, daß sie, wenn
sie ihm auch nicht folge, nur ihn lieben, die Treue der Liebe für ihn be-
wahren werde. Und daß sie in deutscher Sprache zu ihm geredet, wie
leicht erklärlich war am Ende auch das! Die Angst konnte ihr die Zuflucht
zur Muttersprache geben; vielleicht gar in der Angst die Koketterie: er
hatte vielleicht oft genug diese Sprache auf ihren Lippen schön, süß, rüh-
rend gefunden.

Ich hatte auch einen Erklärungsgrund, wie er, unschuldig und im
vollen Bewußtsein seiner Unschuld, dennoch sich als schuldig und des
schwersten aller Verbrechen schuldig hatte anklagen können.

Das Element seines Lebens waren ihm sein Ruf, seine Ehre. Sie
waren ihm so tief und fest in sein ganzes Dasein hineingewachsen, daß er zuerst
den Gedanken, man könne ihn für schuldig halten, gar nicht hatte fassen
können. So erscheint er noch an jenem ersten Tage auf der Börse. Da
sieht er, daß seine Mitbürger, seine Standesgenossen, für ihn die Welt,
ihn für schuldig, für einen Mörder halten. Er will durch seine Ruhe,
durch sein freies, offenes Auftreten den Verdacht der Welt vernichten. Er
geht zum zweitenmal auf die Börse. Aber der Verdacht ist bereits zu
einer Ueberzeugung festgewurzelt, an der Alles, was er thun mag, ohnmächtig zerschellt.

Er kann seine Hoffnung nur noch auf die gerichtliche Untersuchung
setzen: sie muß seine Unschuld an den Tag bringen, voll, klar.

Da hält der Inquirent ihm alle jene Anzeigen vor, die auch in der
gerichtlichen Untersuchung ihn als schuldig darstellen müssen, gegen die er
nichts beweisen, zu deren Entkräftigung er nichts vorbringen kann.

„Ich bin verloren!“ ruft er aus.

Er war es. Sein Ruf, seine Ehre waren für ihn hin, unwiderbring-
lich, für immer. Er hatte kein Mittel, sie zu retten, sie wieder zu gewinnen.

Das Element seines Lebens war ihm genommen. Dazu der Verrath
der Frau, die er so innig geliebt, der er geglaubt, vertraut hatte. Er
konnte nicht mehr leben. Er wollte es nicht mehr.

Mit der Ruhe und Kälte der Verzweiflung, die Alles verloren sieht,
erzählte er einen Roman, der ihn zum Mörder machte.

Ich glaubte, nicht mehr zweifeln zu können. Aber wie war er zu retten?

Seine Rechtfertigung mußte nach zwei Seiten hin erfolgen.

Sein gerichtliches Geständniß mußte entkräftet werden, damit er nicht
unschuldig dem Henkerbeile verfiel. Seine Unschuld mußte voll an den

Tag gebracht werden, damit er das Element seines Lebens wieder erhielt.

Mir allein fiel diese doppelte Aufgabe zu. Nur Brand konnte mich dabei unterstützen. Alle die Anderen hielten ihn für schuldig, konnten, nach seinem Geständnisse, gar nicht mehr zweifeln.

Ich theilte dem Inquirenten meine Bedenken, meine Zweifel, meine Ueberzeugung mit. — Er hatte fast nur ein mitleidiges Lächeln dafür.

Auf meine Bitte, den Abschluß der Untersuchung nicht zu übereilen, damit ich Zeit für meine Schritte gewinne, ging er dennoch gern ein.

Aber welche Schritte konnte ich thun?

Zunächst bei Eversen selbst keinen einzigen, das stand bei mir fest. Jetzt in der ersten Zeit beharrte er unzweifelhaft zäh bei seiner so schwer erkämpften Rolle. Und später konnte ich kaum hoffen, ihn zu ihrem Aufgeben zu bewegen, wenn ich nicht sehr zwingende neue Thatsachen mitbrachte.

Und wo diese suchen? wo sie finden?

Ich wandte mich zunächst an Brand.

„Sein Geständniß ist ein Wahnsinn!" rief er. „Er ist unschuldig, jetzt erst recht."

Aber wie beweisen wir es? Das Geständniß beweist gegen ihn.

Er wußte nichts. Eversen hatte ihm nichts mitgetheilt, nichts anvertraut. Aber er war bereit, mir in Allem zu helfen.

Ich fragte Eversens Tochter. Brand hatte sich ihrer angenommen.

Juliane, warum wuschest Du das Blut von den Kleidern Deines Vaters?

Sie sah mich wie in Todesangst an.

Frage mich nicht, lieber Onkel. Und wenn es mein Leben gälte, ich könnte es Dir nicht sagen.

Es gilt das Leben Deines Vaters, Kind. Ich bin nicht sein Richter, ich bin sein Freund. Ich will ihn retten. Darum frage ich Dich!

Sie warf sich an meinen Hals. Sie weinte die bittersten Thränen.

Ich will Dir ja Alles sagen. Er sah so schrecklich aus, der Vater, als er mich endlich einließ. So hatte ich ihn noch nie gesehen. Vater, Vater, mußte ich rufen, was hast Du? — Was hast Du gethan? mußte ich in meiner Angst hinzufügen. Er antwortete mir nicht. Er stieß mich zurück, als ich ihm meine Hände entgegenstreckte. Da sah ich das Blut an ihm. Wo ist die Mutter? rief ich. Wo hast Du die Mutter gelassen? Er konnte nicht in meine Augen sehen. Er konnte mich nicht ansehen.

Ich fragte ihn nicht mehr. Ich wusch ihm nur das Blut ab, daß man es nicht an ihm sehen solle, wenn man ihn fände.

„Dachtest Du denn daran", fragte ich das Kind, „daß man ihn suchen werde?"

„O Gott, ja!" stöhnte sie.

Und warum?

Muß ich es Dir noch sagen? Die Mutter war nicht da; er war voll Blut; er konnte mir nicht antworten und mich nicht ansehen.

Sagte er Dir auch später nichts?

Nachher nahm er mich in seine Arme; er weinte. Aber er sagte mir nichts.

Ich mußte noch eine Frage an sie richten. Brand hat mir gesagt, daß Du schon vor der Ankunft Deines Vaters oft so nachdenkliche Blicke auf Deine Mutter geworfen hättest. Hattest Du eine besondere Veranlassung dazu gehabt?

Sie konnte nur zögernd antworten: „Ich fürchte, die Mutter hat nicht recht gegen meinen Vater gehandelt. Die ganze Zeit über, die wir in Forsthausen zubrachten, war sie immer in großer Unruhe, und meist war sie allein im Park und hatte sich in dem chinesischen Pavillon eingeschlossen. Und als mir das auffiel, und ich nun aufmerksamer wurde, da sah ich ein paar Mal einen Mann durch das Gebüsch schleichen. Er hatte sich in einen Mantel gehüllt. Es hieß schon vor mehren Wochen, daß der Herr Junod, der in der Stadt viel zu der Mutter kam, abgereist sei; ich erkannte in dem Manne dennoch den Herrn Junod. Ich habe keinem Menschen davon gesagt, dem Vater am wenigsten, um ihn nicht zu betrüben. Aber er muß es doch erfahren haben. An jenem Morgen war der Mann wieder im Park bei der Mutter gewesen, ich hatte beide beisammen gesehen, und als sie zum Hause zurückkehrte, sah sie sehr unruhig aus, als wenn zwischen ihnen etwas Besonderes vorgefallen wäre."

Darum hatte das arme Kind auch so ängstlich nach ihrem Vater und nach der Mutter gesucht, und als sie bei ihm eintrat, sogleich nach dieser gefragt.

Ich wußte genug, aber nichts Tröstliches. Mit ihres Vaters Aussage stimmte zwar nicht, daß der Franzose erst am Tage des Verbrechens zurückgekehrt sei. Aber er hatte nur gesagt, daß seine Frau ihm das versichert habe. Und wie viele Veranlassung hatte sie zu dieser Versicherung!

Für den Mörder ihrer Stiefmutter hatte das eigene Kind den Vater gehalten, sie hielt ihn noch dafür. Und ohne Grund? Ihre Aussage, vor

Gericht wiederholt, hätte wesentlich zu einer Verurtheilung des Unglücklichen beigetragen. Machte sie doch sogar auf mich einen tiefen Eindruck.

Ich mußte weiter gehen.

Hinter dem Franzosen waren keine Steckbriefe erlassen. Der Krimi-
nalgerichtsrath, an den ich gleich am ersten Tage die Untersuchung abgab,
hatte in seiner Ueberzeugung von der Schuld Eversens sie nicht für nöthig
erachtet. Bei jetziger Lage der Untersuchung durften sie gar nicht mehr
erfolgen. Ich stellte aber unter der Hand die genauesten Recherchen nach
dem Fremden an, und da ermittelte ich, daß er in der That gar nicht abgereist gewesen, sondern sich in der Gegend verborgen aufgehalten habe;
daß er dann zwar am Morgen nach dem Tode der Frau Eversen abgereist
war, daß er aber frei und offen unter seinem Namen Junod gereist war,
und so noch fünf volle Tage auf dem Kontinent sich aufgehalten hatte;
dies sprach erheblich für seine Unschuld. Wäre er schuldig gewesen, so
mußte er seine sofortige angelegentliche Verfolgung als sicher annehmen,
und er hätte in der ersten Stunde nach der That sich so schnell und so
heimlich wie möglich davongemacht, um schon in den nächsten vierundzwanzig Stunden auf dem Meere zu sein.

Ein weiterer Schritt erhöhte noch mehr den Verdacht gegen den unglücklichen Eversen. Er hatte ausdrücklich behauptet, mit einer anderen
Waffe als mit dem Terzerol der beiden Knaben den Mord verübt zu haben.
Er wollte die Waffe in den Teich geworfen haben. Fand sich nun in dem
Teiche das Terzerol der Knaben, so war sein Geständniß in einem so
wesentlichen Umstande unwahr, daß es nach dem Gesetze ganz und gar
keinen Glauben mehr hatte. Fand sich nur überhaupt kein Pistol, so war
das Geständniß in einem erheblichen Punkte mindestens unwahrscheinlich
geworden, und seine Beweiskraft wurde vermindert.

Ich ordnete an, daß der Teich abgelassen wurde, und — es fand sich
ein Pistol, und es war nicht das der Knaben. Im Gegentheile, ich hatte
nicht umhingekonnt, es an das Kriminalgericht abzuliefern, es ward dem
Inquisiten mit der Frage vorgezeigt, ob er dies Pistol kenne, und er hatte
ohne Zögern geantwortet: „das ist das Pistol, mit dem ich meine Frau
getödtet und das ich dann in den Teich geworfen hatte."

Und er hatte von der Auffindung in dem Teiche nichts gewußt. War
er denn wirklich schuldig, ein Mörder? Und ich selbst sollte durch alle
meine Bemühungen für das Gegentheil nur neue Beweise gegen ihn herbeigeschafft haben?

Ich hatte einen anderen Schritt gethan. Er sollte ein anderes Licht bringen. So meinte ich.

Brand hatte nach Marseille schreiben müssen, um Näheres über den Kaufmann Junod zu erfahren. Die Antworten lauteten, daß er schon seit längerer Zeit von da fort sei, und daß man erfahren habe, er sei nach New-York gegangen. Es wurde ihm übrigens dabei der Ruf eines sehr leichtsinnigen und zugleich jähzornigen Menschen gegeben.

Ich hatte darauf die Sache und das Interesse, das ich für sie hatte, unserem Gesandten bei den Vereinigten Staaten von Nordamerika vorgestellt und ihn gebeten, den Kaufmann Junod aus Marseille, der seit einiger Zeit in New-York sich werde niedergelassen haben, aufsuchen und sodann auf irgend eine geeignet scheinende Weise feststellen zu lassen, inwiefern er bei dem Verbrechen betheiligt sein könne. Ich erhielt in kurzer Zeit Antwort.

Der Gesandte hatte Junod wirklich in New-York gefunden; er war dort mit einem anderen Franzosen als Kaufmann etablirt. Man wußte nichts Schlechtes von ihm, und wenn sich auch wiederholt bestätigte, daß er ein leichtsinniger und ein ganz frivoler Mensch sei, so hätte dies zu einem polizeilichen oder gar gerichtlichen Einschreiten wegen des in Europa geschehenen Mordes um so weniger gegen ihn veranlassen können, als zu diesem Verbrechen schon ein Anderer sich gerichtlich bekannt hatte. Der Gesandte hatte sich deßhalb darauf beschränken müssen, unter der Hand bei Junod Erkundigungen anstellen zu lassen. Und als der leichtsinnige Mensch dadurch erfahren, daß Eversen wegen Ermordung seiner Frau in Untersuchung sei, seine Freunde aber sich bemüheten, Beweise seiner Unschuld zu sammeln, hatte er in seiner frivolen Weise gelacht und gerufen: „Parbleu! ich selbst werde die Unschuld dieses armen Herrn Eversen bezeugen.“ Dann hatte er einen Brief an mich adressirt, den der Gesandte mir mit überschickte. In dem Briefe schrieb er:

„Mein Herr! Sie wollen ein Zeugniß haben, daß Ihr Freund, Herr Eversen, nicht der Mörder seiner Frau sei? Ich freue mich außerordentlich, daß ich in der glücklichen Lage bin, selbst Ihnen dieses Zeugniß ausstellen zu können. Ja, mein Herr, ich bin es, der die gute und unglückliche Madame Eversen von den Qualen dieses irdischen Daseins befreit hat. Sie liebte mich. Sie konnte ohne mich nicht mehr leben. Ich konnte sie nicht mit hierher nehmen. Sie bat mich um ihren Tod. Ich hatte die Gefälligkeit (la complaisance) für sie. Genehmigen Sie, mein Herr, die Versicherung meiner besonderen Hochachtung.“

8*

Ja, da hatte ich das Geständniß, daß er der Mörder sei. Aber welch ein Geständniß war dies! Welcher Richter konnte ihm Glauben beimessen? Wem konnte es schwerer wägen, als das ihm gegenüberstehende Geständniß Eversens?

Ich mußte dennoch weiter mit ihm handeln.

Ich ging mit Genehmigung des Inquirenten zu Eversen.

Ich hatte ihn seit seiner Verhaftung, seit seinem Geständnisse nicht gesehen. Er hatte gegen den Inquirenten ausdrücklich den Wunsch, — die dringende Bitte ausgesprochen, mit niemand von seinen Bekannten sprechen zu müssen, auch nicht mit Brand und mir, selbst nicht mit seiner eigenen Tochter.

Lag freilich nicht auch darin wieder ein psychologischer Beweis für seine Unschuld? Seinem Kinde mochte er sich als Mörder nicht zeigen wollen, aber, wenn er wirklich schuldig war, wie sehr mußte er dann, als reuiger Geständiger, das Bedürfniß fühlen, sein Herz auch einmal gegen seine Freunde auszuschütten!

Ich fand ihn sehr verändert.

Auf meine Bitte hatte der Inquirent mich für ihn unerwartet zu ihm eintreten lassen. Er konnte so nicht erst eine Maske gegen mich vornehmen. Sein Gesicht war von einer entsetzlichen Blässe bedeckt. Es war tief eingefallen. Seine hohlen Augen flogen hastig auf, als die Thür sich öffnete. Er sah mich. Sein Gesicht bedeckte sich mit Fieberglut. Er verbarg es in seinen Händen. So saß er auf seinen Stuhl gebannt.

Er ist unschuldig! rief es in mir wieder lauter, als seit langer Zeit nach allen jenen neuen Beweisen gegen ihn. Der reuige, geständige Schuldige hätte sich weinend in meine Arme geworfen. Der falsche Selbstankläger konnte dem Freunde nicht in die Augen blicken, fürchtete, ihm gegenüber seine schreckliche Rolle nicht behaupten zu können.

„Eversen, Du bist unschuldig!" rief ich.

Er sprang auf. Er starrte mich an.

Du bist kein Mörder, Du kannst es nicht sein. Du bist ein Unglücklicher. Du glaubtest Deine Ehre, Dein Leben verloren. Da klagtest Du Dich falsch an, Du selbst. Ist es nicht so? Sprich.

Er hatte sich gefaßt.

„Ich bin der Mörder", sagte er langsam, finster, mit fester Stimme.

Er war es nicht. Diese Versicherung, daß er es sei, bezeugte mir mehr als alles Andere, daß er es nicht war. Der Mörder hätte sich zerknirscht, zerrissen angeklagt. Ich überzeugte mich aber auch, wie fest, wie trotzig, wie zähe fest sein Entschluß war, die traurige Rolle fortzuführen. Nur wenn ich ihm den klaren Beweis brachte, daß die Welt ihn für unschuldig halte und halten müsse, konnte ich Hoffnung für ihn haben. Hatte ich den Beweis?

„Du bist unschuldig, Eversen", sagte ich noch einmal. „Der rechte Thäter ist entdeckt."

Seine Augen blitzten auf. Aber halb zaghaft und halb trotzig fragte er: „Und wer wäre der rechte?"

Der Franzose Junod.

Das hatte ich anfangs leugnend vorgegeben.

Ich habe Beweise.

Sein Auge flammte wieder auf. Aber dennoch sagte er wieder ungläubig: „Wie wolltest Du sie haben?"

Ich hatte verloren Spiel. Ich wußte es vorher. Ich mußte ihm gleichwohl den Brief des Franzosen zeigen.

Er faltete ihn hastig auseinander. Er warf einen schnellen Blick hinein. Aber dann las er ihn langsamer, und nachdem er ihn gelesen hatte, gab er ihn mir mit verächtlicher Miene zurück. „Das wäre Dein Beweis?"

Ich hatte es so erwartet.

Doch — und das hatte ich nicht erwartet und es war doch auch so natürlich — doch dann drückte er mir auf einmal gerührt die Hand. „Braver Freund, wie viel, wie unendlich viel thust Du für mich, mich zu retten. Aber es ist unmöglich."

Ich suchte das augenblickliche Gefühl zu erhalten.

Unmöglich, Eversen? Unmöglich wäre es nur, wenn Dein unglücklicher Trotz jedes bessere Gefühl in Dir erstickt hätte, wenn er die wahre Ehre in Dir vernichtet hätte, selbst die Liebe zu Deinem Kinde, zu Deinem einzigen, Deinem armen Kinde.

Er hatte sich schon wieder verhärtet. Er sah mich wieder mit seinem finstern Trotze an. Als ich sein Kind nannte, zuckte er auf, aber gleich darauf unterbrach er mich kalt: „Freund, ich trage schon schwer genug. Willst Du es mir noch schwerer machen?"

In dieser Stimmung war ihm nicht beizukommen. Ich verließ ihn.

Aber wie, wann war ihm beizukommen? An seiner Unschuld war gar kein Zweifel mehr in mir. Es gelang mir sogar, den Inquirenten in seiner Ueberzeugung schwankend zu machen, und der gewissenhafte Beamte erachtete es nun für seine erste Pflicht, dem Unglücklichen Alles vorzuſtellen, was ihn zu einem Widerrufe ſeines Geſtändniſſes hätte bewegen können. Es war vergeblich.

Wie war ihm beizukommen? Ich hatte kein Mittel. Ich konnte keines entdecken.

Ein Juſtizmord ſollte verübt werden: Und unter welchen ſonderbaren, wohl nie dageweſenen Verhältniſſen! Der Angeklagte war unſchuldig. Seine eigenen Richter zweifelten mehr und mehr an ſeiner Schuld. Selbſt das Publikum, in das nothwendig ſo Manches aus der Unterſuchung hatte hineindringen müſſen, fing an, ſich zu einem Glauben an ſeine Unſchuld hinzuneigen. Er, der Angeklagte allein, beharrte dabei, daß er ſchuldig, daß er ein Mörder ſei.

Und freilich auch das Geſetz, der ſtarre Buchſtabe des Geſetzes.

Geſchworene hätten ihn freiſprechen können, trotz ſeinem Geſtändniſſe. Das Geſetz mit ſeiner beſtimmten Beweistheorie that dies nicht, und ſo konnten es auch die Richter nicht, mit allem ihrem inneren Zweifel an ſeiner Schuld.

Das war eine traurige Lage für mich, für die Richter, für uns alle.

Der Inquirent wiederholte die Verſuche, ihn zum Widerrufe zu bewegen. Er ſtellte ihm das vor, was ich eben ſagte.

„Wenn ich mich für ſchuldig erkläre," erwiderte er, „wie kann mich die Welt für unſchuldig halten?"

Er hatte recht. Aber es war die äußerſte Konſequenz ſeines Trotzes. „Wer wird jetzt noch meinem Widerrufe glauben?" argumentirte er in dieſem Trotze.

Ich ſelbſt ging nochmals zu ihm. Ich hielt ihm auch das vor. Es machte keine Wirkung auf ihn. Er war nicht zu retten. Er wollte nicht gerettet ſein.

Die Richter ſchoben die Fällung des Urtheils auf, von Woche zu Woche. Sie hätten das Todesurtheil fällen müſſen.

Wir Alle warteten auf irgend ein Ereigniß; einen Zufall. Er ſpielt ja ſo oft eine entſcheidende Rolle, auch in Kriminalunterſuchungen. Leider auch in ihnen. Konnte er nicht auch hier kommen? Aber woher? Kein noch ſo ſchwacher Lichtſchimmer war zu ſehen.

Ich fing an zu verzweifeln. Der brave Brand mit mir.

Und das arme Kind des Unglücklichen!

Aber der Menſch ſoll nie verzweifeln. Es waltet eine höhere, eine ewige Gerechtigkeit für den Böſen, auch für den Guten. Sie ergreift un-geahnt den Schuldigen. Sie rettet unverhofft den Unſchuldigen. Auch ihn gegen seinen Willen. Darum ist sie ja eben die höchste, die ewige Gerechtigkeit, die für Alle da ist. —

Es kam ein zweites Schreiben von dem amerikanischen Gesandten, nicht an mich persönlich, aber unmittelbar an das Kriminalgericht. Es hätte auch so an mich, den Direktor, abgegeben werden müssen.

Ich öffnete es. Ich warf einen Blick hinein. Nie in meinem Leben habe ich dankbarer zum Himmel emporgeblickt, als darauf.

Eversen war gerettet. Jene Fügung der ewigen Gerechtigkeit, jener Zufall war da.

Hyppolite Junod, der leichtsinnige, frivole, freche Franzose, hatte das Leben, das er in Europa geführt, in Amerika überboten. Amerika ist ja das Land des Ueberbietens und Uebertreibens. Er hatte soeben auch seinen Lohn, sein Ende gefunden. Er hatte in New-York die Bekanntschaft eines anderen jungen Franzosen gemacht, und durch diesen dann die der jungen, schönen Frau desselben, die auch eine Französin war. Diese Bekanntschaft war bald auf Kosten jener eine sehr vertraute geworden. Die Folge war, daß der junge Ehemann, der nicht minder heißblütig und jähzornig war, als sein Landsmann, diesem eines Tages kurzweg eine Kugel durch die Brust gejagt hatte.

Der frivole Franzose Junod war kein ganz schlechter Mensch. Als er sein Ende herannahen fühlte, empfand er Gewissensbisse. Er ließ einen Geistlichen und einen Notar zu sich kommen. Ihnen theilte er mit, daß er der Mörder der Frau des Kaufmann Eversen zu D. in Deutschland sei. Er bat den Notar, über seine Erklärung ein Dokument aufzunehmen, und dieses, nachdem es auch von dem Geistlichen bestätigt sei, dem — schen Gesandten zu übergeben.

In dem Dokumente erklärte er auf das Feierlichste als volle Wahrheit Folgendes:

Die Frau Eversen war das Opfer seiner Verführung geworden. Er hatte sie darauf ganz in seiner Gewalt gehabt. Auf sein Verlangen hatte sie früher als sonst auf das Gut Forsthausen hinausziehen müssen, in dessen Nähe er sich verborgen aufhielt. Am Morgen des Erntefestes hatte er plötzlich eine Nachricht bekommen, die seine schleunige Abreise nach New-York nöthig machte. Er hatte die Frau Eversen sofort im Park aufgesucht, wo er häufig des Morgens Zusammenkünfte mit ihr gehabt. Er hatte ihr die Trennungsnachricht gebracht und sie zum Abend neun Uhr um die letzte Abschiedsstunde gebeten. Sie hatte sie ihm zugesagt, im chinesischen Pavillon des Parkes. Sie hatten sich dort getroffen.

Er liebte ebenfalls die Frau, heftig, leidenschaftlich, mit seiner ganzen südlichen Glut. Als er sich von ihr trennen sollte, fühlte er, daß er es nicht könne. Er bat sie, daß sie mit ihm gehen, ihren Mann verlassen, in Amerika sein Weib werden solle. Sie wollte nicht. Ihr Widerstand reizte ihn. Sie hatte bisher Alles gethan, um was er sie gebeten hatte. Er verlangte von ihr, was er eben von ihr erbat. Sie konnte sich nicht entschließen, ihren Mann zu verlassen. Seine Leidenschaft wurde heftiger. Wilde Eifersucht trat hinzu. Er drohte ihr, sie zu erschießen, wenn sie nicht mit ihm gehe. Sie gab nicht nach. Er erschoß sie. Er richtete den Schuß auf ihre Brust.

„Ich war ein Barbar," fügte er hinzu, „ein wüthender Barbar. Die arme Frau bat mich so flehentlich um ihr Leben, bei unserer Liebe, bei meinem Glücke. Sie weinte, sie schmeichelte mir in ihrer Todesangst; ich erinnere mich, daß sie in ihren heimathlichen Lauten zu mir sprach, die ich so gern von ihren Lippen hörte."

Er erschoß sie mit einem Pistol, das er auf seinen geheimen Wanderungen nach Forsthausen stets bei sich führte. Er hatte es nachher auf der Flucht in den Teich des Parkes geworfen, rechts von dem Pavillon. Es war zufällig mit einzelnen Bleistücken geladen gewesen.

Die That hatte ihn sofort gereut. Er war noch einige Augenblicke bei der Sterbenden geblieben, bis er rasche Schritte vom Schlosse sich nahen hörte. Er hatte dann die Flucht ergriffen. Da ihn niemand gesehen, da er auch die Sterbende schon sprachlos verlassen, so hatte er keine Gefahr für sich befürchtet und deßhalb seine Reise nicht mehr beschleunigt, als ihr Zweck selbst es erforderte. —

Das Dokument war echt. Sein Inhalt war zweifellos. Er stimmte mit dem gesammten Thatbestande, mit allen bisherigen Ermittelungen überein. Auch das Pistol war rechts von dem Gartenhause im Teiche gefunden.

Eversen war gerettet.

Der Inquirent war mit mir überzeugt, das ganze Kriminalgericht. Selbst sein Widerspruch dagegen, ein ferneres Beharren bei seinem Geständnisse, hätte ihn nicht mehr als schuldig darstellen können. Es wäre ein unnützes Kämpfen gegen das Unmögliche gewesen.

Ich wollte, ich mußte ihm aber auch diesen Kampf ersparen.

Ich behielt mir vor, selbst ihn mit dem neuen Ereignisse bekannt zu machen.

Ich ging mit seiner Tochter Juliane zu dem Gefängnisse. Dem armen Kinde hatten wir längst Alles mittheilen müssen. Er hatte sie noch immer nicht sehen wollen.

Heute sollst Du Deinen Vater sehen, Juliane. Deinen unschuldigen Vater. Du selbst sollst helfen, den Druck jener falschen Schuld von ihm zu nehmen, die er so zäh auf sich genommen hat.

Ich setzte sie von dem Inhalte des New-Yorker Dokumentes in Kenntniß. Ich ließ Eversen aus seinem Gefängnisse in mein Amtszimmer führen. Juliane hatte ich vorher in ein Nebenzimmer treten lassen.

Der Gefangene war noch mehr verfallen und noch finsterer, als ich ihn das letztemal gesehen hatte. Auch das war natürlich. Die lange Dauer des Prozesses hatte ihn in Zwiespalt mit sich selbst über sein unwahres Geständniß gebracht. Er sah mich scheu an.

Ich reichte ihm zutraulich die Hand wie immer. Setze Dich, Eversen. Was willst Du von mir?

Lies dies.

Ich legte das Dokument vor ihn auf den Tisch.

Was ist es?

Lies!

Er begann zu lesen. Er wurde unruhig. Fliegende Röthe zog durch sein blasses Gesicht. Dann wurde er blässer, als vorher. Auf seine Stirne trat dichter Schweiß. Er blickte nicht auf. Er sprach nichts. Ich unterbrach ihn nicht. Er hatte zu Ende gelesen. Aber er hatte noch keinen Entschluß gefaßt. Er durchflog die gelesenen Blätter noch einmal, wohl um nach Gedanken, nach einem bestimmten Entschlusse zu suchen.

„Nun, Eversen?" fragte ich ihn.

Er gab mir keine Antwort. Er wendete den Blick nicht von den Papieren.

„Kann nach dem, was Du gelesen hast," fragte ich weiter, „noch ein einziger Mensch in der Welt Dich für den Schuldigen halten?"

Das war es nicht mehr. Aber es wurde ihm schwer, einzugestehen, daß er so lange eine schreckliche Unwahrheit gesagt hatte. Ich mußte ihn auch von dem Kampfe befreien. Dazu hatte ich sein Kind mitgebracht.

Ich öffnete die Thüre zu dem Nebenzimmer. Das Kind stand schon ängstlich harrend vor mir. Juliane, bitte Du Deinen Vater, daß er wieder ein ehrlicher Mensch werde. Sage ihm, daß Dein Vater kein Mörder sein könne.

Er war aufgesprungen.

Das Kind stürzte in seine Arme, weinend, laut weinend. „Mein Vater, mein armer Vater!"

Ich faßte ihn an der Schulter und schüttelte ihn. „Mensch, willst Du denn noch immer ein Mörder bleiben? Selbst Deinem armen Kinde gegenüber?"

Er konnte sich nicht mehr halten. Seine Kraft war gebrochen. „Nein, nein!" rief er. „Ich bin kein Mörder! Ich bin unschuldig!" Endlich!

Er fiel auf einen Stuhl. Das Mädchen umschlang ihn.

Er weinte mit dem Kinde. Er weinte mit ihr, wie ein Kind. — Der Inquirent vernahm ihn dann.

Er kehrte zu der Wahrheit zurück, von der die Angst und Muthlosigkeit eines falschen Ehrgefühls ihn so lange und hartnäckig entfernt gehalten hatten.

Nach wenigen Tagen wurde er durch gerichtliches Erkenntniß völlig frei gesprochen. Das übereinstimmende Urtheil seiner sämmtlichen Mitbürger hatte ihn schon vorher von aller Schuld entbunden.

Er vermochte es dennoch nicht, sich ihnen wieder zu zeigen. Auf die Börse ging er nie wieder. Seine Geschäfte führte er nur noch wenige Monate weiter, um das Dringendste und Wichtigste ihrer vollständigen Abwicklung einzuleiten.

Dann verließ er D. Er zog sein Vermögen außer Landes und kaufte sich in der Schweiz an. Hier lebe ich seit Jahren wieder mit ihm zusammen. Seine Tochter Juliane ist glücklich verheirathet. Sie ist mit ihrem Manne bei ihm, und mit ihren Kindern. Er ist glücklich mit der Tochter und den Enkeln.

Er hat mir erlaubt, seine Geschichte zu veröffentlichen.

„Schreibe dabei," sagte er, „daß das höchste Gut in der Welt die wahrhaftige, gewissenhafte Ehre ist."

Die Geschiedenen.

Der Tag neigte sich.

Vor dem Wirthshause eines Dorfes hielt ein Reisewagen.

Aus dem Wagen stiegen zwei Herren. Sie gingen in das Wirthshaus.

Haben Sie Wein, Herr Wirth? fragte der Eine.

Mit Gottes Hülfe, ja, gnädiger Herr!

Wein, mit Gottes Hülfe? Den bessere Gott. Doch, bringen Sie eine Flasche mit zwei Gläsern.

Der Wirth ging.

Indem er ging, sah er sich die beiden Herren sehr neugierig an.

Krätzer wird es sein, sagte, als er fort war, der Herr, der den Wein bestellt hatte, zu dem Andern. Aber ich konnte es nicht mehr aushalten vor Durst. Im Fährkruge wird es bessern geben, wir haben aber noch eine halbe Stunde bis dahin.

Ob sie wohl mit da sein wird? sagte der Andere.

Schlage sie Dir aus dem Sinne, Paulus.

Kann ich es?

Der Mensch kann Alles, was er will, nur nicht Hunger und Durst ertragen.

Du bist ein glücklicher Mensch, Anselmus.

Und Du, armer Bursche, desto unglücklicher.

Das weiß Gott!

Der, der ein glücklicher Mensch sein sollte, und es auch zugab — es war derselbe, der den Wein bestellt hatte — war ein großer, starker, sehr wohlbeleibter Herr mit einem runden, rothen Gesichte, einem ungeheuren Schnurrbarte und einem derben militärischen Wesen.

Der Andere, der desto unglücklicher sein sollte, und es auch zugab, war ebenfalls eine große, fast hohe Gestalt, aber schmächtig, und das Gesicht war blaß und eingefallen.

Beide konnten im Anfange der vierziger Jahre stehen.

Der Wirth kam zurück und brachte Wein und Gläser.

Der dicke Herr schenkte die Gläser voll.

Trink, sagte er zu seinem Begleiter.

Er selbst trank sein Glas in einem Zuge aus.

Krätzer! sagte er dann resignirt. Wenn man durstig ist, kann man auch Krätzer trinken.

Der Schmächtige trank nicht.

Er hatte sich an ein Fenster gestellt und starrte in tiefem, wie es schien, schmerzlichem Nachsinnen in die Dorfstraße hinein.

Der dicke Herr trat zu ihm.

Willst Du gar nicht trinken, Paulus?

Der Andere hörte die Frage nicht.

Vor dem Wirthshause hatten sich mehrere Menschen versammelt. Sie warfen eben so neugierige Blicke auf die beiden Reisenden, wie vorhin der Wirth.

Was mögen die an uns sehen wollen? sagte der Dicke.

Wer? fragte der Schmächtige, wie mechanisch, ohne aus seinem Nachsinnen aufzuwachen.

Zum Teufel, die Bauern da draußen, sie sehen uns an, als wenn wir Maulaffen feil hätten, oder selbst welche wären.

So?

Aber, Element, Paulus, ich glaube, Du siehst und hörst nichts mehr. Woran denkst Du denn?

Allein, sowie der dicke Herr diese Worte herausgepoltert hatte, sagte er gutmüthig, und in einem Tone, der um Verzeihung bat:

Doch nein, antworte mir nicht, Du armer Paulus. Du mußt immer daran denken, ob sie wohl mit dem Kinde da sein werde, und das kann Dir wahrhaftig wohl das Herz voll und den Kopf heiß machen. Ich fühle das ganz mit Dir, obwohl ich, Gott sei Dank, niemals eine Frau gehabt habe und also auch niemals von einer — Aber hole sie Alle der Teufel, die Weiber, sie taugen Alle nicht — und doch — bei Lichte besehen — Höre, Paulus, darf ich ganz ehrlich sein?

Was willst Du mir sagen, Anselmus?

Was ich Dir sagen will? — Aber was geht das mich an? Und dennoch: Höre, Paulus, nach Allem was ich gehört habe, auch von Dir, wohl am meisten von Dir, die schlechteste war sie wahrhaftig nicht, Paulus.

Nein, gewiß nicht, seufzte der Schmächtige.

Freilich, sie taugen Alle nichts. Aber, wenn wir ganz ehrlich sein wollen, lieber Paulus, auch die meisten Männer taugen eben nicht viel. Doch davon machst Du eine Ausnahme. Und da fällt mir etwas ein.

Was ist es?

Sie war nicht die Schlechteste, und Du bist ohne Widerrede der bravste Mensch, den man in der Welt finden kann, und doch habt nicht einmal ihr Beiden es zusammen aushalten können. Wie ist es möglich, daß da nicht schon längst die ganze Welt wild auseinander gelaufen ist?

Es ist eine Heiligkeit in der Ehe, Anselmus.

Eine Heiligkeit? — Aber zum Teufel, was gafft uns das Volk noch immer an? Sie schneiden uns sogar Gesichter zu. — Herr Wirth!

Er hatte die Thür aufgemacht und in das Haus hineingerufen.

Der Wirth kam.

Was befehlen die Herrschaften?

Was haben die Leute da draußen?

Der Wirth wurde verlegen.

Die Leute da draußen?

Nun ja.

Die Herren wollen nach dem Sandauer Fährkruge?

Ja.

In dem Dorfe Sandau wird morgen ein neuer Pfarrer eingesetzt ...

Nun?

Durch einen fremden Superintendenten.

Weiter!

Die Gemeinde will den neuen Pfarrer nicht, weil er zu den Muckern gehört und das alte Gesangbuch abschaffen will.

Aber zum Teufel, Herr Wirth, was geht das Alles uns an?

Hm, die Bauern meinen, der Herr da sei der neue Pfarrer, und —

Und, ich wohl der fremde dicke Superintendent?

Aber ich habe es ihnen ausgeredet, weil der Herr einen so großen Schnurrbart trage.

Clement, Herr Wirth, mein Schnurrbart rettet mich wohl vor — vor einer eigenthümlichen Begrüßung von Seiten Ihrer Bauern?

Die Sache wird morgen wohl nicht so glatt abgehen. Die Bauern sollen in die Kirche und wollen nicht. Es soll sogar eine Schwadron Husaren kommen.

Auch eine Trennung. Und zwar im Heiligsten! Warum macht man auch das Heilige unheilig? — Aber was geht das mich an? — Hier, unsere Zeche, Herr Wirth. Und den Bauern können Sie mit gutem Gewissen sagen, daß wir Beide mit der Geschichte morgen gar nichts zu thun haben. Adieu, Herr Wirth.

Der Wirth zerstreute mit wenigen Worten die Bauern.

Die beiden Herren setzten sich wieder in ihren Wagen und fuhren weiter.

Nach einer halben Stunde, als die Chaussee um eine Waldecke bog, sahen sie in einiger Ferne mehrere große Wirthschaftsgebäude vor sich liegen.

Der Sandauer Fährkrug, sagte der Kutscher.

Endlich guter Wein! rief der dicke Herr.

Durch das blasse Gesicht seines Begleiters zuckte etwas heftig. Seine Augen hefteten sich starr auf die Gebäude. Er sprach nichts.

Die Abenddämmerung war schon eingetreten. Man konnte gleichwohl die Gegend noch erkennen. Sie war eben, aber hübsch.

Die Chaussee zog sich von jener Waldecke in gerader Richtung nach dem Fährkruge hin. Sie lief abwechselnd durch Kornfelder und durch Weiden.

Drei- bis vierhundert Schritte rechts von dem Kruge lag das Dorf Sandau. Große, helle Bauernhäuser sahen zwischen hohen Obstbäumen hervor; Kirche und Kirchthurm ragten hoch über ihnen weg. Es war ein großes Dorf und schien ein reiches Dorf zu sein. Von dem Fährkruge war es durch Weiden und Kornfelder getrennt.

Links vom Kruge floß ein breiter, klarer Strom. Er schnitt die gerade auf ihn zulaufende Chaussee mitten durch und ab. Eine Fähranstalt vermittelte die Verbindung seiner beiden Ufer.

Der Wagen der Reisenden fuhr an dem Kruge vor.

Das Zwiedunkel war schon eingetreten.

Die Augen des schmächtigen Herrn starrten dennoch nach den Fenstern des stattlichen Kruggebäudes hin, als wenn sie die Scheiben durchbohren und bis tief in den Hintergrund der Zimmer hineinschauen wollten. Sie suchten etwas. Sie fürchteten, das zu finden, was sie suchten. Sie fanden es nicht und waren unglücklich, da sie es nicht fanden.

Der Mensch ist das eigentliche Wesen der Widersprüche.

Die beiden Herren verließen den Wagen und gingen in das Haus und in die Wirthsstube.

Das Gebäude war auch in seinem Innern stattlich und reinlich.

Wein, Herr Wirth, bestellte der dicke Herr. Ob der Wein gut sei, fragte er hier nicht erst.

Der Wein kam. Er war gut. Man sah es dem zufriedenen Gesichte des dicken Herrn an.

Herr Wirth, logirt bei Ihnen eine Dame mit einem Kinde? fragte der schmächtige Herr den Wirth.

Man glaubte ihm anzusehen, wie ihm während der Frage das Herz klopfte.

Ja, mein Herr, antwortete der Wirth.

Seit wann?

Sie ist vor ungefähr einer Stunde angekommen.

War noch eine zweite Dame bei ihnen?

Nein.

Das Kind ist ein Mädchen, sechs bis sieben Jahre alt?

Ganz richtig. Es ist krank.

Krank?

Das blasse Gesicht des schmächtigen Herrn war blässer geworden.

Die Dame erzählte, sagte der Wirth, das Kind sei schon bei ihrer Abreise unwohl gewesen. Sie habe die Reise nicht aufschieben können. Unterwegs sei es schlimmer geworden.

Was fehlt dem Kinde?

Es fiebert.

Hat die Dame schon zu einem Arzte geschickt?

Der Arzt wohnt eine Meile weit. Sie wollte warten, ob nicht zum Abend Besserung eintrete.

Der schmächtige Herr hatte noch etwas auf dem Herzen. Es wurde ihm schwer, es auszusprechen. Er mußte es.

Der Name der Dame?

Sie hat sich nicht genannt.

Ist sie die Mutter des Kindes?

Das Kind nannte sie Mutter.

Die Antwort gab dem gespannt horchenden Frager einen tiefen Stich in das Herz. Es war, als wenn plötzlich ein wichtiges Ereigniß über ihn hereingebrochen wäre.

Er fragte nicht weiter.

Der Wirth ging.

Der schmächtige Herr wandte sich zu seinem Begleiter: Du hast gehört, Anselmus?

Ja, Du armer Paulus.

Sie ist da, und allein mit dem Kinde.

Und das Kind ist krank.

Ich muß mein krankes Kind sehen.

Aber nicht sie, Paulus.

Rein, nicht sie. Nie, nie! Du gehst wohl zu ihr, mich anzukündigen, guter Anselmus, und sie zu bitten — ? Es ist hart, daß die Mutter ihr krankes Kind verlassen soll. Aber Du wirst es ja zu machen wissen, ohne daß sie verletzt wird.

Ich werde es schon machen; aber vorher — Du weißt, Du bist der einzige Mensch, den ich nicht zum Trinken nöthige; ich habe Dich zu lieb. Aber jetzt, — Du hast keinen Blutstropfen mehr im Gesichte. Nicht wahr, Du trinkst mir zu Liebe ein Glas? Nur ein einziges.

Ich werde, sagte der Andere. Er nahm sein Glas und setzte es an die Lippen. Aber er mußte es wieder auf den Tisch stellen.

Ich kann nicht, sagte er. Jeder Tropfen wäre mir Wermuth. Ich muß mein Kind sehen.

Der dicke Herr stand auf.

Ich gehe schon, Paulus, sagte er.

Er wollte gehen, aber da er der Thür zuschritt, sah er sich unvermuthet zurückgehalten.

Ein Wagen hatte kurz vorher am Hause gehalten.

Der Wirth führte einen Fremden in das Zimmer.

Es war ein sehr vornehmer Herr, aber sonst war Alles sehr mittelmäßig an ihm.

Zwei Zimmer für mich, befahl er dem Wirth, eins zum Schlafen und eins zum Empfangen.

Der dicke Herr stutzte, als er die Stimme hörte. Er sah den Fremden an, und nun erkannte er ihn. Der Fremde hatte auch ihn erkannt.

Ach, Herr von Sodenstern?

Herr Rath Hambach?

Präsident jetzt. Consistorialpräsident.

Wohl in Geschäften hier?

Ja. Aber Sie, mein werther Freund, Sie sind in Civil, Sie haben doch nicht Ihren Abschied genommen?

Ich bin noch im Dienst.

In welcher Charge?

Major.

Sie reisen ebenfalls amtlich?

Blos zu meinem Vergnügen, mit meinem Freunde hier.

Ach, darf ich bitten, mich mit ihm bekannt zu machen?

Regierungsrath Danner. Den Namen des Herrn Präsidenten hast Du gehört, Paulus.

Die beiden Herren verbeugten sich gegen einander.

Der Präsident hatte plötzlich gestutzt, als er den Namen Danner hörte.

Aber der Wirth kehrte zurück und meldete dem Herrn Präsidenten, daß seine beiden Zimmer bereit seien.

Der vornehme Herr verabschiedete sich.

Auf Wiedersehen, meine Herren. Ich werde mich freuen, den Abend mit Ihnen zu verplaudern.

Paulus, sagte der dicke Major hinter ihm her, wenn der das erhielte, was uns zugedacht war.

Anselmus! verwies ihm der Regierungsrath.

Aber der Major fuhr auf: Was willst Du? Dieser Mensch gehört ganz zu jenen heuchlerischen, scheinheiligen, speichelleckenden Burschen, die keinen andern Gedanken haben, als den, Carrière zu machen, die dazu das Höchste und Heiligste mißbrauchen, den Namen Gott schänden, seinen Frieden in Hader, seine Liebe in Streit verkehren, die Menschen verdummen, die Herrscher verderben. — Zum Teufel mit ihnen! der allein hat Recht an sie! — Ach, ich wollte zu Deiner Frau gehen, armer Paulus. Warte noch ein paar Augenblicke. Der Aerger hat mich echauffirt. Ich muß mich erst wieder beruhigen.

Er trank schnell ein paar Gläser Wein. Das war seine Art sich zu beruhigen.

So! Jetzt gehe ich. Ach, sie ist auch eine arme Frau! Und nun auch noch das Kind krank. Und Du siehst erst recht aus, wie Kreuz und Leid, wie Jammer und Elend. Hole der Teufel die Weiber!

Er verließ das Zimmer.

Es mußte ein recht großer und tiefer Schmerz sein, der dem Regierungsrath Danner im Herzen wühlte. Der ruhige, klare, besonnene Mann konnte sich, als er allein war, keine Gewalt mehr anthun. Er ging mit hastigen Schritten in dem Zimmer umher. Er preßte die Hände zusammen und riß sie wieder aus einander. Sein Gesicht zeigte offen die innere Angst und Qual. Und doch dachte er nicht an sich.

Ja, sie ist eine arme Frau. Auch sie ist arm. Sie ist die ärmste, denn sie ist die Schuldige. Die Schuldige, und doch das warme, weiche Herz! — Ist es denn —? Nein, es ist nicht möglich. Nie, nie! Ihre Schuld, meine Ehre! nein, nie, nie!

Er durchmaß, wie in Verzweiflung, das Zimmer.

Der Major kehrte zurück.

Er mußte auch Etwas gesehen haben, das von der Verzweiflung nicht sehr weit entfernt gewesen war.

Das derbe rothe Gesicht sah so sonderbar, beinahe wie nach Weinen us, und als er in die Thür trat, mußte er wirklich erst mit der Hand über die Augen fahren.

Dann ging er zu einem Spiegel.

Zum Element, ist es denn möglich, daß der Mensch in einer Viertelstunde sich so verändern kann?

Dann trank er still ein Glas Wein aus. Dann sprach er, aber tonlos: Du kannst kommen. Das Kind ist allein.

Und sie? fragte der Regierungsrath.

Laß mich.

Und sie, Anselmus? Was machte sie? Wie sah sie aus?

Was sie machte? Sie saß bei dem kranken Kinde und gab ihm Thee zu trinken. Ich glaube, es war Kamillenthee.

Und wie sah sie aus?

Nachher.

Ich bitte Dich, sprich.

Nachher, sage ich Dir. Geh jetzt. Doch noch Eins. Sie läßt Dich um Verzeihung bitten, daß sie mitgekommen ist. Ihre Schwester, die nach der Verabredung das Kind bringen sollte, war gestern plötzlich erkrankt; das Kind, das ohnehin schon unwohl war, hat sie Fremden nicht anvertrauen wollen.

Und sie bittet mich um Verzeihung?

Bin ich ein Lügner?

Auch der Regierungsrath mußte sich über die Augen fahren.

Dann mußte er doch noch fragen.

Anselmus, ich werde sie nicht sehen. Das Kind darf ich nicht nach ihr fragen. Wie sah sie aus? War sie sehr elend?

Wie eine Rose blühte sie eben nicht.

Was sprach sie von mir?

Zum Teufel, Mensch, jetzt geh' zu Deinem Kinde. Von mir hörst Du kein Wort mehr.

Der Regierungsrath mußte gehen.

Als er fort war, mußte auch der dicke Major sich das Herz ausschütten.

Hole der Teufel die Weiber, sagte er aber nicht mehr.

Es muß doch ein eigenthümliches Ding um die Ehe sein, sagte er. Da hat diese Frau ihm die Ehre, die Liebe, den Glauben, das Vertrauen, Alles, Alles genommen. Er konnte, er durfte nicht mehr mit ihr leben. Er darf es ferner nicht, niemals wieder. Sie mußten sich trennen, für immer, unter allem dem widerwärtigen Apparate einer gerichtlichen Scheidung. Und was geschieht seitdem? Es ist, als wenn ein innerliches Gift an ihm zehre, und ihm das Leben an- und auffresse. Er lebt eigentlich gar nicht mehr. Und warum, warum? Weil er nicht leben kann ohne sie, weil sie einmal seine Frau und sein Leben nur in ihr war. Und nun sie! Wie schön, wie liebenswürdig, wie ewig heiter war sie in jener Ehe gewesen! Und seit der Trennung? Ein Bild des Grams, des Jammers, der Reue, der Buße! Wie leichtsinnig, wie fripol früher gegen den Bravsten aller Menschen! Die heißeste Liebe zu ihm, die edelste Aufopferung für ihn jetzt! Und ist nicht auch sein Herz nur noch voll von Liebe zu ihr, und könnte er nicht Alles, was er hat, für sie hinopfern? Alles, was er hat, wie sie Alles, was sie hat. Nur Eins können sie nicht, dürfen sie nicht, nicht wieder Ehegatten werden, mit aller ihrer heißen Liebe und Sehnsucht nicht. Sie hat mich verrathen! Er sagt es nie, aber er denkt es jeden Tag, jede Stunde. Und auch sie, sie selbst! Sie hatte keinen anderen Gedanken, als an ihn. Aber sie wagte nicht, sie, die Schuldige, den Namen des Mannes, den sie verrathen, dessen Ehre und Leben sie vernichtet hat, über die Lippen zu bringen. Zuletzt mußte sie es doch. Sie wollte sich wohl gewaltsam das Herz zusammenpressen. Sie zitterte, daß sie sich kaum halten konnte. Aber es mußte doch heraus, was sie so schwer im Herzen hatte. Das Herz hätte ihr ja zerspringen müssen. Zuerst kamen die Thränen, leise, still. Dann die Worte.

Was macht —? hob sie an, bebend, kaum hörbar. Was macht —? Sie mußte noch einmal innehalten.

Ihr Paulus! sagte sie dann noch leiser. Und wie sie den Namen ausgesprochen hatte, da fiel sie mit einem furchtbaren Schrei zusammen, daß das kranke Kind erschreckt aus seinem Fieber auffuhr. Und nun kamen die Thränen wie ein wilder Strom herang die Hände, sie. — Ach zum Teufel, es ging mir durch Mark und Bein. Ich wollte ihre Hände fassen. Sie stieß mich zurück.

Ich bin eine Elende! Ich habe ihn vernichtet. Kein braver Mann darf mich wieder anrühren.

Dann mußte sie doch wieder fragen.

Verflucht er mich! O, nur die einzige Frage beantworten Sie mir!

Rein, antwortete ich ihr. Er verflucht Sie nicht. Es ist nie ein böses Wort gegen Sie über seine Lippen gekommen.

Er spricht gar nicht von mir? rief sie.

Ich mußte ihr die Wahrheit sagen.

Er spricht gar nicht von Ihnen.

Da sprach sie kein Wort mehr. Aber sie verhüllte ihr Gesicht, und ich konnte den schrecklichsten Schmerz nicht sehen, den eine Frau voll Liebe über eine solche Antwort fühlen mußte.

Wohl mir! dachte ich. Ich sollte noch Entsetzlicheres erfahren.

Nach einer Weile erhob sie sich. Eine Todtenblässe bedeckte ihr Gesicht. Sie war ruhig geworden. Mit ihrer ruhigen Stimme sagte sie:

Ich darf ihn nicht wiedersehen. Er soll mich nicht sehen. Wir müssen fremd, geschieden bleiben für immer. Er kann mir nicht verzeihen, nie. — Doch, doch, einmal muß er es. In jenem anderen Leben. Ich war ja sein Weib! Sein in heiliger Ehe ihm angetrautes Weib.

In heiliger Ehe? schrie sie dann plötzlich auf. Habe ich nicht ihre Heiligkeit zerrissen, vernichtet?

Und doch, fuhr sie dann wieder stiller fort. Wie kann in jenem Leben ein Mann noch Haß gegen seine Frau fühlen, die ihm Alles, der er Alles war?

Sie trocknete ihre Thränen. Sie war gefaßt.

Lassen Sie ihn kommen. Er wird das Kind allein finden. Aber nur für eine Viertelstunde, lasse ich ihn bitten. Es bedarf meiner Pflege. Morgen, wenn es ihm hoffentlich besser geht, soll er länger bei ihm bleiben. Und dann erbitten Sie mir für Eins seine Verzeihung: daß ich mitgekommen bin. Ich konnte nicht anders, wenn er das Kind sehen sollte. Meine Schwester war krank geworden. Einer Fremden durfte ich es nicht überlassen.

In jenem anderen Leben wird er mir verzeihen! sagte sie. Ja, ja, es muß in der Ehe doch etwas Heiliges sein, Etwas, das bis in das andere Leben hinüberreicht . . . Aber da kommt etwas Unheiliges, Einer, dem ich heute Abend noch eine dreifache Möglichkeit von Prügeln gönne.

Die Thür war geöffnet.

Der Consistorialpräsident Hambach war wieder eingetreten.

Da sind wir ja nach langer Zeit wieder beisammen, mein werther Freund.

Ja. Es mögen zwölf Jahre sein, seitdem wir uns nicht sahen.

So wird es sein. Aber wo haben Sie Ihren Freund gelassen?

Er macht einen Besuch.

Der Präsident war neugierig.

Danner, Regierungsrath Danner nannten Sie Ihren Freund?

So heißt er.

Ich meine, den Namen schon gehört zu haben.

Möglich.

Wurde er nicht vor ungefähr zwei Jahren von seiner Frau geschieden?

Ja.

Die Sache machte Eclat.

Leider kümmert die Welt sich immer am meisten um das, was sie am wenigsten angeht.

Der Major hatte es fast grob gesagt.

Den Präsidenten schreckte das nicht ab.

Die Schuld soll, wie meist in solchen Fällen, auf beiden Seiten gelegen haben.

So?

Der Mann ein eifersüchtiger Tyrann, der dennoch die Frau vernachläßigte.

Das ist nicht wahr.

Die Welt erzählte so. Die Frau eine leichtfertige, vergnügungssüchtige Kokette.

Auch das ist nicht wahr.

So war denn leider das Schicksal der Ehe entschieden. Die Frau wurde dem Manne untreu, ging mit einem Abenteurer durch, und die innerlich schon zerrissene Ehe mußte auch gerichtlich geschieden werden. Keines wurde für den schuldigen Theil erklärt, weil der Mann zugeben mußte, durch sein liebloses, herrschsüchtiges Wesen die erste Veranlassung zu den Fehltritten der Frau gegeben zu haben.

Der Major hatte den Präsidenten nicht wieder unterbrochen. Er hatte nur ununterbrochen sein Glas gefüllt, und wieder geleert, als wenn er dadurch den mehr und mehr in ihm aufsteigenden Zorn beschwichtigen wollte. Es gelang ihm nicht. Er mußte sich in anderer Weise Luft machen.

Zum Teufel, Herr Präsident, jetzt erfahren Sie von mir die Wahrheit, und hören Sie, wie die schlechte Welt verleumdet. Nach Ihrer Geschichte wären da ein paar, Gott weiß wie, zusammengelaufene Lumpen nach allerlei Lumpereien, mit Hülfe Ihrer Gerichte wieder auseinandergelaufen. Die Wahrheit aber ist, daß nie mehr durch anfangs kleine

Fehler und Mißverständnisse zwei brave Menschen in Unglück und Verderben gekommen sind. Mein Freund Danner ist der edelste Mensch von
der Welt, und seine Frau — nun, hören Sie.

Sie heiratheten sich aus reiner Liebe.

Er war reich, stand in einem angesehenen Amt, war ein schöner,
liebenswürdiger Mann, und geliebt und geehrt von Allen, die ihn kannten.

Sie war die Tochter einer armen Pfarrerswittwe, aber schön, geist-
voll und in ihrer Armuth das bescheidenste und doch ewig heiterste Herz,
das man finden konnte.

So lernten sie sich kennen und lieben.

Sie liebten sich auch als Gatten, innig herzlich, fast leidenschaftlich.

Aber sie hatten Beide ihre Eigenheiten, die sie nicht aufgeben konnten,
und sie konnten sie nicht aufgeben, weil sie nicht Gewicht auf sie legten,
weil sie nicht einmal auf sie achteten. Und das thaten sie nicht, weil sie
zu unbefangen waren und Eines das Andere zu sehr liebte. Die Unbefangenheit und die Liebe waren ihre ersten und ·zuerst ihre einzigen
Fehler. Sie liebten einander, und das war ihnen genug. Mit der Liebe,
meinten sie, seien sie auch, seien sie am meisten über die Alltäglichkeiten
des Lebens hinweg, und doch blieben sie mitten darin, weil der Mensch
aus dem Leben selbst nun einmal nicht heraus kann.

Sie hätte gern immer lachen mögen; er war ernsthaft.

Sie wollte gern immer mit ihm plaudern, an seinem Arme hängen,
mit ihm durch Wald und Wiesen, durch Berg und Thal schweifen. Er war
ein fleißiger und gewissenhafter Beamter, und bis er seine Akten fertig
hatte, verließ er seinen Aktentisch nicht.

Er war strenge in Beobachtung der hergebrachten Formen des geselligen Lebens. Sie sollte mit ihm in die steifen Gesellschaften gehen,
· Besuche machen bei der Frau Präsidentin und den Frauen Geheimeräthinnen.
Sie wollte von allem Zopf und allen Fesseln der Etikette nichts wissen
und nur mit ihm und nur fröhlich sein.

So entstanden zuerst kleine Reibungen unter ihnen. Aber anfangs
nur selten und nur Reibungen der Liebe.

Nachher kamen sie häufiger l'appetit vient en mangeant, und sie
wurden mitunter Reibungen des Verdrusses.

Zuletzt kamen sie noch öfter, und nun wurden sie das Schlimmste,
Reibungen der Gewohnheit. Ihre Fehler selbst wurden ihnen dadurch
zur Gewohnheit. Ja, sie gewöhnten sich sogar an die Versöhnung, die

ihnen anfangs jedesmal ein Fest gewesen war, und eine Kälte zwischen ihnen war die nothwendige Folge.

Es war freilich nur eine äußerliche Kälte; aber unter deren Eiskruste konnte doch die warme Liebe nicht hervor, die noch immer in ihren Herzen lebte.

Das war ein Zustand, der unter den braven Menschen allerdings nicht lange anhalten konnte. Es bedurfte nur eines äußern Anstoßes, um ihn zu enden. Aber wie sollte dieses Ende sein? Es hing von der Art des Anstoßes ab.

Wäre ich damals in der Nähe der braven Menschen gewesen, es wäre nicht so gekommen, wie es kam. Ich stand in einer entfernten Garnison.

Ein Vetter der Frau war nach langer Reise durch ferne Lande in die Heimat zurückgekehrt. Er hatte als ein sehr junger, wilder, unbändiger Mensch, der nicht lernen und nicht gut thun wollte, das Haus der Eltern und das Vaterland verlassen. Er kam als gereifter, ernster, besonnener Mann zurück, mit einem großen Vermögen, mit einer edlen Gestalt, mit einem ideal schönen, in den heißen Zonen zum Malen gebräunten Gesichte, und mit einem tiefen und stillen Schmerze in diesem Gesichte. Als er vor zwölf Jahren, achtzehn Jahre alt, die Heimath verließ, war seine Cousine Mathilde, — Danner's Frau — vierzehn Jahre alt gewesen. Sie war die Einzige gewesen, deren Bitte seiner Unbändigkeit hatte Zügel anlegen, deren Thränen seinen Trotz hatten beugen können. Er hatte sie seine Geliebte, seine Braut genannt. Sie war freilich ein Kind.

Sein Erstes nach seiner Rückkehr war, daß er die frühere Braut aufsuchte. Das schöne Kind war zu einer bildschönen Frau geworden. Er war der schönste Mann, den man sehen konnte. Dazu kam Schlimmes.

Er trug seinen tiefen, stillen Schmerz auch in seinem Herzen. Er mußte Trost, Aufrichtung suchen. Er suchte sie bei ihr.

Sie wollte, sie mußte ihn trösten und aufrichten.

Sein Schmerz war die Trauer, der Schmerz um ein geliebtes Weib, die er weit hinten in Indien gefunden, die nach langen Mühen sein geworden, und, kaum die Seinige, gestorben war.

Präsident, wenn ein schönes Weib einen schönen Mann um eine verlorene Geliebte tröstet, dann sieht der Mann die Tröstende schon halb an der Stelle der verlorenen Geliebten, und sie selbst denkt sich schon halb an dieser Stelle. Die Phantasie bringt das schon so mit sich, und — Teufel, warum ist er ein Mann mit einem Herzen, und sie eine Frau mit einem Herzen, und warum sind sie Beide schön?

Der Ehemann des schönen Weibes sitzt unterdeß hinter seinen Akten und hat keine Zeit an Liebe zu denken, nicht einmal an seine eigene, geschweige an fremde; und die Frau ist an jene Kälte gewöhnt, von der ich Ihnen vorhin erzählte.

Mein Freund Danner sah zuletzt doch etwas. Es fiel ihm auf das Herz, und was er auf dem Herzen hatte, mußte der brave Mann offen und ehrlich vor seiner Frau ausschütten.

Mathilde, möchtest Du nicht Deinen Vetter fortschicken? Er könnte Deinem Herzen, Deiner Ruhe, Deinem, unserem Glücke gefährlich werden.

Sie war brav, wie er. Keine Ahnung von dem, was er ihr sagte, war bisher in ihrer Seele wach geworden. Er weckte auf einmal den lebendigen Gedanken in ihr.

Sie erblaßte, sie erbebte. Sie fiel ihm um den Hals. Thränen stürzten aus ihren Augen. Sie umklammerte ihn.

Allmächtiger Gott, Paul, Paul, wie danke ich Dir diese Worte! Sie retten mich, uns Alle.

Er küßte sie zärtlich.

Du bist ja meine brave Mathilde.

Sie sprachen kein Wort weiter über die Sache.

Am andern Tage war der Vetter fort.

Aber die Worte waren wohl etwas zu spät gefallen. Es ist ein verzweifeltes Ding mit dem Zuspät.

Die Frau wurde still, trübsinnig; sie sah keinen Menschen mehr, ihren Mann selten; er saß ja auch bei seinen Akten. Wenn sie ihn sah, war sie ungleich gegen ihn. So gingen vier, sechs, acht Wochen, drei Monate dahin. Von dem Vetter hatte kein Mensch wieder etwas gehört. Die beiden Gatten hatten nie wieder über ihn gesprochen.

Danner mußte eine Geschäftsreise machen, die seine Entfernung auf acht Tage forderte.

Als er zurückkam, war seine Frau fort.

Der Vetter war wieder da gewesen; heimlich, nur wenige Menschen hatten ihn gesehen.

Sie hatten ihn im Hause Danner's gesehen, mit der Gattin Danner's.

In der Nacht darauf waren Beide verschwunden.

Ein Brief an Danner war von der Frau zurückgeblieben.

Er fand ihn bei seiner Rückkehr.

Nie hat ein bethörtes, und durch seine Bethörung zerrissenes Herz unglücklicher geschrieben; aber auch bethörter, verblendeter.

Ich liebe Dich, ich liebe ihn. Ich weiß nicht, wen ich mehr liebe. O, doch wohl Dich, mein guter, mein braver, mein edler Paul. Aber er — er umfaßt mich mit einer Liebe, deren Gewalt eine schrankenlose, deren Feuer ein Alles verzehrendes ist. Sein ganzes Wesen geht darin auf, ist nur diese Liebe.

Er ist ohne sie, ohne mich verloren, dem Wahnsinne oder dem Selbstmorde verfallen. Du, mein braver, edler Paul, Du mit Deinem schönen, starken Herzen, mit Deinem klaren Geiste, Du wirst leichter meinen Verlust zu verschmerzen wissen. Hattest Du es nicht schon gelernt, durch meine Schuld, durch mein Betragen gegen Dich, daß mir Dein Herz hätte längst entfremden müssen, wenn es nicht so außerordentlich gütig und edel wäre?

Dann bat sie ihn noch um Verzeihung wegen des Kummers, den sie ihm verursachte.

Und dann, — Teufel, Präsident, es ist doch ein eigen Ding um ein Weib!

Dann bat sie ihn um ihre gerichtliche Scheidung.

Ohne ihren Besitz sei ihr Vetter unglücklich, und sie könne ihm nur als sein eheliches Weib angehören.

Auch Du, mein theurer Paul, bist dann wieder frei, und an der Seite einer Würdigeren wird Dir ein neues Glück erblühen.

He, mein Herr Konsistorialpräsident, ich sehe Sie schon einen schweren Stein aufheben, um ihn nach der Sünderin, der Verbrecherin zu werfen.

Legen Sie ihn ruhig wieder hin.

Ja, sie war eine Sünderin, sie war eine Verbrecherin. Aber sie war es nur mit ihrem schwachen weiblichen Herzen, und nie ist ein Weiberherz echt weiblicher, redlicher, aber auch tief trauriger schwach gewesen.

Und schwache sündhafte Menschen sind wir nun einmal Alle, mögen wir Konsistorialpräsidenten oder arme Frauen sein, die ihren Männern davonlaufen.

Aber ich muß Ihnen noch erzählen, was mein Freund Danner that.

Er leitete, wie sie ihn gebeten hatte, den Ehescheidungsprozeß gegen sie ein; wegen böslichem Verlaß. Aber er trug ausdrücklich darauf an, daß sie nicht für den schuldigen Theil erklärt werde, aus Gründen, die tief die Heiligkeit des ehelichen Verhältnisses berühren, die er daher dem Gerichte nicht angeben könne.

Es wurde demnach erkannt.

Ich muß Ihnen aber auch das Weitere, das Ende der Geschichte erzählen.

Die Frau war mit ihrem Vetter nach England gegangen. Sie warteten dort auf das Scheidungsurtheil, um dann sofort sich trauen zu lassen.

Das Urtheil kam.

Und nun Präsident, ich weiß nicht, ob Sie Ihren Stein wieder aufheben wollen.

Das Urtheil kam. Sie war frei. Auf einmal fühlte sie die Fesseln, die sie abgeworfen hatte, die sie abzuwerfen gemeint hatte. Die Fesseln der Pflicht, der Liebe. Die Pflicht der Gattin, die Liebe der Gattin.

Prosaisch die Sache aufgefaßt, Herr Präsident, mit dem trockenen juristischen Scheidebriefe entwich von ihr die Bethörung, die Verblendung von der sie so lange umfangen gewesen war.

Doch nein, ist es denn kalte, nüchterne Prosa, wenn Liebe und Edelmuth eine schlummernde Liebe wieder aufwecken?

Ich kann sterben, sagte sie zu dem Manne, dem sie angehören sollte, dem sie im Augenblicke vorher noch hatte angehören wollen. Ich kann sterben, ich muß sterben. Aber die Deine kann ich nicht werden. Nie, nie. Ich kann nur Einem angehören, dem ich angehört habe. Ich kann nur Einen lieben, den ich einmal, den ich immer geliebt habe. Für Dich hatte ich Mitleiden, Sorge, Angst. Ich hielt es für Liebe. Ich war in einer entsetzlichen Verblendung. Verzeihe sie mir. Verzeihe mir Alles. Geliebt habe ich nur ihn. Lieben kann ich auch ferner nur ihn, immer und ewig nur ihn. Ich bin verloren, ich weiß es. Auch er ist verloren, jetzt erkenne ich es. O, sei Du es nicht mit uns, damit nicht meine Schuld eine immer größere werde.

Sie verließ ihn.

Ob er ebenfalls verloren gegangen ist? Ich weiß es nicht. Er kehrte nach Indien zurück, zu dem Grabe seiner ersten Geliebten, wie er sagte. Vielleicht hat er dort eine neue stellvertretende Trösterin gefunden. Vielleicht hat er ihrer nicht einmal bedurft. Denn ich glaube, Herr Präsident, wir Männer können uns auch über unsere Herzen täuschen, und noch öfter täuschen wir die armen Weiber darüber. Doch — oder daher — auch auf ihn keinen Stein.

Und ich sehe, Sie haben auch den Stein gegen jene arme, geschiedene Frau nicht wieder aufgenommen. Was die edelste Liebe, was die Erkenntniß der Weibespflicht war — Sie wollten es keinen Wankelmuth nennen.

Aber verloren ist die unglückliche Frau geblieben, und mein unglücklicher Freund mit ihr.

Sich wieder verbinden konnten sie nicht. Es war ihren Herzen unmöglich. Ihre Ehre litt es nicht. Leider Gottes nicht!

Sie haben sich nicht wieder gesehen.

Sie hatten noch Manches mit einander zu verhandeln. Ich mußte den Mittelsmann machen.

Die Frau ist arm. Danner gab ihr sein halbes, nicht unbedeutendes Vermögen. Da sie nicht für den schuldigen Theil erklärt ist, so habe sie gesetzliche Ansprüche darauf, erklärte er. Damit sie es ohne irgend eine Verletzung ihres Zartgefühles annehmen könne, bat er sie, die Pflege und Erziehung ihrer Tochter zu übernehmen. Sie hatte den Wunsch, ihr einziges Kind nur einige Zeit im Jahre um sich zu sehen, gegen mich angedeutet. Die Bitte auszusprechen hatte sie nicht gewagt.

Herr Präsident, auch sündige Menschen können noch edel sein.

Und nun, mein Herr Präsident, meine Geschichte ist zu Ende. Aber was sagten Sie doch vorhin von Haustirannei, Vernachlässigung, Gefallsucht und so weiter?

Der Präsident antwortete nicht.

Wo ist die Frau jetzt? fragte er.

Hier.

Hier?

In diesem Hause. Mit uns unter Einem und demselben Dache.

Also auch mit ihrem geschiedenen Manne?

Auch mit ihm.

Mein Gott, so sind sie am Ende in diesem Augenblicke — ?

Der Präsident stockte doch —

Beisammen? sagte der Major. Nein, das sind sie nicht. Ich habe Ihnen schon gesagt, sie können sich nicht wieder verbinden. So dürfen sie sich auch nicht wiedersehen. Es wäre eine unnütze, grausame Qual. Danner wollte nach einem Jahre sein Kind wiedersehen. Ihre Schwester sollte es ihm hieher bringen. Die Schwester wurde krank. Die Mutter wollte das ebenfalls unwohl gewordene Kind keiner fremden Pflege anvertrauen. So mußte sie es selbst bringen. Aber wiedersehen werden die beiden Gatten sich nicht. Sie fühlen selbst, daß es kein größeres Unglück für sie geben könne.

Hm, hm, sagte der Präsident, sollte die Geschichte wirklich schon zu Ende sein?

Zum Teufel, ja. Sie muß es sein! fluchte der Major.

Aber nicht mehr zornig. Ein wenig dennoch. Jener Zorn, mit dem er zu erzählen begonnen hatte, war während des Erzählens schon längst von ihm gewichen. Der Major war manchmal sogar weich geworden, verdammt weich, würde er gesagt haben, wenn es ihm selbst zum Bewußtsein gekommen wäre. Bei der letzten Bemerkung des Präsidenten kam ein neuer Zorn über ihn, aber er ärgerte sich über sich selbst.

Zum Teufel, habe ich ganz vergessen, den Burschen da zum Trinken zu nöthigen! Der heuchlerische Geizhals, der — ich wette, er ist zu der Pastoreinsetzung nur herübergekommen, um Diäten und Reisekosten einzustreichen und —

Präsident, rief er laut, was ist denn das? Sie sind noch bei Ihrem ersten Glase?

Der Präsident fuhr erschrocken zusammen.

Ich muß mich sehr schonen.

Einbildung, alter Freund. Trinken konservirt den Menschen. Trinken wir!

Der Präsident seufzte.

Sie haben noch immer diese Gewohnheit des Zutrinkens?

Zu Ihrem Schrecken?

Der Präsident sah sich wirklich nach Hilfe um.

Sie wurde ihm in doppelter Weise. Auch der Major sollte an das Trinken nicht mehr denken.

Zuerst war wieder ein Wagen vorgefahren.

Der Präsident trat an das Fenster.

Ah, Sie entschuldigen mich, lieber Freund, da kommen Herren, die ich empfangen muß.

Er verließ das Zimmer.

Gewiß ein geistlicher Herr, sagte der Major.

Er trat ebenfalls an das Fenster.

Richtig. Und alle Wetter, die Bauern konnten uns wohl mit ihnen verwechseln, den Paulus mit jener langen, hageren, heiligen Hopfenstange, und mich mit dem — Gott sei bei uns, das ist ja ein Kerl wie eine Tonne, und das Gesicht, wie ein feuerspeiender Berg. Wenn auf den Koloß die Prügel fallen, die mir zugedacht waren —

Er konnte nicht weiter sprechen.

Hinter ihm hatte sich leise die Thür des Zimmers geöffnet.

Sein Freund, der Regierungsrath Danner, stand neben ihm.

Leichenblaß, erschöpft, kaum im Stande, sich aufrecht zu halten.

Großer Gott, mein armer Paulus, was ist Dir —?

Was ist Dir begegnet? wollte er fragen.

Aber er hatte nicht den Muth dazu.

Er nahm den Freund in seinen Arm und führte ihn zu einem Stuhl. Er ließ ihn zu sich kommen. Dann mußte er doch fragen.

Hast Du sie gesehen, armer Paulus?

Nein.

Was ist dann geschehen?

Ich hätte doch nicht herkommen sollen, Anselmus!

Dein Kind nicht sehen? Aber erzähle.

Ich hatte das Kind seit einem Jahre nicht gesehen. Es kannte mich anfangs nicht wieder. Es rief nach seiner Mutter. Aber als es meine Stimme gehört hatte, als es seine Augen in den meinigen wiedersah, als ich dann noch einmal rief: Ernestine, meine liebe Ernestine, kennst Du denn Deinen Vater nicht wieder? Da — das Fieber hatte kurz vorher nachgelassen, das Kind lag ruhig da, aber auch weiß, wie der Schnee und mit so großen, hohlen Augen — da sah es mich auf einmal mit den kranken Augen so verständig an, es hatte mich erkannt; es schlug seine Aermchen um mich, ich küßte es, seine Lippen küßten mich wieder, sie waren noch heiß. Und dann plauderte es: O, mein lieber Papa, die Mutter hat mir so viel von Dir erzählt, daß Du mich so lieb hast und so viel Gutes für mich thust, und daß Du so brav bist und alle Menschen lieb hast, auch die, die Dir Böses gethan haben. Und dann weint sie jedesmal so bitterlich und ich kann sie gar nicht trösten. — Und als das Kind mir das erzählte, Anselmus, da hörte ich auf einmal in einem Zimmer nebenan ein lautes, heftiges Schluchzen, und mir selbst liefen die Thränen über das Gesicht, ich konnte sie nicht zurückhalten, und das Kind weinte mit uns.

Dem armen Manne, als er das sprach, liefen wiederholt die Thränen über das blasse Gesicht.

Und Du sahst sie doch nicht? fragte der Major.

Nein.

Und auch sie Dich nicht? O, zum Teufel, Paulus, ich hatte auch bisher gemeint, Ihr könntet, Ihr dürftet Euch nie wiederfinden; bis ich sie vorhin gesehen habe. Da mußt Du mir jetzt das erzählen! Konnte denn keines von Euch den Einen Schritt zu der Thüre gehen, die Euch trennte? Keines öffnete sie? Ihr fandet Euch nicht wieder unter dem Schutze des kranken Engels, so recht Eures Engels? Und nur die dünne Thüre trennte Euch? Aber Ihr seid noch hier, Beide!

Anselmus, sagte der Freund, uns trennte mehr als die Thür. Und das trennt uns für immer, für alle Zeit. Es ist die Ehre, meine Ehre und auch ihre Ehre. Unsere äußere, wie noch mehr unsere innere Ehre. Sie hat mich betrogen, in dem Heiligsten, was der Mensch auf Erden hat, in der Liebe, in der Pflicht der Gattin. Wer das verschmerzen, wer das hinnehmen und vergessen kann, der ist ehrlos, sei's der Betrogene, sei's die Betrügerin; sie noch mehr wie er, wenn sie es ertragen kann. Und vor der Ehre muß jedes andere Gefühl zurückweichen, selbst die Liebe, wenn da von wahrer Liebe noch die Rede sein kann.

Es kann, sagte der Major. Das sehe ich täglich an Dir. Das sah ich vor einer Stunde an ihr. Eure Herzen brechen darunter.

Ja, ich glaube es, mußte der Freund erwidern, und er faßte nach seinem Herzen, als wenn dort schon wahr werden wolle, was sie Beide ausgesprochen hatten. Aber dann, fuhr er fort, gehen sie doch in einer Liebe zu Grunde, die so rein war, daß sie auch die Ehre ehrte.

Die Sophismen der Ehre, Paulus.

Nenne Du sie so. Seine innere Ehre gehört jedem Menschen allein an.

Ja, mein armer Paulus, Du hast Recht. Ueber die Ehre darf man mit keinem Menschen streiten, der Ehre hat. Aber daß Du Recht hast, das ist Dein Unglück, und das ihrige dabei, und meines am Ende mit. Es ist doch eine verdammte Welt!

Dann grübelte und trank er.

Aber der Wein wollte ihm nicht mehr munden — es war ihm wohl in seinem Leben noch nicht begegnet — und zum Grübeln ging ihm die Ruhe aus.

Alle Wetter, Paulus, wie hast Du denn diesen Satan von einem Weibe kennen gelernt? Du hast es mir noch gar nicht erzählt.

Satan, Anselmus?

Der Satan macht die Menschen unglücklich.

O, mein Freund, dann bin ich mehr mein Satan, als sie.

Nun, so sei sie Dein Engel! Wo lerntest Du sie kennen?

Der Regierungsrath seufzte tief auf. Dann erzählte er.

Es war an einem Sonntag vor ungefähr neun Jahren. Es war die wunderschöne Frühjahrszeit. Ich hatte mich am Tage vorher zu einer Fußtour aufgemacht. Ich streifte ohne bestimmtes Reiseziel in der Umgegend der Stadt umher, durch Feld und Wald, durch Landstraßen und

Dörfer. Den anderen Tag wollte ich so weiter wandern. In einem Dorfe überraschte mich die Nacht. Ich blieb in einem Wirthshause. Am andern Morgen, als ich aufwachte und aus dem Fenster blickte, sah ich, daß ich in einem hübschen, freundlichen Dorfe, und an der hübschesten und freundlichsten Stelle des Dorfes war. Gerade vor mir lag die Kirche. Rechts von der Kirche lag ein großes, weißes Haus mit einem großen Garten. Links von der Kirche war ein kleines weißes Haus mit einem kleinen Gärtchen. Das große Haus war das Haus des Pfarrers, das kleine der Wittwensitz der Wittwe des verstorbenen Pfarrers.

Ich konnte die beiden Gärten und die Rückseiten der beiden Häuser übersehen.

In dem Garten des Pfarrers ging ein strenger und finster aussehender junger Mann, ein Papier in der Hand, auf und ab. Es war der Pfarrer, er lernte die Predigt auswendig, die er an dem Morgen halten wollte. Von Liebe predigte er gewiß nicht. Ich las in seinem Gesichte die Donner- und Zornesworte, die er bald von der Kanzel hinunterschleudern sollte. Eine junge Frau trat an ihn heran. Sie war hoch aufgeputzt, aber ihre Miene war eine ängstlich gedrückte. Sie sprach ein paar Worte mit ihm, leise, demüthig, wie es mir schien. Sein Gesicht wurde finsterer, strenger. Störe mich nicht! fuhr er sie an. Sie trat zurück, gebeugt, ohne Muth, das dunkelroth gewordene Antlitz wieder zu erheben.

Ich mußte meinen Blick von Haus und Garten abwenden. Das Haus lag wohl so hell und weiß da, und in dem Garten blühten Kirschen und Birnen, Aprikosen und Pfirsiche und Schneebäume und rother Flieder, sie blühten alle fröhlich und lustig. Aber Haus und Garten kamen mir dennoch finster und traurig vor, wie der finstere Pfarrer und seine aufgeputzte Frau.

Ich mußte nach links von der Kirche blicken, nach dem kleinen Hause und dem kleinen Gärtchen der Pfarrerswittwe. Ihr Mann war auch hier Pfarrer gewesen. Sie hatte mit ihm auch in jenem großen Hause mit dem großen Garten gewohnt. Hatte er auch so finster und strenge ausgesehen? Hatte er sie auch so angefahren? War sie auch nur seine aufgeputzte Magd gewesen? Und jetzt, nach einem langen, verbissenen und vertrauerten Leben, mußte sie in ihren alten Tagen vielleicht Noth leiden. Wie gering ist die Einnahme einer Dorfpfarrerswittwe!

Aber doch, das kleine, weiße Haus schien mir, je länger ich es ansah, immer heller und freundlicher zu werden. Und in dem kleinen Gärtchen — es standen auch Blumen und blühende Bäume darin, weiße Kirschen,

Temme. Erzählungen und Novellen. 10

helle Pfirsiche, rothe Flieder, und es war keine Täuschung, sie blühten frischer und fröhlicher und anmuthiger, als drüben in dem großen Pfarrgarten.

Hier muß Liebe wohnen! sagte ich zu mir.

Und ich hatte mich darin auch nicht getäuscht.

Eine alte Frau in Trauerkleidung trat aus dem kleinen Hause in das Gärtchen. Es war die Pfarrerswittwe. Eine schöne, würdige, alte Frau. Sie ging langsam unter den blühenden Bäumen dahin. Sie erfreute sich an ihrem milden Glanze, sie sog voll ihren süßen Duft ein. Dann nahte sie sich einer kleinen Etagère. Es standen Töpfe mit Frühlingsblumen darauf, Hyazinthen, frische Rosen. Sie besah sie lange, einzeln prüfend. Dann zog sie ein Messer hervor und die schönste Rose und die feinste Hyazinthe schnitt sie ab.

Wen wollte sie damit putzen? Zu der schwarzen Wittwenkleidung paßten sie nicht.

Ein junges Mädchen trat heraus.

Frisch, wie die frischen Pfirsichblüthen, zu denen sie schritt. Eine hohe, edle Gestalt, die Züge voll Geist, voll Weichheit und doch voll Fröhlichkeit des Kindes und Weichheit des Herzens der Jungfrau.

Sie sah die alte Frau, sie sah die abgeschnittenen Blumen, sie hatte errathen.

Mutter, was hast Du gemacht? Das war nicht recht!

Für Dich, mein Kind!

Eben darum, Mutter!

Du hast so gar keinen Putz!

Das Mädchen lag schon an ihrer Brust, hing schon an ihrem Halse, weinte schon.

O meine liebe, gute Mutter!

Dann machte die Mutter sich sachte von ihr los und steckte ihr die Rose in das Haar und die Hyazinthe vor die Brust, und sah sie mit glücklichem Stolze an und sagte:

Wie bist Du schön, meine liebe Mathilde.

Und schön, erhaben schön war das Kind in seinem einfachen, schlichten Kleide, ohne allen andern Schmuck als die beiden Blumen.

Und für mich wurde sie immer schöner.

Sie gingen noch lange Arm in Arm im Garten auf und ab, in der warmen Sonne, in der blumenduftenden Luft, in dem stillen Sonntagmorgen.

Sie gingen, bis die Glocke sie zur Kirche rief.

Bei dem ersten Tone der Glocke sah das Mädchen zufällig nach dem offenen Fenster hin, in dem ich stand. Es war das erste Mal. Sie sah mich. Sie waren am Ende des Gartens, keine zwanzig Schritte von mir. Sie erschrak und wurde dunkelroth. O, welche andere Röthe war das, als jene der aufgeputzten, von ihrem Manne angefahrenen Pfarrersfrau.

Ich mußte fast jedes Wort gehört haben, das sie mit ihrer Mutter gesprochen hatte.

Sie mußte sich noch einmal nach mir umsehen, ob ich ihre Gespräche gehört hatte.

Ihr Blick traf wieder den meinigen. Und sie mußte die Augen nicht wieder sogleich niederschlagen, und ihr Gesicht wurde nicht wieder von der heißen Gluth übergossen. Es war ein klarer, tiefer, wie plötzlich aus ihrer innersten Seele kommender und in das Innerste meiner Seele dringender Blick, den sie auf mich warf, den sie auf mir ruhen ließ. Einen solchen Blick vergißt man in der Todesstunde nicht.

Die Glocken hörten auf zu läuten.

Sie mußte sich mit ihrer Mutter entfernen. Sie mußten zur Kirche.

Der Blick hatte mich mit ihr verbunden, unter dem feierlichen Kirchengeläute des Sonntagmorgens.

Er hatte mich für immer mit ihr verbunden, auf ewig.

Auf ewig? mußte der Erzähler sich unterbrechen.

Erzähle weiter, sagte der Major.

Aber der Regierungsrath war ergriffen, erschöpft.

Heute nicht! Morgen!

Morgen denn, sagte der Major. Aber dann laß' uns auch schlafen gehen. Der Wein mundet mir schon lange nicht mehr. Und ohne Trinken ist doch eigentlich das ganze Leben Thorheit. Gute Nacht, Paulus

Gute Nacht, Anselmus!

Sie gingen wohl schlafen.

Aber sie konnten lange nicht schlafen.

Der Regierungsrath seufzte nur.

Der Major schimpfte auf die verdammte Welt, auf die innere und äußere Ehre, die Möglichkeiten und die Unmöglichkeiten; nur nicht mehr auf die Weiber.

Früh am anderen Morgen war er wieder auf. Sein Freund schlief noch.

Es war ihm wohl etwas wüst im Kopfe, dem guten Major, wie immer, wenn er am Abend vorher der Flasche zugesprochen hatte, und das that er immer. Aber er legte sich in das offene Fenster, athmete die frische Morgenluft ein, und dann war ihm bald wieder wohl und klar.

Und heute war der Sonntagsmorgen so besonders frisch und schön, und dem Major wurde so besonders klar und wohl.

Unter dem Fenster stand ein blühender Fliederbaum. Die rothen Blüthen sandten ihm ihre süßen Düfte zu.

Nebenan lag ein großer, weiter Garten mit blühenden Pfirsichen und Kirschen und Pflaumen und Aepfeln. Der leise Morgenwind wehte ihm auch ihre Wohlgerüche herüber.

Rund umher herrschte die tiefste Stille der Sonntagsfrühe.

Der Major kam ganz mit sich in's Klare.

Hole der Teufel nur noch alle Bedenklichkeiten, sagte er. Alles Andere ist Unsinn. Es gibt keine Unmöglichkeit. Und was er von der inneren Ehre schwätzte, ist reiner Unsinn. Was aber die äußere Ehre betrifft — Himmel Donnerwetter, da bin ich da, und wer sich unterstünde, nur Einen von ihnen schief anzusehen — Teufel, wie sollte der erfahren, daß ich noch die Klinge zu führen und mit der Kugel das Herz zu treffen weiß. Also nur keine Bedenken mehr. Er muß. Und im Grunde braucht er sie nur zu sehen. Haben erst die Augen sich wiedergefunden, wie wollten dann die Herzen sich ferne bleiben können? Sie sind ja Eheleute. Vor Gott und ihren Herzen noch immer. Darin haben wahrhaftig die Pfaffen Recht. Er muß, er soll. Und auch sie. — Auch sie? — Pah! — Und sogleich sollen sie. In der frühen Morgenstunde ist der Mensch am besten, am heiligsten. Er hat dann nur erst die himmlische Nahrung, den Schlaf, zu sich genommen. Nachher, wenn er schon irdisch gegessen und getrunken hat, dann kommen ihm auch allerlei nichtsnutzige, irdische Gedanken in Kopf und Herz. Der Wein könnte eine Ausnahme machen; aber just den Wein trinken die dummen Menschen nicht des Morgens nüchtern. — Also gleich an's Werk! Mit Gewalt. Ich zwinge sie, alle Beide.

Er weckte den Freund.

Steh' auf, Paulus, kleide Dich an und folge mir.

Was willst Du von mir, Anselmus?

Du sollst zu Deinem Kinde gehen.

So früh?

Sehnst Du Dich so wenig nach ihm?

Meine — die Mutter wird noch bei ihm sein.

Ich schicke sie fort.

Ich sehe dennoch keinen Grund für Deine Eile.

Ich habe Grund genug. Du willst Deine Frau nicht sehen?

Nein.

So müssen wir sobald wie möglich wieder abreisen.

Du wirst Recht haben.

Sodann ärgern mich diese geistlichen Herren hier, die hergekommen sind, Hader und Streit, anstatt Liebe und Frieden in das Dorf zu bringen. Und müßte ich vollends die braven Husaren sehen, die dazu helfen sollen — Element, Paulus, zieh' Dich schnell an. Ich gehe Dich zu melden.

Er ging.

Er stieg eine Treppe hinunter und durchschritt die ganze Länge des weitläufigen Wirthshauses.

Dann blieb er vor einer Thür stehen.

Auf wird sie schon sein. Wie könnte das arme Geschöpf Schlaf haben?

Er wollte an die Thür klopfen.

Auf einmal besann er sich. Er hatte doch Bedenken, obgleich er sie genug verdammt hatte.

Aber auch gegen sie Gewalt? Er ist ein Mann, er kann es tragen, wenn sie nicht will. Aber wenn ich sie zusammengebracht hätte, und nun wollte er nicht? Teufel, das arme Geschöpf könnte auf der Stelle zu Grunde gehen. Ich will sie fragen. Sie kann sich dann Alles selbst überlegen.

Die Bedenken hatten also halb Recht bei ihm behalten.

Er klopfte an die Thür.

Sie wurde von innen geöffnet. Eine Dame öffnete sie.

Darf ich schon so früh bei Ihnen eintreten, gnädige Frau?

Sie dürfen.

Er trat ein.

Es war eine hohe, schöne Frau, vor der er stand. Noch immer eine schöne Frau, obwohl Gram, Schmerz und Leiden so vielfacher Art furchtbar an ihr gezehrt hatten. Das große, schöne, sinnige Auge war ihr geblieben, auch die feinen, regelmäßigen Züge des Gesichtes, der hohe Wuchs. Bedeckte auch tiefe Blässe das Gesicht, durchzogen es vielfach auch Furchen, sie war doch noch keine alte Frau, man sah, daß sie die dreißiger Jahre noch nicht, oder kaum erreicht haben könne.

Was wünschen Sie von mir? fragte sie den Major.

Er war doch etwas verlegen geworden.

Der Paulus läßt sich nach Ihrem Befinden erkundigen.

Wohl nach dem seines Kindes? seufzte die Frau.

Der brave Major mochte nicht geradezu lügen.

Zum Teufel, fluchte er in sich hinein.

Das Kind, sagte sie schnell, indem sie seine Verlegenheit bemerkte, ist wunderbar besser geworden. Das Fieber hat völlig nachgelassen, und es hat die ganze Nacht geschlafen.

Und Sie haben dafür wohl gar nicht geschlafen?

Viel war es nicht.

Auf einmal war der Major aus seiner Verlegenheit heraus. Es hatte ihn plötzlich Etwas ergriffen. Lange hätte sie ohnehin nicht anhalten können.

Zum Teufel, gnädige Frau, rief er, Sie sind eine brave Frau, eine ganz brave Frau, und ich muß Ihnen etwas sagen.

Er hatte ihre beiden Hände ergriffen. Er sah ihr gerade, offen, bittend in die Augen.

Sie mußte die Augen niederschlagen. Die Hände ließ sie ihm, aber sie zitterte heftig. Ahnte, wußte sie, was er wollte? Und waren es günstige Zeichen für den Major?

Er hatte nicht darauf geachtet. Er war nur mit dem beschäftigt, was er vor hatte, mit seiner Liebe für seinen unglücklichen Freund, mit seinem Mitleiden für die doch noch unglücklichere Frau.

Sie sind wahrhaftig eine brave Frau, rief er, und Sie müssen wieder glücklich werden. Und Sie sollen es. Der Paulus —

Die Frau wußte, was er wollte.

Um Gotteswillen! rief sie aus.

Ja, um Gotteswillen und mit Gottes Hülfe. Meiner Hülfe bedarf es dann nicht einmal mehr.

Aber die Frau zitterte heftiger. Ihr Gesicht war bleicher geworden.

Es ist nicht möglich! sagte sie: Nie, nie!

Zum Teufel, wollte der Major fluchen, auch hier die verdammten Unmöglichkeiten, das verfluchte: Nie, nie!

Er schwieg, als er das erbleichende Gesicht sah; er fühlte jetzt auch das Zittern ihrer Hände.

Er bezwang sich und sprach ruhiger.

Gnädige Frau, sagte er, ich hatte Ihre Weigerung bei klarem Nachsinnen erwartet. Sie ehrt Sie. Sie zeigt mir so recht, welch' eine edle
Frau Sie sind. Aber gerade weil Sie dies sind, werden Sie mir nachgeben. Sie sind unglücklich; wie jetzt, kann es länger nicht mit Ihnen
bleiben. Sie müssen darüber zu Grunde gehen.

Ich habe es verdient, unterbrach ihn die Frau.

Verdient? Was hat der Mensch verdient? Das weiß nur Der oben
im Himmel. Und auf dessen Hülfe verwies ich Sie. Und wenn der Sie
wieder zusammenführt und Sie wieder glücklich macht, dann haben Sie
das verdient.

Aber es ist nicht möglich.

Zum —. Möglich ist Alles. Warum soll denn bloß das Unglück
möglich sein? Auch für den armen Paulus? Hören Sie, gnädige Frau,
der geht auch zu Grunde, wenn es nicht bald anders mit ihm wird.
Mehr als Sie. Glauben Sie es mir.

Sie war wieder blaß geworden. Thränen drangen aus ihren Augen.

O, ich glaube es, sagte sie. Er ist ein so edler Mensch. Er liebte
mich so unendlich, und ich habe ihn so entsetzlich betrogen. Sie sehen
aber auch, mein Herr, daß Sie Unmögliches fordern. Er kann mich nur
verabscheuen. Er muß es.

Auf einmal triumphirte der Major.

So, meine gnädige Frau? Aber wenn ich Ihnen nun sage, und es
mit meinem feierlichsten Ehrenworte bekräftige, daß er keinen andern
Gedanken hat, als Sie, und daß sein ganzes Leben nur noch Ein Seufzen,
Ein Sehnen nach Ihnen ist?

In das Gesicht der Frau trat eine dunkle Röthe.

O mein Gott! rief sie.

Aber im Augenblicke nachher war sie wieder blaß wie früher.

Nein, nein, widersprach sie. dem Major und den eigenen Gedanken
und Gefühlen, die auf ihr Inneres mochten einstürmen wollen. Er ist
unglücklich; das Herz ist ihm krank. Das kranke Herz hat ihm die Phantasie aufgeregt und mit krankhaften Bildern erfüllt. So sieht er in dem
Gifte, das ihm Glück und Leben vernichtet hat, trügerisch das Heilmittel,
um Glück und Leben wieder zu gewinnen. Das ist Alles. Es ist eine
krankhafte Sehnsucht nach einem Phantom der zerrütteten Einbildungskraft. Wie bald müßte die Wirklichkeit es verbannen? Und dann, mein
Herr? Wenn er sich dann wieder an der Seite der Elenden, der Ver-
worfenen, der Betrügerin sähe? — O, mein Herr, ich verkenne nicht die

schönen Regungen Ihres Herzens für den edlen, unglücklichen Freund, für eine arme Frau, die Sie nicht hoffnungslos können leiden sehen. Aber stehen Sie ab von dem, was nur eine augenblickliche Täuschung Ihnen kann eingegeben haben. Machen Sie keinen Versuch mehr. Machen Sie uns, uns Beide nicht noch unglücklicher, als wir schon sind.

Der Triumph des guten Majors war ein kurzer gewesen. Er hatte keine Gründe und keine Künste mehr. Er war geschlagen. Er fühlte es. Große Schweißtropfen standen ihm auf der Stirn. Er hatte nur noch die verzweiflungsvolle Hartnäckigkeit eines Geschlagenen, der sich nur fechtend zurückziehen will.

So sehen Sie ihn wenigstens, sagte er.

Auch das nicht.

Nur auf ein paar Minuten.

Keinen Augenblick!

Doch auf einmal besann sie sich.

Hat er Sie ausdrücklich mit der Bitte, mich zu sehen, beauftragt? Er hätte vielleicht einen besonderen Wunsch an mich. Ich würde ihm das schwere Opfer bringen.

Nein, mußte der Major kleinlaut antworten.

So müssen wir einander fern bleiben, wie bisher. Er kann das Kind sehen, wie gestern. In diesem Zimmer. Ich höre es aufwachen. Der ruhige Schlaf muß es gestärkt haben. Es darf aufstehen. Ich werde es schnell ankleiden. In einer Viertelstunde darf — Ihr Freund kommen.

Er kommt um Abschied von dem Kinde zu nehmen, sagte der Major noch, nicht ohne Beziehung. Wir werden in einer Stunde von hier wieder abreisen.

Auch diese Worte blieben ohne Wirkung.

Der Abschied wird ihm schwer werden, erwiderte die Frau. Er liebt das Kind so zärtlich. Er bringt mir wohl ein sehr großes Opfer, daß er es bei mir läßt. O, mein Herr, sagen Sie ihm meinen Dank dafür.

Und er soll es immer entbehren? fragte der Major.

Aber sie sah ihn bittend an.

Machen Sie mir das Herz nicht schwerer. Ich beschwöre Sie. Was ich trage, hat noch keine Frau getragen. Und doch ist es noch immer nicht Buße genug für meine Schuld.

Der Major mußte gehen.

Draußen trocknete er sich den Schweiß von der Stirn.

Alle Wetter, kann's Einem denn in der Schlacht heißer werden? Und so völlig geschlagen! Aber bin ich es denn? Zum Teufel, bin ich es?

Hatte er noch neue Pläne? — Er kehrte zu seinem harrenden Freunde zurück.

Du kannst Dein Kind sehen, Paulus.

Was macht es?

Es geht ihm wieder wohl. Es hat die Nacht fieberfrei geschlafen.

Und sie?

Was?

Was macht sie? Mathilde.

In diesem Augenblicke zieht sie das Kind an.

Keinen Spott, Anselmus. Erzähle mir von ihr.

Nun, sie weinte dabei.

Sie weinte?

Und sie erklärte mir rundweg, daß sie Dich nie wiedersehen wolle.

Das gab doch dem Regierungsrathe wiederum einen tiefen Stich in das Herz.

Sie will mich nicht sehen?

Warum alterirt Dich das? Du willst sie ja auch nicht wiedersehen.

Sie erklärte es Dir geradezu, Anselmus?

Rundweg, wie ich Dir sage.

Und welchen Grund hatte sie?

Sie dürfe nicht. Sie sei Deiner nicht mehr werth.

Das sagte sie?

Du sagst es ja auch.

Nein, nie, Anselmus.

Zum Teufel, warum willst Du sie denn nicht sehen?

Der Regierungsrath hatte darauf keine Antwort. Er ging heftig in der Stube auf und ab.

Das hat gewirkt, sagte sich der Major. Nun noch Einen Schlag.

Paulus, hob er laut wieder an, Du unterbrachst gestern die Erzählung von Deinem ersten Begegnen mit ihr.

Ja.

Du wolltest sie heute fortsetzen.

Heute?

Ich denke, Du thust es jetzt gleich. Du hast noch eine Viertelstunde Zeit, wenn Du ihr nicht bei dem Kinde begegnen willst. Und das willst Du doch nicht.

Nein, das will ich nicht.

So fange an. Sie war mit ihrer Mutter zur Kirche gegangen. Vorher hattet Ihr noch ein paar Blicke gewechselt, die Euch für das Leben verbunden hatten. Doch für das ganze Leben wohl nicht. Ihr seid jetzt schon aus einander und wollt Euch nie wiedersehen, obwohl Ihr hoffentlich Beide noch lange zu leben habt. Aber erzähle.

Ich kann jetzt nicht, Anselmus.

Ach, Du bist wohl zu prosaisch gestimmt. Es ist noch früher Morgen, dann sind manche Leute auch in Kopf und Herz nüchtern. Aber ich gehöre nicht zu diesen Leuten. Gehen darfst Du noch nicht. So will ich denn Deine Geschichte aus meinem Kopfe und Herzen fortsetzen, denn die beiden zusammen bilden ja wohl die Phantasie. Also! Sie ging mit ihrer Mutter in die Kirche. Du folgtest ihr. So war es doch?

Ich folgte ihr.

Ihr hörtet eine verdammt langweilige Predigt.

Langweilig war sie.

Aber die Zeit wurde Dir doch kurz. Du konntest sie sehen und sahst sie immer an, in ihrem ärmlichen, einfachen Kleide, in dem sie doppelt schön war, neben der aufgeputzten weinerlichen Pfarrersfrau. Sie saßen doch wohl dicht beisammen, die regierende und die verwittwete Frau Pfarrerin?

Sie saßen in Einer Bank.

Da war der Kontrast um so größer. Sie war auch schön, Paulus?

Sie war schön, wie ein Himmelsengel.

Ei, Du thaust ja auf. Aber weiter. Nach der Kirche nahtest Du Dich ihr.

Nein.

So blöde warst Du?

Ihre Mutter war mit ihr eilig nach Hause gegangen.

Ah, man hatte wohl Deine verliebten Blicke gesehen, und die großen Augen, die die Bauern dazu machten. Nun, das Unglück ließ sich wieder gut machen. Am andern Sonntag kamst Du wieder. Der Mutter präsentirtest Du Dich als der vornehme, reiche Herr Regierungsrath Danner. Da war für sie die Sache in Ordnung. Mit ihr aber hatten Dich jene Blicke schon verbunden. Du brauchtest sie nicht mehr von weitem aus dem Wirthshausfenster zu belauschen, und aus der Kirche lief sie Dir nicht mehr davon. Du durftest sie nach Hause begleiten, und dann mit ihr in den Garten gehen, mit ihr allein — die Mutter hatte zu Hause

zu thun — und Du saßest mit ihr unter der schneeweißen Kirschblüthe
nud unter dem rothen Flieder, und Ihr sahet einander in die Augen und
durch die Augen in die Herzen und Ihr seufztet und gabt Euch dann die
Hände und spracht das süße Wort Liebe und lagt Euch an den liebenden
Herzen und die Bäume, leise vom Winde bewegt, überschütteten Euch mit
ihren weißen und rothen Blüthen und von dem Kirchthurme läuteten die
Sonntagsglocken dazu. — He, Paulus, war es so?

Der Regierungsrath hatte doch unwillkürlich aufmerksam zuhören
müssen, immer aufmerksamer und zuletzt mit Augen, in denen etwas
leuchtete, was wahrhaftig nicht nüchterne Morgenprosa war.

So war es, sagte er. Und doch so anders. O, so schön, so unendlich schön!

Ja, ja, damals! erwiderte der Major. Und wie Ihr meintet, für
die Ewigkeit. Aber dann kam die Ehe. Zwar auch anfangs noch mit
einer schönen Zeit, dem Rosenmond, oder dem Honigmond, wie sie ihn
auch nennen, wo sie obscuren Meth statt edlen Weines trinken. Der
richtigste Name ist der der Flitterwoche. Ein paar Wochen lang flittert
und flattert das süße Liebesglück noch so hin. Dann langweilt man sich,
reibt sich, zankt sich, sucht sich einander die Schwächen auszuspioniren,
findet, daß auch das langweilig ist, kommt zu der Einsicht, daß die Ehe
doch dazu eigentlich nicht da sei, fängt an die alte Liebe im Herzen wieder zu spüren, sehnt sich nach der Rückkehr der früheren schönen Tage
und — armer Paulus, andere Leute finden die schönen Stunden und
Tage dann wieder, und nun für immer, für das ganze Leben, und
schöner, inniger, herzlicher, als vorher, denn um sich recht zu lieben, mußten
sie sich erst vorher recht erkennen, und das konnte in der Ehe nun einmal
nicht anders als so geschehen. Aber Du — Du mußtest Dich trennen,
Du solltest und sollst die schönen Tage nie wiederfinden. Dir sind sie
für immer verschwunden. Und dem armen Weibe da hinten auch. —
Aber geh' jetzt. Die Viertelstunde ist um. Nimm Abschied von Deinem
Kinde. Ich bestelle unterdessen den Wagen, damit wir gleich nachher abfahren können. Ich mag den Pfaffen nicht sehen, den die Soldaten einsetzen müssen, und die Soldaten nicht, die ihn einsetzen müssen.

Der Regierungsrath ging.

Der Major bestellte aber nicht den Wagen. Er ließ sich eine Flasche
Wein kommen, wie früh am Tage es auch war. Er war ungeduldig und
die Ungeduld konnte er nicht anders vertreiben.

Er wird sie sehen! Er muß! Und wenn sie sich nur einmal, nur einen einzigen Augenblick in die Augen gesehen haben, dann haben sie sich auch in die Herzen gesehen, und alle die Liebe darin, die sie verzehrt, wenn sie sich nicht wieder angehören sollen, die sie verbindet, doch für immer, und die sie zusammenführt, zusammenführen muß, so wie sie sich nur einmal gesehen haben.

So dachte und so sagte zu sich der Major.

Aber er sollte auf einmal auf andere Gedanken kommen.

In der Sonntagsfrühe hatte bisher auch die Sonntagsruhe geherrscht. In dem Wirthshause und dessen Nebengebäuden waltete nur die stille Geschäftigkeit des Hauswirthschaftswesens; man vernahm sie kaum. Auf der Landstraße, die sich an dem Hause vorbeizog, ruhte der Verkehr. In den Feldern und Wiesen umher schwieg die Arbeit. Die Leute schlenderten nicht einmal an ihnen entlang, um nach Saat und Wuchs und Ernte zu sehen, wie es sonst die Gewohnheit ihrer Sonntagsmorgen vor der Kirche war. Von dem großen, schönen Dorfe jenseits der Wiesen und Aecker drang kein Laut herüber. Man konnte meinen es sei ausgestorben.

Es war der schönste, stillste, friedlichste, feierlichste Sonntagsmorgen.

Sollte die Stille, der Friede bleiben?

Von dem Dorfe her, zwischen den Feldern und Wiesen sah der Major auf einmal einen großen, fast unabsehbaren Haufen von Menschen kommen. Es waren nur Männer. Sie waren in ihrer festlichen Sonntagskleidung. Sie gingen auf den Krug zu. Sie gingen ernst, still, ruhig, in einer fast gemessenen Ordnung.

Alle Teufel, mußte der Major ausrufen, die kommen hierher. Hier sind der Präsident, der Superintendent, der neue Pfarrer, den sie nicht haben wollen. Soll jetzt jene Exekution vor sich gehen, die gestern uns zugedacht war?

Er konnte es doch nur verdrießlich sagen.

An diesem schönen, stillen Sonntagmorgen, an dem man nur an Liebe und an Frieden und an Gott, den Herrn des Friedens und der Liebe denken sollte! Ach, gestern Abend — da war es vielleicht etwas anderes.

Aber die Bauern blieben auch vor dem Wirthshause ruhig. Sie stellten sich in einem Halbkreise vor demselben auf. Dann gingen drei aus ihrer Mitte in den Gasthof hinein. Die Anderen blieben harrend stehen.

Die drei, sagte sich der Major, wollen wohl den drei Herren die Wünsche, Bitten und Proteste der Gemeinde vortragen. Helfen wird es ihnen auch nichts.

Auf einmal fuhr der Major heftig auf.

Alle Teufel, rief er zornig, fort von hier, dies sollen meine Augen nimmer sehen!

Er sprang von dem Fenster zurück, an dem er gestanden hatte; er riß die Thür des Zimmers auf; er rief in den Gang hinein:

Johann, spanne an! Im Augenblick!

Der Paulus? sagte er dann. Ich rufe ihn.

Und der Regierungsrath unterdeß?

Er und seine geschiedene Frau durften sich nicht sehen und wollten sich nicht sehen. Es stand zwischen ihnen Beiden stillschweigend fest.

Sie durften andererseits dritte, fremde Personen nicht zu Vertrauten eines Verhältnisses machen, das sich vielmehr angelegentlich vor der Oeffentlichkeit zurückzuziehen sucht.

So war der Regierungsrath in einer eigenthümlichen Lage, als er ging, noch einmal sein Kind zu sehen und Abschied von ihm zu nehmen.

Er klopfte an die Thür des Zimmers seiner geschiedenen Frau. Er konnte wissen, daß sie ihn erwarten werde. Was er dann erwartete, geschah.

Er hörte gleich nachher einen Schritt, der sich aus dem Zimmer entfernte, dann das Zumachen einer Seitenthür.

Er trat in das Zimmer.

Sein Kind war allein darin.

Am Abend vorher hatte es krank im Bette gelegen, nur auf kurze Zeit vom Fieber verlassen.

Heute war es nicht mehr krank. Aber noch sehr schwach; man sah es ihm an. Sein Gesicht war blaß, seine Wangen eingefallen, seine Augen fast noch größer und hohler als gestern. Seine Mutter hatte es in die Ecke eines Sophas zurückgelegt, das in dem Zimmer stand.

Es erkannte seinen Vater heute sogleich wieder. Es lächelte ihm glücklich zu und streckte ihm die Händchen entgegen. Es wollte sich aufrichten.

Er setzte sich zu ihm und nahm es auf seinen Schooß.

Dir geht es wieder besser, meine liebe Ernestine?

Ja. Die Mutter sagt, der liebe Gott hat mich wieder gesund gemacht.

Und auch die Pflege Deiner guten Mutter, mein Kind.

O, Papa, gewiß, aber ich darf es Dir nicht sagen.

Was darfst Du mir nicht sagen?

Die Mutter hat die ganze Nacht vor meinem Bette gesessen. Ich habe es wohl gesehen, heute Nacht, als ich einmal wach wurde und durstig war; und heute Morgen saß sie noch da. Sie hatte sich gar nicht ausgekleidet. Aber sie verbot mir, es Dir zu sagen.

Konnte er dem Kinde Vorwürfe machen, daß es das Verbot der Mutter übertrat?

Das Kind fuhr fort zu plaudern.

Die Mutter hat auch für mich zu dem lieben Gott gebetet, daß er mich wieder gesund machen möge. Das hat sie mir aber nicht verboten, Dir zu sagen. Sie weiß nicht, daß ich es gehört habe. Sie meinte, ich schliefe. Da kniete sie vor meinem Bette und faltete ihre Hände und betete: O, Du lieber Gott, mache mir mein liebes Kind wieder gesund. — Und auch für Dich betete sie, Papa.

Was betete sie für mich? mußte er fragen; aber leise, damit draußen er nicht gehört werde.

Sie sagte zu dem lieben Gott, erwiderte das Kind: Und gieb auch seinem braven edlen Vater die Ruhe und Zufriedenheit des Herzens wieder. — Ich habe die Worte genau behalten. Aber bist Du denn so unglücklich, lieber Vater? Ich meinte, die guten Menschen könnten nicht unglücklich werden.

Wenn Du immer brav bleibst, antwortete er, so werde ich nicht unglücklich werden.

Ach, höre, lieber Papa, die Mutter ist doch auch so gut, und ich bin gewiß immer artig gegen sie, aber sie muß doch so oft weinen. Auch gestern Abend noch, als sie so für Dich betete, konnte sie zuletzt vor Schluchzen nicht mehr sprechen. Warum ist sie denn so traurig? Wer hat ihr Etwas gethan?

Konnte er dem Kinde darauf antworten?

Er mußte nach der Thür hinhorchen, durch welche die Mutter des Kindes, die Frau der Trauer und der Thränen, verschwunden war. Am gestrigen Abende hatte er jenseits der Thür ein lautes, heftiges Schluchzen vernommen. Konnte, mußte sie nicht, zumal bei der Stille ringsumher, wiederum jedes Wort hören, das er mit dem Kinde sprach?

Liebe Du nur recht Deine Mutter, sagte er, dann wird sie auch ganz glücklich werden.

Auf einmal sah ihn das Kind an, und sein Blick war ein eigenthümlich forschender.

Liebst Du auch meine Mutter? fragte es ihn.

Die Frage jagte ihm das helle Blut in das Gesicht. Er mußte nach einer Antwort suchen.

Sie ist ja Deine gute Mutter, die Dich so lieb hat, wich er aus.

Das Kind mochte das Ausweichen wohl nicht fühlen, aber befriedigt war es durch die Antwort nicht, und auch schon seine erste Frage hatte es weiter führen müssen.

Warum bist Du denn nicht bei der Mutter? fragte es weiter. Andere Kinder haben doch ihre Mutter und ihren Vater bei sich.

Ich muß an einem fremden Orte wohnen, preßte er hervor.

Aber warum wohnen denn die Mutter und ich nicht bei Dir?

Es geht nicht an, wollte er ablehnen.

Nichts in der Welt ist zäher, als ein fragendes Kind.

Aber warum nicht, Papa?

Er hatte nur eine Antwort, vor der er sich selber entsetzen mußte, wenn er einige Jahre weiter hinaus dachte.

Es sind das besondere Umstände, meine liebe Ernestine, die Du erst später einsehen kannst.

Das Kind schüttelte schon jetzt den Kopf und kam dann so natürlich zu der weiteren Frage.

Aber warum bist Du denn auch hier mit der Mutter nicht zusammen? Sie geht hinaus, wenn Du kommst. —

Er hatte gar keine Antwort mehr.

Das Kind hatte aber auch keine Frage mehr.

Dafür etwas Anderes, einen plötzlichen Gedanken, dann einen raschen Entschluß, die beide ebenfalls so sehr natürlich waren.

Es wand sich aus den Armen des Vaters los. Es ließ sich von seinen Knieen gleiten, vom Sopha.

Komm', Vater, wir wollen zu der Mutter gehen.

Es hatte die Hand des Vaters ergriffen. Es sah mit den kranken Augen bittend zu ihm hinauf.

Er saß wie auf einer entsetzlichen Folterbank.

Ein bittender Engel stand vor ihm. Der Engel war sein Kind, aber auch das Kind jener Frau. Es war das Band zwischen ihnen Beiden. Alle anderen Bande, die sie so fest, so innig aneinander geknüpft hatten, waren zerrissen. Dieses Eine bestand noch, bestand unzerreißbar. Es wollte, es sollte sie jetzt wieder vereinigen.

Und sie konnten sich nicht wieder vereinigen. Nie, nie! Sie hatten es Beide noch in den letzten Stunden so oft gesagt. Sie konnten sich nicht einmal wiedersehen. Sie durften es nicht.

Und doch stand dieser Engel da, so freundlich, so bittend. Er stand da, wie ihr Schicksal, aber nicht wie ein strenges, sondern wie das Schicksal der Milde und der Liebe.

Komm', Vater, wir wollen zu der Mutter gehen.

Er hatte wieder keine Antwort.

Er verhüllte sein Gesicht.

So soll die Mutter zu Dir kommen! rief das Kind, und es lief zu der Thür, durch die seine Mutter gegangen war.

Es schwankte zu der Thür. Es war das erste Mal, daß es nach dem mehrtägigen Fieber wieder allein ging. Die zarten kleinen Füße zitterten, sie konnten es nicht tragen.

Es fühlte das selbst. Es erreichte die Thür, aber eben als es sie erreicht hatte, mußte es sich daran festhalten. Eine natürliche Angst ergriff es.

Mutter, Mutter, rief es lauter, als es sonst wohl gethan hätte, fast mit ängstlicher Stimme. Komm zu dem Vater, Mutter!

Es erhielt keine Antwort. Es erhielt für sich keine Hülfe. Seine Kräfte verließen es mehr, es konnte sich nicht mehr halten. Es fühlte, daß es umsinken müsse.

Vater! schrie es ängstlich auf.

Mutter, Mutter! rief es lauter, Hülfe suchend, hinterher.

Helft mir, helft mir!

Es war am Umsinken.

Der Vater war aufgesprungen, er streckte seine Arme nach ihm aus, es darin aufzufangen.

Die Thür flog auf, die Mutter stand mit ausgebreiteten Armen da, es darin an ihr Herz zu legen.

Das Kind lag in ihrer Beider Armen. Sie hielten es Beide umfangen, seine Eltern, die geschiedenen Gatten.

Sie hatten sich nicht wieder sehen wollen.

Sie sahen sich wieder. Ihre Hände, ihre Arme berührten sich.

Das Kind war dennoch das Band gewesen, das sie wieder vereinigt, der Engel, der sie wieder zusammengeführt hatte.

Aber sahen sie sich denn wieder? Fühlten sie, daß sich ihre Hände berührten? Waren sie denn beisammen?

Das Kind hatte die Augen geschlossen, Todtenbläſſe bedeckte ſein Geſicht. Das viele Sprechen, die plötzliche Bewegung, die ungewöhnliche Aufregung hatten die von dem Fieber erſchöpfte Kleine in eine Ohnmacht geworfen.

Es stirbt, rief die Mutter. Mein Kind ſtirbt.

Es ist nur eine Ohnmacht, ſagte der Vater.

So wußten ſie nur von dem Kinde, ſo ſahen und fühlten ſie nur das Kind.

Der Vater eilte zu einem Tische, auf dem Waſſer ſtand.

Die Mutter trug das Kind zu dem Sopha und hielt es in ihren Armen.

Der Vater kam mit einem Glaſe Waſſer zu dem Sopha.

Nimm, nimm, Mathilde, reichte er es der Mutter hin.

Halte ihm die Händchen, Paul, ſagte die Mutter zu dem Vater.

Jahre lagen dazwiſchen, in denen ſie ſich nicht geſehen, in denen ſie kein Wort miteinander geſprochen hatten, in denen ſie ſich fremde Menſchen geweſen waren. Welche entſetzlichen Jahre!

Die ganze ſchreckliche Zeit war in dieſem Augenblicke nicht für ſie dageweſen. Es war, als wenn ſie noch vor einigen Minuten in Liebe beiſammen geweſen wären.

In der gemeinſamen Angſt für das gemeinſchaftliche Kind gingen alle ihre Gedanken und Gefühle auf, verlor ſich alle ihre Erinnerung. Kein Hader, kein Unfriede, keine Untreue, kein Verlaſſen, keine Scheidung war für ſie da.

Aber war das ein Seelenzuſtand, der anhalten konnte?

Wenn ſie ſich nur einen Augenblick in die Augen geſehen haben, hatte der dicke Major geſagt, ſo haben ſie ſich auch in die Herzen geſehen, und in dieſen alle die Liebe, die darin wohnt, und ſie müſſen ſich wieder für immer angehören.

Aber ſie hatten ſich noch nicht in die Augen geſehen.

Sie ſollten es.

Und dann?

Die Mutter hatte mit dem friſchen, kalten Waſſer das Kind beſprengt, ſie hatte ihm ſorgſam Schläfe und Händchen benäßt. Das Kind kehrte in das Leben zurück. Es ſchlug die Augen auf.

Es ſah ſeine Mutter, die ihm die naſſen Händchen abtrocknete, und lächelte ihr dankbar zu.

Es ſah ſeinen Vater, der der Mutter noch das Glas Waſſer hielt und lächelte ihm freundlich zu.

Es sah sie Beide beisammen, seine Mutter, seinen Vater, die es ja hatte vereinigen wollen. Es lächelte sie Beide glückselig an.

Dann schloß es die müden Augen wieder und schlummerte ermattet in den Armen der Mutter ein.

Und dann? Die beiden geschiedenen Gatten?

Jetzt sahen sie einander.

Das blasse Gesicht der Frau wurde von einer Purpurgluth überzogen.

Der Mann wurde blässer, als er war.

Beide schlugen sie die Augen nieder, beide waren sie stumm. Hatten sie kein Wort für einander, kein einziges? Konnten sie keines finden, nicht einmal eines suchen? Konnten sie sich doch nicht ansehen?

Die Frau nahm sanft das schlummernde Kind aus ihren Armen und legte es in die Ecke des Sophas.

Dann stand sie auf.

Aber den Blick konnte sie nicht erheben.

Sie ging langsam zu der Thür, durch die sie gekommen war.

In der Thür blieb sie stehen.

Sie wandte sich noch einmal um.

Sie mußte es.

Nicht um nach dem Kinde zu sehen.

Sie erhob die Augen. Ihr Blick fiel auf ihn.

Sie mußte ihn doch sehen. Noch einmal. Nein, nur einmal. Sie hatte ihn ja vorher noch nicht gesehen. Sie sah ihn.

Auch er hatte seinen Blick erhoben und seine Augen folgten ihr. Auch er mußte sie sehen.

Da sahen sie sich wieder, die geschiedenen Gatten. Jetzt, jetzt begegneten sich zum ersten Male ihre Augen.

Auch ihre Herzen?

Die Frau wurde leichenblaß.

Dem Manne zitterte das Glas, das er noch immer hielt, in der Hand, daß das Wasser zur Erde niederfloß.

Und dann?

Ich bin eine Elende, eine Verworfene, eine Betrügerin, mit der er nie wieder glücklich werden kann! So hatte die Frau zu dem Major gesagt.

Sie hat mich betrogen in dem Heiligsten, was der Mensch hat, in der Liebe, in der Pflicht der Gattin. Sie hat meine und ihre Ehre vernichtet! So hatte der Mann gesagt.

Sie verschwand in der Thür. Sie schloß sie hinter sich zu.

Er stellte das Glas Wasser auf einen Tisch, küßte sanft und leise sein Kind und verließ das Zimmer.

In dem Augenblicke, als er die Thür zumachte, hörte er in dem Zimmer nebenan einen lauten Schmerzensschrei. Ohne den Schrei hätte das zu Tode gepreßte Herz der Frau zerspringen müssen.

Er, der Mann, war stärker. Ein schwerer Seufzer machte seinem Herzen Luft. Aber aus einem tief zerrissenen Herzen kam der Seufzer.

Zum Teufel, laß' uns fahren, kam der Major dem Regierungsrath entgegen.

Ja, laß' uns fahren.

Aber dann hatte der Major ihn angesehen und er erblaßte selbst über den leichenblaßen Mann, der erschöpft vor ihm stand, der fast bewußtlos mit glanzlosen Augen vor sich hinstarrte.

Nein, Paulus, so können wir nicht fahren. Dir ist ein großes Unglück begegnet. Du bist angegriffen auf den Tod. Komm', komm'.

Er nahm den Freund in seinen Arm und führte ihn in ihr gemeinschaftliches Zimmer.

Du hast sie gesehen, Paulus?

Ja.

Und gesprochen?

Ja.

Und dann habt Ihr Euch doch getrennt? Ihr habt es gekonnt? Auch Du? Auch sie?

Wir mußten. Auf immer.

Ihr mußtet? Ein paar Ehegatten mußten sich wieder trennen, auf immer, ein paar Ehegatten, die sich geliebt haben, wie je Menschen sich liebten, die Leid' und Freud' mit einander getheilt haben in jener reinsten, innigsten Liebe, deren Liebe ein holdes Kind noch fester und inniger knüpft und veredelt, die sich noch immer lieben, noch mehr als zuvor, wenn es möglich wäre, schmerzlicher, höher, treuer, die sich auch so auf einmal, nach jahrelanger Trennung wieder gefunden haben, die einander in die Augen und in die Herzen sahen, die die Töne ihrer Herzen, ihrer alten Liebe wieder vernahmen — sie konnten sich nur wiederfinden, um sich sofort wieder zu trennen, zu trennen auf immer? O, ist denn die Liebe nichts Menschliches, ist denn die Ehe nichts Heiliges mehr? Sind denn auch sie nur noch der Götzendienst des Unfriedens und des Haders, wie — wie diese verdammten Trompetenstöße, die wir da hören? Laß' uns

11*

doch fahren, Paulus. Ich wollte, wir könnten aus dieser verdammten Welt hinausfahren, in der die heilige Religion der Menschen, die Liebe und die Ehe, wie die Religion Gottes nichts mehr sind, zu Grabe getragen werden durch die falsche Ehre und durch die Kriegstrompete. Komm', komm', Paulus, unser Wagen steht bereit, unsere Sachen habe ich eingepackt, unsere Rechnung habe ich bezahlt. Fort aus dieser verdammten — Hole Alles der Teufel! Auch das schöne Lied des braven Arndt. O, hätte er das gewußt! —

Was blasen die Trompeten? Husaren heraus!

So schmetterten zum zweiten Male die Trompeten vor dem Wirthshause, und ein brausender, dröhnender Kavallerieschock folgte.

Was die Augen des Majors vorhin nimmer hatten sehen sollen, das sollten sie dennoch jetzt wahrnehmen.

Die auf dem Platze vor dem Wirthshause versammelte Gemeinde hatte ruhig die Rückkehr ihrer drei Abgeordneten erwartet.

Diese hatten immer noch nicht zurückkommen wollen.

Auf einmal wurde hinten in der Landstraße lustiges Trompetengeschmetter laut.

Was blasen die Trompeten? Husaren heraus!

Die Bauern blieben ruhig. Es war bekannt, daß Husaren kommen sollten, um die Einsetzung des neuen Pfarrers zu unterstützen.

Eine Escadron Husaren kam in der Landstraße näher.

Sie rückte langsam heran, wohl um den Bauern Zeit zu lassen sich ruhig zu entfernen.

Die Bauern erwarteten ihre Ankunft.

Die Husaren kamen an, erreichten den Platz.

Sie bliesen zum zweiten Male. Zu einer Attake, den Platz zu säubern.

In demselben Augenblick kehrten die Abgeordneten der Bauern aus dem Wirthshause zurück.

Weichen wir der Gewalt! sagten sie zu den Bauern.

Der ganze Haufe zog sich ruhig zurück.

Aber in die Kirche lassen wir uns nicht zwingen! riefen sie. —

Der Major hatte mit seinem Freunde das Zimmer verlassen.

Er hatte den Wagen an der Seite des Gasthofes vorfahren lassen, um die Husaren nicht sehen zu müssen. Dorthin führte er den Freund.

Der Wagen stand bereit. Der Kutscher saß auf dem Bocke. Der Hausknecht stand an dem Schlage.

Steig' ein, sagte der Major zu dem Regierungsrath.

Er hatte zugleich seinen Arm gefaßt, um ihn in den Wagen zu heben. Auf einmal ließ er den Arm wieder los.

Halt, das Bild muß ich erst sehen.

Der Regierungsrath stieg nicht ein. Er sah aber auch nicht nach dem Bilde, das der Major erst sehen mußte.

Drei schwarze Herren waren aus dem Gasthofe gekommen, sie gingen dem Wege nach dem Dorfe und der Kirche zu.

Es waren der Konsistorialpräsident, der Superintendent und der neue Pfarrer. Den Pfarrer in seinem schwarzen Talar hatten die Beiden anderen in die Mitte genommen. Es war heute sein Ehrentag.

Das war das Bild, das der Major hatte sehen müssen. Er konnte es mit jenem vollen, mehr und mehr steigenden Zorne ansehen, der für manche Menschen eine Wollust ist. Er sagte es selbst.

Die Bauern waren die Klügsten, Paulus. Sie gingen ruhig nach Hause und nahmen die Gewalt nicht auf, mit der man so freigebig gegen sie sein wollte. Sie haben mich vor dem Anblicke bewahrt, den ich, bei Gott! nicht hätte ertragen können. Dafür muß ich mir diese Herren desto behaglicher ansehen. Sieh sie Dir auch an. Besonders diesen Pastor in seinem demüthigen Hochmuthe und in seinem erhebenden Bewußtsein, überall, wo er erscheint, den Hader und den Unfrieden hinzutragen. Heute hat er sogar — denn ja, da reiten sie ja kriegerisch genug hinter ihm her, heute hat er sogar eine ganze Schwadron unserer prächtigen Husaren zu seiner Hilfe. Dazu! Nun, Gottlob, daß sie hier nichts weiter zu thun gefunden haben, als nachher seine Predigt zu hören; so sind doch Leute in der Kirche, die sie anhören. — Zum Teufel, wenn ich dabei wäre! — Nein, nein, es ist doch besser so. — Aber laß uns fahren. Ich bin zwar ein alter Soldat, aber ich muß wieder zu Frieden kommen. Steig' ein, Paulus.

Der Regierungsrath stieg aber nicht ein.

Der Konsistorialpräsident mit den beiden geistlichen Herren, gefolgt von der Escadron Husaren, hatte den Kirchenweg erreicht, der zwischen den Feldern und Weiden zu dem Dorfe führte.

Als sie in ihn hineintraten, fingen die Glocken auf dem Kirchthurme des Dorfes an zu läuten.

Sie begannen leise. Die Töne schwebten wie schüchtern herüber durch die Stille des hellen, sonnigen Sonntagmorgens, über die üppigen Gräser der Weiden, über die reichen Saaten der Felder, über die drei schwarzen

Herren, die so in ihrem demüthigen Schweigen des Hochmuthes den
Kirchenweg hinaufgingen, über die bunten Husaren, die auf stolzen Rossen,
mit schimmernden Waffen in Reihe und Glied hinter ihnen herritten,
auch still und schweigend, daß man nichts von ihnen hörte, als den
gleichmäßigen Tritt der Pferde und hin und wieder das Klirren einer
Säbelscheide.

Auch der Major war wieder aufmerksam geworden, er horchte unwillkürlich den leisen Klängen der Glocken.

Sie wurden stärker. Sie schwollen voll und mächtig an. Sie drangen durch die Luft, sie erfüllten die Luft.

Sie dringen Einem wahrhaftig in das Herz, sagte der Major. Trotz
alledem!

Sie mußten auch dem Regierungsrathe in das Herz gedrungen sein,
noch mehr. Freilich anders!

Er war wie plötzlich überrascht, als der erste Klang an sein Ohr
schlug. Dann schien er leise zu beben, wie die Töne leise herüber bebten.
Als sie emporschwellten, wurde ihm die Brust weiter. Als sie die Luft
erfüllten, und dem Major trotz alledem in das Herz drangen, erfüllten
sie sein Herz. Sein Gesicht röthete sich. Sein Auge schweifte in die
weite Ferne hinaus, als suche er in seinem Inneren eine ferne Erinnerung.
Es kehrte dann in die Nähe zurück. Er hatte in der Nähe gefunden,
was er in der Ferne suchte.

Ein hell blühender Pfirsichbaum stand dicht vor ihm. Schneeweiße
Blüthen bedeckten daneben die krausen Zweige eines Kirschbaumes. Der
rothe Flieder schimmerte üppig hinter Beiden hervor.

Er mußte unwillkürlich seine Schritte zu ihnen hin bewegen.

Es war ihm, als müsse er seine Arme nach ihnen ausstrecken.

Er mußte hin.

Die schwellenden Töne der Glocken riefen ihn hinzu, immer stärker,
immer mächtiger.

Er stand an dem Garten, der zu dem Wirthshause gehörte, und an
dessen anderer Seite lag, aber bis weit hinter das Haus sich erstreckte.
Ein Zaun trennte ihn von dem Garten. In dem Zaune war ein Pförtchen.

Er öffnete es und trat in den Garten. Er wollte zu dem Flieder,
den Pfirsichen, den weißen Blüthen des Kirschbaumes.

Unter den Blüthen, unter dem feierlichen Geläute der Glocken des
Dorfes, dem einzigen Laute der feierlichen Stille des Sonntagmorgens,
wollte er von einem andern Sonntagmorgen träumen, an dem er, auch

unter Blüthen und Glockengeläute die Liebe und das Glück gefunden
hatte, die Liebe und das Glück, die ihm jetzt für immer entschwunden
waren.

Er setzte den Fuß voran.

Er zog ihn rasch zurück.

Er hatte nach der Seite geblickt, rechts, wo der Garten unmittelbar
an das Wirthshaus stieß.

Dort hatte sich eine Seitenthür des Hauses geöffnet.

Eine Dame war in den Garten getreten, eine Dame mit einem
Kinde.

Sie sah er.

Sollte er weiter gehen? Sollte er umkehren?

Noch hatte ihn die Dame nicht gesehen; auch das Kind nicht.

Der Major war ihm gefolgt. Er wollte ihn zum Einsteigen, zum
Abfahren rufen.

Er sah sie alle Drei, den Freund, die Dame, das Kind.

Da kehrte er zurück, leise, fast auf den Zehen.

Wenn sie sich diesmal nicht finden, sagte er, so ist diese Welt wirklich eine verdammte Welt. Aber sie müssen, sie müssen.

Er ging zu dem Wagen.

Johann, spanne die Pferde wieder aus, und dann bestelle mir eine
Flasche Wein.

Sie müssen, sie müssen!

Sollte er Recht haben?

Die geschiedene Frau des Regierungsrathes war in tiefer Wittwen-
trauer. Sie trug ihr noch krankes, halb genesenes Kind in ihren Armen.
Sie hatte dem Kinde ein weißes Kleidchen angezogen. Mit seinem feinen
Gesichtchen, das weiß war wie das Kleid, lag es, wie ein Engel, in ihren
Armen. So trug die Mutter es in die warme erquickende Morgenluft.

Konnte der Regierungsrath umkehren?

So hatte er, vor langer Zeit, aber zu der Zeit, von der er unter
den Blüthen hatte träumen wollen, so hatte er damals auch eine Mutter
in Wittwentrauer gesehen und in ihren Armen ein schönes Kind in weißem
Kleide. Er hatte sie auch gesehen, im fremden Dorfe unter den Blüthen
des Frühlings, in der Stille des Sonntagmorgens, unter dem Geläute
der Dorfglocken, die zur Kirche riefen.

Ja, auch der finstere, fromme Dorfpfarrer, der nur den Zorn Gottes
kannte, hatte damals nicht gefehlt.

Und doch, wie anders war es damals gewesen! Wie so ganz anders! Die er vor Jahren als Kind gesehen, sie war heute die Mutter.

Sie war ein so schönes, heiteres, lebenslustiges Kind gewesen! Schön war sie auch heute noch; die schwarze Wittwentrauer hob die edle, hohe, schlanke Gestalt; das blasse, abgehärmte Gesicht trug noch immer die feinsten, anmuthigsten Züge; aus den großen, dunkeln Augen sprachen Gram und Schmerz, Geist, Gefühl, Adel.

Aber sie war damals ein reines, unschuldiges Kind gewesen! Heute war sie eine Schuldige, eine schwer Schuldige, eine Betrügerin an dem Heiligsten, was das Leben des Menschen hat.

Konnte er bleiben?

Und doch — gilt doch im Himmel, in den Räumen der Reinsten, der Seeligen, gilt doch dort Reue, Buße, Bekehrung! Und hier unten soll das Herz des Menschen sie nicht anerkennen? Selbst das so schwache, so sündige Herz des Menschen? Der Schwache, der Sünder allein soll hart und verhärtet sein gegen Schwäche und Sünde?

Und, wie in jener Zeit ihrer Beider Herzen einander in Liebe entgegengeschlagen hatten, waren sie nicht auch noch heute voll von dieser unendlichen, heißen, innigen, unvergänglichen Liebe? Und wußte er es nicht von ihr? Wußte sie es nicht von ihm? Sie hatten sich in die Augen gesehen. Zwar nur einen einzigen Augenblick lang. Aber der Eine Blick hatte es ihnen gesagt, wie mit feurigen Zungen. Und warum, wenn dann diese Liebe so innig, so heiß, so unvergänglich war, und wenn zwei Herzen, die einander lieben, ohne einander nicht leben können, warum dann noch ferner sich trennen und meiden, wie in wildem, feindlichen, tödtlichen, nimmer zu vertilgendem Hasse?

Warum?

Die Ehre forderte es, die Ehre Beider!

Forderte sie es?

Ehre, Liebe! Es waren zwei Zauberworte. Beide zum Bannen, beide zum Lösen. Welches von ihnen sollte lösen?

Er konnte nicht fort.

Sie mußte ihn sehen, und auch das Kind mußte ihn sehen, denn sie waren kaum zwanzig Schritte von ihm. So wie sie den Blick nach der Seite hinwandten, wo er stand, sahen sie ihn.

Er stand unter dem blühenden Baume.

Laß' mich nieder, liebe Mutter, bat das Kind. Ich bin Dir zu schwer. Ich kann gehen.

Du bist mir nicht zu schwer, mein Engel.

Ich möchte gern laufen — zu den schönen weißen und rothen Blüthen dort. Ah, der Papa! Zum Papa!

Da sah ihn auch die Mutter.

Und sie mußte das Kind niederlassen. Ihre bebenden Arme konnten es nicht mehr tragen.

Und dann mußte sie ihm folgen.

Zum Papa! rief das Kind jubelnd.

Es wollte zu ihm laufen.

Aber seine Beinchen waren auch hier noch zu schwach. Es bedurfte der Führung. Es langte nach der führenden, stützenden Hand der Mutter.

Die Mutter konnte sie ihm nicht entziehen.

Es faßte sie und wollte die Mutter mit sich fortziehen.

Komm', komm', Mutter zum Papa!

Konnte sie widerstreben?

Komm' zum Vater, hatte es schon vor einer Stunde in der ahnenden Angst seines kindlichen Herzens ihr zugerufen. Sie hatte nicht kommen wollen. Die Angst hatte dem Kinde die Lebenskräfte geraubt. Sie hatte doch kommen müssen.

Sie mußte ihm auch jetzt folgen.

Und er, der Vater, der Gatte, der geschiedene Gatte!

Hatte das Kind in jener Angst nicht auch zu ihm gesagt: Komm' Vater, wir wollen zu der Mutter gehen!

Konnte er jetzt fliehen, da sie Beide zu ihm kamen, Kind und Mutter? Sein Kind, die Mutter seines Kindes?

Er ging ihnen entgegen, zögernd, mit halben Schritten.

Sie kamen auf ihn zu, langsam, — mit schwankenden Schritten das kranke Kind, mit bebenden die Mutter, die es führte.

Sie trafen zusammen.

Vater, Mutter! rief fröhlich das Kind.

Es nahm mit seinem anderen Händchen die Hand des Vaters.

Es stand zwischen seinem Vater und seiner Mutter.

Die beiden Eltern standen einander gegenüber.

Die Händchen des Kindes verbanden sie.

Aber kein Druck der eigenen Hände und kein Blick ihrer Augen, auch kein Blick.

Ihre Augen waren nur auf das Kind gerichtet.

Konnten sie sich doch nicht wieder finden?

Und die Händchen des Engels, ihres Engels, verbanden sie!

Und sie hatten sich schon einmal in die Augen und in die Herzen gesehen!

Sie brauchten die Augen nur aufzuschlagen, die Arme nur zu öffnen.

Aber die Herzen wollten sich nicht öffnen. Die Ehre verschloß sie.

Noch!

Vater, Mutter! rief das Kind zweifelnd.

Vater, Mutter! rief es ängstlich.

Da hob die Frau zuerst den Blick auf, auf ihn, den geschiedenen Gatten, der nur den Einen Schritt weit von ihr stand.

Und er fühlte, wie ihr Auge auf ihm haftete.

Da erhob auch er sein Auge.

Sie sahen sich in die Augen, tief.

Sie sahen sich in die Herzen, tief, bis in die innerste Tiefe.

Mathilde! sagte er.

Paul! wollte sie sagen. Sie konnte es nicht.

Aber die Arme konnte sie öffnen.

Er hatte sie schon geöffnet.

Ihrer Beider Herzen hatten sich ja aufgethan.

Die Liebe hatte es vermocht. Doch die Liebe! Sie war das Zauberwort gewesen, das den Bann löste. Vor ihr war die Ehre entwichen. Aber es war nur die äußere Ehre. Und die bloße äußere Ehre ist eine falsche, ist die falsche. Ihre innere Ehre, wie konnte sie die Liebe der Herzen verdammen, die so rein und edel sich wieder gefunden hatten?

Sie lagen sich in den Armen, an den Herzen. In den Armen, die sich immer hätten nur fest halten sollen, an den Herzen, die sich immer geliebt hatten.

Die Thränen der Frau floßen unaufhaltsam.

Auch die Augen des Mannes waren feucht.

Das Kind umklammerte sie Beide jubelnd.

Aber auch ihre Herzen jubelten, durch die Thränen, und ihre Lippen mußten es sich sagen.

Mathilde, mein Weib!

Mein ewig, mein einzig geliebter Paul!

Dann mußten auch ihre Augen es sich sagen, daß die Herzen wieder völlig glücklich seien. Mit der hellen und doch so stillen Wonne, die das reinste Glück giebt, sahen sie still und lange Eines in des Andern Auge.

So hielten sie sich fest umschlungen, in der Stille des Sonntagsmorgens, unter den Schneeblüthen des Kirschbaumes, die, von einem leisen Wind geschüttelt, auf sie niederfielen, unter den Klängen der Glocken, die feierlich von dem Dorfe her zu ihnen herübertönten, in dem freien, offenen Garten des fremden Wirthshauses.

Aber was kümmerte sie es, daß Jeder sie sehen konnte? Tausende von Menschen hätten um sie stehen können, sie hätten sich dennoch ihr Glück zugelächelt, zugejauchzt, ihre Arme hätten sich umfaßt gehalten.

Sie waren ein paar Ehegatten, die sich wieder gefunden hatten, jetzt für ihr ganzes Leben. —

Zum Teufel, sagte der dicke Major, ich muß doch dem Ding' ein Ende machen.

Er hatte hinten an dem Gartenzaune gestanden.

Er wischte sich die Augen, dann ging er in den Garten.

Als er hineintrat, hörten im Dorfe grade die Glocken auf zu läuten.

Hm, sagte er für sich, dort beginnt das Werk der Zwietracht, hier das des Friedens, die Welt ist doch nur halb verdammt, durch die — Aber was gehen sie mich an?

Er trat zu den Ehegatten.

Er fluchte nicht. Er konnte nicht einmal sprechen.

Dem Freunde drückte er stumm die Hand.

Die Frau küßte er ehrfurchtsvoll auf die Stirn.

Dann nahm er das Kind auf seinen Arm und sagte:

Sie hatten sich in die Augen und in die Herzen gesehen, aber der liebe Gott mußte ihnen doch noch den Engel schicken, daß sie sich wiederfanden. — Und nun — Ei warum soll ich denn allein hier den Heuchler machen? Ich bin durstig, kommt!

—•❦•—

Eine räthselhafte Erscheinung.

Am Rheinfall bei Schaffhausen.

Ein junger Heidelberger Student machte eine Lustreise in die Schweiz.

Er reiste zu Fuße. Er war ein frisches, fröhliches, freies Blut. Der enge Postwagen behagte ihm nicht. Auch auf der Eisenbahn dünkte er sich noch Passagiergut, das keinen freien Willen hat. Er mußte, wie frisch und fröhlich, so auch frank und frei über Berg und Flur, durch Thal und Busch dahinschweifen können.

Er reiste allein. Eine Reisegesellschaft hätte ihn gezwungen und gebunden; auch nur Ein Gefährte, auch der beste Freund. Und er mußte die Strecke verlassen und seitwärts schweifen können, wenn ihn etwas seitwärts zog, eine alte Ruine, ein stiller Waldesgrund, ein freundlicher Hügel, der sich mitten im Felde erhob.

Er hatte von Heidelberg aus das schöne Neckarthal verfolgt, ein leichtes Ränzel auf dem Rücken, ein leichtes Herz in der Brust. Er hatte seine Studien vollendet. Er hatte etwas Tüchtiges gelernt, und durfte es sich selbst bezeugen. Er konnte das Erlernte in seiner Heimat verwenden und er konnte es verwenden, ohne daß äußere Verhältnisse ihn dazu zwangen, nach seinem Behagen, nach seinem Belieben. Dem Sohne einer im Lande angesehenen, wenn auch nur bürgerlichen Familie stand eine glückliche Laufbahn offen. Der wohlhabende und unabhängige Mann hatte die freie Wahl, ob er die offene Laufbahn einschlagen oder sonst leben wollte, wie und wo es ihm gefiel.

Er warf, noch nahe bei dem schönen Musensitze, den Schwesterburgen bei Neckarsteinach und Neckargemünd seine letzten Grüße zu. Er hatte da oben in den alten Rittersälen so manchmal den mit dem goldenen Rebensaft gefüllten Becher erklingen lassen. Auch der Schläger hatte dort mitunter in seiner Faust geschwirrt und geklirrt und anstatt des fröhlichen Rebensaftes war rothes Blut geflossen. Das lustige Studentenleben bringt es ja so mit sich, das Eine wie das Andere.

Auf dem alten Bergschlosse Dilsberg hatte er sich von dem groß-

herzoglichen Castellan erzählen lassen, wie der berühmte Held Hannibal, der die Römer geschlagen, eigentlich ein Badenser gewesen und nach der Schlacht bei Cannä zwei Scheffel Goldringe der gefallenen römischen Ritter dem damaligen Markgrafen von Baden, seinem Landesherrn, zum Präsent übersendet habe. Nachher seien die Römer in das Land gekommen, um sich die Ringe wieder zu holen. Da habe der Markgraf sie auf den Dilsberg bringen lassen, der damals auf seiner Höhe eine fast uneinnehmbare Veste gewesen. Aber leider hätten die Römer die ersten Kanonen mitgebracht und damit hätten sie nach harter Belagerung das Schloß erobert. Die Ringe hätten sie freilich dennoch nicht wieder bekommen, denn der Commandant der Veste, ein tapferer und entschlossener Mann, habe sie in den unergründlichen Schloßbrunnen geworfen. Dort lägen sie auf dem tiefen Grunde noch immer. Zum Wahrzeichen ließ der alterthumskundige Castellan ein Steinchen in den Brunnen fallen und man konnte beinahe Hundert zählen, bevor man es tief, tief da unten in dem Wasser plätschern hörte. Da mußte auch die Geschichte von Hannibal und der Schlacht bei Cannä und den zwei Scheffeln Goldringen und dem Markgrafen von Baden wohl wahr sein.

In Heilbronn hatte der junge Reisende den Thurm besehen, in dem die Rathsherren der Stadt den tapferen Ritter Götz von Berlichingen mit der eisernen Faust nach Goethe gefangen gehalten hatten, doch das Haus des Käthchens von Heilbronn hatte er troß Heinrich von Kleist nicht auffinden können.

In Besingheim bewunderte er die alten festen Römerthürme, von denen kein Castellan zu erzählen wußte, und in Ludwigsburg die unendlichen königlichen Militärkasernen, von denen mancher Rekrut genug hätte erzählen können, wenn er gedurft hätte.

In und bei Stuttgart hatte er nicht genug sehen können an allen den schönen königlichen, kronprinzlichen und anderen prinzlichen Schlössern, wenn er deren nicht auch in seiner Heimat genug gesehen hätte.

Er war ein Deutscher.

Er kam weiter nach dem Lande Hohenzollern und sah auf dem Hohenzollern eine alte verfallene Burg und in Hechingen ein neues Schloß, an dem sie schon ein Dutzend Jahre gearbeitet hatten, dabei aber noch immer nicht fertig werden wollten, weil es für das kleine Land zu groß war.

Er reiste tiefer, oder wie man im Lande selbst sagt, höher in das Land hinein und er kam noch an alten Bergvesten vorüber, die früher stolze Fürstenschlösser gewesen waren und dann zu Staatsgefängnissen

für Hochverräther gegen die Fürsten gedient hatten und jetzt Ruinen
waren. Sie schauten aber trotzdem noch immer stolz und vornehm in
das flache Land hinein, dieses Hohentwil, Hohenkrähen und der schöne
Hohenstoffel.

An ihnen vorüber kam er in die Schweiz, und es war auch mit den
verfallenen Schlössern und mit den Staatsgefängnissen ganz vorbei.

Er kam nach Schaffhausen. Es war schon dunkler Abend, aber
eben ging der Mond auf und es war der Vollmond.

Im Vollmond zuerst den Rheinfall sehen! Er dachte es sich über-
raschend, groß.

Er fragte in der Stadt nach dem Wege zum Rheinfalle, und ehe er
in einen Gasthof einkehrte, schlug er den Weg ein, überschritt die Rhein-
brücke, ging durch das Dorf Feuerthalen und verfolgte einen Pfad, der
jenseits des Dorfes rheinabwärts führte.

Der Abend war still. Der Schweizer arbeitet fleißig, unverdrossen
und ununterbrochen den Tag über; aber in den späten Abend arbeitet er
nicht hinein. Kein Laut schlug an das Ohr des einsamen Reisenden.
Nur in der Ferne vor ihm glaubte er ein schwaches aber so sonderbar
einförmiges eintöniges Geräusch zu vernehmen. Es hätte einem fernen
Gewitterdonner geglichen, aber es wollte nicht aufhören und es war
immer und immer dasselbe. Doch wurde es vernehmlicher und zuletzt,
als er ihm nahe kam, wurde es zu einem Getöse, zu einem wirklichen
Donner, der wirklich kein Ende nehmen wollte.

Seit wie vielen Tausenden von Jahren hat dieser Donner schon die
Luft erfüllt, ohne Unterlaß, bei Tag und bei Nacht, zu jeder Stunde,
und immer derselbe, und wie viele tausend Jahre wird er noch in der
nämlichen Weise an das Ohr der Menschen schlagen, ohne sie mit Grauen
zu erfüllen, aber ein helles Erwarten von etwas Großem, Wunderbarem
in ihnen erweckend, ein Verlangen, das Wunder zu schauen, ihm gegen-
überzustehen, es als Wirklichkeit mit allen Sinnen zu ergreifen und zu
umfassen.

Der Mond schien hell, aber der Pfad führte den Reisenden zwischen
Bäumen auf der einen und Felsen auf der andern Seite. Sehen konnte
er nichts, als den Weg, in dem er ging. Und der Weg hatte ihn fast
unmittelbar an das Getöse herangeführt.

Da sah er eine Anhöhe vor sich und oben auf der Anhöhe ein großes
Schloß, und sein Weg führte ihn zu dem Schlosse hin und er schritt

darauf zu und sein Schritt wurde durch keine Schranke gehemmt und
durch keinen Menschen, durch keinen Hund mit oder ohne Kette.

Er stand vor dem Schlosse Laufen. Von dem Schlosse Laufen führt
ein Pfad hinunter an den Rhein, der den Felsen bespült, auf dem es
liegt, unmittelbar an den Rheinfall, der seinen Schaum bis hoch an den
Felsen hinanspritzt.

Zu jetziger Zeit ist der Pfad vom Schlosse zu dem Rhein und Rheinfall versperrt und verschlossen. Man muß einen Zoll geben, um das
erhabene Wunder der Natur in der Nähe betrachten zu können. Es kostet
einen Frank, für den Schweizer nur einen halben Frank.

Sie machen es auch an anderen Orten der Schweiz mit ihren erhabenen Naturwundern so. Der Sohn des eigenen Landes muß bezahlen,
wenn er diese Schönheiten sehen will, die der liebe Gott seinem herrlichen
Lande geschenkt hat; für sie alle, hat doch gewiß der liebe Gott dabei
gemeint, und an die Franken und halben Franken hat er wahrhaftig
dabei nicht gedacht.

Hatten doch die Schweizer selbst zu jener Zeit, als der junge Reisende
an dem Schlosse Laufen stand, noch nicht daran gedacht. Er schritt frei
den Pfad hinunter; er erreichte dessen Ende.

Er stand an dem Rheinfall, er stand unter ihm; der Schaum der
Wogen bespritzte, bedeckte ihn.

Er fühlte es nicht. Wer kann das Kleine fühlen unter dem Eindrucke
des Großartigsten?

Achtzig Fuß hoch, in einer Breite von beinahe zweihundert Schritten
stürzte die ungeheure Wassermasse vom Felsen herunter, zwischen Felsen
hindurch brausend, dröhnend, donnernd in die Tiefe, an Stein und Felsen
sich brechend, daß der Erdboden zitterte, Schaum und Gischt wild in die
Höhe hinein spritzend und schleudernd.

Und über all dem wilden Stürzen und Brausen und Toben und
Wüthen stand klar und still der Mond am Himmel und sein Bild spie-
gelte sich in den herabrollenden Wogen und seine Strahlen brachen sich
in dem emporspritzenden Schaum.

Es war ein furchtbarer Anblick und doch ein so schöner.

Welch ein Kampf! mußte der junge Reisende ausrufen. Und welch
ein endloser Kampf! Aber ist nicht Alles auf dieser Welt ein Kampf?
Der Elemente gegen die Elemente, der Thiere gegen die Thiere, der Menschen, die sich die Vernunft zuschreiben, gegen die Menschen? Und zuletzt
streiten und wüthen sie Alle gegen einander, Elemente gegen Thiere,

Thiere gegen Menschen, Menschen gegen sie, Menschen gegen Menschen. Und ist nicht auch ihr Kampf ein endloser, der sich immer und immer wieder erneuert, seit Jahrtausenden bis in die Jahrtausende hinein, so lange es Elemente und Thiere und Menschen gegeben hat und geben wird? Und wozu all' dieses end- und ziellose Streiten?

Hinter dem jungen Manne antwortete eine Stimme:

Um dem Menschen, der sich nicht blos die Vernunft zuschreibt, der sie auch hat, den Segen des Friedens zu zeigen.

Es war eine Frauenstimme, die diese Worte sprach, eine jener rein und voll tönenden Frauenstimmen, die zugleich aus Kopf und Herz sprechen und deren schönen klaren, innigen Ton man nie wieder vergißt.

Der junge Mann wandte sich rasch.

Er stand vor einer hohen Gestalt. Er blickte in ein jugendliches, schönes, stolzes Gesicht.

Die junge Dame, die er sah, trug eine einfache Reisekleidung von schwarzer Seide.

Ein alter Herr stand hinter ihr.

Sie glauben an einen Frieden, Madame? fragte der junge Reisende.

Nennen sie mich Fräulein, mein Herr! sagte die Dame lächelnd.

Wohl denn, mein gnädiges Fräulein!

Fräulein, bat ich, mein Herr!

Der junge Mann mußte sie auf die Bemerkung ansehen.

Ihre Worte, die mehr als eine barocke Redensart zu enthalten schienen und die kleinliche und doch richtige Besorgniß, mit dem richtigen Titel angeredet zu werden, — machten ihn stutzen.

Durch das Gesicht der Dame zog sich ein noch feineres Lächeln, aber auf dem Reisenden ruhte dennoch ihr Blick mit einem eigenthümlichen Wohlwollen.

Einen Augenblick schien es ihn verwirren zu wollen. Aber sah die Dame stolz aus und lächelte sie auch, indem sie sprach, mit recht feiner, vornehmer Ironie; er war jedenfalls der Mann, der sich nicht viel daraus machte.

Also, mein Fräulein! sagte er leicht.

Da mußte sie doch etwas verwundert aufsehen, als wenn sie solch leichte Behandlung nicht gewohnt wäre. Aber sie preßte die schönen Lippen nur ein wenig zusammen, dann schien sie Verwunderung und vielleicht auch einen leisen Verdruß überwunden zu haben und sie sagte mit dem ganzen, klaren, seelenvollen Ton ihrer Stimme:

12*

Sie sprachen von einem allgemeinen Streiten in der Natur, mein Herr, und dieses erhabene Naturschauspiel gab Ihnen die Veranlassung dazu?

Finden Sie in diesem Schauspiele etwas anderes ausgedrückt, mein Fräulein?

Es könnte sein, aber ich folge ihrer Anschauung, dann erblicke ich hier wohl einen ungeheueren und einen ewigen Kampf. Aber es ist immer nur der Streit des wilden und falschen Elementes des Wassers gegen das ruhige und brave Element der Erde. Und wen, mein Herr, sehen Sie als Sieger in diesem Streite? Müssen jene Wogen mit all' ihrer Wuth und Kraft, mit ihrem Stürzen und Drängen, als wenn sie die Erde zerspalten wollten, mit ihrem Donner, der den Boden erzittern macht und weit umher die Luft erfüllt, müssen sie nicht dennoch ohnmächtig an diesem stillen ruhigen Felsen zerschellen und haben sie seit allen jenen Jahrtausenden etwas anderes vermocht, als, so zerschellt, in luftigem Schaume zu verfliegen und zu verschwinden?

So ist es, mein Fräulein, erwiderte der Reisende, aber ist nicht auch das so, daß jenes falsche Element schon seit Jahrtausenden den Kampf gegen die Ruhe und Bravheit immer fortsetzen konnte und vielleicht noch länger wird fortsetzen können? Und ist nicht auch das so in der ganzen Natur, in dieser sogenannten todten und doch so lebendigen der Elemente wie in dem Leben der Thiere und dem Verkehre der Menschen, dem Streiten der Völker? O, mein Fräulein, Sie sprachen das schöne Wort aus, dieser Streit der Elemente solle uns den Segen des Friedens zeigen. Ich möchte den Frieden finden können, um an seinen Segen glauben zu können.

Der junge Mann hatte mit Feuer gesprochen.

Sein Feuer entzündete Feuer in der Dame.

Mein Herr, sagte sie und sah ihn groß und stolz an, aber nicht mit dem Stolze des äußeren Lebens, sondern mit jenem hohen Stolze, den das Bewußtsein edlen Denkens und warmen Empfindens gibt, mein Herr den Kampf sucht überall nur das Rohe oder das Gemeine. Was erhaben in der Natur, was edel und groß im Menschen ist, es sucht nur Frieden, nur Eintracht, nur Liebe; es blickt nicht hinab in die Abgründe, wo die Finsterniß und der Hader herrscht; es schaut hinauf in die Höhen, wo das Licht ist und die Gottheit mit ihrer ewigen Liebe und mit ihrem ewigen Frieden. Ja, mein Herr, es ist wahr, wir stehen auch hier vor einem großartigen Schauspiele und wir bewundern es, obwohl es ein

Schauspiel des Streites ist. Aber was gibt ihm eben diesen Charakter der Erhabenheit und Großartigkeit? Es ist die Nacht, in der wir es betrachten, die tief stille Nacht, die mit ihrer Ruhe und ihrem Frieden all' dieses Brausen und Wüthen und Toben so milde und so erhaben umgibt. Und selbst der Mond ist es, der mit seinem bleichen Gesichte aus seiner Höhe so klar und so still hineinschaut und gar spielend sein Bild in den Kampf der Wogen wirft und es darin auf- und niedergleiten läßt, unbekümmert um den erbärmlichen Streit da unten, der nur die angeht, die streiten wollen.

Und noch Eins, mein Herr, fuhr die Dame lebhaft fort, waren Sie schon in der Nähe der Alpen?

Nein, antwortete der junge Mann.

Wohlan, sehen Sie die. Sehen Sie ihre stille, große, ewige Erhabenheit und dann vergleichen Sie damit diesen Fall der Wogen, und mein Herr, auch die Alpen streben in die Höhe, hoch, stolz und ruhig und ohne Streit, in die Höhe, aus der das Licht kommt, in der wir uns das Höchste, die Gottheit, denken.

Sie war in ihrem Feuer unwillkürlich näher an die Wogen des Wasserfalls herangetreten. Sie stand voll in ihrem spritzenden Schaum, Sie gewahrte es nicht. Sie sah in die Wogen, sie sah durch den Schaum zu dem klaren Himmel hinauf. Ihre Augen glänzten so wunderbar in dem Lichte des Mondes, das in Wellen und Schaum so wunderbar sich wiederspiegelte, noch wunderbarer in dem edlen Feuer, das in ihrem Innern sich entzündet hatte.

Der Reisende stand neben ihr. Auch ihn bedeckte und befeuchtete der Schaum des Wassers. Auch er bemerkte es nicht. Er sah nur in die schönen Augen, die so wunderbar glänzten und er sah nichts als sie.

Der ältliche Herr, der Begleiter der Dame, trat an sie heran.

Es ist feucht hier, sagte er, und kalt, setzte er hinzu, als er nicht gleich gehört wurde.

Er sprach besorgt, aber in einem so eigenthümlich ehrerbietigen Tone, und er schwieg in einer gewissen Unentschlossenheit, als auch die zwei letzten Worte nicht gehört wurden.

Sinnen und Geist der Dame waren anderswo. Ihre Augen glänzten noch, aber es brannte kein Feuer mehr darin; eine stille klare Ruhe, ein erhabener innerer Friede gab ihnen jenen Glanz. So blickte sie nach oben, nicht in den Mond, aber zu dem ganzen großen ewigen Himmelsdome empor.

Und sie war so schön, wie sie so emporschaute.

Und der junge Mann [zu ihrer Seite konnte kein Auge von ihr abwenden. Er war verloren in dem Anblicke der hohen schlanken Gestalt,
des fast blendend schönen Gesichts, der großen dunklen Augen, des edlen
Geistes, der sich in allem aussprach, des großen Herzens, des hohen Stolzes.

Auch des Stolzes!

Sie stand wie eine Königin vor ihm.

Wie eine Königin? hatte er die Frage in seinem Innern, in seinem
Herzen ausgesprochen.

Es zuckte etwas in ihm, und es zuckte, wie schmerzlich.

Maria, es ist kalt hier! wiederholte mit lauterer Stimme der Begleiter der Dame.

Sie hörte ihn. Sie fuhr zusammen. Aber es war etwas anderes.
Die Kühle der Nacht, die Feuchtigkeit des Wassers durchzugte sie.

In der That, mich friert, sagte sie, und der Frost schüttelte sie.

Sie trat aus dem Staubregen der Wellen zurück.

Der alte Herr legte einen Shawl um ihre Schultern, den er auf dem
Arme getragen hatte.

Sie dankte ihm freundlich.

Du sorgst immer so gütig für mich, lieber Onkel.

Aber wünschest Du nicht, daß wir zurückkehren? fragte der Onkel.
Es ist spät, die Nacht wird kälter.

Ganz wie Du meinst, erwiderte die Dame, die der junge Reisende
wie eine stolze Königin angesehen hatte, die dennoch nur ein Fräulein
und nicht einmal ein gnädiges Fräulein hatte sein wollen, die Maria hieß
und einen alten Herrn zum Onkel hatte, der wahrhaftig nicht wie ein
Fürst aussah, nicht einmal wie ein Kammerherr, und ein Kammerherr —
doch lassen wir die Kammerherren in Frieden, sie bleiben ja Herren, obwohl sie dienen.

Mein Herr, sagte das Fräulein Maria, nachdem sie einen schnellen
prüfenden Blick auf den jungen Reisenden geworfen hatte, führt Ihr Weg
Sie nach Schaffhausen?

Ja, mein Fräulein.

Würde es Ihnen angenehm sein, ihn in unserer Gesellschaft zu
machen?

Sie sind sehr gütig.

Sie nehmen also an. — Wir folgen Dir, Onkel.

Sie sprach alles so bestimmt und in einer Weise, als wenn sie an solche Bestimmtheit gewöhnt wäre.

Dem jungen Mann — er hatte eben leichter aufgeathmet, als die Dame die Nichte ihres Begleiters wurde — es wollte ihm jetzt wieder schwerer um das Herz werden. Und gleich darauf sollte es ihn wirklich noch einmal durchzucken.

Der alte Herr ging voraus.

Er ging den Pfad, der von dem Wasserfall den Rhein hinunter führt. Der Weg ist schmal und uneben. Er geht über Steine, er hat auf der einen Seite Steine und Felsen, auf der anderen unmittelbar den Rheinstrom neben sich. Er war damals noch schmäler und unebener.

Mein Herr, darf ich um Ihren Arm bitten? sagte die Dame zu dem jungen Reisenden.

Und als sie nun ihren Arm in den seinigen legte, da durchzuckte ihn wieder etwas heftig und als sie in dem engen holprigen Wege sich auf ihn stützte, sich dicht und eng an ihn anlegte und er nicht einmal zittern, geschweige mehr aufzucken durfte, da war es ihm doch, als wenn in seinem Innern auf einmal Gefühle wach würden, von denen er früher keine Ahnung gehabt hatte, und als er ihr Erwachen fühlte, da war es ihm auch schon, als wenn sie mit einer Kraft und einer Gewalt in seinem Herzen sich festsetzten, daß sie darin herrschen müßten so lange noch eine Faser dieses armen Herzens zu zittern vermöchte.

Dieses armen Herzens? wollte er sich fragen.

Ihre Hand, mein Herr, sagte die Dame.

Ihre Hand? Da flog er doch in die Höhe.

Der alte Herr hatte Halt gemacht.

Sie standen an einem kleinen Einschnitt des Ufers. Ein Nachen mit einem Ruderer darin hatte dort angelegt.

An der Hand des jungen Reisenden sprang das Fräulein in den Nachen.

Der Reisende sprang ihr nach.

Ihm folgte der alte Herr.

Sie setzte sich auf eine Bank.

Setzen Sie sich zu mir, sagte sie in vornehmem fast gebieterischem Tone zu dem jungen Mann.

Er setzte sich zu ihr auf die Bank.

Der alte Herr setzte sich ihnen gegenüber.

Die Bank, auf der sie saßen, war schmal. Sie saßen eng, dicht beisammen.

Die Nacht war nur in dem Staubregen des Wasserfalles kalt gewesen. Auf dem Strome war sie mild, lau.

Das Fräulein ließ den Shawl von den Schultern fallen, den ihr Begleiter ihr gegeben hatte.

Der junge Mann sah ein paar Schultern neben sich, wie er sie so fein und so rund geformt und so blendend weiß wohl noch nicht gesehen hatte. Und er saß so dicht neben ihnen, daß sie ihn berührten. Das Herz klopfte ihm mächtig.

Es sollte ihm noch mächtiger klopfen.

Der Nachen war etwa hundert Schritte unterhalb des Wasserfalles.

Kann man nahe zu dem Falle hinauffahren? fragte die Dame den Ruderer.

Auf fünfzehn bis zehn Schritte wohl.

Ohne Gefahr?

Der Nachen wird hoch schaukeln. Aber es sieht nur gefährlich aus.

So fahrt uns hin.

Sie hatte Muth, auch für ihre Begleiter. Nicht einmal den alten Herrn fragte sie vorher, der doch ihr Onkel war.

Ein sonderbares Verhältniß, mußte der junge Mann denken. Wer mag sie denn sein? Und was ist er?

Der Nachen fuhr den Strom hinauf.

Das Wasser war bewegt von dem furchtbaren Falle der Wogen. Das kleine Schiff tanzte auf den Wellen.

Aber man war noch fast fünfzig Schritte von dem Wasserfalle.

O, das ist herrlich! rief die Dame.

Sie freute sich, sie war hell vergnügt, wie ein Kind, das ein neues schönes Spielzeug hat. Kein Zug von Stolz, von Befehl mehr in dem schönen Gesichte.

Muth hat sie, mußte sich der junge Reisende sagen, und auch ein frisches, fröhliches Herz. Und dennoch! wer ist sie denn?

Die Wellen schlugen rascher, höher. Der Nachen konnte manche nicht mehr durchschneiden; manche andere brach sich nicht mehr an ihm. Sie hoben ihn. Aber noch war seine Bewegung die des Tanzes, wenn auch des wilden Tanzes.

Die Freude der jungen Dame wurde eine lustigere.

Wie das springt, wie das fliegt! Wir, der leichte Kahn, die Wellen, in den Wellen der Mond! Uns entgegen, mit uns! — Können wir noch weiter, Schiffsmann?

Sie waren noch ungefähr dreißig Schritte von dem Katarakt.

Noch ein zehn bis fünfzehn Schritt, sagte der Schiffer.

Voran!

Der Schiffer setzte tief die Ruder ein; er holte weit aus. Der Nachen flog hoch. Eine hohe Welle flog ihm entgegen. Sie schnellte ihn in die Höhe, sie warf ihn auf die Seite.

Ah! rief die Dame.

Aber nicht vor Freude. Das Stoßen und Werfen der Wellen war zu gewaltsam gewesen. Sie erschrack. Sie erblaßte. Sie konnte sich nicht mehr halten. Sie ergriff den Arm des jungen Mannes.

Halten Sie mich! rief sie.

Er umfaßte sie. Sie drückte sich an ihn. Er mußte sie an sich drücken, wenn er in dem schwankenden Nachen sie festhalten wollte.

Aber er wußte klar, was zu thun sei.

Zurück! befahl er dem Ruderer.

Da wich der Schreck der Dame, und sie bog und zog sich von ihm zurück und maß ihn mit einem Blicke stolzer Verwunderung, wie er dazu komme, hier befehlen zu wollen.

Fürchten Sie sich? fragte sie ihn.

Ja, antwortete er, für Sie, mein Fräulein. Er sagte es fast strenge.

Und aus ihrem Gesichte entwich der Stolz. Sie kämpfte ein paar Secunden lang mit sich, dann reichte sie ihm ihre Hand.

Ich danke Ihnen, sagte sie mit einer so herzlichen und innigen Stimme, als wenn sie ihn innerlich zugleich wegen des Stolzes um Verzeihung bäte.

Und jetzt, als er den leisen Druck der feinen Hand fühlte, klopfte dem jungen Manne das Herz mächtiger und er zitterte. Er wehrte dem Zittern nicht, das wonnevoll durch seinen ganzen Körper schlich.

Und sie fühlte das Zittern und es war, als wenn ein seltsames Ahnen ihr durch Stirn und Busen ziehe.

Der Nachen erreichte das jenseitige Ufer.

Ein Wagen hielt dort. Der Kutscher war schon vom Bocke gesprungen. Er stand an dem geöffneten Wagenschlage.

Sie fahren mit uns? fragte die Dame den jungen Reisenden.

Sie fragte bittend. Sie befahl nicht mehr. Hatte sein Befehlen vorhin, sein strenges Antworten auf ihre höhnische Frage ihr imponirt? War sie denn eines solchen offenen, freien, entschlossenen Benehmens in ihrer Gegenwart nicht gewohnt?

Sie sind sehr gütig, versetzte er wieder, auch leicht wie früher.

Sie gab ihm die Hand, sie in den Wagen zu heben.

Er hob sie hinein.

Steigen Sie ein.

Er stieg ein, er wollte den Rücksitz ihr gegenüber einnehmen, um den Sitz neben ihr dem alten Herrn, dem Onkel, zu überlassen.

Setzen Sie sich hierher zu mir.

Er mußte sich an ihre Seite setzen.

Der Onkel nahm ihnen gegenüber den Rücksitz ein.

Der Wagen rollte davon, nach Schaffhausen zu.

Welch' sonderbares Verhältniß! wollte der junge Mann wieder nachdenken. Er kam nicht dazu.

Er hatte, als er im Wagen saß, sein Ränzel von den Schultern genommen und vor sich hin auf seine Kniee gelegt. Es war ein leichtes, hübsches, zierliches Ding und die Dame besah es mit einer Art Neugierde.

Sie sind Student? fragte sie dann.

Ich komme von der Universität.

Gewiß von Heidelberg.

Von Heidelberg.

Sie kommen daher, sagen Sie? Haben Sie Ihre Studien vollendet? Ja.

Und Sie sind auf der Rückkehr in die Heimat?

Zunächst auf einer kleinen Vergnügungsreise.

Die Dame hatte mit einer freundlichen Theilnahme gefragt.

Meine Heimat ist im Norden, setzte er von selbst hinzu.

Im Norden?

An der Ostsee.

Wie? rief sie fast verwundert.

Dann sah sie wieder auf das hübsche Ränzel und sie fuhr wie in leichter Schwärmerei fort:

Ach, es ist angenehm, so in der Welt umherzuschweifen, ganz allein, frei und leicht, ohne Last, ohne Sorgen, selbst ohne Bekannte, nichts bei sich als das kleine grüne Ränzel und das frohe Herz und den frischen Sinn. Man möchte es immer können. Kein Mensch in der Welt müßte —

Sie brach ab, nach einem Blick, den der alte Herr ihr gegenüber auf sie richtete.

Der junge Mann hatte den Blick nicht gesehen. Er dachte an sich.

Ein Student, der für immer die Universität verläßt, hat so viele Veranlassung dazu.

Ja, sagte er, es ist angenehm, dieses freie und leichte Umherschweifen. Aber es schnürt mir doch manchmal das Herz zu.

Wie das? fragte die Dame.

Es ist der letzte Rest des freien fröhlichen Studentenlebens. Es ist die letzte Poesie des Lebens. Unmittelbar darauf kommt die ganze Prosa des ordinären bürgerlichen Lebens.

Des Philisteriums? lächelte die Dame.

Des Philisteriums mit seinem Laufen und Rennen und Bücken und Kriechen nach Anstellung, und nach Avancement, nach Titel und nach Orden, nach Gehalt und nach Zulagen, wie oft auch nur nach dem trocknen Brote für Weib und Kind. Es kommt der Actenstaub und die Disciplin, der Gehorsam und der Servilismus, der Zopf und die —

Er brach ab, wie vor einer Weile die Dame, aber nicht nach einem Blicke, den er erhalten hatte, sondern mit einem plötzlichen Seitenblicke auf das schöne Fräulein, das neben ihm saß.

Was wollten Sie hinzusetzen? fragte sie.

Er schwieg verwirrt. Durfte er die Ehe nennen? Und nun erröthete auch sie. Sie wußte es. Sie mußte nach etwas anderem fragen.

Und jenes Philisterium — sie lächelte nicht wieder — denken Sie sich auch als Ihr künftiges Loos?

Es ist das gewöhnliche bürgerliche Loos.

Er fühlte ein Zucken, aber neben sich.

Hatte das Wort „bürgerlich" die Dame so getroffen?

Der Wagen hielt in der Stadt Schaffhausen, vor dem Gasthofe.

Wo logiren Sie? fragte die Dame den jungen Reisenden.

Mir ist es gleich.

Ich bin im Adler abgestiegen.

Ich kann gleichfalls hier bleiben.

Kellner waren mit Lichtern an den Wagen getreten.

Der junge Mann sprang hinaus, die Dame herauszuheben. Er hielt ihr die Hand hin.

Die Lichter beschienen ihn hell, eine hohe schlanke Figur, ein schönes, kräftiges stolzes Gesicht, muthig blitzende und doch klar und ruhig leuchtende Augen.

So stand er vor der fremden Dame, dem Fräulein Maria. So sah sie ihn in dem vollen hellen Lichtscheine. Und seine Bewegungen waren leicht, gewandt; seine Haltung war gar edel, trotzdem daß er nur ein Mensch war, der blos ein gewöhnliches bürgerliches Loos zu erwarten hatte.

Die Dame sah ihn mit einer leichten angenehmen Ueberraschung an. Sie reichte ihm mit anmuthiger Freundlichkeit die Hand.

Er hob sie aus dem Wagen.

Sie wollte ihren Arm in den seinigen legen, daß er sie in das Haus führen solle.

Da war an der anderen Seite ihr Onkel zu ihr getreten.

Der alte Mann flüsterte ihr etwas in das Ohr. Es schien nur ein einziges Wort zu sein. Der junge Reisende konnte auch die Laute hören. Aber verstanden hatte er nichts. Hatte er ein fremdes Wort, Laute einer unbekannten Sprache gehört?

Die Dame zog ihren Arm zurück.

Sie verneigte sich vornehm gegen den jungen Mann, vornehm und stolz wie eine Königin. Auch so fremd, so kalt.

Ich danke Ihnen, mein Herr!

Sie gab ihren Arm dem alten Herrn.

Der alte Herr führte sie in den Gasthof.

Nach dem jungen Manne sah sie sich nicht mehr um.

Aber auch nicht nach einem anderen.

Als der Wagen der Dame an dem Gasthofe ankam, hielt vor diesem ein Wagen zum Abfahren bereit. Ein einzelner Herr, ein junger Mann von vornehmem Wesen stand am Schlage, im Begriff, einzusteigen. Er wartete einen Augenblick, um noch vorher zu sehen, wer aus dem ankommenden Wagen steigen werde. Er sah die Dame. Er stutzte. Er schien seinen Augen nicht trauen zu dürfen. Er starrte nach ihr hin.

Ihn sah der Onkel der Dame. Der alte Herr erschrack. Er flüsterte das eine Wort in das Ohr der Dame. Sie nahm seinen Arm. Sie ging stolz wie eine Königin in den Gasthof. Den vornehmen Fremden hatte sie nicht gesehen. Sie sah sich auch nicht nach ihm um. Auch der alte Herr nicht mehr.

Der Fremde war auf einen Augenblick unschlüssig geworden, ob er einsteigen und abfahren oder ob er bleiben solle. Wie plötzlich entschied er sich für das Abfahren. Er sprang mit einer gewissen Heftigkeit in den Wagen.

Fort! rief er dem Kutscher zu.

Der Wagen rollte fort.

Der junge Reisende hatte den Fremden gesehen.

Wer war der Herr? fragte er eifrig den Kellner.

Aber der Kellner wußte es nicht. Der Fremde hatte, vom Rheinfall kommend, nur ein paar Stunden angehalten, ohne seinen Namen zu nennen.

Und wer ist die Dame, mit der ich gekommen bin?

Sie kennen sie nicht?

Nein!

Sie kam heute Mittag mit ihrem Begleiter hier an. In das Fremdenbuch haben sie sich eingeschrieben: Heim, Particulier aus Holstein, mit Nichte.

Der junge Student ging träumend in den Gasthof.

Aber nicht mit Träumen erwachte er am andern Morgen.

Es war früh, noch dunkel, als Geräusch ihn weckte. Gewöhnliche Unruhe des Gasthofes, dachte er, und er wollte wieder einschlafen.

Er konnte wohl müde sein. Eine Unruhe, wie er sie bisher nicht kannte, hatte ihn erst spät den Schlaf gewinnen lassen. Wer war die fremde Dame? War sie wirklich nur das einfache Fräulein Maria, etwa Fräulein Maria Heim aus Holstein, das sie scheinen wollte? Der nicht eben sonderlich vornehm aussehende Onkel paßte dazu; auch die gewöhnliche Lohnkutsche, in der sie reiste. Auch ihre Kleidung war einfach; auch ohne Bedienung reiste sie mit dem Onkel; nicht einmal eine Kammerjungfer hatte er in dem Fremdenbuche aufgezeichnet gefunden, das er neugierig noch am Abend hatte durchsehen müssen. Allein wie stolz, wie vornehm, wie gebieterisch war andererseits ihr Benehmen gewesen! Und dieses Benehmen war ihr schon zu einer Gewohnheit geworden. Selbst ihr schönes Gesicht hatte davon den Ausdruck eines befehlenden Stolzes angenommen. Und was den alten Herrn betraf — ein sonderbarer Onkel, mußte der junge Mann denken, der in Gegenwart der Nichte den Mund nicht zu öffnen wagte, als wenn er gleichsam den Befehl dazu erhielt.

Da liegt jedenfalls ein Geheimniß zugrunde, war das Resultat seiner Gedanken, ein hohes Geheimniß!

Daß es auch ganz gewöhnliche Nichten geben könne, die auch in ganz gewöhnlichen Verhältnissen das Befehlen gegen alle Welt, auch gegen einen Onkel sich haben zur Gewohnheit werden lassen, daran dachte er nicht, und es ist begreiflich, daß er nicht daran dachte.

Die schöne Dame hatte sein Herz erfüllt und beunruhigt, und kein Herz will sich gestehen, daß es von etwas Gewöhnlichem sich könnte erfüllen und beunruhigen lassen. Der Student wie der Philister, sie wollen nur etwas Apartes lieben; ist ein Geheimniß dabei, desto besser. Das menschliche Herz ist einmal so und es ist gut, daß es doch wenigstens in der Liebe ein Stückchen Poesie verwahrt hat. Und war denn die Dame nicht wirklich fremd und unbekannt? Und konnte das unruhig schlagende Herz des jungen Studenten, der auf dem Wege in das Philisterium war, nicht doch recht, ganz recht haben?

Er wollte wieder einschlafen; er konnte es nicht. Fragen und Zweifel, Zweifel und Fragen begannen wieder, ihn zu quälen.

Da vernahm er eine Stimme, die er kannte, erst seit gestern, aber desto gewisser, unzweifelhafter.

Der alte Herr, der Onkel der fremden Dame, sprach draußen auf dem Gange oder der Treppe mit jemand. Stand das mit der Unruhe in Verbindung, die da draußen herrschte? Vielleicht mit einer frühen Abreise?

Daran hatte er noch nicht gedacht, nicht am Abend, nicht in der Nacht, nicht beim Erwachen. Auch kein Wort der Dame hatte darauf hingedeutet. Es wurde ihm glühend heiß. Er sollte sie nicht wiedersehen? Sie sollte fort sein, wenn er aufstehe? Fort? für immer fort? Verloren für ihn auf ewig?

Er sprang auf. Er kleidete sich haftig an. Er flog aus dem Zimmer. Er stürzte die Treppe hinunter.

Draußen auf der Straße vor der Thür des Hôtels hörte er das Stampfen von Pferden. Eine Wagenthür wurde zugeschlagen.

Herr des Himmels, wenn sie das wäre!

Er stürzte zu der Thür.

Ein Wagen fuhr ab.

Kellner kehrten in das Haus zurück.

Wer fährt dort ab? rief er ihnen entgegen.

Die Herrschaft, mit der Sie gestern Abend am Rheinfall gewesen waren.

Er stürzte durch die Thür auf die Straße.

Er sah nichts in der Straße. Aber wie die Pferde im schlanksten Trabe mit dem Wagen dahineilten, das hörte er desto deutlicher.

Mit dem Wagen! Und mit meinem Glück, mit meinem Leben! rief es in seinem Herzen, und es wurde ihm so unendlich leer und weh im Herz und in der Brust.

Wohin reisten sie? fragte er die Kellner.

Aber sie wußten es nicht.

Und wohin gehe ich jetzt? fragte er sich.

Auch wußte er es nicht.

Er wußte nur Eins! Sein Glück, sein Leben war dahin!

Er bezahlte seine Zeche. Er ging in die Straße hinein, in welcher der Wagen verschwunden war. Nicht einmal mehr gesehen hatte er ihn, nicht einmal den Wagen.

Hier war sie gewesen! Hier hatte sie noch geathmet, gedacht, gefühlt.

Hat sie auch an mich gedacht? rief er.

Er erreichte das Thor der Stadt. Draußen waren viele Wege; sie theilten sich nach allen Richtungen. Welchen hatte sie genommen? Er suchte die Spuren des Wagens. Ueberall waren frische Wagenspuren.

Da hörte er in der stillen Frühe des Morgens einen fernen Donner. Er hatte ihn auch am Abende vorher gehört. Es war der Donner des Rheinfalls.

Es zog ihn hin; sollte er sie nicht wiedersehen; die Stelle mußte er wiedersehen, an den Plätzen mußte er nochmals weilen, wo er sie gefunden, wo sie in seinen Armen, an seinem Herzen gelegen, wo sein Herz an ihrer Seite gezittert hatte.

Und er sollte auch sie dort wieder sehen, wieder sprechen.

Und auch wieder glücklich werden?

Die Sonne ging auf, als er den Rheinfall erreichte.

In ihren ersten Strahlen gewahrte er etwas, das ihn den Rheinfall und alle Schönheiten der Schweizer Natur vergessen ließ.

Es war ein einfacher Handererwagen. Aber neben dem Wagen stand sie, an der Seite des Onkels.

Und sie war so schön. So innig, so edel, so erhaben schön, in der Frische des Morgens, in den goldenen Strahlen der aufgehenden Sonne. Von dieser Schönheit hatte er keine Ahnung gehabt, weder in dem bleichen Lichte des Vollmondes, noch in dem hellen Scheine der Fackeln.

Und sie blickte mit den schönen dunklen Augen in so seelenvoller Hingebung in das mächtige Stürzen und Wogen des breiten Stromes, als wenn sie in diesem erhabenen Naturschauspiele endlich etwas gefunden hätte, das ihren Geist und ihr Herz befriedigen könnte.

Es ist auch heute schön hier, sagte sie zu ihrem Begleiter. Er bleibt groß und erhaben in dem Lichte der Sonne.

Der junge Mann hörte die Worte. Er hätte vor ihr niederstürzen mögen, um ihr zuzurufen:

Und Du, Du bist schöner und edler und erhabener in dem Lichte der Sonne!

Da sah ihr Auge den Herangekommenen, den neben ihr Stehenden. Und —

Ah, wir treffen uns hier noch einmal!

Die Worte konnten nicht kälter, nicht frostiger, nicht gleichgiltiger, nicht vornehmer ausgesprochen werden.

Eine Fürstin, eine Königin sprach zu einem bürgerlichen Studenten, der mit seinem Ränzel auf dem Rücken reiste.

Dem armen Studenten wollte das Herz in der Brust erstarren. Er zog mechanisch demüthig sein Studentenmützchen. Sprechen konnte er kein Wort.

Sie neigte zur Erwiderung seines Grußes kaum bemerkbar das Haupt.

Dein Lorgnon, lieber Onkel! bat sie dann ihren Begleiter.

Der alte Herr überreichte ihr ein Opernglas und sie setzte es vor ihre Augen und sah durch die Gläser, mit denen sie oft genug Tänzer und Sänger beobachtet haben mochte, in die wilden, sich überstürzenden, hochaufspritzenden, schäumenden Wogen des Rheinfalls.

Das Herz des jungen Reisenden war wieder lebendig geworden, aber nur um zu fühlen, daß es elend krank sei.

Er wollte sich still entfernen.

Doch, welch' schwache Creatur ist der Mensch, zumal, wenn er die Liebe im Herzen trägt!

Die Dame hatte durch das Lorgnon auch etwas anderes gesehen.

Eine Rose! rief sie überrascht, so spät noch! Und hier an dem steinigen Ufer, mitten zwischen Felsen! Und wie schön sie ist!

Sie sprach die Worte so verlangend.

Der junge Student war schon zu dem Ufer zurückgeflogen; er sprang schon zu den Felsen, zwischen denen die Dame die Blume gesehen hatte.

Was machen Sie? rief sie erschrocken.

Antworten konnte er nicht. Aber weiter mußte er und die Rose mußte er haben, und sollte sie ihn das Leben kosten.

Und wohl konnte sie ihn das Leben kosten und die Dame hatte wol erschrecken können.

Das Ufer des Rheins war hoch und nur glatte und abschüssige Felsen bildeten es. Aus einer Felsenspalte sah die Blume hervor; nur eine einzige Rose, aber hellroth, frisch. Die Blätter mußten soeben in den ersten Strahlen der Morgensonne sich entfaltet haben. Sie war so wunderschön, sie blickte so wunderherrlich aus den starren, nackten Felsen hervor. Auch eine Fürstin, auch eine Königin konnte Verlangen tragen nach dem Besitze dieses Andenkens an den Rheinfall bei Schaffhausen.

Aber es war fast ein Abgrund, aus dem tief da unten, unmittelbar über dem Wasserspiegel, die Blume hervorgeholt werden mußte.

Der junge Reisende flog zu den Felsen; er kletterte nicht an ihnen hinab, er stürzte an ihnen hinunter.

Ich hole die Blume oder den Tod! sprach sein glühendes Gesicht.

Er war einen Augenblick vorher todtenblaß gewesen.

Aber die Dame war jetzt auch blaß geworden, sehr blaß. Und doch — sie hielt, sie rief den jungen Mann nicht zurück. Ihre Augen glänzten, und mit den glänzenden Augen verfolgte sie jede seiner kühnen furchtlosen Bewegungen, und als er, muthig, gewandt und glücklich die schöne Rose erreicht und gepflückt hatte, da leuchtete ein wunderbar helles Feuer in den glänzenden Augen, und als er schnell und ungefährdet dem Abgrunde wieder entstiegen war, da war ihr Gesicht nicht mehr bleich, aber eine Röthe des Glücks durchzog es und übergoß es mehr und mehr und voller und voller.

Und als dann der junge Student vor sie trat und zitternd, auch vor Glück und vor Freude, ihr die Rose überreichte, da — war ihr schönes Gesicht wieder klar und ruhig und kalt, und mit recht vornehm herablassender und huldvoller Freundlichkeit sagte sie zu ihm:

Ich danke Ihnen sehr, mein Herr, die Rose ist in der That hübsch.

Dann wandte sie sich zum alten Herrn.

Es wird Zeit für uns, lieber Onkel.

Und als sie das gesagt hatte, machte sie dem Studenten eine leichte, stumme und kalte Verbeugung und schritt auf den nebenan haltenden Wagen zu, und der alte Herr hob sie in den Wagen und stieg dann selbst hinein und die Pferde fuhren im schnellen Trabe mit ihr und dem alten Herrn davon.

Dem jungen Manne aber war diesmal das Herz wirklich erstarrt. Er konnte nicht sprechen, er konnte sich nicht bewegen. Er konnte nur starr die Augen auf den dahinfahrenden Wagen richten.

Und er sah nur den Wagen, der dahinrollte, und aus dem kein Gruß, kein Wink, kein Blick zu ihm zurückkam.

Als der Wagen verschwunden war, sah er nichts mehr. Er lag mit verhülltem Gesichte an dem Ufer des Rheins.

II.

In Maria-Einsiedeln.

Am Tage der Kreuzerhöhung, das ist am 14. des Monats September, gerade 14 Tage nach jenem Abenteuer zwischen einem jungen Heidelberger Studenten und einem jungen unbekannten Fräulein am Rheinfall bei Schaffhausen zogen drei Personen zu dem berühmten Wallfahrtsorte Maria-Einsiedeln in der Schweiz. Es waren eine etwas ältliche Frau, ein junges Mädchen und ein junger Mann.

Die zarte Gestalt und das feine Gesicht der Frau zeigte manchen schweren und stillen Schmerz vergangener Tage.

Das junge Mädchen — es konnte kaum sechzehn Jahre zählen, war noch ein halbes Kind, aber es war ein hübsches, frisches Kind mit rosigen Wangen und mit hellen Augen, die ebenso gern lachen als leicht weinen mochten.

Der junge Mann sah aus wie ein Student. Es war eine hohe Gestalt, aber die Gestalt war gebeugt und das schöne edle Gesicht war blaß und hohl.

Die beiden Frauen hatten ihn am zweiten Tage vorher getroffen, als sie die Gränze zwischen dem deutschen Lande und der Schweiz überschritten. Er hatte an der Landstraße gesessen, wie nicht wissend, ob er das eine Land verlassen und in das andere hineingehen solle, und so abgezehrt und so traurig, daß dem Mädchen schon bei seinem Anblicke die Thränen hatten in die Augen treten wollen. Sie hatte bei ihm stehen bleiben müssen, und so mußte es auch die ältliche Frau, ihre Mutter.

Fehlt Ihnen etwas? hatte das Mädchen den jungen Mann gefragt.

Mir fehlt Alles, mein Kind! hatte er der herzlichen Frage, dem innigen Blicke der Augen geantwortet.

Können wir Ihnen helfen?

Er hatte den Kopf geschüttelt.

Fehlt es Ihnen an Geld! In der Fremde? Wir haben auch nicht viel, meine Mutter und ich, aber was wir —

Es fehlt mir nicht an Geld, mein gutes Kind.

Aber krank sind Sie —

Auch das nicht.

Aber, mein Gott, was ist es denn?

Sie kannte die Liebe nicht, das fröhliche herzliche Kind. Da konnte sie so fragen, und sie verstand ihn auch nicht, als er ihr antwortete:

Ich muß doch wol krank sein, hier in dem armen Herzen.

Sie sah ihn einen Augenblick mit einem Zweifel, mit Mißtrauen an. Als sie dann aber in sein edles Gesicht, in sein offenes, ehrliches Auge geblickt hatte, war ihr volles, schönes, mitleidiges Herz wieder da.

Ach, lieber Herr, sagte sie, da kommen Sie mit uns. Wir ziehen nach Einsiedeln in der Schweiz. Die heilige Muttergottes Maria zu Einsiedeln heilt alle Krankheiten und alle Schmerzen und läßt keinen Menschen ohne Trost wieder von dannen ziehen.

Sie sprach so herzlich in ihrer frommen Unschuld.

Maria! rief der junge Mann und erbebte. Er hatte an eine andere Maria gedacht.

Aber da ergriff es ihn auf einmal wie eine tiefe mächtige Ahnung.

Ich gehe mit Dir, mein Kind, erhob er sich. Die heilige Muttergottes zu Einsiedeln wird auch mich heilen und trösten.

Das Kind frohlockte und die Mutter sagte zu dem jungen Manne:

Wenn Sie glauben und vertrauen, so werden Sie Trost und Heilung finden.

So ging er mit ihnen, und es war wol ein sonderbares Bild, die Gruppe dieser drei Pilger, der fremde Student mit der hohen, edlen Gestalt und mit den feinen Manieren und in der eleganten Kleidung der vornehmen Welt, und die beiden einfachen, dem untern Bürgerstande eines kleinen Landstädtchens angehörenden Frauen; die Mutter in schwarzer Wittwenkleidung von grober Wolle, das Kind in einem engen, kurzen Kleidchen von Kattun.

Aber das Mädchen war doch hübsch in dem ärmlichen Kleidchen, und unter dem breiten gelben Strohhut hatten die frischen Wangen und die klaren Augen einen besonderen Reiz.

Auf den jungen Mann übten sie jene wohlthätige, gleichsam heilige Gewalt aus, die so zauberhaft von Unschuld und Frömmigkeit ausgeht. Die Ahnung seines hoffenden Herzens wurde eine freudigere.

Ich werde Heilung und Glück wiederfinden, sei es auch durch ein Wunder.

Zagend setzte freilich noch oft genug das Herz hinzu:

Oder sei es durch den Tod!

Und seine hohe Gestalt blieb gebeugt und sein Gesicht blaß und hohl.

Die drei Wallfahrer schritten den hohen Etzel hinauf, an dessen anderer Seite man alsbald über die Teufelsbrücke zu Kloster und Kirche von Maria-Einsiedeln gelangt. Der Pfad führte in mannigfachen Krüm-

13*

mungen und Windungen den steilen Berg hinan. Jede neue Krümmung zeigte ihnen die schöne Gegend umher in einer neuen überraschenden Schönheit: den blauen Zürchersee hinauf und hinunter; seine grünen Ufer mit unzähligen weißen Häusern, mit Städten, Dörfern und Kirchen; gerade gegenüber das hübsche Rapperswyl mit seiner alten zertrümmerten Grafenburg; die lange gerade Brücke, die an dem Städtchen beide Ufer des See's mit einander verbindet; mitten im See die reizende Insel Ufnau mit ihren rothen Häusern, ihren grünen Bäumen, mit ihrer stillen Kirche und dem stillen unbekannten Grabe des muthigsten, weil freimüthigsten deutschen Mannes.

Zweimalhunderttausend Pilger wandern jährlich nach dem Gnadenorte Einsiedeln. Vielleicht die Hälfte überschreitet die Brücke bei Rapperswyl und schaut auf die kleine, freundliche, stille Insel Ufnau hinunter. Mehr als die Hälfte von ihnen kommt aus deutschen Gauen. Aber wie viele von ihnen wissen, daß auf dieser Insel das Grab Ulrichs von Hutten ist? Freilich weiß doch auch heutigen Tages kein Mensch das Grab auf der Insel mehr aufzufinden.

Ehrt Deutschland so seine muthigen Männer?

Der junge Student warf wehmüthige Blicke auf die kleine Insel hinunter und seine Phantasie suchte unter ihren stillen und heimlichen Plätzen einen zu entdecken, an dem der so vielfach verfolgte deutsche Ritter für immer von aller Qual der Verfolgung und des Unrechts ausruhen möge.

Das Mädchen an seiner Seite folgte wol besorgt seinen traurigen Blicken und fragte ihn, was er da unten suche. Aber als er ihr von dem Grabe des schon vor dreihundert Jahren verstorbenen Ritters erzählte, mußte sie den Kopf schütteln; der deutsche Mann war ihr unbekannt.

Desto mehr konnte sie ihm erzählen, als sie die Höhe des Berges erreicht hatten.

Da kamen sie zuerst gerade auf der Spitze des Etzel zu der Meinrads-kapelle, und sie erzählte, wie an dem Orte, wo die Kapelle stehe, der heilige Meinrad viele Jahre gelebt habe, in einer stillen Klause, abgeschieden von aller Welt, nur dem Gebete und dem Wohlthun gegen die Armen sich weihend. Er hatte nur zwei lebende Wesen um sich; es waren zwei Raben, die ihr Futter aus seiner Hand erhielten. Der Ruf der Frömmigkeit des gottseligen Mannes, der aus dem edlen Geschlechte der Grafen zu Hohenzollern stammte, hatte sich aber weit umher verbreitet und von nahe und von fern kamen Viele, die ihn sehen wollten und seine Ruhe störten. Da zog er sich von dem Berge zurück in das Thal hinter demselben. Dort war ein tiefer Föhrenwald, der noch jetzt der Finsterwald heißt. In dessen Mitte, an einer ebenen Stelle, an deren südlicher Seite ein Hügel sich im Halbkreise hinzog, und wo eine reiche silberklare Quelle sich ergoß, baute er eine neue Einsiedelei und in dieser lebte er vierundzwanzig Jahre wieder nur im Gebete und im Wohlthun. Da kamen eines Tages, im Jahre 861, zwei Räuber, die bei dem wohlthätigen Manne Schätze vermutheten und ihn erschlugen. Sie fanden nicht, was sie gesucht hatten. Aber die beiden Raben des heiligen Meinrad verfolgten seitdem die Räuber, wo diese gehen und stehen mochten, und die Mörder hatten keine Rast und keine Ruhe, und wohin sie flohen und sich verbargen, die beiden schwarzen Vögel waren mit ihrem Gekrächze des Rabensteines über ihnen. So kamen sie gen Zürich, die kaiserliche Stadt, die Raben immer hinter und über ihnen, und sie konnten zuletzt dem Drängen ihres Gewissens nicht mehr Widerstand leisten; sie mußten ihre Unthat bekennen und sie wurden auf dem Richtplatze der Stadt Zürich enthauptet.

Die Pilger überschritten den Ezel; sie gelangten in das Sihlthal zu dessen anderer Seite. Sie kamen in den Finsterwald, aber es ist kein finsterer Wald mehr dort.

Einhundert achtundsiebenzig Jahre nach dem Tode des Heiligen wurde an der Stelle, wo seine Einsiedelei gelegen, das Kloster und die Kirche zu Maria-Einsiedeln errichtet, und Kloster und Kirche gehören zu den reichsten und schönsten Besitzthümern, deren der Orden der Benedictiner so viele hat. Die Aebte des Klosters waren Fürsten des deutschen Reichs, so lange die Schweiz zum deutschen Reiche gehörte. Die Gegend aber, in der Kloster und Kirche sich erheben, zählt unter die anmuthigsten Punkte der Schweiz.

Seinen Ruf verdankt das Kloster dem Bilde der Mutter Gottes, das in einer Kapelle vorn in der Kirche verwahrt wird und dem der fromme Glaube seit der Zeit seiner Aufrichtung, also fast seit tausend Jahren, Wunder zuschreibt. Eine fromme Aebtissin am Zürchersee hatte es dem heiligen Meinrad geschenkt; vor ihm hatte er seine Gebete verrichtet. Nach seinem Tode war es verloren. Als man nach beinahe zweihundert Jahren Kloster und Kirche an der Stelle seiner Einsiedelei erbaute, fand man es in der Erde wieder. Es war schwarz geworden. So ist es auch noch in der mit schwarzem und grauem Marmor bekleideten „heiligen Kapelle der Mutter Gottes" zu schauen und das ganze Jahr hindurch verrichten Gläubige ihre Andacht vor ihm, an dem Tage und in der Woche der Kreuzerhöhung zu vielen, manchmal zu Hunderttausenden.

An dem Tage der Kreuzerhöhung wurde im Jahre 948 die Kirche eingeweiht. Viele Bischöfe und Prälaten und andere geistliche Herren waren dazu eingetroffen. Der Bischof Conrad von Constanz, zu dessen Sprengel Einsiedeln damals gehörte, sollte die Weihe vornehmen. Da geschah aber ein Wunder. Als die frommen Geistlichen in der Mitternachtstunde sich erhoben hatten, um den Tag des Festes mit Gebet zu beginnen, da vernahmen sie, sobald der letzte Schlag der Mitternachtglocke verhallt war, oben in den Lüften der Kirche einen lieblichen Gesang wunderbarer Stimmen, und es waren die nämlichen Töne und in der nämlichen Ordnung, wie die Bischöfe bei Einweihung einer Kirche die frommen Gesänge anzustimmen pflegten. Und Alle erkannten, daß Engel des Himmels selbst die Kirche einweihten. Der Tag der Kreuzerhöhung wird seitdem zu Einsiedeln als die „Engelweihe" gefeiert und die Feier dauert acht Tage lang; wenn der Tag aber auf einen Sonntag fällt, vierzehn, und sie heißt dann die „große Engelweihe". —

Dem Wanderer, der von den umliegenden Bergen heruntersteigt, glänzt schon von weitem der majestätische Bau des Klosters entgegen, dessen beide ungeheure Flügel an die in der Mitte vorspringende, in edlem Stile gebaute, mit zwei hohen Thürmen gezierte Kirche sich anschließen. Kein Fürstenschloß gewährt einen erhabeneren Anblick. Der Pilger eilt schneller, wenn er Kloster und Kirche so wundervoll in der Ferne seiner harren sieht. Die Brust wird ihm gehoben durch das Verlangen, dort seine Andacht zu verrichten, in den erhabenen Hallen an heiligen Altären niederzuknieen und in Demuth sein Gebet zu dem Herrn emporzurichten, dem all' das Große und Herrliche geweiht ist. —

Die Sonne sandte ihre letzten Strahlen über die umliegenden Höhen, als die drei Pilger das Dorf Einsiedeln erreicht hatten und ihre ersten Schritte zu Kloster und Kirche lenkten. Die Kuppeln auf den hohen Thürmen der Kirche glänzten noch golden in dem Sonnenlichte, rund umher begann leise die Dämmerung, als sie in die Kirche eintraten. In der Kirche überwog das Dunkel schon die Helle.

Die geweihten Wachskerzen wurden vor den Altären angezündet.

Eine feierliche Stille herrschte in dem hohen, weiten Raume.

Nur wenige Gläubige befanden sich in der Kirche. Der Nachmittagsgottesdienst war beendet; der Abendgottesdienst sollte erst nach einiger Zeit seinen Anfang nehmen.

Bei dem Eintritte in das Gotteshaus leuchtete ihnen die Mutter-
gotteskapelle entgegen. In ihr wurden die Kerzen zuerst angezündet.
Das Bild der Heiligen war von ihnen wie von einem Strahlenkranze
umgeben. So thronte es, in festlichem Gewande, in dem prachtvollen
Marmorbau; es war anzusehen, wahrhaft wie das Bild einer Himmels-
königin.

Die ältere Frau wurde mächtig ergriffen. Schluchzend warf sie sich
auf den Stufen vor dem Bilde nieder.

Auch das Mädchen kniete nieder und betete still.

Dann erhob sie sich, und zu dem jungen Mann an ihrer Seite flüsterte
sie bewegt:

Die arme Mutter! Sie hat so viel gelitten. Zuletzt hatte sie im
vorigen Winter eine schwere Krankheit. Da that sie das Gelübde, wenn
sie genese, zu der heiligen Mutter Gottes nach Einsiedeln zu wallfahrten.
Und noch Eins will sie hier an diesem frommen Orte ausrichten; es liegt
ihr schon seit einem Jahre schwer auf dem Herzen, seit dem Tode des
Vaters.

Sie wollte erzählen. Aber der junge Student achtete nicht auf die
Worte des Kindes. Ein anderer Gegenstand hatte seine Aufmerksamkeit
gefesselt, alle seine Sinne und Gedanken befangen.

An den Stufen zu den Füßen des Muttergottesbildes kniete neben
der trauernden Wittwe noch eine Trauergestalt. Sie war freilich so sehr
verschieden von jener. Aermliche grobe Wolle umgab die hageren Glieder
der Wittwe. Reiche Seide floß von der hohen Gestalt der anderen
Trauernden hernieder.

Aber sie waren beide gleich in Gebet und in Andacht versunken, und
die hohe Gestalt der Fremden beugte sich vor der Heiligen nicht minder
demüthig, als die einfache arme Wittwe.

Der junge Student erbebte, als er die betende Fremde erblickte.

War es nicht jene hohe Gestalt, die er am Rheinfall bei Schaffhausen
gefunden und verloren hatte? Aber sie war nicht stolz mehr, diese hohe
Gestalt, und wenn auch reiche Seide wie damals ihren Körper umfloß,
in der demüthigen Andacht, in der sie auf den Knieen dalag, sprach sich
eine schwere, tiefe Trauer aus und das Kleid der Lust glich einem Gewande der Trauer.

War sie jene Fremde, die mit ihrem Stolze, ihrem Hochmuthe, ihrer
eisigen Kälte ihm das Herz gebrochen, bis in die tiefste Tiefe gebrochen

hatte? Und wenn sie es war, was war ihr begegnet, das diese Veränderung an ihr hatte bewirken können. Worüber trauerte, was büßte sie?

Das Herz klopfte ihm und es wollte ihm wieder erstarren, wie damals am Rheinfalle, als er sein Leben gewagt hatte, um eine Blume für sie zu pflücken, und als sein Dank die banalste und die frostigste Phrase war. Er mußte ihr Gesicht sehen; er mußte wissen, ob sie es war. Aber sie wandte sich nicht um, und zu ihr, nur bis zu ihrer Seite dringen konnte er nicht. Es hatten sich mehr andächtige Frauen eingefunden. Sie knieten rund um die Fremde her und umgaben sie.

Die Wittwe hatte sich von ihrem Gebete erhoben. Sie trat zurück.

Folge mir, sagte sie zu ihrer Tochter, zu dem zweiten Gange, den wir hier zu machen haben.

Kommen Sie, Herr Edmund, sagte das Kind zu dem jungen Studenten.

Sie mußte ihn bei seinem Vornamen nennen. Er nannte sie Anna.

Er rührte sich nicht auf ihre Mahnung.

Er war leichenblaß geworden. Sein Blick war nur auf Einen Punkt gerichtet: auf die schwarze Gestalt, die vor dem Muttergottesbilde kniete.

Man erzählt von der riesigen Schlange des Südens: Ihr Blick tödtet den, dessen Auge sie trifft und bannt. Und das Auge, das von ihr getroffen wird, kann sich doch nicht von ihr abwenden, wird von ihr gebannt, bis es sterbend zusammenbricht.

So war das Auge des jungen Mannes von der schwarzen Knieenden gefesselt und gebannt.

Und hatte ihm sein ahnendes Herz nicht auch gesagt, es werde Heilung finden an dem Gnadenorte zu Einsiedeln, wenn es auch durch den Tod sein solle?

Einmal mußte die Fremde sich umwenden, er mußte ihr Gesicht schauen. Was dann, wenn sie es war?

Um des Himmels willen, Herr Edmund, was ist Ihnen? fragte ihn erschrocken das Mädchen.

Er antwortete nicht. Er starrte nur unbeweglich nach der Knieenden hin.

Das Kind wurde ängstlicher. Sie ergriff seine Hand.

Kommen Sie, kommen Sie!

Sie wollte ihn fortziehen.

Da erhob sich die Knieende.

Sie wandte sich nicht um, er sah immer nur die schwarze Gestalt. Aber er erkannte sie. Er erkannte sie völlig, unzweifelhaft.

Und sie hatte sich hoch, stolz erhoben, stolz wie er sie früher gesehen hatte.

Komm, sprach er zu dem Kinde mit einer Stimme, die der Stimme eines Sterbenden glich, und er ließ sich willenlos fortziehen.

Das Schiff der Kirche zu Einsiedeln wird durch eine dreifache Reihe hoher Säulen abgetheilt. In den äußersten Theil, der durch die dritte Säulenreihe rechts gebildet wird, hatte sich die Wittwe begeben. Dahin folgten ihr das Mädchen und der Student.

Am Ende der Säulenreihe befindet sich ein Altar. Rechts von dem Altar ist eine kleine Erhöhung, auf der ein Pult steht.

Auf dem Pulte lag ein großes aufgeschlagenes Buch. Vor dem Buche stand ein Geistlicher. Pilger nahten ihm, sprachen leise Worte zu ihm, überreichten ihm eine kleine Gabe, er schrieb in das Buch, sie entfernten sich wieder, um Anderen Platz zu machen.

Auch die Wittwe nahte sich dem Geistlichen. Auch sie sprach leise zu ihm, dann legte sie eine Gabe hin und der Geistliche schrieb in das Buch. Aber während er schrieb, fielen schwere Thränen aus den Augen der armen Frau.

Und als ihre Tochter die Thränen sah, mußte sie mit der Mutter weinen. Aber ihr kindliches Herz mußte sich zugleich mittheilen.

Das ist das Zweite, sagte sie zu ihrem Begleiter, was meine gute Mutter hier ausrichten mußte. Mein Vater hatte kein Glück in der Welt und die Leute sagten, es sei seine eigene Schuld gewesen. Und meine Mutter war unglücklich mit ihm, ach, so sehr! Wie oft habe ich sie bitter weinen sehen über ihn. Da starb er im vorigen Jahre und sie machte sich Vorwürfe, daß sie ihm ihr Unglück gezeigt hatte und sie hatte keine Ruhe, als bis sie hier bei der Muttergottes zu Einsiedeln könne Messen lesen lassen für seine arme Seele, und daß er ihr Alles, Alles verzeihen möge, was sie im Leben ihm gethan und was vielleicht nicht recht mochte gewesen sein. Und meine Mutter ist doch so gut und so brav.

Das Kind mußte fast laut weinen.

Der Geistliche aber hatte die erbetenen Messen in das Buch eingeschrieben, und als die Wittwe nun zurücktrat, da war das feine blasse Gesicht unter den Thränen, die sie abtrocknete, von einer stillen, seligen Verklärung übergossen. So ging sie seitwärts zu dem Altar, vor dem sie in stillem Gebete niederkniete.

Ihren Platz hatte sie einem frischen Schweizermädchen eingeräumt. Dieses trat etwas ängstlich an den Geistlichen heran und leise nannte es einen Namen, für den es um Messen bat. Während aber der Geistliche schrieb, bekam es Muth.

Er ist mein Liebster! setzte es vertraulich verschämt in Pausen hinzu. Er ist in Italien. Daß er mir treu bleibt, hochwürdiger Herr, kann ich dafür die Messen lesen lassen?

Und als die Messen eingeschrieben waren, trat es mit einem wie siegesgewissen Lächeln zurück.

Wie viel kann man spotten über den Glauben! Wie heilig ist dennoch der Glaube eines reinen frommen Gemüthes und wie viele Seligkeit gewährt er!

Die Wittwe hatte ihr Gebet verrichtet. Sie war ermüdet, angegriffen.

Ich bedarf der Ruhe, sagte sie zu ihren Begleitern.

Das Mädchen aber gedachte wieder der Leiden des jungen Mannes, und wie sie ihn darauf hingewiesen, wenn er glaube und vertraue, so werde auch er hier Trost und Heilung finden.

Ich begleite meine Mutter, sagte sie zu ihm. Sie müssen noch hierbleiben. Auch Ihnen muß das Herz hier wieder leicht werden. Und da müssen Sie allein sein.

Er mußte es.

Mutter und Tochter verließen die Kirche.

Er blieb zurück.

Die Kirche hatte sich mit Menschen gefüllt. Der Abendgottesdienst begann. Die Orgeltöne stiegen mächtig zum Himmel empor; mächtiger in frommem Gesange die Stimmen der Menschen.

Dem jungen Manne wurde wehe und weher um das Herz. Er hatte sich in den dunklen Schatten einer Säule zurückgezogen. Er lehnte an der Säule. Rund um ihn war Feier, Glaube, Ruhe, Erhebung. Aber in sein Herz konnte keine Ruhe kommen. Doch, Ein Gedanke, Ein Wunsch erfüllte ihn wenigstens mit der Ahnung der Ruhe:

Hier sterben! Still entschlafen in dieser heiligen Andacht!

In ihrer Nähe! setzte dann aber sein Herz hinzu, und die Unruhe kam wieder über ihn und es trieb und drängte ihn, sie aufzusuchen trotz der Heiligkeit des Ortes, unter allen den Tausenden von Menschen, sich vor ihr niederzuwerfen, ihr zuzurufen: Sieh mich an, das ist Dein Werk, das Werk Deines Stolzes, Deines Hochmuths. Du hast mich vernichtet! Und dann? — Heilung sollte er hier finden, sei es auch durch den Tod!

Aber da schwollen die Töne der Orgel und des Gesanges so erhaben gen Himmel und sie senkten sich nieder in seine Brust und sie linderten wie heilender Balsam die Wunde seines Herzens und dann war es ihm, als wenn es ihm unter allen den Menschen zu eng werde in der weiten Kirche und er ging still hinaus, um in dem weiteren und prachtvolleren Dome des Nachthimmels seine Seele zu dem Herrn des Himmels zu erheben.

Draußen vor der Kirche blieb er stehen.

Der Himmel war sternenklar.

Ruhe herrschte umher.

Er vernahm keinen Laut, als die Töne der Orgel und des Gesanges, die feierlich aus der Kirche herüberschallten.

Er lauschte ihnen still und sie erhoben sein Herz, sie und die Ruhe und das Dunkel der Nacht, durch welches der Glanz aller der Millionen Welten zu ihm herniederdrang.

Sie sangen in der Kirche:

O piissima,

O sanctissima,

Dulcis virgo Maria!

Maria! Maria! seufzte er leise vor sich hin.

Da hörte, da fühlte er neben sich einen Hauch.

Eine schwarze Frauengestalt, tief verschleiert, war ihm wie ein Schatten aus der Kirche gefolgt.

Sie hatte ihn erblickt, als er durch das Gedränge hinausschritt. Es hatte plötzlich und heftig ihren ganzen Körper durchzuckt. Sie hatte geschwankt, dann hatte sie sich vor ihm verbergen, sich vor ihm in die Menge hineinflüchten wollen. Sie hatte noch einmal zu ihm hinblicken müssen. Nur noch einmal. Sie hatte das bleiche, kummervolle Gesicht gesehen. Sie schwankte nicht mehr. Festen Schrittes folgte sie ihm.

Da sprach er draußen ihren Namen, leise, aber so schmerzlich. Es drang ihr tief in das Herz. Sie stand an seiner Seite. Sie schlug den Schleier zurück. Sprechen konnte sie nicht.

Auch er konnte es nicht, da er sie sah.

Nicht Stolz, nicht Kälte schreckten ihn zurück.

Er blickte in brennende Augen und in ein Gesicht, das bleicher war, als das seinige.

So sah sie ihn an, voll Mitleid, aber auch voll Liebe. Auch voll Liebe. Der Glanz der Sterne zeigte sie ihm glänzend in dem schönen

Gesichte, daß der Gram, der Gram der Liebe nicht minder gebleicht hatte als das seinige in dem Feuer der brennenden Augen.

Maria! mußte er noch einmal rufen, laut, aus der innersten Tiefe seines Herzens, und es war, als wenn der Laut ihm das Herz auf immer zerrissen habe, als wenn es der letzte Laut wäre, der sich aus ihm hervordrängen könne. Er wollte, er mußte vor ihr niedersinken. —

Aber ihre Arme fingen ihn auf, hoben ihn auf, an ihr Herz.

Sie lieben mich? fragte sie ihn leise und zitternd.

Er konnte nicht antworten. Ein Glück zum Sterben hatte ihn erfaßt.

Ich liebe ja auch Dich! hauchte sie leiser und zitternder an seinem Herzen, an seinen Lippen.

Sie hielten sich umschlungen, sprachlos, weinend, selig.

Dann führte sie ihn fort.

Sie überschritten den weiten Platz vor dem Kloster, gingen um das Dorf Einsiedeln herum und wandten sich in ein Birkenwäldchen. Dann stiegen sie einen kleinen, mit Buchen und Föhren bewachsenen Hügel hinan. Die tiefste Stille des Abends umgab sie. Nicht der Gesang der Kirche, nicht das Geräusch des Dorfes traf mehr ihr Ohr. Sie waren fern von Menschen, sie schienen fern von allem Leben zu sein. Sie selbst waren still, denn sie waren selig. Ihre Arme waren in einandergeschlungen. Ihre Thränen hatten sich getrocknet. Ihre Augen hatten nur das Lächeln des Glücks.

So kamen sie mitten in dem Föhren- und Buchenwalde an ein einsames, stilles, verschwiegenes, kleines Haus.

Vor dem Hause machte die Dame Halt.

Wenige Worte, ehe wir das Haus betreten, sprach sie.

Sie ließ seinen Arm los. Er horchte, was sie sagen werde.

Du liebst mich? sagte sie.

Soll ich es noch betheuern?

Willst Du mir angehören? Ganz und gar?

Ganz und gar, solange ich lebe.

Und mir vertrauen?

Konnte ich lieben, ohne zu vertrauen?

Auch ganz und gar? Auch meinen Geheimnissen? Du willst sie nie erforschen? Nie zu erforschen suchen? Du fragst nicht wer, Du fragst nicht was ich bin. Du nimmst mich, wie Du mich siehst, mit allen meinen Geheimnissen, in meinem ganzen Geheimniß. Willst Du?

Ich will, ich will.

Wohlan, so schlage ein. So gehörst Du mir, so gehöre ich Dir. Du nur mir, ich nur Dir, mit und in meinen Geheimnissen. Du bist mein Edmund. Ich bin Deine Maria. Schlag ein!

Sie reichte ihm die Hand. Er ergriff sie, er drückte seine Lippen darauf.

Mein Edmund!

Meine Maria!

Sie drückte ihre Lippen auf die seinigen.

Und nun komm. Du bleibst bei mir. Unsere Herzen, unsere Liebe trennt fortan nichts mehr. Unsere Personen können von einander gerissen werden, früher oder später, auf kürzere, auf längere Zeit, für immer. Unsere Herzen gehören dennoch einander an, ganz, für die Ewigkeit.

Sie sprach mit Wehmuth, zuletzt doch mit dem innigen Jubel der seligsten Freude.

Sie war an die Pforte des kleinen, stillen Hauses getreten. Sie klopfte leise an.

Die Thür wurde leise und behutsam geöffnet. Ein Licht erschien nicht in ihr.

Gottlob, sagte eine Stimme, Sie blieben lange —

Der Student Edmund erkannte die Stimme, es war die des alten Herrn, den die Dame Maria am Rheinfall Onkel genannt hatte.

Er hatte damals Du zu ihr gesagt, jetzt sprach er zu ihr Sie.

Sie nannte ihn auch nicht mehr Onkel.

Sie hatte ihn unterbrochen.

Ich komme nicht allein, Nikolai —

Wie? rief der alte Mann verwundert.

Ich habe ihn gefunden! flüsterte sie in sein Ohr, leise, aber mit jenem vollen innigen Jubel ihrer seligen Freude.

Der alte Mann sagte nichts. Hatte der Schreck ihm plötzlich die Zunge gelähmt?

Sie achtete nicht darauf.

Sie nahm die Hand Edmunds. Sie zog ihn in das Haus.

Der Alte verschloß die Thür hinter ihnen.

Dann schritt er in einem schmalen dunklen Gange voran. An einer Thür blieb er stehen. Er öffnete sie und trat ehrerbietig zurück.

Sie standen an der Schwelle eines hell erleuchteten, bequem und mit einer einfachen, aber um so edleren Eleganz eingerichteten Damenzimmers.

Deinen Arm, Edmund, sagte die Dame zu dem jungen Mann.

Sie legte ihren Arm in den seinigen.

So führe mich in mein, jetzt auch Dein Zimmer.

Sie traten in das Zimmer.

In dem hellen Glanze der Lichter blickte sie in sein Auge.

Bist Du glücklich? Aber nein, antworte mir nicht. Du bist es. Dein Auge sagt es, Dein Antlitz, Alles!

Er war glücklich. Alles in ihm sagte es. Er war in einer halben Stunde ein anderer Mensch geworden.

Und auch sie war glücklich. Auch ihr Auge sagte es, und ihr Gesicht, das von der schönsten Farbe der Freude geröthet war.

Mit dem glücklichsten Lächeln sah sie ihn an.

Dann wandte sie sich um nach dem alten Mann, der mit in das Zimmer getreten, aber ehrerbietig an der Thür stehen geblieben war.

Er sah bekümmert aus.

Sie gewahrte es.

Ihre Augen füllten sich plötzlich mit Thränen. Sie stürzte auf ihn zu. Sie legte ihre beiden Arme um seinen Nacken.

Nikolai, Nikolai, rief sie, ich bin so glücklich! Störe mein Glück nicht O, Du nicht, Du braver, Du treuer Mensch!

Die Augen des alten Mannes standen voller von Thränen als die ihrigen.

Herrin, edle Herrin, sagte er, Sie wissen, ich sterbe für Ihr Glück. O, seien Sie glücklich, ganz, lange, immer. Sie verdienen es. Sie sind so gut, so edel.

Und Du bleibst unser treuer Freund, meiner und der meines Edmund?

Ich bleibe Ihr treuer Diener, ich werde der seinige bleiben.

Er küßte ehrfurchtsvoll ihre Hand. Er wollte auch die des Studenten küssen.

Edmund nahm die Hand des alten Mannes und drückte sie herzlich.

Der alte Diener verließ das Zimmer. Er sah nicht mehr bekümmert aus. Nur eine stille Aengstlichkeit wollte nicht aus seinem Auge weichen.

Der Student Edmund war in Geheimnisse eingetreten.

Der alte Diener Nikolai kehrte nach kurzer Zeit zurück.

Das Abendessen ist angerichtet, meldete er.

Er öffnete eine Seitenthür.

Man blickte in ein helles Speisezimmer. Es war mit derselben einfachen Eleganz eingerichtet, wie das Boudoir der Dame.

Sie führte den jungen Mann hinein.

Die Tafel war für zwei Personen gedeckt, für die Dame und den Studenten. Er mußte sich an ihre Seite setzen.

Der alte Nikolai bediente sie.

Das Nachtessen war ein einfaches. Aber das Geschirr war das feinste und kostbarste, und der Student glaubte in dem Golde und Silber eine Krone eingeprägt zu sehen. Als er genauer hinblicken wollte, sagte Maria lächelnd zu ihm:

Sähest Du nicht lieber in mein Auge?

Und er blickte in ihr Auge voll Schönheit und Liebe und er vergaß Silber und Gold und Kronen.

Als das Mahl beendet war, erhob sich die Dame.

Gute Nacht, mein Edmund. Dieser Tag wird die Quelle eines reichen und langen Glücks für uns sein.

Sie bot ihm Hand und Mund.

Dann zog sie sich zurück.

Der alte Diener führte den Studenten in den oberen Stock des Hauses, wo er ihm ein sehr freundliches Schlafgemach anwies.

Der junge Mann schlief süß. Daß ihn ein Geheimniß umgab, war ihm klar. Klar war ihm aber auch, daß das schönste Weib, das edelste Herz ihn liebte und auch er liebte dieses Weib und dieses Herz und er hätte ohne sie und ihre Liebe nicht mehr leben mögen, nicht mehr leben können. Was gingen ihn da alle Geheimnisse der Welt an? Nur Glück, nur Freude, nur Liebe wiegten ihn in Schlummer ein und bildeten seine Träume.

Als er am andern Morgen erwachte, war der alte Diener da, seine Befehle zu empfangen.

Dann saß er an der Seite der Geliebten, das Frühstück einzunehmen.

Eine halbe Stunde später stand sie in einfacher Morgenkleidung vor ihm, einen breiten, weißen Strohhut auf dem schönen, blonden Haar, ihn zu einem Spaziergange abzuholen. Sie gingen allein.

Das kleine, einsame Haus lag mitten an dem Abhange eines Hügels, umgeben von Föhren und Buchen. Die Bäume ragten hoch über sein Dach hinaus. In der Nähe verbargen sie es ganz. Nur auf den entfernteren Bergen konnte man es entdecken. Dorthin gewährte es auch von seinen Fenstern eine freundliche Aussicht. Auf der Rückseite des Hauses, den Hügel hinan, wucherte unter dem hohen Gehölz ein fast undurchdringliches Gebüsch. Aber ein schmaler, enger gewundener Pfad führte verborgen hindurch bis oben auf die Spitze der Anhöhe. Er begann in einer dichten verdeckten Laube unmittelbar vor einem Kellerpförtchen des Hauses.

Den Pfad führte die Dame den jungen Mann. Er gehörte zu den Geheimnissen des Hauses. Der Student fragte deßhalb nicht nach ihm. Es war auch so still und heimlich darin, wie für das süßeste Geflüster der Liebe, und die Zweige des Gebüsches schlossen ihn so eng ein; auch die Liebenden mußten sich eng aneinander schließen, wenn sie ihn Arm in Arm durchschreiten wollten.

Sie erreichten die Spitze des Hügels. Er war jäh abschüssig auf seiner andern Seite, beinahe wie eine steile Felswand. Die Wand senkte sich tief in ein schmales Thal, fast wie eine Schlucht, hinunter. Die Tiefe dieser Schlucht von der Höhe aus zu erreichen, schien zu den Unmöglichkeiten zu gehören. Wenn aber das Auge ganz scharf und genau einzelnen Einschnitten der starren Felswand folgte, so konnte es zwar nicht entdecken, aber ahnen, daß ein vielfach gewundener, durch Gebüsch und Steine verborgener Weg in die Tiefe hinunter führen müsse.

Auf der Spitze des Hügels war eine enge Moosbank. Die dichten Zweige einer Buche überschatteten sie.

Laß uns hier ausruhen, mein Freund, sagte die Dame, und sie ließen sich auf dem Moose nieder. Sie mußten mit den Armen sich eng umschlingen, wenn sie Beide Platz haben wollten.

Die Aussicht da oben war eine wundervolle. Der hohe Etzel lag ihnen gegenüber; eine bunte, krause, wilde Hochalpenwelt überragte ihn und zog sich hinter ihm her die ganze westliche und südliche Hälfte des Horizonts entlang. Sie sahen den Säntis, und von dem hohen Glärnisch an alle die ewigen Schneeberge des Glarner, Luzerner und St. Galler Landes, von Schwyz, Uri und Unterwalden. Alle lagen sie in einem ungeheueren und doch nahen Halbkreise umher. Es war eine Welt, wie kein anderer Punkt der Erde sie dem Auge darbietet.

Das Auge der Liebenden suchte und sah sie nicht, heute nicht.

Du bist glücklich, Edmund? fragte die Dame wieder den jungen Mann.

Ich bin es, und Du, Maria?

Diese Stelle muß es mir sagen; darum führte ich zuerst Dich hierher.

Darf ich Dich nach diesem Räthsel fragen?

Ich werde es Dir lösen. Seit dem Anfange des Sommers wohne ich hier. Die Gegend ist hier rauh, wild und doch so schön. Sie ist vor allem heimlich und am heimlichsten meine kleine Besitzung. Auch am sichersten. Hast Du auf den Pfad geachtet, der uns hierher geführt hat? Siehst Du den Pfad, der hier neben uns, unmittelbar von dieser Moosbank in die tiefe Schlucht da unter uns hineinführt? Kein Verfolger wird den einen oder den andern finden. Selbst in der Gegend weiß niemand von ihnen. Nur ich und Nikolai kennen sie. Und jetzt Du. Allein hiervon nicht weiter. Ich entriß mich einem Leben, das nur trostlos leer für mich war, indem mein Herz nur die trostloseste Leere empfand. Ich mußte mich ihm entreißen. Ich hatte ihm seit meiner frühesten Kindheit angehört. Ich mußte in eine andere Welt, frei, ohne allen Zwang, daher unbekannt, allein. Nur mein treuer Nikolai begleitete mich. Ich flog durch die Welt. Mein Herz war nicht mehr leer. Es füllte sich mit Manchem, mit Vielem, mit Gedanken, mit Bildern, mit Erinnerungen. Aber Eins fehlte ihm, fehlte ihm stets, das Glück. Und nun wurde es bald wieder leerer als es vorher gewesen war. Und ich mußte das Glück finden, ich meinte es. Ich suchte es auf. Ich jagte ihm nach. Vergebens. Das Glück kam nicht zu mir. Aber das Unglück kam. Auch das meinte ich. Es war nur das Gefühl des Unglücks. Aber ist das nicht am Ende das Unglück? Ich sollte in mein früheres Leben zurückkehren. Ich konnte es nicht. Ich vergrub mich in diese Einsamkeit. Hier war ich sicher. Hier, sagte mir eine Ahnung, müsse ich das Glück finden. Und da habe ich auf dieser Stelle, auf dieser Moosbank manche Stunde, manchen Tag und selbst manche Nacht gesessen und das Glück erwartet und von ihm geträumt, und — jetzt habe ich es, ich habe Dich, ich habe Deine Liebe. Meine Ahnung hat mich nicht betrogen.

Da unten an dem Rheinfalle hätte ich es schon finden können, finden sollen. Ich stieß es von mir, stolz, hart. Wie habe ich dafür gebüßt? Mein Herz hatte von da an keine Ruhe mehr. Ich mußte hierher zurück. Diese Bank hat seitdem bis heute nur meine Thränen gesehen, nur meine Thränen des Schmerzes, der Reue, der Hoffnungslosigkeit. Trost konnte ich nur da unten finden, in der Kirche, zu den Füßen der Heiligen, der ich Demuth und Liebe gelobte, wie sie demüthig gewesen ist und geliebt hat. Und sie hat meine Gebete erhört. Ich habe Dich wiedergefunden. Du bist glücklich, Du hast mir verziehen und ich ke, auch an dieser Stelle, daß ich glücklich bin, daß ich endlich das habe, das ich ahnte, das ich suchte, nach dem ich gejagt hatte.

Sie weinte an dem Herzen des jungen Mannes. Es waren Thränen des reinsten Glücks.

Ich konnte ja nicht mehr leben ohne diese. Ich lebte nicht mehr. Jetzt, jetzt erst lebe ich wieder.

So war es. Sie lebte wieder. Sie lebte glücklich, unendlich glücklich denn sie liebte, sie liebte unendlich.

Und der Jüngling war nicht minder glücklich als sie, denn er liebte nicht minder.

Sie lebten manchen Tag so. In der schönsten, der reinsten, der edelsten Liebe. Ihre Herzen erkannten sich bis auf den tiefsten, innersten Grund, und sie liebten sich umsomehr, umso inniger, umso unauflöslicher.

Nur Ein Geheimniß war zwischen ihnen, ihre, Maria's Vergangenheit.

Er fragte nie danach. Er hatte, wie am ersten Tage des Wiederfindens, so auch später nie das geringste Verlangen, etwas davon zu erfahren. Sie liebte ihn; er war täglich, stündlich um sie; sie gehörten einander, nur einander; das war ihm genug.

Sie sprach selbst davon:

Meine Jugend, meine Heimat, mein ganzes früheres Leben, Alles muß für Dich ein Geheimniß bleiben. Wir könnten einmal von einander gerissen werden. Dann wäre der Schlüssel dieses Geheimnisses Dein Verderben.

Sie konnten auseinander gerissen werden! Trübte das nicht das Glück der Liebenden? Je reiner die Liebe ist, desto hoffnungsreicher ist sie.

Der Tag wird kommen, an dem ich Dir als Dein Weib angehören kann. Er muß kommen. Bis dahin sind wir glückliche Brautleute. Müssen wir es auch lange sein, um so reiner unser Glück, jetzt, künftig!

Und wie glückliche, wie herzlich innig glückliche Brautleute lebten sie.

Der alte Nikolai sah nie wieder bekümmert aus, aber wie sie mehr und mehr und heiliger und fröhlicher sich liebten, so wurde er täglich ruhiger und glücklicher.

Der alte Nikolai war übrigens nicht der einzige Diener des Hauses. Das Fräulein hatte für ihr einfaches, zurückgezogenes Leben eine große Dienerschaft. War es frühere Gewohnheit? Sie waren sämmtlich: Kammerjungfern, Bediente, Koch, Gärtner, aus der Schweiz, die meisten aus der französischen. —

Der Monat September war längst vorüber. Der Oktober hatte in der rauhen Berggegend schon die Bäume entblättert. Der November sandte einzelne Schneeflocken. Aus dem Kranze des Glückes der Liebenden war kein Blatt und keine Blüthe gefallen. Ihre Herzen, ihr ganzes Wesen hatte sich täglich inniger in einander verschmolzen. Wie der Tag vom frühen Morgen bis zum späten Abend sie unzertrennlich beisammen fand, so waren sie auch innerlich wie zu einem einzigen Wesen geworden. Wie ihre Herzen aneinander schlugen, so fühlten sie auch gemeinsam. Und der Geist des Einen belebte, bereicherte und läuterte sich an dem Geiste des Andern.

Und es war keine Einförmigkeit, und wo die Herzen rein und edel sind und der Geist klar und tief, da ist auch das einförmige Leben noch nie langweilig geworden; das Leben von Brautleuten konnte nur täglich an Reiz gewinnen.

Maria, das Fräulein, hatte einen reichern Geist als der Student Edmund. Sie hatte mehr von der Welt und von dem Leben gesehen und sie hatte eine Ausbildung genossen, deren Sorgfalt, Vielseitigkeit und Gründlichkeit selbst den gelehrten jungen Mann überraschte. Sein Geist war schärfer, tiefer. Aber ihr Reichthum befruchtete seine Gedanken und keiner seiner Gedanken war ihr unzugänglich.

Das Fräulein hatte eine ausgesuchte Bibliothek. Beide spielten sie den Flügel.

Und dann wieder das reine, unschuldige Spielen und Kosen der Liebe.

Auf den Zehen schlich er am frühen Morgen aus seinem Schlafgemache in ihr Boudoir, um sie mit Küssen zu überraschen.

Wie oft stand sie schon in einem Versteck hinter der Treppe und umfing und umschlang ihn unerwartet, und er fühlte ihre Lippen auf den seinigen, ehe seine Augen sie gesehen hatten.

Die Unterhaltung mit dem Flügel und den Classikern unterbrach der weiche Druck der Hände, seliges Lächeln der Augen, süßes Geflüster der Liebe.

Und Geflüster und Lächeln würzte ihnen das Mahl.

Und Druck der Hände und der Lippen wollte nicht enden, wenn der späte Abend sie trennte.

Es ist das Alles einförmig, wenn es erzählt wird. Für die Liebe ist es immer neu, und sie sehnt sich immer neu danach.

Nur ein trüber Gedanke beschlich zuweilen den jungen Mann. Nicht das Geheimniß, das ihn umgab, aber die Furcht, daß sein Glück aufhören könne, und dabei denn doch das Geheimniß.

Jener verborgene Pfad zu der Spitze des Hügels und da oben der noch heimlichere und für den, der ihn nicht genau kannte, lebensgefährliche Weg in den Abgrund hinein, zeigte deutlich, wie die Furcht vor einem

14*

plötzlichen Ueberfall, so das Bedachtsein auf eine schleunige, gefährliche Flucht.

Dann war er zufällig in einer Nacht erwacht und er hatte draußen unter seinem Fenster einen langsamen, leisen, regelmäßigen Schritt, aber, trotz der Stille der Nacht, nicht das mindeste andere Geräusch vernommen. Er war aufgestanden und an das Fenster getreten. Da hatte er einen Mann gesehen, der still und langsam unter dem Fenster auf- und abgegangen war. Er glaubte den alten Nikolai erkannt zu haben. Er hatte ununterbrochen den Schritt des Mannes gehört, bis er wieder eingeschlafen war.

Fragen durfte er auch nach diesem Geheimnisse nicht. Aber in der folgenden Nacht blieb er auf, und so wie Alles im Hause ruhig geworden war, hörte er den regelmäßigen Schritt wieder und jetzt erkannte er deutlicher den alten, treuen Diener.

Nun drückte es ihn aber, daß er sich in ein Geheimniß einzudrängen gesucht habe, und er mußte das, was er gethan, der Geliebten entdecken.

Ja, sagte sie, es ist der treue Diener. Er wacht für mich, jede Nacht. Jetzt auch für Dich.

Also wieder Vorsorge, die ängstlichste gar, gegen einen plötzlichen Ueberfall!

Woher konnte dieser kommen? Warum?

Aber er durfte nicht weiter fragen und er fragte auch nicht, und den alten Mann hörte er immer, und er gewöhnte sich mit der Geliebten daran, in seinem Schutze sich sicher zu fühlen, und sie lebten Beide glücklich weiter, in dem schönen poetischen Leben liebender Brautleute. —

Auch der schönste, der poetischeste Brautstand soll, darf, kann nicht lange währen.

Es war ein frischer Novembertag, der Nebel war vom frühen Morgen an hin- und hergezogen, daß die Sonne nicht hatte durchdringen können. Am Nachmittage wurde er in den höheren Luftschichten dünner. Die Sonne verbarg er gleichwol noch.

Es waren das Anzeichen einer nächstens eintretenden strengeren Kälte, der ein starker Schneefall vorhergehen werde.

Der Pfad zu unserer Moosbank da oben wird dann unwegsam werden, sagte das Fräulein Maria zu ihrem Geliebten. Er wird es vielleicht für den ganzen Winter bleiben. Gehen wir noch einmal zu dem freundlichen Platze.

Sie gingen hin, Arm in Arm, wie immer, von der Vergangenheit sich erzählend, von der Zukunft träumend, von ihren Herzen flüsternd. Auch allein und fern von der Welt liebt die glückliche Liebe das heimliche Geflüster.

Sie erreichten die schmale Bank. Sie mußten sich wieder enge aneinanderschließen, um Beide Platz darauf zu finden. Seit zwei vollen Monaten hatten sie so oft, fast täglich, auf dem Moose so gesessen. Immer war es, als wenn ein neues Glück da oben sich in ihre Herzen ergieße. Auch heute. Sie saßen mitten in dem Nebel, und der Nebel war kalt. Aber sie saßen dicht und warm beisammen, und das heimliche Liebesgeflüster erwärmte sie doppelt.

Auf einmal schien dennoch ein Frösteln die Dame zu durchbeben.

Kehren wir zurück, sagte der junge Mann. Es ist kalt hier oben; bald muß die Sonne untergehen, es wird dann noch kälter.

Aber sie wollte noch nicht umkehren.

Das ist es nicht, sagte sie, eine trübe Ahnung durchschauerte mich plötzlich.

Mitten in unserem Glücke, Maria?

Es war mir, als wenn es bedroht werde. Es ist mir noch so.

Und wie kommt Dir der Gedanke?

Ich weiß es nicht. Ich habe gar keine Veranlassung.

Der trübe Tag hat Dich verstimmt, die Kälte, doch diese Kälte.

Nein, nein, es kommt aus meinem Innern. Mein Herz hatte schon oft solche Ahnungen, glückliche wie unglückliche. Am lebendigsten, am klarsten waren sie an dieser Stelle; hier sagten sie mir ja auch, daß ich Dich wiederfinden werde.

Und was sagen sie Dir heute?

Sie zeigen mir Trennung, Trennung von Dir.

Er wollte sie beruhigen, aufheitern.

Sie wurde trüber, trauriger. Dann warf sie sich heftig, leidenschaftlich an sein Herz.

Aber Eins schwöre mir, Edmund!

Bedarfst Du für irgend etwas eines Schwures von mir?

Du hast Recht. Dein Herz ist treuer, als alle Schwüre. Sein Klopfen, das ich fühle, sagt es mir. Es wird mich nie vergessen, nie, nie!

Nie! rief der junge Mann.

Es wird mich immer lieben, nur mich.

Immer, ewig nur Dich.

O, schwöre es mir; schwöre es mir doch! Ich glaube Dir, ich vertraue Dir. Aber wie süß ist dennoch der Schwur der Liebe!

Ich schwöre es Dir, Maria, bei dem ewigen Gott, bei meinem Glück, bei Deinem, bei dem Glücke meiner Mutter, des Liebsten, was ich mit Dir auf der Erde habe!

Sie küßte den Schwur von seinen Lippen, lächelnd und weinend.

Und immer und ewig, rief sie, werde auch ich nur Dich lieben! Keine Macht und keine Gewalt der Erde wird diese Liebe aus meinem Herzen reißen können.

Der Schwur des Geliebten, ihr eigener hatte sie erhoben. Heiter konnte sie dennoch nicht wieder werden.

Es mag der finstere, kalte Nebel sein. Aber ist er nicht auch das Bild des kalt und finster die Menschen umschleichenden Unglücks?

Wenn es das ist, Maria, so blicke auf, sagte der junge Mann.

Eines jener wunderbaren und wunderbar erhabenen und schönen Schauspiele, die nur die Alpennatur darbietet, und so nur im Herbst oder Winter, entwickelte sich vor ihnen, rund um sie her.

Im fernen Westen ging die Sonne unter. Eine dunkle Röthe, die den Nebel durchdrang, zeigte es an. Der Nebel wurde dünner, die letzten Strahlen der Sonne kämpften mit ihm. Sie verdrängten ihn von der Höhe, sie drückten ihn in die Tiefe.

Auf einmal brachen sie voll und glänzend hervor. Man sah noch die halbe Sonnenscheibe. Nirgend in der Höhe war mehr Nebel, nur da unten in der Tiefe lag er.

Und da lag er wie ein ungeheueres, unbegränztes und unendliches und unbewegliches Meer, dessen wilde schwarze Wogen plötzlich in ihrem Stürzen und Rollen festgefroren sind.

Und aus dem starren dunklen Meere tauchten ungeheuere Riesen hervor, der schöne Rigi in der Nähe, die ewigen Schneeberge nach fast allen Seiten hin in der Ferne.

Hinter dem Rigi ging die Sonne unter. Ihre Scheibe war ganz verschwunden.

Da fingen die Schneeberge an zu leuchten.

Es gibt kein Schauspiel in der Natur, das sich mit der erhabenen Pracht des Glühens der Schneealpen vergleichen ließe.

Sie glühten Alle, mit ihrem ewigen Schnee in dem Lichte der nur noch auf ihnen weilenden Strahlen der Sonne. In nächster Ferne der Glärnisch; dann wie das großartigste Diadem die herrlichen Klariden;

dann der ungeheuere Tödi, der größte und höchste Sarkofag der Erde; tief unten im Süden der fast nicht minder hohe, feingeformte Titlis.

Wie klares Gold fingen sie an zu leuchten. Bald standen sie in der tiefsten Purpurgluth da. Ein ungeheueres Feuer schien in ihrem Innern zu brennen. Ueberall brachen und schlugen die Flammen heraus. Zuletzt war der ganze große Berg eine einzige, riesige, dunkelglühende Flamme.

So war jeder Berg.

So ragten sie alle aus dem unendlichen, dunklen, starren Nebelmeere hervor, auf dem schon die Nacht lag. —

Blicke auf, Maria, sagte der junge Mann zu seiner Geliebten.

Sie blickte auf.

Sie stand sprachlos in dem Anblicke.

Sie standen Beide sprachlos.

Dann rief sie begeistert:

Das ist die Flamme unserer Liebe, unseres Glücks. Blicke auf, sprachst Du, Du hast Recht. Der Himmel redet zu uns. Nun komme was da wolle. Wir gehören uns. Wir werden, wir bleiben glücklich.

Komm, komm, rief sie dann hastig. Nur noch eine Minute wird dieses wunderbare Glühen währen. Ich kenne es. Dann deckt plötzlich ein graues Leichentuch sie alle, diese leuchtenden Berge. Ich darf es heute nicht sehen.

Sie zog ihn von der Anhöhe. Sie eilte mit ihm den Pfad hinunter. Sie waren bald wieder in Nebel eingehüllt, in den Nebel des starren, schwarzen Meeres, das sie da oben zu ihren Füßen gesehen hatten.

Von den hohen Bergen sahen sie nichts mehr, nicht mehr das Leuchten, nicht mehr das graue Leichentuch, das sie nach wenigen Augenblicken plötzlich und schauerlich bedeckt hatte.

Sie waren vor der Farbe und vor dem Tuche des Todes, des Unglücks geflohen.

Sie meinten, dem Unglücke selbst entflohen zu sein.

Sie waren wieder fröhlich, glücklich. Sie scherzten über Ahnungen und Furcht und Angst.

So trennten sie sich für die Nacht.

Mit süßen Küssen, mit süßen Worten.

Gute Nacht, meine Maria!

Gute Nacht, mein Edmund!

Mein ewig Geliebter!

Meine süßeste, meine einzig Geliebte!

Gute Nacht, gute Nacht!

Lebe wol bis morgen! —

Gute Nacht!

Und sollten sie morgen sich wieder sehen?

Als der Student Edmund in seinem Schlafgemache allein war, traten die finsteren Ahnungen an ihn heran. Er legte sich zur Ruhe und meinte, dann würden sie auch ihn in Ruhe lassen. Aber nun quälten und warfen sie ihn erst recht hin und her.

Bei jedem Geräusch, das er hörte, klopfte ihm das Herz.

Einmal mußte er aufspringen. Er hörte einen Schritt draußen, unter seinem Fenster. Es schien ihm nicht der gewöhnliche Schritt des wachenden alten Dieners zu sein. Er war ungleich, zuweilen plötzlich gehemmt, dann wieder schnell, unruhig.

Als er aber durch das Fenster blickte, war es doch der alte Mann.

Er legte sich wieder nieder. Er schlief endlich ein. Der Gang draußen war wieder ruhig geworden. Der regelmäßige Ton hatte ihn eingeschläfert.

In der Nacht war er wieder wach geworden. Er war plötzlich aus dem Schlafe aufgefahren. Wie von einem Geräusche, kam es ihm dunkel und unbestimmt vor. Aber er hörte nichts mehr. Er konnte sich auch geirrt, geträumt haben. Er horchte lange. Es blieb Alles still. Er schlief wieder ein.

Er schlief bis zum Morgen.

Der Morgen war klar. Die Sonne schien in die Fenster hinein.

Er erhob sich rasch. Er kleidete sich schnell an.

Maria wird noch schlafen. Ich werde sie überraschen!

Er schlich auf den Zehen die Treppe hinunter.

Im Hause war Alles still.

Sie schläft gewiß noch. Wenn sie in ihr Zimmer tritt, bin ich schon da.

Er trat in ihr Zimmer.

Sie war noch nicht da.

Aber etwas Anderes sah er.

Eine Unordnung, die er noch nie darin gesehen hatte.

Es mußte etwas vorgefallen sein.

Was war es?

Nebenan befand sich ihr Schlafgemach.

Er horchte an der Thür.

Drinnen war Alles still.

Ihn überfiel eine unbestimmte Angst.

Er klopfte an die Thür, leise.

Er bekam keine Antwort. Es blieb still drinnen.

Er klopfte lauter.

In dem Gemache rührte sich nichts.

In ungeheuerer Angst eilte er in das Bedientenzimmer.

Die Leute waren fast alle darin versammelt, mit bleichen, verstörten Gesichtern.

Sie hatten bei ihrem Erwachen die Hausthür offen gefunden. Das war ihnen auffallend gewesen, aber sie hatten sich bei dem Gedanken beruhigt, der alte Nikolai, dessen Nachtwachen bekannt waren, möge am frühen Morgen bei der Rückkehr in das Haus vergessen haben, sie abzuschließen.

Darauf war die Kammerjungfer in das Zimmer ihrer Herrin getreten. Sie hatte Alles darin in der größten Unordnung gefunden. Sie war erschrocken. Sie hatte an dem Schlafkabinet der Herrin gelauscht. Sie hatte nichts darin vernommen. Hineinzugehen durfte sie nicht. Sie hatte ihre Wahrnehmung den andern Bedienten mitgetheilt. Man war übereingekommen, zuerst den alten Nikolai zu wecken. Man hatte ihn nicht gefunden, weder in seiner Stube, noch anderswo. Sein Bette war unberührt geblieben.

Die Leute beriethen in großer Angst, was weiter zu thun sei, als der junge Mann zu ihnen eintrat.

Sie erzählten ihm.

Er befahl sofort der Kammerjungfer, in das Schlafgemach des Fräuleins zu gehen.

Sie kam mit kreideweißem Gesichte zurück.

Das Fräulein sei nicht da. In ihrem Schlafgemache herrsche dieselbe Unordnung, wie in dem Boudoir.

So war es. So fand es der junge Mann, als er selbst in das Schlafzimmer stürzte.

Das Fräulein war fort, der alte Nikolai war fort.

Hatten sie freiwillig, heimlich das Haus verlassen?

Oder hatte Gewalt, eine gewaltsame Entführung stattgefunden?

Der Zweifel löste sich bald.

In der Nacht war Schnee gefallen.

In dem frischen Schnee wurden die Fußspuren vieler Männer entdeckt.

Die sämmtlichen Sachen sowol des Fräuleins wie des alten Nikolai fehlten, zehnfach mehr als die Beiden allein hätten tragen können. Das Fräulein war gewaltsam fortgeführt.

Auch die Art der Fortführung ließ sich leicht errathen.

Unzweifelhaft war der alte Nikolai in seiner Nachtwache selbst überrascht und überfallen worden. Daher jenes Geräusch, von dem der junge Mann aus dem Schlafe geweckt war. Darum war das Bett des alten Mannes unberührt geblieben.

Die Räuber waren dann leise in das Haus gedrungen, hatten die Dame im Schlafe überrascht, sie aus dem Bette gerissen und mit sich genommen, sie und den alten Mann.

Aber wer waren die Räuber?

Die Sachen des Fräuleins und des alten Dieners waren mit fort. Namentlich alle Papiere, bis auf das letzte Stückchen, sowie jeder andere Gegenstand, der nur irgend über die entschwundenen Personen hätte Auskunft geben können.

Dagegen war alles baare Geld — und es war viel da — unangerührt geblieben.

Wer waren die Räuber?

Ihre Spuren führten zu einem Wege, der um das Dorf Einsiedeln herum den Etzel hinanstieg. Dort verschwanden sie. Aber an ihre Stelle traten die Spuren von mehren Wagen und Pferden.

Wer die Räuber waren? Kein Mensch wußte es. Aber der Student Edmund ahnte es.

Und da wußte er auch, daß es mit seinem Glücke vorbei sei.

Und noch gestern hatte die Geliebte in jenes wunderbare Glühen so vertrauensvoll hineingerufen:

Das ist die Flamme unserer Liebe, unseres Glückes!

Und sein Herz hatte es mit ihr gerufen.

Er eilte den Spuren der Wagen nach. Er konnte sie verfolgen bis an die Landstraße, die an dem Zürcher See entlang führt.

In der befahrenen Straße war nichts mehr zu unterscheiden und zu erkennen.

Alles Nachfragen war vergeblich, am See hinauf, am See hinunter. Niemand hatte etwas Ungewöhnliches bemerkt. Reisende waren dagewesen, wie immer.

Die Dame war und blieb verschwunden.

Sie blieb auch ferner verschwunden ohne alle Spur.

III.

An der Ostsee.

Es war ein stürmischer Oktoberabend.

Die See ging hoch. Die Wellen schlugen brausend und zischend an das Ufer.

Dennoch war das Ufer des Hafens von Stettin mit vielen Menschen bedeckt.

Schiffe wollten abgehen, Schiffe sollten ankommen.

Unter den letzteren wurde mit besonderer Spannung das regelmäßige Dampfschiff aus einer großen nordischen Hauptstadt erwartet.

Unter Denen, die auf das Dampfschiff warteten, zeichnete sich besonders eine Gruppe aus.

Sie bestand aus Herren und Damen der vornehmsten Welt. Die Damen geputzt wie zu einer Cour. Die Herren in den glänzendsten Civil- und Militäruniformen.

Ein wolgenährter Herr von mittleren Jahren war unverkennbar der vornehmste in der Gesellschaft. Er trug bürgerliche Kleidung, aber auf der Brust einen großen Stern. Er wartete auf die Ankunft des Schiffes am ungeduldigsten. Die Anderen warteten mit ihm und für ihn.

Nicht weit von der Gruppe schritt einsam, in einen grauen Mantel gehüllt, ein Mann an dem Ufer auf und ab.

Es war eine große, aber tiefgebeugte Gestalt. Das Gesicht war regelmäßig und schön, aber von Schmerz und Leiden zerfurcht. Man konnte ihn für einen Vierziger halten, und doch zeigte die Elasticität seiner Bewegungen, daß er die Zwanziger Jahre noch nicht zurückgelegt haben mochte.

Den ehemals so frischen und fröhlichen Heidelberger Studenten Edmund hätte schwerlich jemand in ihm erkannt.

Und doch war er es.

Aber sechs lange Jahre von Schmerz und Leiden können den frischesten und fröhlichsten Menschen alt und unkenntlich machen.

Und sechs lange Jahre hatte der Student Edmund gelitten, schmerzlich gelitten, denn er hatte so lange die Geliebte verloren und keine, auch nicht die allergeringste Spur von ihr wiedergefunden.

Er war nach ihrem Verschwinden noch einen Monat in Einsiedeln geblieben. Er hatte gehofft, irgend eine Kunde von ihr, über sie zu erhalten; eine Nachricht an ihn, eine Nachfrage nach ihr.

Nichts von dem allen.

Er war darauf in die Welt gereist, in die weite Welt, denn in der ganzen weiten Welt war sie zu suchen, und er suchte sie, nur sie.

Er fand sie nicht. In ganz Europa nicht. Er fand keine Spur von ihr.

Und das Herz wurde ihm immer öder und doch immer schwerer. Nichts in der Welt konnte ihm Trost geben.

Er kehrte nach Einsiedeln zurück, um an dem Orte, wo er so glücklich mit ihr gewesen war, in dem einsamen, kleinen Hause an dem Hügel, auf der engen Moosbank oben auf dem Hügel von ihr zu träumen und in den Träumen an sie zu sterben. Aber häßliche englische Gesichter streckten sich ihm aus den Fenstern des Hauses entgegen, und oben auf der Moosbank sang eine dürre Engländerin mit langen Flachslocken zu einer Harfe, zum Erbarmen sentimental.

Er ging in den Schwarzwald, um bei der kleinen Anna, an deren Seite er sie wiedergefunden hatte, von der Engelweihe in Einsiedeln zu sprechen. — Aber die kleine Anna war eine große starke Frau geworden und Mutter eines kleinen Kindes und wollte nur ihr Kind als einen Engel gelten lassen und von der Engelweihe in Einsiedeln nichts mehr wissen.

Er wollte zum Rheinfall bei Schaffhausen gehen, trotz alledem. Da erhielt er einen Brief, daß seine Mutter schwer erkrankt sei. Er reiste zu ihr. Sie starb in seinen Armen.

Als er ihr die Augen zugedrückt und sie begraben hatte, da hatte er auf Erden nichts mehr, und das Herz war ihm völlig leer und in ihm war alles still.

Das ist die Flamme unserer Liebe und unseres Glückes! hatte sie gerufen.

Die Liebe brannte noch in seinem Herzen. Aber selbst die Hoffnung eines Glückes hatte er nicht mehr, und die Liebe brannte, um das Herz zu verkohlen.

Er floh die Menschen. Er mußte alle Menschen fliehen.

In eine wilde Wüste eines anderen Welttheils! rief es in ihm.

Er stand am Hafen zu Stettin und wartete auf das Boot, das ihn zu dem auf der Rhede liegenden Schiffe führen sollte. Mit dem Schiffe wollte er Europa verlassen.

Das Boot ließ ihn warten, wie die anderen das Dampfschiff aus der großen nordischen Hauptstadt warten ließ.

Wer sind denn die vornehmen Herrschaften mit allen den Orden und Uniformen? — hörte er neben sich fragen.

Das ist der Prinz — mit seinem Hofe, wurde dem Frager geantwortet·

Worauf wartet er?

Auf seine Braut.

Und die ist?

Die Fürstin —. Sie wird auf dem Dampfschiffe ankommen.

Was fragte Edmund nach dem Prinzen, der die Fürstin erwartete. Er wartete nur auf sein Boot.

Es kam noch immer nicht, wie auch das Dampfschiff nicht.

Es war dunkler Abend darüber geworden. Fackeln und Laternen konnten das Ufer nur schwach erhellen. Der Sturm löschte sie aus oder trieb flackernd und blendend und ungewiß ihr Licht umher.

Das Dampfboot! rief es endlich.

Das Boot der Iris! rief es gleich hinterher.

Alles stürzte näher zum Wasser.

Mit der Iris wollte Edmund abreisen.

Er drängte sich zu dem Boote, er erreichte es, er sprang hinein.

Das Dampfboot rollte brausend heran, brausend durch die wild schäumenden Wellen, und hell im Lichterglanz durch die dunkle Nacht.

Das Boot stieß vom Lande.

Hurrah! rief man auf dem Lande dem Dampfschiffe entgegen.

Die Räder des Dampfschiffes stellten ihr Schaufeln ein. Es glitt langsam dem Landungsplatze zu.

Das Boot der Iris mußte an ihnen vorüber rudern.

Die beiden Fahrzeuge erreichten einander.

In dem Boote der Iris saß neben den Ruderern in der Dunkelheit des Abends nur eine einzige dunkle Gestalt, in einen grauen Mantel gehüllt.

Vorn auf dem Verdecke des Dampfschiffes stand im Glanze der hellen Lichter eine hohe Frauengestalt; hinter ihr ein Kreis glänzender Herren und Frauen.

Auch die hohe Frau, die an ihrer Spitze stand, glänzte in Seide und in Gold und edlen Steinen. Aber ihr Gesicht war todtbleich und ihre Augen starrten wie erloschen.

Da rief eine Stimme unten aus dem vorüberfahrenden Boote zu ihr empor.

Maria! rief die Stimme.

Und Edmund! rief die hohe Frau, und mit dem Rufe war sie verschwunden.

Die Stelle, wo sie auf dem Verdecke gestanden hatte, war leer.

Unten aber hörte man einen Fall in das Wasser.

Hurrah, die Fürstin! rief es am Ufer.

Allmächtiger Gott, wo ist die Fürstin? rief es im Schiffe.

Verschwunden! In das Wasser gefallen!

Rettet sie! Rettet sie!

Allein das Dampfschiff mußte in seinem Zuge weiter gleiten, und als es anhalten konnte und man Boote hinunterließ, da war in dem Wasser nichts zu sehen und nichts zu hören, und die Fürstin war und blieb verschwunden und der Prinz mußte ohne Braut heimkehren.

Nach Jahr und Tag aber kam einmal die Iris nach Stettin zurück und da erzählten Matrosen geheimnißvoll eine wunderbare Geschichte: wie vor einem Jahre, als die Iris zum letztenmal hiergewesen, ein einzelner Passagier im Boote abgeholt worden, wie, als das Boot neben dem Dampfschiffe angelangt, aus diesem plötzlich eine Person in das Wasser gefallen sei, wie der Passagier auf der Stelle nachgestürzt sei, wie er richtig dieselbe gerettet und in das Boot gebracht, und wie die Gerettete eine wunderschöne, vornehme Dame gewesen sei, und wie der Passagier und die Dame fast wahnsinnig vor Freude gewesen seien; sie hätten geweint und gelacht, alles durch einander, wie ein paar Kinder.

Uebrigens seien sie nach New-York gefahren; was aber dort weiter mit ihnen geschehen sei, das wußten die Matrosen nicht.

Niemand hat es erfahren, wenigstens in Europa nicht.

Amerika ist weit und groß.

Maria aber hatte in das Glühen der Alpen vertrauungsvoll hineingerufen:

Das ist die Flamme unserer Liebe und unseres Glücks!

Eine Klostergeschichte.

I.

Ein Kinder= und Güterhandel.

Zwei vornehme Damen saßen in einem eleganten Boudoir und in einem eifrigen Gespräche beisammen. Ihre Gesichter waren geröthet; aber sie sahen sich nur verstohlen von der Seite an. Sie waren auf ihrer Hut gegen einander.

Also Thalhausen wollen Sie den jungen Leuten nicht abtreten?

Nein, wie ich Ihnen sage; nur Bergkirchen.

Aber Thalhausen ist dreimal größer.

Ja, eben darum.

Und wird Bergkirchen soviel eintragen, daß sie anständig davon leben können?

Sie sind Anfänger, müssen sich einschränken.

Aber mein Sohn ist altadelig, meine Liebe!

Und heiratet in eine reiche Familie, Frau Baronin.

Und dann noch Eins, meine Liebe, wenn Thalhausen dreimal größer ist als Bergkirchen, so fordert seine Bewirthschaftung auch dreimal mehr Mühe und Last.

Und?

Und Sie werden alt, meine Liebe.

Aber noch lebe ich, und man hat für das Leben ein gutes Sprichwort.

Das hieße?

Man zieht nicht eher seinen Rock aus, als bis man sich zu Bette legt.

Es ist ein bürgerliches Sprichwort.

Ich halte auch in meinem Adelstande daran fest.

Die beiden Damen, die so miteinander sprachen, waren die Baronin von Zikwoff und die Frau von Helmschwert.

Beide waren Wittwen.

Die Frau von Zikwoff war von altem Adel und auch ihr verstorbener Mann — er war General gewesen — hatte einer alten und angesehenen adeligen Familie des Landes angehört. Freilich hatten sie beide niemals

Vermögen gehabt und von der Offiziersgage hatten sie bei Lebzeiten des
Mannes zwar angenehm leben und Schulden machen können, weiter aber
auch nichts. Seit seinem Tode reichte die Wittwenpension für so etwas
nicht einmal aus.

Die Frau von Helmschwert stammte aus einer einfachen, aber wohl-
habenden bürgerlichen Familie. Ihr Mann war sogar aus einer Bauern-
familie entsprossen, die ihn, da das elterliche Gut einem älteren Bruder
zufiel, in ihm aber Talent und Lust zum Lernen entdeckt wurde, in das
Bureau eines Advokaten gegeben hatte, wo er die „Schreiberei" erlernen
mußte. Einige Jahre später hatte er Soldat werden müssen. Seine
gute Handschrift hatte ihn in das Militärbureau gebracht; seine Gewandtheit und Anstelligkeit hatten ihn befördert. Lieferungsgeschäfte
und Kriege hatten ihn zu einem reichen Manne gemacht. Nach Beendigung der Kriege hatte er seinen Abschied genommen, Güter gekauft und
sich in den Adelstand erheben lassen. Helmer hatte er früher geheißen;
als Herr von Helmschwert wurde er geadelt. Er wollte doch auch ein
Wahrzeichen haben, daß er Krieger gewesen sei, und auf das Geld, das
es ihn kostete, brauchte er nicht zu sehen.

Wir müssen noch ein paar Worte über die beiden Damen hinzufügen.

Von dem reichen Rittergüterbesitzer Herrn von Helmschwert hatte der
arme General Baron von Zikwoff öfter Geld geliehen. Der ehemalige
Schreiber und Kriegskommissär hatte es seinem ehemaligen vorgesetzten
Offiziere nicht wohl abschlagen können. Er mochte auch wohl andere
Gründe gehabt haben.

Das hatte später die Wittwen Beider zusammengebracht.

Etwas Anderes hatte dann einen Bund zwischen ihnen geknüpft.

Die Frau von Helmschwert fand nach dem Tode ihres Mannes in
dessen Büchern das Verzeichniß der namhaften Summen, die ihm der
damals gleichfalls schon verstorbene General von Zikwoff schuldig geblieben
war. Die Wittwe mahnte höflich die Wittwe. Die höfliche Mahnung
forderte eine höfliche Antwort. Der Briefwechsel rief eine persönliche
Begegnung hervor.

Und nun knüpfte das Andere ihren Bund.

Die Frau von Zikwoff hatte eine Tochter und einen Sohn, und die
Frau von Helmschwert hatte einen Sohn und eine Tochter.

Beide wollten sie das Glück ihrer Kinder.

Meine Kinder müssen reich werden, argumentirte dafür die Frau
von Zikwoff.

Wenn ich meine Kinder doch in eine recht alte adelche Familie des Landes bringen könnte, dachte die Frau von Helmschwert.

Die beiden Helmschwert, sprach die Frau von Zikwoff für sich, wären ganz vortreffliche Partien. Die Eltern waren zwar nur bürgerlich, der Vater gar ein Bauerssohn; aber desto mehr werden sie die Ehre zu schätzen wissen, die man ihnen erzeigt.

Die Zikwoffs, sagte die Frau von Helmschwert zu sich, gehören zu den allerältesten Familien im Lande und sind gar Freiherren. Das wäre eine Partie für meine Kinder. Es sind zwar nur Schulden und viele Schulden da; aber ein alter hoher Adel ist auch etwas werth, und ich habe ja Geld genug.

Die Frau von Zikwoff leitete die Sache ein. Zuerst sprach sie nur von der Verbindung ihrer Tochter mit dem Sohne der Frau von Helmschwert. Es war das bessere und dringlichere Geschäft. Die Söhne wachsen aus den Sorgen, nach dem Sprichworte, die Töchter wachsen hinein. Und Fräulein Sidonie von Zikwoff war ihrer Mutter schon in manche Sorge hineingewachsen, früher durch die Jugend, die bekanntlich keine Tugend hat, und später durch das Alter, das bekanntlich auch nicht immer vor Thorheit schützt. Sei sie erst wegen der Tochter im Reinen, rechnete die Frau von Zikwoff, so werde sie auch schon für den Sohn fertig werden.

Und sie kam wegen der Tochter sehr bald ins Reine, wenigstens sie und mit der Frau von Helmschwert.

Die jungen Leute müßten sich nur erst kennen lernen, hatte nur die Frau von Helmschwert gemeint.

Wozu, meine Liebe? hatte die Frau von Zikwoff verwundert gefragt. Sie wollen doch nicht etwa Ihren Sohn um seine Einwilligung bitten?

Die Frage hätte sie sich freilich sparen können. Die Frau von Helmschwert war eine sehr selbstständige reiche Frau, die nicht leicht Jemanden um Erlaubniß oder Einwilligung bat, am allerwenigsten ihren Sohn.

In meinem Hause habe ich zu befehlen, Frau Baronin, hatte sie erwiedert. Es ist nur um des Anstandes willen.

Aber, meine Liebe, das sind bürgerliche Ansichten über Anstand.

Ich halte auch in meinem Adelstande fest daran, Frau Baronin.

Dabei blieb die Dame, und es mußte also auch für die Andere dabei bleiben.

Die Frau von Helmschwert wohnte mit ihren Kindern auf ihrem Gute Thalhausen.

Dahin mußte die Frau von Zikwoff mit ihrer Tochter kommen. Sie nahm zugleich für alle Fälle ihren Sohn mit. Aber auch noch einen Neffen, von ihrer Seite, einen Baron von Winkler. Ihr Sohn hatte noch keine rechte Lust zum Heiraten, wie er freilich selbst versicherte. Da war dann vielleicht für den Neffen eine Gelegenheit da und die gute Partie blieb in der Familie. Auch vielleicht noch aus einem andern Grunde hatte sie den Neffen mitgenommen.

Seit Mittag war die Frau von Zikwoff mit den drei jungen Lenten zu Thalhausen.

Nach der Tafel waren die beiden Mütter allein gegangen, in das Boudoir der Frau von Helmschwert, um die Sache näher und definitiv zu besprechen.

Nun, die Beiden scheinen ja Gefallen aneinander zu finden.

Es ist möglich, Frau Baronin. Aber, wie ich Ihnen schon früher sagte, für meinen Sohn kommt es mir nicht darauf an.

Wir können also die Sache selbst als fest betrachten?

Ich denke.

Und es käme nur noch auf die Bedingungen an.

Bedingungen, Frau Baronin?

Sie haben drei Güter —

Drei Rittergüter!

Thalhausen, Helldorf und Bergkirchen.

So heißen sie.

Welches werden Sie Ihrem Sohne abtreten? Ich meine jetzt gleich.

Bergkirchen!

Aber es ist das schlechteste von den dreien!

Schlecht ist keines von ihnen, Frau Baronin.

Ich hatte in der That an Thalhausen gedacht.

Ich nicht.

So waren sie zuletzt bei jenen spitzigen, wenn auch nicht eben sehr fein gespitzten Redensarten angelangt, bei denen wir sie im Anfange dieser wahrhaften Erzählung antrafen.

Die Frau von Zikwoff hatte darauf eingesehen, daß sie einen falschen Weg eingeschlagen habe, und einen anderen einschlagen müsse, wenn sie zum Ziele kommen wollte. Und das wollte sie, sogar zu einem doppelten.

Sie sah die Gegnerin voll und ehrlich an, und sprach treuherzig:

Wir haben uns ereifert, meine Liebe.

Ich nicht, Frau Baronin!

Wir wollen doch nur das Glück unserer Kinder.

Ja, das denke ich.

Da müssen wir Eltern schon Opfer bringen.

Auch Sie, Frau Baronin?

Liebe, ich habe Ihnen einen Vorschlag zu machen.

Der wäre!

Sie kennen meinen Sohn.

Er ist mit Ihnen hier.

Ich hoffe, daß er sich Ihren Beifall erworben hat.

Er ist ein recht hübscher Offizier.

Und ein tüchtiger Offizier dazu, meine Liebe, und von altem Adel, von dem ältesten und ersten Adel des Landes. Er wird also auch eine bedeutende Karriere machen.

Ich zweifle nicht daran.

Die Laufbahn seines Vaters ist ihm zum mindesten gewiß.

Also General!

Was meinen Sie, meine Liebe, zu einer doppelten Verbindung unserer Familien.

Darüber habe ich keine Meinung, Frau Baronin.

Wie?

Sie sprechen doch von einer Verbindung zwischen Ihrem Herrn Sohne und meiner Tochter?

Eben davon.

Darüber hat allein meine Tochter zu bestimmen.

Sie bestimmten aber doch für Ihren Sohn.

Mit meiner Tochter ist es etwas Anderes.

Die Baronin blickte ein wenig verwundert auf.

Aber die Frau von Helmschwert sah nicht aus, als ob sie hier auf andere Gedanken zu bringen, oder nur zu einer Offenbarung ihrer eigentlichen Gedanken zu bewegen sei.

Die Frau von Zikwoff fuhr ruhig fort; sie mochte im Innern ärgerlich genug sein.

Darf ich fragen, meine Liebe, welches von Ihren Gütern Sie Ihrer Tochter mitgeben würden?

Das hängt ganz von meiner Tochter ab.

Wie? Und wenn Ihre Tochter Thalhausen haben wollte?

So bekäme sie Thalhausen.

Mein Gott, Thalhausen allein hat ja den doppelten Werth von Helldorf und Bergkirchen zusammen.

So ungefähr wird das richtig sein.

In der Frau von Zikwoff wuchs das Verlangen nach der zweiten Partie.

Nun, meine Liebe, es wird bei der zweiten Verbindung bleiben.

Vorläufig müßte erst etwas daraus werden, Frau Baronin.

Das Gespräch der beiden Damen wurde unterbrochen.

Ein Bedienter trat in das Zimmer, ein alter Mann, der so etwas von einem Vertrauten hatte. Er sah verlegen aus.

Er sprach zu seiner Herrin ein paar leise Worte.

Sie fuhr auf.

Nein, sagte sie hastig und laut.

Aber er ist dringend, erwiederte der Bediente, nur halblaut.

Mag er wiederkommen.

Der alte Diener hatte noch etwas auf dem Herzen.

Sie ist wieder da, sagte er, wieder leiser.

Die Frau von Helmschwert fuhr nicht auf, aber sie zuckte beinahe zusammen. Dann sah sie sich mit einem verlegenen, fast ängstlichen Blicke nach der Baronin um.

Sie begegnete einem lauernden Blicke der vornehmen Dame.

Geniren Sie sich um meinetwillen nicht, meine Liebe. Ich höre, Sie haben Besuch.

O nein —

So hätte ich mich verhört. Entschuldigen Sie.

Es ist nur ein Bauer aus dem Dorfe da, der mich zu sprechen wünscht.

Die Thür des Zimmers wurde geöffnet.

Ein bejahrtes, aber kräftiges, sonnenverbranntes Gesicht erschien in der Oeffnung.

Der Bauer möchte Sie nur auf ein paar Worte sprechen, Frau Schwägerin.

Die Frau von Helmschwert war glühend roth geworden.

Das ist unverschämt.

Aber die Frau von Zikwoff wurde zuckersüß.

Wie gesagt, meine Liebe, um meinetwillen geniren Sie sich ja nicht.

Wenn Sie aber nicht wollen, Frau Schwägerin, — sagte drohend das sonnenverbrannte Gesicht.

Ich komme ja, rief die Frau von Helmschwert, und sie war schon an der Thür.

Der Fremde — Bauer, oder was war er? — war in das Zimmer nicht eingetreten, er hatte nur den Kopf durch die Thür gesteckt.

Er verschwand, als die Frau von Helmschwert das Zimmer verließ.

Der alte Bediente folgte Beiden.

Die Frau von Zikwoff blieb allein zurück. Sie hielt ein Selbstgespräch:

Ah, ah, der Schwager! Ein Bauer! Richtig, der verstorbene Herr Gemal war ein Bauerssohn. Helmer hieß er ja wol! Eine hübsche Verwandtschaft! Aber die schönen Güter! Vor allem dieses Thalhausen! Und die Alte gibt es ihr gleich ab! Da muß der Arthur alle Segel aufspannen.

II.

Ein kleiner Satan.

Eine bunte Gesellschaft von Herren und Damen machte eine Promenade.

In der Stadt bereitet man sich, wenn der Nachmittag später wird, zum Theater oder zur Gesellschaft vor.

Auf dem Lande muß man eine Promenade machen, bis der Abend zu einem Spiele oder zur Langeweile ruft.

Wir reden hier natürlich nur von der höhern Gesellschaft, sowohl für Stadt, wie für Land.

Die bunte Gesellschaft bestand aus vier Damen und drei Herren.

Zwei von den Damen kennen meine Leser schon. Es waren die Baronin von Zikwoff und die Frau von Helmschwert. Doch meine Leser kennen sie noch nicht ganz.

Die Frau von Zikwoff war eine sehr magere Dame, mit einer langen, spitzigen Nase. Jeder Zug und jeder Zoll an ihr zeigte die Aristokratin.

Die Frau von Helmschwert war eine große, starke Figur, mit einem kräftigen, rothen Gesichte. Genealogische Studien an ihr hätten eine Fleischerstochter entdecken können.

Die beiden alten Damen gingen zusammen.

Ihnen folgte eine hohe, stolze Gestalt, schon etwas verblüht, aber noch immer schön; äußerlich kalt, vornehm, blasirt; mit einem schweigsamen, aber doch beredten spöttischen Lächeln auf den schönen Lippen; aber in den Augen ein wildes, brennendes, verrätherisches Feuer. Fräulein Sidonie von Zikwoff, die Tochter der Baronin gleichen Namens war trotz

Stolz und Blasirtheit ihrer Mutter noch lange nicht aus den Sorgen herausgewachsen.

Ihr zur Seite schritt ein junger Mann mit einem blassen, gutmüthigen, nicht unbedeutenden, aber sehr schüchternen Gesichte. Ein strenger Vater schien ihn zu strenge gehalten zu haben; die Mutter hatte nach dem Tode des Vaters das Geschäft leider fortsetzen zu müssen geglaubt. Es war der Herr Fritz von Helmschwert, Sohn der Frau von Helmschwert, derselbe, der eine Stunde vorher der Gegenstand des Handels der beiden alten Damen zugleich mit Fräulein Sidonie und den Rittergütern Thalhausen und Bergkirchen gewesen war.

Vor den beiden alten Damen ging eine andere junge Dame, eine feine, zierliche Gestalt, an der aber Alles Leben war, die Füße, die Arme, das blühende Gesicht und in dem Gesichte ein paar blitzende und brennende Augen. Sie war noch sehr jung, höchstens achtzehn Jahre alt, während das Fräulein Sidonie schon achtundzwanzig zählte. Sie hieß Susanna von Helmschwert und war die Tochter der Frau von Helmschwert, und vielleicht die einzige Person in der Welt, um deren Erlaubniß oder Einwilligung sich ihre Mutter bekümmerte. Ueber einen Mann hatte sie allein zu bestimmen; und Thalhausen konnte sie gleich bekommen, wenn sie wollte.

Sie ging in der Mitte von zwei Herren.

Der Eine war ebenfalls eine feine und zierliche Gestalt, die bunte Lieutenantsuniform saß ihm sehr gut, und in seinem Gesichte trug und strich er einen allerliebsten blonden Schnurbart. Es war der Herr Arthur von Zikwoff, Sohn der Frau Baronin von Zikwoff.

Der Andere war sehr lang und sehr hager, und trug in seinem langen grauen Gesichte eine sehr große und pfiffige Nase. Der vorgebogene Kopf und der etwas gekrümmte lange Rücken zeigten einen Aktenmann an. Er war in der That Regierungs-Assessor, hieß Curt von Winkler, und war der leibliche Neffe der Frau von Zikwoff, den sie aus Familienrücksichten mitgenommen hatte, für den Fall, wenn es mit ihrem Arthur und der kleinen Susanne nichts werde. Seitdem sie freilich wußte, daß Fräulein Susanna Thalhausen bekommen könne, dachte sie an diesen Fall gar nicht mehr. Sie hatte ja auch früher nur in zweiter Linie daran gedacht, und in wahrem Ernst vielleicht gar nicht. Wenn man die häßliche Figur und das langweilige Gesicht des jungen Mannes ansah, so mußte man vielmehr glauben, sie habe ihn nur mitgenommen, um den hübschen und liebenswürdigen Arthur desto mehr hervorzuheben.

Und die kleine, lebhafte Susanna?

Sie hatte sich an die Spitze des Zuges gestellt:

Ich werde die Herrschaften führen.

Der Lieutenant Arthur von Zikwoff erhielt von seiner Mutter einen Wink. Er flog an die Seite Susannas.

Darf ich Ihnen meinen Arm anbieten, mein Fräulein?

Sie sah ihn verwundert an.

Dann würden sie ja mich führen, und also auch die Anderen.

An Ihrem Arme kann man nur geführt werden. Glücklich, wer da durch das Leben geführt werden könnte.

Der Lieutenant hatte es sehr galant und halblaut gesagt.

O weh, rief die kleine Susanna desto lauter, ein Krieger, den eine Dame führen soll. Wollen Sie so General werden, Herr Lieutenant?

Hatte auch die Frau von Helmschwert schon mit ihrer Tochter über den Lieutenant gesprochen?

Herr Arthur von Zikwoff wurde verlegen.

Das benutzte der pfiffige Regierungsassessor. Er schob seine lange Figur an die andere Seite des Fräuleins.

Aber ein einfacher Zivilist, mein gnädiges Fräulein, der auf das Heldenthum eines Kriegers keinen Anspruch macht —

Glaubt auf meinen Arm Anspruch machen zu können?

Darf ich unterthänig bitten?

Nein, mein Herr, das dürfen Sie nicht. Wer meinen Arm nehmen will, muß mich führen können, und führen kann mich nur, wer mindestens Anspruch auf Heldenthum macht.

Auch die pfiffige Nase des langen Assessors wurde verlegen.

Aber das Fräulein Susanna sagte freundlich zu den Herren:

Es bleibt also bei meiner Führung, meine Herren, aber unter Ihrem Schutze, wenn Sie wollen.

Die Herren ließen sich das nicht zweimal sagen, und sie ging in ihrer Mitte an der Spitze der Gesellschaft.

Das Schloß Thalhausen lag in einer flachen Gegend. Auch flache Gegenden können schön sein.

Anmuthige Wege führten durch den Park des Schlosses. Hinter dem Parke kam man an üppig grünen Wiesen vorüber. Man durchschritt dann ein dichtes Buchenwäldchen, und stand vor einem großen Bauerndorfe, dessen Gehöfte sich weit hin erstreckten. Gleich hinter dem Dorfe zog sich längs demselben ein weitläufiger dunkler Fichtenwald.

Der Wald schien der Zielpunkt zu sein, zu dem die den Zug leitende junge Dame die Spaziergänger führen wollte.

Zwei Wege trennten sich an den ersten Häusern des Dorfes. Der eine führte unmittelbar hinter diesem her, an der Rückseite, den Nebengebäuden und Gärten der Gehöfte entlang, zu dem Fichtenwalde hin; der andere ging in gerader Linie auf diesen zu, das Dorf ganz zur Seite lassend.

An der Scheidung der Wege machte das Fräulein Susanna einen Augenblick Halt. Sie schien sich zu besinnen, ob sie rechts oder links gehen solle.

Ihre Mutter warf einen etwas besorgten Blick auf sie.

Sie aber sah mit einem plötzlich und eigenthümlich mitleidigen Blicke ihren Bruder an dem Arme der schönen Sidonie an, dann erhob sie den Fuß, sich nach links zu wenden. Links war der Weg, der hinter dem Dorfe her führte.

Susanna, rief die Mutter fast ängstlich, ist der Weg rechts nicht kürzer?

Nein! erwiederte die junge Dame kurz, und sie schritt entschlossen in den Weg zur Linken hinein.

Man ging hinter den Gehöften und Gärten her. Es herrschte überall Wohlhabenheit.

Vor allen that sich schon in der Ferne ein großes hohes Bauernhaus hervor. Es war nicht mit Stroh gedeckt, wie die andern, frische Ziegel schützten sein hohes Dach. Vor seinen breiten Fenstern hingen grüne Jalousien. Ein weiter Garten dehnte sich an seiner Rückseite aus, mit Gemüse- und Blumenbeeten, mit Obstbäumen und Spalieren, mit dunklen Lauben und hohen italienischen Pappeln. Ein recht reicher Bauer mußte da wohnen.

Die kleine Susanna blickte oft neugierig nach Haus und Garten.

Die Frau von Helmschwert sah ängstlich und gedrückt von der Seite hin.

Und Fritz von Helmschwert —

Ermüdet der Spaziergang Sie? fragte das schöne Fräulein Sidonie zärtlich besorgt ihren Begleiter.

O, nein, nichts weniger, stotterte, über und über roth werdend, der schüchterne Herr Fritz von Helmschwert.

Aber dann wurde er wieder sehr blaß und er seufzte wieder tief auf wie unmittelbar vorher, als die Dame ihn gefragt hatte, ob er müde sei.

Seine Schwester Susanna mußte ihm auch etwas angesehen haben.

Man war nahe vor dem Garten des reichen Bauern angelangt.

Herr Lieutenant von Zitwoff, sagte sie zu dem einen ihrer Begleiter.

Was befehlen Sie, mein Fräulein?

Bitte, gehen Sie nur immer auf diesem Wege vorwärts.

Sie wollen uns verlassen?

Sie sollen uns nur einstweilen führen. — Herr Assessor von Winkler!

Gnädiges Fräulein?

Bitte, geben Sie dem Fräulein von Zitwoff Ihren Arm.

Aber Ihr Herr Bruder führt sie.

Ich habe eine andere Bestimmung für ihn.

Die beiden Herren gehorchten.

Der Lieutenant wurde zugführender Offizier.

Der Regierungs-Assessor wandte sich mit der jungen Dame zu dem letzten Paare.

Fritz, einen Augenblick. Fräulein, der Herr von Winkler wird Sie führen.

Sie gehorchten ihr Alle.

Man braucht nur bestimmt, entschieden zu sein, um Gehorsam zu finden, besonders wenn man eine junge Dame ist.

Nur das verblühte Fräulein gesellte ihrer stolzen Gestalt eine stolze Miene hinzu. Und die Frau von Helmschwert wurde ängstlicher.

Aber in das stolze Gesicht des Fräuleins Sidonie blickte die kleine Susanna mit der größten Gleichgiltigkeit von der Welt, und der Besorgniß der Mutter antwortete sie mit einem Blicke stillen, traurigen Vorwurfs.

Susanna, was machst Du?

Nichts, Mutter. Geht Ihr nur vor, wir folgen.

Die Anderen gingen vor.

Sie nahm den Arm des Bruders.

Fritz, der Onkel Helmer war da.

Ich habe ihn gesehen.

Auch gesprochen?

Konnte ich?

Und warum nicht?

Die Mutter hatte es mir verboten.

Unglücklicher! Ja, diese Schwäche ist Dein Unglück.

Ich kann nun einmal nicht anders!

Fritz, liebst Du Marianne noch?

Um Gotteswillen, wie kannst Du fragen?

Weil Du der da — der hochmüthigen, alten, ausgeblühten Jungfer den Arm gibst, weil Du Dich willst mit ihr verkuppeln lassen, weil noch heute — Höre, Fritz, wenn ich Du wäre, keine zehn Pferde sollten mich in ihren Arm ziehen, keine Macht der Erde sollte mich zwingen, sie nur anzusehen.

Ja, Du, Susanna!

Bin ich mehr als Du? Stärker, kräftiger? Auch der Schwächste braucht nur bestimmt zu sein, um wenigstens nicht gehorchen zu müssen.

Aber es ist Pflicht der Kinder, ihren Eltern zu gehorchen.

Würdest Du wirklich die Person aus Gehorsam heiraten?

Ach, liebste, beste Susanna, wenn ich es nicht müßte! Wenn Du mir helfen könntest!

Helfen kannst Du Dir nur selbst. Die Mutter ist unerbittlich in dieser Sache. Er widersetzt sich ja nicht, erwiedert sie mir.

Ich kann es nun einmal nicht, Susanna.

Weißt Du, daß schon heute Abend die Verlobung sein soll?

Kannst Du sie nicht aufschieben?

Weißt Du, daß Marianne hier ist?

Die Nachricht war fast ein zu heftiger Schlag für den jungen Mann.

Hier! Um Gotteswillen! Wo, wo?

Bei dem Onkel, wo anders?

Seit wann?

Sie ist gestern Abend gekommen. Willst Du sie sehen?

Ich?

Wir sind hier am Garten des Onkels. Das Pförtchen steht offen. Sie ist in jener Laube. Sie wartet auf Dich.

Der schwache junge Mann kämpfte einen entsetzlichen Kampf.

Woher weißt Du das? fragte er in dem muthlosen Hinhalten eines Entschlusses.

Ich habe es mit dem Onkel verabredet. Er war bei der Mutter, sie für Dich zu bitten, für Dich und für Marianne. Sie liebt Dich ja auch so sehr. Ich vereinigte meine Bitte mit der seinigen. Da sagte sie: Er selbst widersetzt sich ja nicht; was geht es denn Euch an? — Nun Fritz?

Ach, Susanna —

Ich führe Dich. In jener Laube ist sie. Wir haben nur zwanzig Schritte. Komm!

Gott sei Lob und Dank!

Die kleine Susanna rief es aus der Tiefe ihres Herzens.

Sie nahm seinen Arm. Sie eilte, sie lief fast mit ihm zu dem

Pförtchen des Gartens, damit sein Sinn nicht wieder umschlage. Sie waren dem Pförtchen gegenüber.

Schnell, Fritz. Sieh Dich nicht nach der Mutter um.

Aber er hatte sich schon nach der Mutter umgesehen, und die Mutter nach ihm; er mit einem ängstlichen, sie mit einem strengen, befehlenden, strafenden Blick.

Seine Kraft war schon wieder gebrochen.

Die Mutter! rief er. Sie sieht uns.

Er stand wie gelähmt. Er konnte nicht mehr voran.

Das ist zum Verzweifeln! stampfte die kleine Susanna mit ihrem kleinen Fuße den Boden.

Sie machte noch einen Versuch, ihn gewaltsam fortzureißen.

Aber die besorgte Mutter war stehen geblieben und machte jetzt sogar Miene, umzukehren, und ihnen den Weg zu vertreten.

Dennoch — ein verzweifelter Entschluß arbeitete in der muthigen Kleinen sich empor.

Komm, Fritz. Sagt sie etwas, so fange ich laut vor allen den Anderen von dem Onkel Helmer an. Ein Bauer ihr Schwager, unser Onkel, der künftige Oheim des stolzen Fräuleins! Sie fiele in Ohnmacht, wenn das auskäme.

Da rief aber der Bruder verweigernd: Susanna, Susanna, das könntest du unserer Mutter anthun?

Mit dem verzweifelten Entschlusse der kleinen, heftigen Susanna war es nichts mehr. Thränen stürzten aus ihren Augen, und sie rief:

Nein, nein, es war häßlich, es war schlecht von mir. — Ach es ist ein großes Unglück!

Aber was hast Du denn Susanna? fragte die Mutter.

Nichts, antwortete sie kurz, und doch schon wieder mit ihrem Trotze, nicht gegen die Mutter, aber gegen das Unglück des Bruders.

Die Mutter fragte nicht weiter.

Die Kleine aber führte den Bruder zu dem Fräulein Sidonie zurück, sie selbst, in ihrem Trotze.

Liebes Fräulein, wie gefällt Ihnen Thalhausen?

Es ist reizend hier, sagte artig das Fräulein Sidonie.

Ja, es ist ein schönes und reiches Gut. Lassen Sie es sich nicht nehmen. Wie?

Aber halten Sie vor Allem meinen Bruder fest.

Ich verstehe Sie nicht, Fräulein Susanna.

Er ist flatterhaft. Sie werden keinen flatterhafteren, ungetreueren Gardeofffzier in der Residenz kennen lernen. Oder haben Sie die Legationssekretäre noch ungetreuer gefunden?

Das Fräulein wurde glühend roth und leichenblaß. Sie mußte sich gewaltig getroffen fühlen.

Die Baronin von Zikwoff und die Frau von Helmschwert standen, oder gingen vielmehr beide wie auf glühenden Kohlen.

Ihre herzige Susanna ist recht munter, sagte die Frau von Zikwoff zu der Frau von Helmschwert, diesmal nicht zuckersüß, aber bittersüß.

Wollten Sie nicht meiner Tochter den Arm bieten? sagte die Frau von Helmschwert zu dem Lieutenant, der, nachdem Susanna zu ihrem Bruder gegangen war, galant der künftigen Schwiegermutter seinen Arm gegeben hatte.

Der junge Lieutenant flog zu dem kleinen Fräulein.

Mein Fräulein, Ihre Frau Mutter hat mir befohlen! . . .

Und jetzt nahm sie seinen Arm.

Das ist hübsch von Ihnen. Sie sind aufrichtig.

Ach, wenn ich von meinem Herzen reden dürfte —

Um des Himmelswillen nicht. Wer von seinem Herzen redet, ist immer langweilig.

Das Herz selbst soll reden, meinen Sie, gnädiges Fräulein! sagte, über seinen Scharfsinn triumphirend, der Regierungs-Assessor mit der pfiffigen langen Nase.

Eigentlich der Geist, mein Herr, erwiederte das kleine Fräulein. Aber lassen wir das. — Lieber Herr Lieutenant, ich habe eben Ihre Fräulein Schwester erschreckt. Helfen Sie mir, sie wieder aufzurichten.

Das Fräulein Sidonie war wenigstens still geworden und hatte ihre stolze Haltung verloren. Aber erschrocken war sie wohl nicht. Ihre Lippen murmelten vielmehr unvernehmlich, und ihre Augen sprachen sehr vernehmlich, und jene wie diese in kochender innerer Wuth: Das ist ein wahrer kleiner Satan! Wenn ich die einmal fassen könnte!

Meine Schwester? fragte der Lieutenant.

Ich habe ihr von der Untreue der Männer gesprochen.

Sie, mein Fräulein?

Warum nicht? Sie hat sich das zu Herzen genommen.

Ah!

Und ich meine, ohne Grund.

Hm, gewiß.

Denn wer einen tapferen Offizier zum Bruder hat . . . Wenn ich ein Mann wäre und eine Schwester hätte, und sie würde verlassen von einem Ungetreuen, mit Degen und Pistolen müßte der Elende mir Rede stehen, sein oder mein Blut müßte fließen, Meinen Sie nicht auch, Herr Lieutenant?

Unzweifelhaft, mein Fräulein.

Und auch Sie, Herr Assessor von Winkler?

Das versteht sich ja ganz von selbst, erwiederte wichtig, aber doch etwas betroffen der Herr von Winkler.

Der Lieutenant war glücklich. Er sah nur eine Appellation an seinen Muth.

Fräulein Sidonie aber biß nachdenkend die noch immer schönen Lippen zusammen.

Was mag dieser kleine Satan da wieder vorhaben?

In den lebhaften Augen des kleinen Fräuleins brannte wirklich ein ganzer Plan.

Man hatte den dunklen Fichtenwald erreicht, der sich hinter dem Dorfe herzog.

Er war in seinem Innern noch dunkler, als er sich von außen ansah.

Dabei herrschte eine tiefe, fast Todtenstille in und unter den schwarzen Bäumen.

Um so unheimlicher, schauerlicher beinahe hörte sich ein dumpfes, ununterbrochenes und fast ununterbrochen gleichmäßiges Getöse an, das aus dem Hintergrunde oder gleich von der anderen Seite des Waldes herzukommen schien. Es glich einem aus der Erde emporsteigenden Donner, der kein Ende nehmen wollte.

Wie finden Sie es hier? fragte die kleine Susanna die beiden Herren die ihr wieder zur Seite waren.

Wild romantisch, sagte der Lieutenant.

Ich finde es fast erhaben, bemerkte der Assessor.

Das ist Geschmacksache, meine Herren, erwiederte Fräulein Susanna. Ich finde es unheimlich hier.

Unheimlich? rief der Lieutenant muthig.

Was wäre denn hier zu fürchten? wollte der Assessor nicht zurückbleiben.

Möchten Sie um Mitternacht allein durch diesen dunklen, finstern Wald gehen, Herr Assessor?

Hm, hm, warum nicht, mein gnädiges Fräulein?

Sie wollen also?

Oui, wollen? Wenn es sein müßte.

Gleich heute Nacht?

Gleich heute Nacht?

Die lange Nase des Assessors — sie war der ansehnlichste Theil in seinem hageren und pergamentnen Actengesicht — verfärbte sich doch ein wenig.

Der Herr von Winkler besinnt sich, wandte sich das Fräulein an ihren anderen Nachbar. Sie werden entschiedener sein, Herr Lieutenant.

Der Herr von Zitwoff wurde noch glücklicher.

Unzweifelhaft, mein Fräulein. Bei Tag und bei Nacht, allein und ohne Waffe. Was können traurige Fichten Einem anhaben?

Nun, das könnte man nicht wissen. Ganz geheuer ist es hier nicht.

Sie sprach die Worte sehr ernst.

Der Lieutenant lachte desto fröhlicher.

Auf Ehre, das ist interessant. Sie glauben am Ende an Gespenster?

Sie nicht, Herr Lieutenant?

Immer interessanter. Aber Sie scherzen.

Ich spreche in vollem Ernst, und wenn wir fünfzig Schritte weiter gegangen sind, so werden auch Sie nicht mehr lachen.

Da wäre ich neugierig.

Man ging weiter.

Neugierig waren sie Alle, auch die kleine Susanna, wenn auch auf etwas anderes, als die Anderen.

Am lauerndsten das Fräulein Sidonie. Was hat der kleine Satan vor? fragten ihre Blicke bei jedem Worte, bei jeder Bewegung der Kleinen.

Man schritt quer durch den Wald. Er war lang, aber nicht sehr breit. Man näherte sich seinem Ende. Man sah zwischen den letzten Bäumen durch.

Heller wurde es auf der andern Seite nicht.

Aber das dumpfe, unaufhörliche, und unaufhörlich einförmige Getöse war näher gekommen und wurde lauter.

Die ganze Gesellschaft ging unwillkürlich leiser, stiller.

Man hatte den Rand des Waldes erreicht. Man hatte eine freie, weite Aussicht.

Alle standen stumm vor ihr.

Die Sonne war soeben untergegangen. Eine schwarze Wolke, die breit und tief und hoch den westlichen Himmel bedeckte, war um so schwärzer.

Sie warf einen dunklen, grauen Leichenschatten über Alles was das Auge erblickte.

In diesem grauen Leichenschatten lag hundert Schritte von der Gesellschaft, in grader Richtung vor ihnen, ein langes, altes, verfallenes Kloster. Die Mauern waren schwarz; in den Fensteröffnungen waren keine Fenster mehr; das Dach war eingefallen; auf der Kirche war der Thurm ineinander gestürzt. Alles sah aus, wie ein ungeheures, wüstes Grab, in dem des Nachts die Todten sich erheben, zu unheimlichem Spiel, zu noch unheimlicherem Ernst.

Unmittelbar hinter dem Kloster dehnte sich aus und erhob sich, dehnte sich unabsehbar aus und erhob sich höher und höher das Meer, das unbegrenzte Meer. Seine brandenden Wogen schlugen mit jenem ununterbrochen einförmigen Getöse an die Mauern des Klosters, und weit und breit, so weit Auge und Ohr reichten, an steiniges Gestade.

Wenn die Todten in dem Klostergrabe wilde Spiele und Tänze feierten, die Wogen des Meeres schlugen ihnen den wilden Takt, machten ihnen die schauerliche Musik dazu.

Und außer dem verfallenen Kloster und dem unbegrenzten Meere sah das Auge nichts, als sandiges, unfruchtbares Küstenland. Die traurigen, schwarzen Fichten, aus denen man herausgetreten war, waren das letzte Lebendige, was Natur und Menschenhand an dem öden Strande geschaffen hatten. Hinter ihnen nur Sand- und Wasserwüste und mitten darin nur eine Ruine, das Kloster. Kein Haus weiter, kein Baum, keine Staude, nicht einmal ein Stein, der als Denkmal vergangenen Lebens aus der Sandhaide sich erhoben hätte.

Und über dem Allen das graue Leichentuch des einbrechenden Abends. Und rund umher kein anderer Laut, als das Tosen der brandenden Wellen.

Der Anblick der öden, traurigen Gegend ergriff die ganze Gesellschaft, auch die, die seiner schon gewohnt waren. Selbst dem blasirten Fräulein Sidonie erstarb hier das feine spöttische Lächeln, das sie unwillkürlich für Alles hatte, und heute so oft schon hatte gewaltsam unterdrücken müssen.

Und wie finden Sie es hier, meine Herren? fragte Fräulein Susanna die beiden Herren an ihrer Seite.

Wahrhaft erhaben! versicherte der Assessor!

Schauerlich schön! rief der Lieutenant.

Und tief melancholisch setzte das Fräulein Sidonie, wie wirklich aus einer Tiefe ihrer Brust hinzu.

Warum sollte die Dame, die aus einem bewegten Residenz- und

Hofleben so viele Reste von Schönheit und Reiz gerettet hatte, nicht auch irgend eine Tiefe des Herzens und der Empfindung haben mit herausbringen können?

Ja, erwiederte ihr Fräulein Susanna, recht melancholisch. Das arme einsame Kloster gehört einem reichen Juden.

Und auf einmal mußte das kleine Fräulein sich abwenden, damit die Anderen die Thränen nicht sahen, die plötzlich aus ihren Augen schossen. Ihr Schluchzen hörte man doch.

Was ist denn das wieder? fragte sich das Fräulein Sidonie.

Auch die Andern mochten sich fragen.

Freilich mit Ausnahme der Mutter und des Bruders der Kleinen.

Der Bruder warf einen tief traurigen und mitleidigen Blick auf sie: Arme Susanna, wie sind wir beide so unglücklich!

Und die Frau von Helmschwert gerieth wieder in eine Angst, die fast unruhiger war, als vorhin an dem Garten ihres Schwagers, des Bauern Helmer.

War es mit ihrer Tochter doch nicht so völlig anders, wie mit ihrem Sohne? Und half es doch nicht in Allem, nur bestimmt zu sein, um nicht gehorchen zu müssen?

Meine Liebe, was fehlt Ihrer Susanna? fragte neugierig, boshaft und ängstlich zugleich die Frau von Zikwoff.

Ich weiß es selbst nicht, ich begreife das Kind nicht, sagte die Mutter. Aber Ihre Angst bewies, daß sie wohl mußte und wohl begriff.

Das arme liebe Kind! wollte die zärtliche künftige Schwiegermutter mit geöffneten Armen zu dem lieben Kinde eilen.

Da hatte die kleine Susanna sich schon wieder lachend zu ihren beiden Herren gewandt.

Nun, meine tapferen Herren, wir sind die fünfzig Schritte weiter gegangen.

Und wir stehen in einer erhabenen wunderbaren Natur.

Eine romantische Wildheit umgibt uns.

Und auch Gespenstergeschichten, meine Herren, recht hübsche, grausige, haarsträubende Gespenstergeschichten.

O, erzählen Sie.

Unter einer Bedingung.

Sprechen Sie sie aus.

Fräulein Susanna besann sich.

Später. Erst nachher auch erzähle ich Ihnen die Geschichten. Hier sind sie zu grausig. Aber im warmen Zimmer, bei hellem Kerzenschein, bei dem siedenden Theekessel für die Damen und der glühenden Punsch-bowle für die Herren, da müssen Gespenstergeschichten erzählt werden.

Und während das kleine Fräulein das sprach, warf sie noch einen dunklen, melancholischen Blick über die dunkle schon nächtlich gewordene, melancholische Gegend auf die Sandhaide, das verfallene Kloster, die schwarzen brausenden Wogen. Dann wickelte sie sich fester in ihren Shawl.

Mit der Dunkelheit war auch die Kälte des Abends gekommen, dop-pelt empfindlich von der See her.

Befiehlst Du, daß wir umkehren, Mutter? fragte sie ihre Mutter.

Wären Sie einverstanden, Frau Baronin? fragte die Frau von Helm-schwert die Frau von Zikwoff.

Ich dependire ganz von Ihnen, meine Liebe, antwortete die Frau von Zikwoff.

Sie kehrten um.

III.

Gespenstergeschichten.

Das kleine Fräulein Susanna von Helmschwert ging in einem hell-erleuchteten Korridor des Schlosses Thalhausen auf und ab.

Sie wartete auf Jemanden.

In einem Zimmer an dem Korridor wurde lebhaft gesprochen.

Sie achtete nicht darauf. Doch als ein paar Herrenstimmen etwas lauter wurden, lachte sie zufrieden in sich.

Dann wurde sie ungeduldig.

Er bleibt lange und es ist schon spät.

Endlich erschien Jemand in dem Gange.

Es war der alte Bediente des Hauses, der so etwas von einem Ver-trauten des Hauses hatte. Daß er wirklich der Vertraute der Frau von Helmschwert war, haben wir gesehen. Daß er noch mehr der der Tochter war, wird das Folgende zeigen.

Werden Sie mir nicht böse, Fräulein Susanna, ich konnte wahrhaftig nicht eher.

Werde Du mir nur nicht böse, alter Joachim.

Ich Ihnen?

Ich habe Aufträge für Dich und recht schwere.

Desto besser.

16*

Zuerst machst Du den Punsch heute recht stark.

Hm, der Auftrag ist so schwer eben nicht.

In seinen Folgen hoffentlich. Dann — wie viel Uhr haben wir jetzt?

Es wird neun Uhr sein.

Wie lange Zeit brauchst Du zum Helmerhofe!

Zwölf bis fünfzehn Minuten.

Schön. Du hast also noch Zeit, den Punsch zu besorgen. Thue es gleich. Wenn Du fertig bist, gehst Du dann wohl zum Helmerhofe?

Mit Freuden für Sie, Fräulein Susanna.

So bitte den Oheim, hierher zu kommen. Ich hätte ihn dringend zu sprechen.

Zu Befehl.

Und Punkt zehn Uhr heute Abend möchte er hier sein. Ich ließe ihn sehr bitten.

Er wird gewiß kommen.

Sage ihm, es betreffe die — doch nein, sage ihm nichts weiter. Hier soll er sich vor Niemandem weiter sehen lassen. Du führst ihn daher sogleich in mein Zimmer und kommst dann zu mir und gibst mir bloß mit den Augen ein Zeichen, daß er da ist. Hast Du Alles verstanden?

Sehr wohl. Haben Sie sonst noch etwas zu befehlen?

Nein, guter Joachim.

Der Bediente verließ den Korridor wieder.

Das Fräulein ging in das Zimmer, in dem noch immer lebhaft gesprochen wurde.

Man saß darin bei Tische.

Der Lieutenant und der Assessor führten das große Wort.

Der Lieutenant bewies, daß ohne die Armee, der er angehörte, der ganze Staat nichts sei, und daß die Armee nichts sei ohne Lieutenants, also auch nichts ohne ihn.

Der Regierungsassessor bewies nicht minder deutlich, daß der Staat ohne Regierung gar nicht einmal gedacht werden könne, daß eine Regierung nichts sei ohne Regierungsassessoren, also auch nichts ohne ihn.

Wem sie das bewiesen? Einer dem Andern nicht; denn Jeder, während der Andere redete, dachte nur daran, was er selbst beweisen wolle: Wenn doch der langweilige Mensch endlich einmal aufhören und mich zu Worte kommen lassen wollte. Auch den Uebrigen bewiesen sie wohl nichts. Die beiden alten Damen saßen wieder in einem eifrigen, wenngleich diesmal leisen Gespräche beisammen, und das Fräulein Sidonie von

Zikwoff und Fritz von Helmschwert unterhielten sich folgendermaßen mit einander:

Sie waren nie in der Residenz?

Ich war immer auf dem Lande.

Hier in Thalhausen?

Auch in Bergkirchen und Helldorf.

Mein Gott, und was haben Sie denn da immer gemacht?

Ich habe zuerst die Landwirthschaft gelernt, und jetzt verwalte ich meiner Mutter die Güter.

Und weiter thaten Sie nichts?

Ich lernte auch, ich hatte viele Lehrer.

Und sonst nichts?

Und dann —

Aber der junge Mann brach tiefseufzend ab.

Und dann? Sie hatten gewiß oft Sehnsucht nach dem Leben in der Residenz? fragte das Fräulein.

O, nie! antwortete der junge Mann schnell.

Dem Fräulein schien ein kleiner Schauder über die Haut zu fahren.

Auch jetzt nicht? fragte sie angelegentlicher.

Auch jetzt nicht.

Aber wenn Sie eine Frau hätten?

Eine Frau?

Die aus der Residenz wäre, dort ihre Familie hätte?

Auch dann nicht.

Aber, mein Gott, Ihre Frau könnte doch nicht verdammt sein, ihr Lebenlang nur in Thalhausen oder Bergkirchen oder Helldorf zu bleiben!

Eine Frau aus der Residenz?

Nun ja!

Ah, die könnte meinetwegen immer in der Residenz bleiben.

Und Sie?

Wenn sie mich nur hier auf dem Lande ließe.

Und Sie würden auch nicht eifersüchtig werden?

Warum das?

Dem Fräulein war ein Stein vom Herzen gefallen. Sie athmete auf, sie sah ordentlich mit Zärtlichkeit den künftigen Gatten an, der sie in der Residenz lassen und selbst auf dem Lande bleiben und nicht einmal eifersüchtig werden wollte, und der zu dem Allem einer der reichsten jungen Männer im Lande war.

Der junge Mann seufzte dazu still in sich hinein.

Das heimliche Gespräch der beiden alten Damen wurde unterdeß halblaut.

Wenn es denn mit Thalhausen nichts werden kann, meine Liebe, so muß es bei Bergkirchen und Helldorf bleiben.

Mit Thalhausen kann es nichts werden, Frau Baronin.

Und wann soll die Verlobung sein?

Nachdem die jungen Leute sich jetzt kennen gelernt haben, ist es mir gleich. Ich denke morgen.

Warum nicht noch heute Abend?

Heute Abend?

Sie sitzen ja schon wie ein Brautpaar beisammen. Meine Sidonie sieht ihn schon ganz verliebt an.

Es sieht so aus.

Und er seufzt sogar recht schwer aus dem Herzen heraus.

Ach ja, mußte doch auch die Frau von Helmschwert seufzen.

Also gleich heute Abend!

Wenn Sie so wollen.

Sie werden Ihren Sohn zuerst seine Worte bei Sidonien anbringen lassen. Beide werden darauf zu mir kommen und um meinen mütterlichen Segen bitten. Ich schicke sie dann zu Ihnen. Es ist das so Sitte.

Der Frau von Helmschwert schien doch das Herz etwas schwer geworden zu sein. Sie unterwarf sich ohne alle Widerrede den Anordnungen der hochmüthigen Frau, nach denen sie selbst die letzte Rolle spielen sollte.

Vor oder nach dem Braten? fragte sie nur als gute Wirthin und in jener Sitte, die sie aus ihrem bürgerlichen Leben auch in ihren „Adelstand" mit herüber genommen hatte.

Nach dem Braten, wenn der Punsch kommt, antwortete für die Frau von Zitwoff hinter ihr Jemand.

Die vornehme Dame sah sich verwundert um.

Ich habe ihn schon bestellt, nämlich den Punsch, fuhr Fräulein Susanna bestimmt fort.

Keine der beiden alten Damen machte eine Einwendung weiter.

Das kleine Fräulein war so eben eingetreten, leise und außerdem mitten in die lebhaften Unterhaltungen, in die zärtlichen Blicke und die tiefeir Seufzer. Sie wußte sich aber bald allgemein bemerklich zu machen.

Sie haben Recht, meine Herren der Staat kann ohne Lieutenants und Regierungsaffessoren nicht bestehen. Sie haben aber ein Drittes vergessen.

Und das wäre.

Geist.

Geist?

Erschrecken Sie nicht, ich meine eigentlich Geister, oder wie sie auch heißen: Gespenster.

Ah, Sie Lose!

Und Sie Vergeßlicher! Ich hatte Ihnen Gespenstergeschichten versprochen.

Von dem alten Kloster.

Aber unter einer Bedingung.

Unter welcher?

Einer von Ihnen muß heute Nacht noch zu dem Kloster gehen.

Heute Nacht?

Um Mitternacht! Gerade in der Mitternachtsstunde.

Die Herren schwiegen.

Fräulein Susanna lächelte.

Und allein, fuhr sie fort. Ganz allein.

Die Herren wurden laut.

Das ist ein herrlicher Gedanke! rief entzückt der Lieutenant.

Ein unvergleichlicher! rief lauter der Regierungsaffessor.

Sie wollen sich Muth zurufen, lächelte das kleine Fräulein für sich. Auch denkt Jeder, es werde den Andern treffen.

Und Du Fritz? sagte sie laut zu ihrem Bruder.

Ich?

Auch Du. Einer von Euch Dreien.

Herrlich, unvergleichlich! riefen die beiden Andern.

Sie denken, es sei Einer mehr da, den es treffen könne, lächelte das Fräulein wieder.

Ihre Mutter aber sagte: Was fällt Dir denn ein, Susanna? Was gibst Du da wieder an?

Heldenthaten, Mutter, und da soll mein Bruder nicht zurückbleiben. Ein deutsches Mädchen liebt den nicht, der da nicht der Erste sein will.

Bravo, bravo, jubelten der Lieutenant und der Assessor.

Fritz selbst war zuerst etwas blaß geworden. Jetzt wurde er roth. Der Muth trat wohl in ihn, und trotz seiner Schüchternheit ein anderer

Muth, als den die beiden Andern nach der Ansicht des kleinen Fräuleins sich selber zurufen mußten.

Auch das Fräulein Sidonie war blaß geworden, und sie wurde nicht wieder roth.

Was hat denn der kleine Satan jetzt wieder vor? fragte sie sich beinahe ängstlich.

Und nun die Gespenstergeschichten! riefen die beiden Herren.

Ein Diener trug eine große Punschbowle herein.

Die Bratenreste waren bereits abgetragen.

Der Punsch wurde umhergereicht.

Der alte Joachim mußte ihn wirklich stark gemacht haben. Man sah es den Gesichtern der Herren an, als sie davon tranken. Allein je stärker der Punsch ist, desto verführerischer ist er, selbst für manche Damen.

Trinke wenig, flüsterte Susanna ihrem Bruder zu.

Jetzt, meine Liebe? fragte die Frau von Zikwoff die Frau von Helmschwert.

Die Frau von Helmschwert wollte ihrem Sohne ein Zeichen geben, daß er zu ihr komme und ihre Befehle empfange.

Zuerst meine Gespenstergeschichten, Mutter! rief Susanna, die alles sah und hörte.

Ja, ja, die Gespenstergeschichten! riefen die beiden tapfern Herren.

Und die kleine Susanna begann ihre Gespenstergeschichten.

Vor vielen hundert Jahren war die Stelle, an der jetzt das alte Kloster steht, wüst und leer, und die See war damals wild und landräuberisch.

Die See landräuberisch, mein gnädiges Fräulein? schüttelte der Assessor bedenklich den Kopf.

Ja, mein Herr, denn ihre Wellen wütheten gegen das Ufer und verschlangen alljährlich einen breiten Streifen Landes.

Ah so! Das war ein jährlicher Verlust am Staatsvermögen.

Richtig. Ganze Dörfer wurden sogar verschlungen und man konnte nichts ersinnen, dem Raube zu wehren. Da lebte in der Gegend eine fromme Frau. Ein Fräulein ist es eigentlich gewesen. Die hatte an der Stelle, wo jetzt die Klosterkirche verfallen liegt, alle ihre Lieben begraben, ihre Eltern und ihre Brüder und Schwestern und sie war die letzte ihres Stammes. Das Meer war schon nahe an die Begräbnißplätze herangekommen; noch ein Herbst, ein Winter und ein Frühjahr, und sie waren verschlungen, wie das andere, das da unten auf dem Grunde des Meeres lag und nicht mehr lag. Und wie ihr Herz darüber betrübt war, da hatte sie in einer Nacht eine himmlische Erscheinung. Die Mutter Gottes kam selbst zu ihr, im strahlenden, schneeweißen Jungfrauengewande und sprach zu ihr: Laß über den Gräbern deiner Lieben eine Kirche und ein Kloster bauen, und sei du die Erste, die in das Kloster geht, dem Herrn zu dienen, und die Wasser werden keine Macht mehr haben über das Land, so lange die Kirche und das Kloster stehen. So sprach die Mutter Gottes, und das Fräulein that, wie ihr geboten war, baute die Kirche und das Kloster, ging in das Kloster als erste Nonne und schenkte ihm alle ihre reichen Besitzungen, nannte es „zur heiligen Maria am Meere" und bestimmte, daß die Nonnen weiße Gewänder tragen sollen, da in einem weißen Gewande ihr die heilige Jungfrau erschienen sei: so aber eine Nonne nicht mehr frommen und reinen Herzens und Lebenswandels sei, so solle man ihr das weiße Gewand abnehmen und ihr ein schwarzes Bußgewand anlegen, und sie so von den andern absondern und in einem besondern Pönitenzhause des Klosters halten.

Und dem Meere und seinen Wogen war geboten. An den Mauern des Klosters mußten sie fortan zerschellen und zu beiden Seiten an dem Gestade, so weit es in Einer Linie mit dem Kloster lief.

Die fromme Nonne lebte viele Jahre in ihrem Kloster, fromm und heilig im Lebenswandel und im Herzen, und sie hatte auch die Freude, daß die anderen Nonnen mit ihr so lebten. Als sie aber zum Sterben kam, da hatte ihr Geist einen Blick in ferne Zeiten und diese Zeiten waren andere und ihre letzten Worte waren eine traurige Prophezeiung. Ich sehe kein weißes Gewand mehr in diesem Hause, und über allen den schwarzen Bußgewändern sehe ich die Mauern und die Dächer zusammenstürzen. Wehe, wehe! Und da sehe ich fremde, unheilige Hände, die ergreifen Alles und wollen auch die Gräber meiner Lieben aufreißen und die Gebeine umherstreuen den Thieren des Waldes, den Vögeln der Luft, den Fischen des Meeres, Wehe, dreimal wehe! Aber ich — !

Damit starb sie.

Und ihre Prophezeiung erfüllte sich. Der weißen Nonnen wurden immer weniger im Kloster und der schwarzen immer mehr, und zuletzt mußte der fromme Bischof, der die geistliche Aufsicht über das Kloster hatte, auch den drei letzten weißen Nonnen ihre weißen Gewänder abnehmen und ihnen schwarze Trauergewänder anlegen lassen und sie in das Pönitenzhaus schicken. Und es war keine weiße Nonne mehr da.

Da waren auch unterdeß die Franzosen in das Land gekommen, und das Kloster wurde aufgehoben. Kloster und Kirche kaufte ein reicher Jude.

Das Fräulein Sidonie von Zitkoff sah rasch mit einem stechenden Blicke nach der Erzählerin hin.

Aber die kleine Susanna sah sie ruhig und klar wieder an und gab ihr die Auskunft:

Die drei letzten Nonnen waren junge und schöne adelige Fräuleins gewesen und hatten lieber mit jungen Gardeoffizieren und Legationssekretären und Kammerjunkern getanzt, als am Altare die Mette gesungen.

Das Fräulein Sidonie schlug ihre stechenden Augen nieder.

Fräulein Susanna fuhr aber fort zu erzählen:

Der reiche Jude, der das Kloster gekauft hatte, wollte eine große Fabrik darin anlegen. Dazu mußte es niedergerissen und umgebaut werden, und man wollte den Anfang mit der Kirche machen, die in der Mitte des langen Gebäudes liegt, und man begann zuerst damit, daß man den Boden aufwühlte.

Da wurde klar, was die fromme Stifterin des Klosters mit den letzten Worten hatte sagen wollen, unter denen sie gestorben war.

Wo ein Arbeiter einen Spaten oder eine Hacke in den Boden einsetzte, da that sich die Erde auf und eine schwarze Nonne kam empor und stellte sich vor ihn und sah ihn mit einem Leichengesichte an, und sah ihn an, bis ihm die Sinne schwanden und er in Ohnmacht niederfiel.

Das geschah bei Tag und bei Nacht, und die Arbeiter liefen dem reichen Juden aus der Arbeit und wollten nicht zurückkehren. Er ließ andere kommen, immer wieder andere, aus fernen Gegenden, für schweres Geld. Aber es erging ihnen Allen nicht besser, und zuletzt fand er gar keine Arbeiter mehr. Kein Spatenstich hatte geschehen können, aber viele Tausende hatte es dem reichen Juden gekostet.

Und noch mehr.

Hochmüthig und zornig wie ein reicher Jude ist, der meint, mit seinem Gelde Alles zwingen zu können, war er zuletzt selbst hingegangen, mit einem Spaten in der Hand und er hatte die Erde aufgegraben und den Spuk bannen wollen. Aber da kamen von allen Seiten, aus der Erde, wie aus den Mauern umher, die schwarzen Gestalten zu Hunderten hervor, und umringten ihn und grinsten ihn an, drohend, vernichtend, und er fiel in Ohnmacht, wie die Anderen! Allein er erwachte nicht daraus wie die Anderen. Nur sein Körper wurde wieder lebendig; sein

Geist blieb todt, und er ist noch im Irrenhause, unheilbar, trotz all' seinem Gelde.

Ein andermal —. Doch nein —.

Das kleine Fräulein Susanna brach plötzlich ab, und so sonderbar. Ihre Lippen zuckten so eigen, und der Ton ihrer Stimme verschwand fast, beides beinahe, als wenn ein innerliches Schluchzen krampfhaft hervorbrechen wollte. Aber dabei lächelte ihr Gesicht freundlich und heiter.

Vermochte sie dem Gesichte Gewalt anzuthun?

Ihre Mutter sah etwas besorgt zu ihr hin, und das Fräulein Sidonie lauernd und vergeblich rathend, was das zu bedeuten habe.

Fräulein Susanna machte darauf aber ein sehr ernstes Gesicht und erzählte weiter:

Seitdem haben noch einige Male Leute gewagt, das Innere der Klostermauern zu betreten. Aber nur bei hellem Tage haben sie es ungestraft wagen dürfen. Und auch da war es schauerlich genug in den öden wüsten Räumen, zwischen den finstern, verfallenen Mauern, wo man nichts sieht als Tod und Zerstörung, und keinen andern Laut vernimmt, als die wilde Brandung der Meereswellen, die fort und fort an die Mauern des Klosters schlagen. Wer aber bei Nacht sich hinwagen wollte, der hat seine Vermessenheit büßen müssen. Sobald die Sonne in dem Meere verschwunden ist, tauchen in dem Kloster die schwarzen Nonnengestalten hervor, und sie huschen und schweben herum, bis der Morgen graut, um Wache zu halten über den Gebeinen der Lieben der frommen Stifterin des Klosters und dieser selbst. Dazu ist ihnen die Macht gegeben. Das ist aber auch die Strafe für ihre Sünden im Leben, die ihnen das weiße Nonnengewand nahmen und das schwarze Gewand der Büßerinnen anlegten. Ihre Seelen und ihre verwesten Leiber haben keine Ruhe mehr, und auch wer sie so gesehen hat, hat keine Ruhe mehr. Und so müssen sie umherwandeln und wachen, bis — bis sie erlöset werden, und erlöset werden sie, wenn — nun meine Herren, wer von Ihnen will heute Nacht in der Mitternachtsstunde allein in das Kloster gehen?

Die Herren schraken auf bei der plötzlichen Frage, mitten aus der Todtenstille, in der Alle zugehört hatten, in der man fast das Klopfen ihrer Herzen hätte hören können.

Auch der Bruder des erzählenden Fräuleins schrak auf, und an seiner Seite das Fräulein Sidonie, und weiter ihre Mutter, und selbst die Frau von Helmschwert vergaß, ihren Sohn zu sich zu winken, daß er um das Fräulein Sidonie anhalten solle.

Die kleine Susanna aber sah ernst und ruhig auf die beiden Herren, an die sie ihre plötzliche Frage gerichtet hatte, und wie sie nicht gleich antworteten, sagte sie zu ihnen:

Trinken Sie erst ein Glas Punsch; er ist gut, und dann bitte ich um Ihre Erklärung.

Der lange Assessor trank wirklich mechanisch ein Glas Punsch aus.

Der Lieutenant aber fragte die kleine Susanna:

Und die Geschichten, die Sie uns da erzählt haben, sind wahr?

Ja, mein Herr.

Und Sie glauben daran?

Nein, mein Herr!

Aber, mein Gott —!

Der alte Diener Joachim trat in das Zimmer.

Er gab dem Fräulein Susanna einen Wink mit den Augen.

Sie winkte ihm zurück, daß sie ihn verstanden habe.

Nun, mein Herr Lieutenant, wandte sie sich dann an den Herrn von Bikwoff, Sie haben ja Ihr Glas Punsch noch nicht ausgetrunken. Ich muß Sie einen Augenblick verlassen. Thun Sie es unterdeß. Nach meiner Rückkehr entscheide ich dann, wer hin soll.

Sie, mein Fräulein?

Oder Sie.

Sie folgte dem alten Diener aus dem Zimmer.

Der Lieutenant trank wirklich sein Glas Punsch aus. Dann ein zweites.

Der Assessor that dasselbe.

Sie waren Beide blaß geworden. Sie wurden wieder roth.

Dann lachten sie alle Beide tapfer und muthig.

Ja, meine gnädige Frau, Ihre Fräulein Tochter erzählt ganz allerliebst, rief der Assessor.

Und lebendig, auf Ehre! setzte der Lieutenant hinzu.

Meine Tochter erzählt gern Gespenstergeschichten, sagte die Frau von Helmschwert.

Und glaubt auch wohl daran, trotz jener Versicherung des Gegentheils? Doch wohl nicht.

Von allen Begebenheiten, die sie erzählt hat, wäre also keine wahr?

Sie sind Sage der Leute.

Aber der reiche Jude, der im Irrenhause sein soll?

Ja, im Irrenhause ist er.

Den beiden Herren hatte es schon leicht werden wollen. Die Gesichter wurden ihnen doch wieder länger.

Hm! Wem gehört das Kloster jetzt?

Dem Irren noch.

Jene Begebenheiten wären also noch neu?

Seit etwa zwanzig Jahren.

Ah, sie sind also wirklich passirt?

Fräulein Susanna kehrte in das Zimmer zurück.

Sie sah sehr vergnügt aus.

Der Himmel ist wundervoll klar, sagte sie. Man sieht den kleinsten Stern. In einer Stunde wird der Mond aufgehen. Wie schön wird die Nacht dann erst werden. Der Gang zu dem Kloster ist beneidenswerth. Ich möchte ihn gern selbst machen. Aber nur Einer kann gehen, und da die Herren einmal ihr Ehrenwort gegeben haben —

Den beiden Herren war kalt und heiß geworden, schon bei den ersten Worten dieser Einleitung. Sie mochten beinahe bei sich denken, wie die schöne Sidonie: Das ist ein kleiner Satan!

Das Ehrenwort, mein Fräulein? rief der lange Regierungsassessor erschrocken.

In einer Ehrensache, mein Herr, ist jedes Wort ein Ehrenwort, und wo es sich um Muth handelt, da ist für Männer eine Ehrensache da.

Der Assessor schwieg, und auch der Lieutenant sagte nichts.

Das Fräulein aber fuhr fort:

Uebrigens, meine Herren, es ist Zeit. Die Uhr ist halb eilf. Eine halbe Stunde dauert der Weg zum Kloster. Einige Vorbereitungen sind noch zu treffen für den, der hingeht. Vor Mitternacht muß er im Kloster sein, denn die ganze Mitternachtsstunde muß er dort aushalten. Also voran, meine Herren. Sie werden losen. — Fritz!

Die Frau von Helmschwert war sehr unruhig geworden.

Ich denke, es wäre nun des Scherzes genug, Susanna. Man muß ihn nicht übertreiben.

Aber es ist ja Ernst, Mutter. Sogar eine Ehrensache für die Herren.

So laß wenigstens Fritz aus dem Spiele, sagte die Frau von Helmschwert, die derb werden konnte, wenn sie ernst wurde.

Fritz? rief Susanna. Mutter, Dein Sohn soll weniger Muth und Ehre haben, als Andere, die nicht mehr sind, als er?

Susanna sprach mit leuchtenden Augen, und vor den leuchtenden Augen Susannas schien die Mutter ein für allemal sich beugen zu müssen.

Sie hatte keine Entgegnung mehr.

Fritz von Helmschwert stand schon bei seiner Schwester. Der schüchterne junge Mann hatte sich freilich etwas gewaltsam Muth fassen müssen.

Der Lieutenant und der Assessor mußten es noch. Die Farbe in ihren Gesichtern konnte erst langsam beständig werden.

Susanna nahm ein Blättchen Papier. Sie machte drei Streifen daraus, einen kürzer als die beiden andern. Unterdeß sprach sie:

Verstehen wir uns also wohl, meine Herren: Nur Einer geht!

Nur Einer! erwiederten die Herren.

Er geht ganz allein.

Ganz allein.

Er gibt sein Ehrenwort als Kavalier, daß er einen Begleiter weder mitnimmt, noch sucht.

Das adlige Ehrenwort darauf.

Er geht in das Innere der Klosterruinen und zwar in die Kirche.

Hm, in die Kirche? fragte doch der Assessor.

Ja, mein Herr; dort sind die Gräber. Auch darauf das Ehrenwort
Auch darauf das Ehrenwort!

Es wurde etwas zögernd wiederholt.

Er bleibt eine Stunde.

Eine Stunde.

Ziehen Sie, meine Herren, wer das kürzeste Streifchen Papier zieht, geht.

Sie hielt die drei Streifchen Papier verdeckt in der Hand. Nur drei gleiche Spitzen sahen hervor.

Die drei Herren zogen. Ohne Zittern, ohne Zögern; man muß es ihnen zum Ruhme nachsagen.

Fritz von Helmschwert hatte das kürzeste Streifchen gezogen.

Du Fritz!

Aber da konnte die Frau von Helmschwert trotz allen Leuchtens der Augen ihrer Tochter, sich nicht mehr beherrschen.

Das ist Kinderei! Das sind dumme Streiche. Ich weiß nicht, was das bedeuten soll —

Susanna hatte ihrem Bruder einen eigenthümlich bedeutsamen Wink zugeworfen.

Er trat zu seiner Mutter

Du wirst doch nicht glauben, daß ich mich fürchte, Mutter?

Susanna unterstützte die Worte mit einem Blitzen ihrer Augen.

Aber wozu denn das Alles? sagte die Frau, die schon anfing zu schwanken.

Ja, wozu, liebe Mutter? sagte schalkhaft das kleine Fräulein zurück. Wozu ist man von Adel, und wozu hat man adlige Ehrensachen und Ehrenwort und dergleichen weiter? Noblesse oblige! So ist es nun einmal in der Welt, und so kommt es Manchem über den Kopf, ohne daß er weiß, wie, und so muß es auch heute Abend sein. — Mache Dich fertig, Fritz; vorher aber noch ein paar Worte zu Deiner Direktion. Den Weg zum Kloster kennst Du. Im Innern warst Du aber noch nie.

Doch, Susanna, einmal, mit Dir. Wir waren noch Kinder.

Ja, wir waren noch Kinder, und es ist lange her, sagte Susanna, nicht ohne eine plötzliche Wehmuth. Und Du wirst wenig mehr davon wissen.

Sehr wenig.

Ich aber war auch noch später da — die Kleine wurde noch wehmüthiger, und so sonderbar — und ich weiß genau Bescheid in den Ruinen, in dem Kloster, in der Kirche, überall. So höre denn. Dein Ziel ist die Kirche. Die Kirche liegt in der Mitte des Klosters. Sie durchschneidet dieses. Du kannst von der rechten und von der linken Seite hineinkommen. Von jeder Seite so. Denn das Kloster ist zu beiden Seiten gleich gebaut. Der Eingang ist fast zu Ende des Flügels. Er ist offen, eine Thür ist nicht mehr da. Nicht weit von ihm ist eine Treppe. Du steigst sie hinauf; denn unten waren nur die Wirthschafts-räume des Klosters, und nur oben waren die Zellen der Nonnen, und nur von oben führt eine Treppe in die Kirche. Am Ende der Treppe kommst Du in einen langen Gang. Du legst ihn ganz zurück. Du wendest Dich dann rechts. Du findest dort eine enge Wendeltreppe. Sie führt hinunter in die Kirche, und Du bist an Deinem Ziele. Aber noch Eins. Meine Herren, soll Ihnen mein Bruder ein Wahrzeichen zurück-bringen, daß er da gewesen ist?

Wir vertrauen seinen Worten, sagten die Herren höflich.

Auch ich. Aber ich bin stolz auf den Muth meines Bruders. — Fritz, Du nimmst einen kleinen Hammer mit! Damit schlägst Du aus einer der Kirchenmauern ein kleines Steinchen. Morgen sehen wir zu-sammen hin und passen es in die Stelle, aus der Du es herausgeschla-gen hast.

Es sei, Schwester.

Und nun Adieu! Um zwei Uhr ist Alles vorüber, und eine frische, warme Bowle Punsch soll Dich empfangen, und noch etwas anderes Warmes. — Aber noch Eins.

Sie legte ihre Lippen dicht an das Ohr des Bruders und flüsterte ihm einige Worte zu. Nur ein paar Worte.

Es durchfuhr seinen ganzen Körper etwas. Aber er that sich Gewalt an, ihm zu wehren, und es zu verbergen, und vielleicht nur das lauernde Auge des Fräuleins Sidonie hatte es bemerkt.

Fort! drängte die Schwester den Bruder.

Und dann ergriff sie ein gefülltes Punschglas:

Auf seine glückliche Rückkehr!

Sie mußten Alle mit ihr anstoßen, auch ihre Mutter, auch Fräulein Sidonie.

Als sie es gethan hatten, hatte Fritz von Helmschwert das Zimmer bereits verlassen.

Aber da fiel der Frau von Helmschwert auf einmal etwas ein. Ueber die Gespenstergeschichten hatte sie es vergessen. Gespenstergeschichten versetzen immer in Spannung, auch wenn man sie schon gehört hat, auch, wenn man nicht daran glaubt. Und nun ging gar der Sohn der Dame mitten in solche Geschichten hinein, allein, um Mitternacht, der eigene Sohn, den sie so liebte, daß er in seinem Leben fast nie einen Schritt hatte allein thun dürfen, daß sie sogar die Frau für ihn aussuchte. Die Liebe ist groß und geht weit und greift tief, auch die Mutterliebe, und je weiter man sie gehen und greifen läßt, desto weiter geht und greift sie.

Mein Gott, Fritz ist fort, rief die Mutter.

Ja, Mutter, er ist fort.

Und wenn der Punsch käme, wollten wir —

Sie warf einen Blick auf die Frau von Zikwoff und das Fräulein Sidonie.

Ja, dann wollten wir, meine Liebe, sagte die Frau von Zikwoff.

Und jetzt ist der Punsch beinahe zu Ende, jammerte die Frau von Helmschwert.

Ich werde sofort neuen besorgen, Mutter.

Da gerieth die Frau von Helmschwert in großen Zorn.

Von Punsch ist nicht die Rede, rief sie.

Aber Fräulein Susanna unterbrach sie ruhig:

Und mit dem, wovon die Rede ist, ist es zu spät, es möchte denn —

Sie stockte.

Sie kannte ihre Mutter, der ihre Ruhe immer imponirte.

Was möchte denn? fragte die Mutter.

Ach, der arme Fritz! Es thut mir doch leid. So allein! In der finsteren Nacht! Und ich trage die Schuld, ich allein. Er ist schon zu weit. Ich riefe ihn sonst zurück.

Wir wollen ihm die Bedienten nachschicken, sagte die Mutter.

Sie würden ihn nicht mehr einholen.

Aber ihn beschützen, zurückführen.

Die, Mutter? Alle Macht der Erde zöge die Leute um Mitternacht nicht zu dem Kloster.

Was machen wir dann, Susanna?

Ich weiß nur Ein Mittel.

Sprich es aus.

Wenn Du die beiden Herren bätest, Mutter. Ich wage es nicht.

Der Assessor schwieg.

Der Lieutenant sprang auf.

Fräulein, Sie mißtrauen meinem Muthe?

Gott bewahre, mein Herr, sagte das Fräulein. Ich vertraue ihm im Gegentheile zu sehr.

Wie das?

Sie wollten allein hingehen! Jetzt, da schon Einer da ist, Sie hin-schicken, es wäre eine Art Degradation.

Hm!

Der Lieutenant schien es in der That einzusehen.

Aber, lieber Herr Lieutenant, wenn ich Sie freundlich bäte.

Arthur, Du gehst, befahl die Frau von Zikwoff, indem sie ihren Sohn mit einem Blicke ansah, der ihm zurufen wollte: Du kannst Dir die Kleine dadurch verdienen, die zwar eine verteufelte kleine Person ist aber das schöne und große Gut Thalhausen mitbekommt.

Keine Frage, sagte der Lieutenant, ich gehe auf der Stelle.

Und nicht wahr, bat kindlich freundlich die kleine Susanna den lan-gen Regierungs-Assessor, nicht wahr, liebster, bester Herr von Winkler, Sie begleiten den Herrn von Zikwoff? Nicht weil ich an seinem Muthe zwei-felte, aber um meines armen Bruders willen, denn, wenn ich Ihnen die Wahrheit sagen sagen soll —

Sie schwieg wie entsetzt.

Der lange Assessor entsetzte sich darüber wirklich. Blaß war er schon geworden, als das Fräulein so süß bittend sich an ihn wandte. Jetzt wurde er kreideweiß.

Sie wollen die Wahrheit sagen, mein Fräulein?

Nein, nein. Gehen Sie nur.

Aber Sie haben noch etwas auf dem Herzen.

Wem wird das Herz nicht schwer, wenn er an jene schrecklichen Klostergeheimnisse denkt?

Sie wissen noch mehr von ihnen?

Der Mensch hat eine eigene Lust, seine Gefühle und Leidenschaften immer weiter und tiefer in sich hineinfressen zu lassen, selbst die Furcht, die Angst, den Schreck.

Ja, sagte Fräulein Susanna. Man erzählt noch weit mehr von dem unglücklichen Kloster, und ich muß Ihnen jetzt die volle Wahrheit sagen, ich glaube auch daran.

Was erzählt man denn noch?

Ich habe Ihnen nur von den schwarzen Nonnen erzählt, die darin umherhuschen und schweben und die Leute mit Todtengesichtern angrinsen. Aber —

Aber?

Aber wenn Sie die weiße Nonne zu sehen bekommen, dann —. Mich schaudert.

Dann, Fräulein?

Die weiße Nonne ist der Tod, der sofortige, unrettbare Tod. Jeder, der sie sieht, ist verloren. Sie dreht ihm den Hals um, und wirft ihn in das Meer. Man hat schon manche Leiche gefunden. — Aber ich beschwöre Sie, gehen Sie jetzt, eilen Sie!

Gehen, eilen? Jetzt?

Der Assessor faßte sich rathlos an seiner langen Nase, als wenn sie ihm Rath geben solle.

Der Lieutenant sah fragend seine Mutter an.

Das liebende Mutterherz bleibt doch immer der letzte und sicherste und nichts verrathende Zufluchtsort, auch für einen Lieutenant, dem das eigene Herz schwer ist.

Aber das Mutterherz hatte diesmal nicht sogleich eine Antwort, und die kleine Susanna ließ ihm keine Zeit, eine zu suchen.

Fort, fort, drängte das Fräulein die beiden Herren, wie sie vorhin den Bruder gedrängt hatte.

Der Lieutenant und der Assessor gingen, in hastigem Muth, da es einmal nicht anders sein konnte.

Was mag der kleine Satan nur vorhaben? fragte sich wiederholt das Fräulein Sidonie, die nur die stumm lauernde und vergeblich rathende Zuschauerin gemacht hatte.

Als die beiden Herren fort waren, schien Fräulein Susanna nicht schlechte Lust zu haben, ihr eine Antwort zu geben.

Sie lachte still, aber recht lustig triumphirend in sich hinein, und mit diesem Lächeln wandte sie sich ungenirt zu der schönen Sidonie, daß die Dame, trotz aller ihrer Welterfahrung, verwirrt wurde und sich die Frage vorlegen mußte: Sollen wir denn wirklich hier verlorenes Spiel haben?

Die Antwort auch darauf sollte sie erhalten.

IV.

Das Kloster Maria am Meere.

Es war eine stille, warme Septembernacht.

Die Sonne war hinter einer schwarzen Wolke untergegangen. Aber im Osten war der Himmel klar. Gegen Mitternacht mußte der Mond aufgehen. Nach eilf Uhr zeigten einzelne helle Streifen am östlichen Himmel seine baldige Ankunft an.

Fritz von Helmschwert hatte das Schloß Thalhausen hinter sich. Er durchschritt den Schloßpark, und hinter ihm die grünen Wiesen und das freundliche Buchenwäldchen. Dann aber besann er sich nicht, welchen Weg er weiter nehmen sollte, er ging links, an den Häusern und Gärten des Bauerndorfes vorbei.

Er ging einen ruhigen, festen Schritt, nicht geschwind, nicht langsam.

Fritz von Helmschwert war ein schüchterner junger Mensch. Er war es nicht bloß äußerlich. Sein Vater hatte ihn wirklich strenge, sehr strenge gehalten; er hatte als Kind und Knabe gar keinen eigenen Willen haben dürfen. Als Jüngling hatte er von selbst keinen mehr. Da starb sein Vater. Die Mutter ärgerte sich über den willenlosen, jungen Menschen, und als Frau, die selbst gern regierte, machte sie ihrem Aerger dadurch Luft, daß sie ihm noch weniger Willen ließ, als der Vater gethan hatte.

Wenn du keinen Willen hast, so muß man dich behandeln wie ein Kind!

Wie er so nie einen eigenen Willen bekam, so bekam er auch nie Muth, weder moralischen, noch physischen.

Die Anlage zu Beidem war gleichwohl in ihm. Sie wurde nur zu gewaltsam unterdrückt.

Von zwei anderen Seiten war der Versuch gemacht, sie zu kräftigen ihn zu heben. Es war zu spät gewesen.

Seine Schwester Susanna kehrte in ihrem achtzehnten Jahre aus der Pension zurück, in die man sie schon in ihrem vierzehnten geschickt hatte. Sie war der Gegensatz von ihm, sie hatte einen starken eigenen Willen. Seine Schwäche brachte sie um so mehr fast zur Verzweiflung. Sie schob, sie zog, sie zerrte, sie hetzte ihn sogar, um ihm Kraft, Muth und Willen zu verschaffen. Es war vergebens. Er hatte schon zu lange in der Abhängigkeit gelebt, er war schon zu alt geworden. Er zählte fünf und zwanzig Jahre.

Hatte doch selbst ein Anderes ihn nicht erheben können.

Er hatte zuweilen seinen Oheim besucht, den in dem Dorfe Thalhausen wohnenden reichen Bauern Helmer. Seine Mutter hatte keinen Umgang mit ihrem Schwager. Sie fürchtete sogar den derben, groben, braven Bauern, und haßte ihn darum beinahe auf den Tod. Deshalb durfte Fritz auch nur verstohlen hingehen, und er ging darum desto lieber hin, und auch weil dort Niemand war, der ihm ewig und ewig befahl, und endlich auch —

Der Bauer Helmer war Vormund über eine entfernte Verwandte, eine arme Waise, ein einfaches Bürgermädchen aus einem benachbarten Landstädtchen. Sie hatte nur nähen gelernt, und damit sollte sie ihr saures und kümmerliches Brot verdienen. Das wollte der grobe und zugleich in seiner Art hochmüthige Bauer nicht. Du kommst zu mir, sagte er zu ihr. Mein Hof kann noch ein Dutzend solcher Püppchen ernähren, wie du bist, ohne daß sie zur Nadel für fremde Leute zu greifen brauchen. — So brachte er sie auf seinen Hof.

Ein Püppchen war sie wohl nicht, aber ein feines, hübsches, wohlgewachsenes, junges Mädchen, mit außerordentlich sanften blauen Augen und mit dem weichsten Herzen von der Welt. Marianne hieß sie, und in die hübsche, sanfte, weiche Marianne hatte sich bald der junge Fritz verliebt, der ein sanftes und weiches Herz haben mußte, das sich an ihn anschloß, und sie hatte sich in den gleichfalls hübschen, stillen und braven jungen Mann verliebt, der von seiner Mutter so tyrannisirt wurde, daß er zu seinen nächsten Verwandten nur verstohlen kommen durfte.

Hätte die Mutter von dem Verlieben gewußt, so hätte er wohl nicht blos nicht mehr kommen dürfen, sondern gar nicht mehr kommen können.

Sie erfuhr es auch, und nun konnte er wirklich nicht mehr hin. Aber es war erst zu einer Zeit, als aus dem Verlieben schon Liebe geworden war, eine innige, warme Herzensliebe. Die wurde dann nun freilich, als die Liebenden sich nicht mehr sehen konnten, zur heißesten und brennendsten Flamme!

Fritz wurde fast trübsinnig. Zu Muth, zu einem Willen konnte er sich auch jetzt nicht erheben.

Die arme Marianne — wenn sie auch den entschiedensten Muth gehabt hätte, was konnte sie mit ihm ausrichten? — Sie welkte hin, sie zehrte ab. — Sie vergeht wie ein Kirchenlicht, sagte der Bauer Helmer, das muß anders werden. Und nach dem guten Sprichwort: Wohl aus den Augen, wohl aus dem Sinn, schloß er, es werde anders werden. wenn das Mädchen anderswo auf andere Gedanken komme.

Er brachte sie von Thalhausen fort, zu einem weit weg wohnenden Verwandten.

Aber nicht immer ist das Sprichwort ein Wahrwort. Auch das ist ein Sprichwort, und es bestätigte sich als Wahrwort. Nach einem halben Jahre schrieb der weit weg wohnende Verwandte dem Bauer Helmer, wenn er nicht haben wolle, daß die Marianne sterbe, so müsse er sie wieder abholen.

Er holte sie wieder ab.

An dem Tage, da die Frau von Zikwoff mit ihren Kindern und ihrem Neffen auf Schloß Thalhausen eingetroffen war, brachte er sie zu Hause.

Daß sie da sei, hatte Susanna ihrem Bruder mitgetheilt. Zu Muth, zu einem Entschlusse hatte ihn auch die Nachricht nicht bewegen können.

Das ist zum Verzweifeln! hatte seine Schwester ausgerufen, und sie hatte zornig den Boden gestampft.

Und die arme kleine Susanna hatte es selbst seit einiger Zeit so schwer auf dem Herzen.

Aber dennoch, das muthige, entschlossene Mädchen konnte mehr, als in ohnmächtiger Verzweiflung mit ihrem kleinen Fuße den Boden stampfen.

Fritz von Helmschwert erreichte den Garten seines Oheims. Da wurde doch sein Schritt langsam. An dem Pförtchen, das hineinführte, blieb er gar stehen.

Sollte, wollte er hineingehen?

Das Pförtchen war gewiß nicht verschlossen; auf dem Lande hatte man das nicht nöthig. Zwanzig Schritte von ihm war die Laube, in der sie am Nachmittage auf ihn gewartet hatte. Sollte er hingehen?

Marianne!

Leise den Namen zu der Laube hinüberrufen, mußte er.

Er erhielt keine Antwort.

Und er ging weiter, an Pförtchen und Garten vorüber.

Er konnte also doch wohl einen Willen haben, den Willen der Ehre, und er war nicht einmal ein geborner Edelmann! Er hatte sein Wort gegeben, um Mitternacht in der Klosterruine zu sein, und er wollte da sein.

Und auch der Muth mußte ihm nicht ganz fehlen. Mit dem festen Willen kommt freilich der Muth, wenn der Muth nicht aus dem festen Willen kommt.

Er ging mit seinem ruhigen, festen, sicheren Schritt, ohne anzuhalten, durch das finstere Fichtenwäldchen. Die schwarzen Bäume starrten ihn wohl drohend an; in dem Moose unter ihnen rauschte es; vor seinen Füßen rischelten und raschelten Eidechsen vorüber; eine Nachteule erhob ihr Gekrächse über ihm, mitten durch das eintönige Rauschen des Meeres in weiterer Entfernung. Sein Schritt veränderte sich nicht, wenn auch das Herz ihm manchmal stärker klopfen mochte.

Er hatte den Saum der Waldung erreicht. Er stand vor der Sand-ebene, dem Kloster, dem unendlichen Meere. Alles lag dunkel vor ihm. Nur hinter ihm war der Himmel heller geworden, aber der Mond war noch nicht aufgegangen.

Er hemmte doch einen Augenblick den Schritt. Das Kloster starrte so rabenschwarz in die Höhe, mit den langen Mauern, den eingefallenen Dächern, dem eingestürzten Kirchthurme. Und da drinnen die unheim-lichen Gestalten, Gestalten des Todes, des Grabes, und er allein, er das einzige lebende menschliche Wesen unter ihnen. Und die Mitternacht nahete.

Er ging weiter, auf die Mitte des langen Klostergebäudes zu. In der Mitte lag die Kirche. Er ging unmittelbar an sie heran. Er kam auf eine hohe, breite Kirchenthür zu. Sie war mit alten, rohen Brettern vernagelt. Ueber den Brettern hingen Stücke fein und kunstvoll gehaue-nen Steingesimses. Sie gaben Zeugniß von der früheren Pracht und Macht des Klosters. Jetzt drohten sie den Einsturz.

Das Innere der Kirche war sein Ziel; aber um es zu erreichen, mußte er durch das Kloster, und der Eingang in das Kloster war nur am Ende eines der beiden Flügel des langen Gebäudes. So hatte ihm auch seine Schwester gesagt. Er ging nach kurzem Besinnen rechts. Er mußte lange an der grauen Mauer entlang gehen. In der Nacht war sie dunkelschwarz. Schwärzer noch waren die leeren Fensteröffnungen, in denen nur noch hin und wieder das Stück eines Kreuzes hing. Das Rauschen des Meeres tönte grell und dröhnend durch sie herüber.

Es kam eine Thüröffnung. Eine Thür war nicht mehr darin; sie war auch nicht vernagelt. Sie stand weit offen. Man sah durch sie in eine dichte undurchdringliche Finsterniß. In die Finsterniß mußte der junge Mann.

Einen Augenblick stand er wieder still. Das Herz klopfte ihm gewiß unruhig; aber er hörte es nicht. Er hörte nur das Brauses des Meeres in dem Hintergrunde der tiefen Finsterniß. Er mußte hinein.

Er ging durch die Oeffnung. Er trat in den finsteren Raum. Als er drinnen war, wurde es ihm heller. Oben durch eine Ritze der Decke fiel ein schwaches Licht hinein. Das Licht zeigte seitwärts eine Treppe. Er mußte sie ersteigen, nach der Anweisung seiner Schwester. Er schritt auf sie zu. Er erstieg sie.

Da hörte er das erste Geräusch außer der Brandung des Meeres. Die Stufen der Treppe knarrten laut, wie er sie betrat. Er erreichte durch dichte Finsterniß ihr Ende.

Oben war es heller. Nicht weit von ihm fiel durch eine Oeffnung ein Licht. In weiter Ferne sah er einen Lichtschimmer.

Er wußte, wo er war. Er war als Knabe hier gewesen. Er befand sich in dem langen Gange des Klosters, der dieses von dem Ende des einen Flügels bis zu der im Mittelpunkte liegenden Kirche durchschnitt.

Draußen war der Mond im Aufgehen. An dem Ende des Ganges war eine Fensteröffnung; da hinten lief ein Quergang, der zu seinen Enden ebenfalls Fensteröffnungen hatte.

Der aufgehende Mond warf einige ungewisse Lichtstreifen in den langen Gang. Man sah aber nichts, als die dunklen Mauern, in der Nähe dunklere Punkte in diesen.

Der junge Mann schritt in den Gang hinein.

Die dunkleren Punkte in den Mauern waren Thüren, manchmal nur bloße Thüröffnungen. Zu beiden Seiten des Ganges lagen die ehemaligen Zellen der Nonnen, Zelle an Zelle, in der ganzen Länge der Mauern.

Kam ihm keine Nonne entgegen? Hier hatten sie gehauset, gelebt, gelitten und gestritten, geliebt und gehaßt, gebetet, gesündigt. Ja, auch gesündigt. Zuletzt ja Alle.

Schwebte da nicht etwas an der Mauer entlang? Aus jener Zelle dort rechts? Eine dunkle Gestalt? Ein schwarzes Gewand? Eine schwarze Nonne? Eine jener, die gesündigt hatten und nun zu ewiger Büßung verdammt waren? Die aus ihren Gräbern nächtlich hervorsteigen und in diesen Mauern umherschwanken mußten, aus ihren Todtenschädeln die Menschen anzugrinsen?

Es war wohl nichts gewesen, wohl nur ein Spiel der aufgeregten Phantasie. Wem wird die Phantasie nicht aufgeregt, wenn er um Mitternacht allein, im zweifelhaften Lichte des aufgehenden Mondes durch einen langen, verfallenen Klostergang geht, hinten am öden Meeresufer, fern von Menschen, nur in der Nähe von Todten, die immer eifersüchtig auf ihre Ruhe sind, deren Ruhe schon einmal gestört ist?

Fritz von Helmschwert sah nichts mehr. Er schritt tiefer in den Gang hinein.

Aber da hörte er etwas. Und er hörte wirklich. Das war kein Spiel, keine Täuschung der Phantasie.

Ein heller, schriller Ton wurde in seiner Nähe laut; nicht in dem Gange; er kam aus einer Zelle neben dem Gange.

Der junge Mann war unmittelbar neben der Zelle. Die Thür der Zelle stand offen.

Der Ton war so sonderbar. Er stach scharf und schneidend ab gegen das dumpfe Gebrause der Wellen.

Er schwankte, ob er in die Zelle gehen solle, um zu sehen, was es sei.

Der Ton wurde weicher, fast klagend.

Den einsamen jungen Mann überlief doch ein Schauder. Wer konnte da klagen, in dem öden, wüsten Kloster, um Mitternacht? Ein Geist der Mitternacht? Aber konnte es nicht auch ein Mensch sein, ein Unglücklicher, der der Hilfe bedurfte?

Der Muth wächst, wenn er einmal da ist; der neue Muth am eifrigsten.

Fritz von Helmschwert ging in die Zelle, zögernd zuerst, als er noch in der Thür stand, dann war er rasch im Innern.

Es war in einem engen Raume, den nackte, kahle, graue vier Wände einschlossen. Der Thür gegenüber, durch die er eingetreten war, befand sich eine niedrige, schmale Fensteröffnung. Weiter war in der alten Nonnenzelle nichts zu entdecken.

Der klagende Ton war noch zu hören. Aber er kam auch nicht aus der Zelle; er war draußen, er kam durch das Fenster. Er wurde bald wieder schrill, dann wieder klagend.

Was konnte es sein? Der junge Mann trat an das Fenster, vielmehr an die offene, leere Fensteröffnung.

Da gewahrte er auch die Ursache des Tones. Ein Unglücklicher, Einer, der der Hilfe bedurfte, war es nicht. Eine eiserne Stange, vielleicht von dem Fenster herrührend, das einst dagewesen war, hing lose draußen an der Mauer herunter. Von der See her blies ein leiser Wind, er bewegte die Stange und schob sie an der Mauer hin und her. So gab sie jene Töne.

Aber etwas Anderes gewahrte der junge Mann zugleich.

Der Mond war voll aufgegangen. Er beleuchtete wunderbar mit seinem gelben Lichte die leichtbewegte See. In der Nähe tanzten die Wellen in den Strahlen. In der Ferne glänzte eine fein gekräuselte Fläche, weit, unendlich weit, bis ganz, ganz hinten eine dunkle Wolke sich auf sie niedersenkte.

Nur ein einziger Schatten zog sich in die helle Wasserfläche hinein gleich vorne die lange, weite Klosterruine.

Die äußere Mauer des Klosters war in das Wasser hineingebaut. Bis dicht an die Gräber hatten nach der Legende, die Wogen schon den Boden verschlungen, als der Bau des heiligen Gebäudes ihnen Einhalt that. Die Wellen brachen sich an dem festen Gestein. Sie schlugen brausend und tobend an ihm empor. Schon seit tausend Jahren. Die Mauer widerstand ihnen fest und sicher.

Nur an einer Stelle der Mauer war keine Brandung, kein lautes, hohes Aufschlagen der Wellen. Es war rechts, seitwärts von dem Fenster, durch das der junge Mann blickte. Ein niedriger Damm zog sich dort von der Klostermauer her bogenförmig in die See hinein und bildete so einen kleinen Hafen. In diesem Hafen war das Wasser still und ruhig. Die Wellen hatten sich schon draußen an dem Damme gebrochen.

In dem kleinen Hafen war auch noch etwas Anderes still und ruhig. Ein Nachen lag darin, dicht an der Klostermauer. Der junge Mann mußte sich aus dem Fenster hinausbiegen, um ihn ganz zu sehen. Und da sah er in dem Nachen auch eine Gestalt, eine menschliche Gestalt, wie es schien. Es war Alles tief unten, in dem Schatten der Mauer, und der Schatten war dunkel und schwarz, und Nachen und Gestalt und Alles schien dunkel und schwarz in dem Schatten. Und es war unbeweglich da unten; auch die Gestalt in dem kleinen Schiffe rührte sich nicht.

Wie kam der Nachen dahin? An das einsame Gestade, fern von allen Wegen der Schifffahrt? An das alte, verfallene und verlassene, von keinem Menschen bewohnte Klostergebäude. Warum hielt er mit der dunklen Gestalt darin so unbeweglich in der späten Mitternachtsstunde? Hatte er Jemanden hergebracht? Wollte er Jemanden abholen? Hauseten doch Menschen in dem Kloster? Wer konnten sie sein, die geheim und verborgen hier unbekannte Dinge trieben? In Gemeinschaft mit den Geistern der Gräber? Oder war es ein Gespensterschiff da unten, das zu den Geistern der Gräber gehörte, und wollten sie etwa eine mitternächtliche Lustfahrt im Mondenscheine auf dem Meere machen.

In wenigen Minuten mußte die Mitternachtsstunde anbrechen. Von dem eingestürzten Thurme der Klosterkirche konnte man ihre Schläge nicht mehr hören, aber von dem Kirchthurme des benachbarten Dorfes Thalhausen konnte der Ostwind sie über den Fichtenwald herübertragen.

Ein Grausen überlief den jungen Mann wieder. Geister oder Menschen! Beide waren wach um ihn. Er kannte sie nicht. Er sah sie nicht. Aber wie er sich umdrehte, konnten sie hinter ihm stehen. Ehe er daran dachte, konnte er sie vor sich sehen, konnte er sie fühlen, kalte, nasse Hände, warme, knochige Fäuste.

Er sah noch einmal durch das Fenster, ob er sich nicht getäuscht, ob die Phantasie ihm nicht einen wesenlosen, schnell wieder entschwundenen Spuk hingegaukelt habe. Der Nachen lag noch da, die dunkle Gestalt war noch darin. Er glaubte, sie sich bewegen, zu ihm hinaufblicken zu sehen. Er zog sich aus dem Fenster zurück.

Was nun? Geister oder Menschen! Sie waren wach und lebendig um ihn. Er konnte jeden Augenblick auf sie stoßen, in ihrer Gewalt sein.

Aber er mußte weiter! Seine Ehre forderte es. Und war er in einer minderen Gefahr, wenn er auch zurückkehrte? Er hatte drei Viertheile des langen Klosterganges durchschritten. Er war näher an dem Eingange der Kirche, als an dem Ausgange des Klosters. Er nahm seinen einmal gewonnenen Muth zusammen. Er kehrte aus der Zelle in den Gang zurück, und setzte festen Schrittes seinen Weg zu der Kirche fort.

Er erreichte das Ende des langen Ganges.

Er war in einem Quergange.

An dessen beiden Enden waren Fensteröffnungen. Durch die eine fiel helles Mondlicht.

In dem Mondlichte zeigte sich rechts eine Thür in der Mauer. Es mußte die Thür sein, durch die man, nach der Beschreibung der Schwester, zu der Wendeltreppe gelangte, die in die Kirche führte.

Sie stand offen. Aber man sah durch die Oeffnung nur in einen stockdunklen Raum.

In ihn mußte er hinein.

Einen Augenblick blieb er stehen, horchend, mit den Augen in die Finsterniß hineinbohrend.

Sehen konnte er gar nichts. Es blieb undurchdringlich vor ihm.

Aber hörte er da nicht etwas? Waren das nicht leise, langsame Schritte, die näher kamen? Gewiß. Trotz dem Brausen der brandenden Wogen! Er hörte ein Schlürfen am Boden, ein Scharren. Aber wo war es? Das Brausen der Wellen ließ es ihn nicht unterscheiden. Er blickte in den Gang zurück, aus dem er gekommen war. Es war heller darin geworden; er sah nichts. In dem noch helleren Quergange, in dem er stand, hätte er jeden vorbeischwebenden Schatten sehen müssen.

Es mußte also vor ihm sein, in dem stockdunklen Raume, in den er hineinmußte. Und er mußte hinein.

Er horchte wieder. Die langsamen, leise schlürfenden und scharrenden Schritte kamen näher.

Sollte er sie ganz herankommen lassen?

Da hörte er nichts mehr.

Er wartete.

Es blieb still.

Er durchschritt die Thür, er trat in den dunklen Raum.

Er sah auch drinnen nichts, im eigentlichsten Sinne des Wortes nicht die Hand vor den Augen.

Aber er hörte auch nichts. Selbst die Brandung des Meeres nicht mehr. Ungeheure dicke Mauern mußten den Raum einschließen, in dem er sich befand.

Auch die Schritte waren verstummt. Und doch hatte er sie in der Nähe gehört, und ihr Ton konnte durch keine Mauer von ihm abgeschlossen sein.

Er mußte weiter. Er faßte sich ein Herz.

Er tappte in dem Dunkel vorwärts.

Seine vorgestreckte Hand faßte an etwas. Es war ein kalter, feuchter, runder Gegenstand. Er fuhr zurück.

Aber dann hätte er lachen müssen, wenn er in seiner Lage hätte lachen können.

Der Pfeiler der Wendeltreppe, sagte er sich.

Er fühlte mit den Füßen umher. die Wendeltreppe.

Er blickte hinunter. In eine Tiefe mußten seine Augen blicken. Aber sehen konnten sie nichts, wie man in einem dunklen Grabe nichts sieht.

Er horchte hinunter. Auch die Stille des Grabes herrschte da unten.

Da unten waren ja auch die Gräber. Da unten in der Kirche, unter der Kirche, nebenan! Die Gräber der Büßenden, die Wache halten mußten, die Gräber der Anderen, an denen sie wachen mußten.

Und die Schritte waren noch näher gewesen. Schon mehr oben. Jeder Tritt die dunkle Wendeltreppe hinunter konnte ihnen begegnen.

Der junge Mann ging die Treppe hinunter, langsam, leise, vorsichtig. Er mußte mit den Händen und den Füßen fühlen und sich halten.

Er hatte sich dreimal um den kalten, feuchten, steinernen Pfeiler gewandt.

Er war in der Finsterniß und in der Stille des Grabes geblieben. Aber nicht in der Ruhe.

Sein Körper streifte plötzlich an etwas. Es gab nach. So eigenthümlich. Gleich darauf war es dennoch wieder da.

War es ein Spuk? War es etwas Wirkliches?

Er suchte, er faßte, er griff, danach mit den Händen.

Da war es wieder weg. Seine Hände griffen in die leere Luft hinein.

Und doch hatte er deutlich etwas gefühlt, zweimal sogar.

Und er hatte nichts gesehen und nichts gehört.

Es überlief ihn wieder kalt und heiß.

Er faßte doch noch einmal hin.

Und diesmal ergriff er etwas, ein Seil, das an der Wendeltreppe herunterhing.

Er schöpfte Athem.

Aber, auf einmal hörte er wieder etwas.

Schritte wieder. Er hörte sie deutlich. Das Brausen des Meeres war hier gänzlich verschwunden. Durch Grabesstille tönten die Schritte herüber, und nicht mehr in der Tiefe; sie waren mit ihm in gleicher Höhe. Nur durch irgend etwas schienen sie noch von ihm getrennt zu sein.

Er wollte dennoch den Fuß hinuntersetzen, um weiter niederzusteigen. Er fand keine Stufe mehr. Er hatte das Ende der Treppe erreicht.

Sein Fuß stieß gegen einen anderen Gegenstand. Es war eine Thür.

Er stand unmittelbar vor der Kirche. Die Thür mußte hineinführen. Zunächst zu dem Chor. Er wußte es.

Dort waren die Gräber jener Angehörigen der Stifterin des Klosters. Zu ihrem Schutze war ████ herum das Chor gebaut.

Zu ihrem Schutze waren jetzt die schwarzen Nonnen da.

Dort hatte er die leisen, langsamen Schritte gehört und wieder gehört.

Er sollte zu ihnen hineintreten.

Er fühlte an der Thür herum. Ein Schloß fand er nicht. Aber sie bewegte sich. Er brauchte sie nur anzufassen, um sie zu öffnen.

Er faßte sie an.

Dann zögerte er doch.

Er lauschte, noch einmal.

Es war todtenstill um ihn her, überall.

Er wollte öffnen.

Er hörte wieder die Schritte, aber ferner, hinten, wo das Schiff der Kirche sein mußte. Sie waren leise, wie in weicher Erde scharrend. Sie waren ganz deutlich zu vernehmen.

Die Hand, mit der er die Thür öffnen wollte, war ihm wie erlahmt. Er stand wie gebannt.

Aber er mußte sich aufraffen.

Der Ostwind trug scharf von dem Kirchthurme zu Thalhausen die Töne der Mitternachtsglocke herüber.

Mitternacht!

Um Mitternacht mußte er in der Kirche sein. Seine Ehre forderte es. Er durfte kein Bedenken mehr halten.

Er faßte entschlossen die Thür an.

Er zog.

Noch einmal erlahmte ihm die Hand.

Er hörte einen fürchterlichen Schrei.

Es wurde um Hilfe gerufen, laut, durchdringend.

Der Ruf kam hinten aus dem Schiff der Kirche.

V.

Die Kirche des Klosters Maria am Meere.

Der Lieutenant Arthur von Silkoff und der Regierungsassessor Curt von Winkler schritten in die Nacht hinein. Sie gingen rasch.

Er ist nicht mehr zu sehen.

Er hat es sehr eilig gehabt.

Wenn wir ihn nur noch vor dem ⬛⬛⬛ssen!

Und wenn nun nicht?

Ob wir wirklich ganz hingehen, Arthur?

Müssen wir nicht?

Die verdammte kleine Hexe!

Sie bekommt Thalhausen.

Aber ich bekomme sie nicht.

Ich dann hoffentlich.

Glaubst du an Gespenster, Arthur?

Schwarze Nonnen gibt es wenigstens, auch weiße, und —

Und?

Auch junge und hübsche.

Hm, auch in dem alten Kloster?

Warum nicht? In Nonnenklöstern erst recht.

Mir ist nicht scherzhaft zu Muthe, Arthur.

Ich erwarte sogar ein recht ernsthaftes Abenteuer.

Die Kleine hat uns hoffentlich blos in Angst setzen wollen.

Wenn sie es nun wollte, erst dort, in dem verdammten Kloster?

Ach, Arthur, ganz wohl ist dir auch nicht zu Muthe.

Curt, ich bin Soldat!

Auch einem Lieutenant kann das Herz beben.

Er darf es nur Niemandem sagen.

Da sind wir an dem Fichtenwalde, Arthur.

Ja.

Du meinst wirklich, daß die Kleine uns noch etwas auf den Hals schicken werde, sogar ein recht ernsthaftes Abenteuer, wie du sagtest?

So meine ich.

Wenn es nun schon in diesem Walde wäre? Finster genug ist es darin.

Stockfinster!

Du bist so einsilbig, Arthur. Sprich doch.

Du fürchtest dich doch nicht, Vetter Curt?

Ich mich fürchten? Ich hoffe nicht — Herr im Himmel, was ist das?

Curt von Winkler flog drei Schritte zurück.

Sie waren in der dichtesten Finsterniß des Fichtenwaldes.

Als er flog, flog auch der Lieutenant. Es muß gesagt werden. Es war ja nicht Furcht von ih̶̶̶̶̶̶̶̶̶̶̶̶ ̶̶̶̶̶ ̶̶̶̶̶ war nur die Sympathie mit dem Vetter. Und wer kann va̶̶̶̶̶̶̶̶̶̶̶̶̶̶

Er hatte sich am ̶̶̶̶̶̶̶̶̶̶̶̶̶̶̶̶̶̶̶̶̶hreck erholt.

Was gibt es?

Es sprang plötzlich etwas vor mir auf.

Wo?

Unten im Wege, gerade vor meinen Füßen.

Sie horchten. Es war nichts zu hören. Zu sehen war ohnehin nichts.

Es wird ein Frosch gewesen sein, sagte der Lieutenant. Du mußt dich mehr zusammennehmen, Curt.

Sie gingen weiter.

Der Wald will gar kein Ende nehmen, Arthur. Bei Tage war er nicht so lang.

Da sind ja schon die letzten Bäume.

Gottlob. Und da geht auch der Mond auf.

Da liegt aber auch das alte Kloster vor uns.

Es sieht doch recht schauerlich aus, Arthur. Mit den verfallenen Mauern, den eingestürzten Dächern, in dieser sandigen Einöde, dahinter nichts als das Wasser. Und das Mondlicht macht das Alles so grausig hell.

Du freutest dich ja auf den Mond.

Ach, Arthur, ich wollte, wir wären schon auf dem Rückwege.

Curt, ich bitte dich, fürchte dich nicht. Denke, daß Jener, der Fritz, der Bruder, hingegangen ist. Wir hätten ihn sonst treffen müssen. Und er ist doch nur ein halber Mann.

Ach, Arthur, ob er hingegangen ist?

Zweifelst du daran?

Die Kleine sagte ihm etwas in das Ohr. Und dann — du selbst glaubst an Gespenster.

Habe ich das gesagt?

An die schwarzen Nonnen wenigstens und sogar an die weiße, die die schlimmste sein soll.

Wie wird sie ihren Bruder in die Gefahr geschickt haben? Und wie würde die Alte das gelitten haben?

Denkst du denn wirklich an eine Gefahr, Curt?

Du sprachst selbst von einem recht ernsthaften Abenteuer.

Der Teufel weiß, was es da drinnen geben wird.

Ich bitte dich, Arthur, wir sind an der Kirche.

Ja, wir stehen vor der Kirche. Wohin nun, rechts oder links?

Die Kleine sagte, es sei au_____leich.

So gehen wir links. Lin_____Muth.

Ich unterwerfe mich deiner

Sie gingen links an dem Kl____

Ach, Arthur, es ist unheimlich an solchen alten, finsteren Klostermauern. In dem hellen, lustigen Ballsaale ist es angenehmer.

Und dieses nichtswürdige eintönige Getöse der Wellen! Man kann nicht einmal leise sprechen, wenn man einander verstehen will.

Wer könnte uns hier hören?

Man kann es nicht wissen.

Da ist eine Thür. Es wird die sein, von der die Kleine sprach.

Da müßten wir hinein?

Da müssen wir hinein.

Aber es ist so dunkel da drinnen, Arthur. Ob es auch die rechte ist?

Ich sehe keine andere. Also hinein.

Laß uns erst horchen.

Sie horchten in die tiefe Finsterniß hinein, die jenseits der offenen Thür herrschte.

Es war auf der linken Seite des Klosters ganz wie auf der rechten, so wie Fräulein Susanna es gesagt hatte.

Sie hörten nichts in dem finsteren Raum.

Der Lieutenant schien sich unterdeß auf etwas besonnen zu haben.

Bleib du hier ein paar Augenblicke stehen, Curt.

Alle Wetter, du willst allein hineingehen?

Das nicht. Aber ein guter Soldat rekognoscirt vorher das Terrain, ehe er sich in die Gefahr begibt.

Du glaubst also wirklich an eine Gefahr, Arthur?

Glaubst du nicht daran?

Hm. Wohin willst du?

Das Kloster soll mit seiner Rückseite im Wasser stehen.

So sagten sie.

Ich muß mich davon überzeugen. Man kann nicht wissen, was vorfällt. Warte du hier auf mich.

Ich will dich lieber begleiten, Arthur.

Wie du willst.

Sie gingen weiter, bis an das Ende der langen Mauer; dann an einer Seitenmauer entlang.

Sie kamen bis unmittelbar an das Meer. Die Mauer reichte bis in das Wasser.

Es ist in der That der ganzen Rückseite?

Das Ufer sprang etwas in das Wasser vor. Der

Lieutenant ging auf den Vorsprung. Der Affessor folgte ihm. Sie konnten dort an der ganzen Rückseite des Klosters entlang sehen.

Auf einmal wich der Lieutenant zurück.

Der Affessor flog mechanisch hinter ihm her.

Sahst du etwas, Arthur?

Einen Nachen. Hast du nichts gesehen?

Nichts. Wo war er?

Unmittelbar an der Mauer.

Wo?

Ungefähr in der Mitte des Klosters.

Du hast dich nicht getäuscht?

Er bewegte sich. Er schien eben angekommen zu sein und anlegen zu wollen.

Was mag das sein?

Laß uns auf den Vorsprung da zurückkehren, aber vorsichtig, nicht zu weit.

Sie kehrten auf den Vorsprung zurück.

Siehst du?

Wahrhaftig, ein Nachen. Und es sind Menschen darin.

Schwarze Gestalten wenigstens.

Sie scheinen Anstalten zum Aussteigen zu machen.

Wohin wollten sie aussteigen? Es ist ja nichts, als das Wasser und die starre Klostermauer da.

Aber sieh, sieh!

Sie sind verschwunden.

Herr des Himmels! Es waren drei oder vier. Jetzt ist nur noch einer da.

Wo mögen sie geblieben sein?

Im Wasser oder in der Mauer, wenn keine Thür da ist.

Man sieht keine. Wie sollte auch da eine Thür sein?

Das geht nicht mit rechten Dingen zu.

Die schwarzen Nonnen können eine nächtliche Spazierfahrt auf dem Meere gemacht haben.

Spotte nicht, Arthur.

Der Nachen bleibt lieg⬛⬛⬛⬛⬛⬛ Gestalt darin rührt sich nicht.

Was sollen wir mache⬛⬛⬛⬛

Was wir müssen, Freund⬛⬛

Und?

Den Burschen aus der Kirche holen.

Aus dem alten verfallenen Neste da?

Wir haben es versprochen. Also voran, trotz schwarzen und weißen Nonnen, trotz Rachen, nächtlichen Spazierfahrten und Verschwinden in starren Mauern.

Der Assessor seufzte.

Sie kehrten zurück, zu der Thür, an der sie schon einmal vorbeigegangen waren.

Als Soldat werde ich vorangehen, Curt.

Ja, ja. Aber warte noch einen Augenblick.

Was hast du?

Sollen wir ihn nicht lieber herausrufen?

Wen?

Den Burschen, wie du ihn nanntest, den Fritz.

Hier von außen hier? Bist du toll?

Ich habe eine helle Stimme!

Aber bedenke unsere Ehre, Curt.

Hol' der —! Ach Arthur, müssen wir wirklich hinein?

Es geht einmal nicht anders.

In Gottes Namen denn.

Sie gingen in den stockdunklen Raum, der Lieutenant zuerst, der Assessor hinter ihm. Sie gingen vorsichtig, langsam, leise.

Folgst du mir auch, Curt? fragte der Lieutenant.

Ja.

Sie fanden und erreichten die nach oben führende Treppe. Der Lieutenant wollte sie zuerst hinaufsteigen.

Noch einen Augenblick, Arthur.

Was hast du jetzt wieder?

Glaubst du — Aber antworte mir leise.

Er selbst sprach mit gedämpfter Stimme.

Was soll ich dir antworten?

Der Lieutenant fragte mit leiser Stimme zurück. Ganz wohl mochte auch ihm nicht zu Muthe sein. Er hatte es zwar vorhin schon bestritten; er sei Soldat, hatte er gemeint. Aber selbst dem alten Fritz soll bei Mollwitz das Herz mehr gebebt ha... ... nöthig war, um — zu siegen.

Glaubst du wirklich ... ...r? fragte der Assessor noch leiser.

Sprich jetzt nicht davon, antwortete der Lieutenant nicht minder leise.

Aber der Assessor mußte doch davon sprechen, während sie die Treppe hinaufstiegen.

Was sprach die Kleine von der weißen Nonne, Arthur?

Ich weiß es nicht mehr.

Wenn wir die zu sehen bekämen, das sei der Tod.

Schweig jetzt.

In dem Nachen waren nur schwarze Gestalten.

Hast du andere gesehen?

Gottlob nein. Aber Arthur, was fällt mir da ein?

Nun?

Das Kloster gehört einem Juden?

Ja.

Wenn in dem Nachen keine Nonnen, keine Gespenster, aber der Jude gewesen wäre?

Der Jude ist ja im Irrenhause.

Oder Verwandte, Leute von ihm?

Desto besser, so träfen wir ja menschliche Gesellschaft.

Ach, und wenn sie zu den Gräbern wollten? Gerade jetzt? Um Mitternacht? Ich glaube wahrhaftig, Arthur, es muß bald Mitternacht sein?

In wenigen Minuten.

Ich wollte, dieses kleine Fräulein Susanna säße, wo der Pfeffer wächst.

Aber wir sind nun einmal hier.

Sie hatten das Ende der Treppe und den Anfang des langen Klosterganges erreicht.

Auch das Innere war in diesem linken Flügel des Klosters ganz wie in dem rechten.

Sie schritten in den Gang hinein.

Es war ziemlich hell darin. Die Zellen zur Seite hatten meist keine Thüren mehr. Durch die Oeffnungen fiel das Mondlicht hinein.

In dem langen, schauerlichen Gange schwieg auch der Assessor.

Sie waren an seinem Ende, in dem Quergange, der auch hier lief.

Rechts war eine Thür. Sie mußte zu der Wendeltreppe führen. Aus jedem der beiden Klosterflügel brachte eine besondere Treppe in die Kirche hinunter.

Durch die Thür müssen …

So sagte die Kleine.

Willst du jetzt vorne gehen?

18*

Nein, nein, bleib du vorn.

Wie du willst.

Kommen wir nun gleich in die Kirche, Arthur?

Zuerst zu einer Wendeltreppe, und dann sofort in die Kirche.

Arthur!

Was willst du?

Wenn der Fritz gar nicht in der Kirche wäre? Wir sollen ihn doch nur holen.

Wo sollte er denn sein?

In einer der Zellen vielleicht, an denen wir vorbeigekommen sind. Vielleicht gar auf der andern Seite. Das Kloster hat zwei Flügel.

Was sollte er in den Zellen machen?

Unten in der Kirche erst sollen die Nonnen sein.

Sie können auch schon hier oben sein.

Meinst du? Schon hier?

Da habe ich die Wendeltreppe.

Wo? Es ist hier verzweifelt dunkel.

Halte dich dicht bei mir. Folge mir auf dem Fuße.

Ja, ja.

Aber gehe vorsichtig.

Ich werde . . .

Wenn du fielest, du fielest auf mich und wir kugelten die ganze Treppe hinunter, wer weiß, wie tief und wohin.

Gehe nur langsam, Arthur.

Aber laß meinen Rock los Du zerreißest ihn mir.

Herr des Himmels!

Was ist dir?

Fühltest du nichts?

Nur deine Hand an meinem Rocke.

Aber ich! — Schon wieder! Halt, halt, Arthur.

Was hast du denn?

Mir klopfte etwas auf die Schulter.

Einbildung!

Wahrhaftig. Schon zum zweiten Male.

Laß uns schneller gehen, sagte auch der Lieutenant.

Aber laß mich nicht zurück, Arthur, in dieser bodenlosen Finsterniß.

Komm nur.

Halt, halt!

Der Assessor rief es mit gedämpfter Stimme, aber mit der gedämpften Stimme des Entsetzens. Er riß krampfhaft an dem Rocke des Lieutenants.

Aber was hast du, Curt?

Jetzt schlug es mich in das Gesicht. Und man sieht nichts. Ha, jetzt schon wieder.

Zum Teufel, so schlage zurück.

Um Gotteswillen! —

Feiger Bursch, so laß mich einmal.

Der Lieutenant zeigte nicht bloß, er hatte auch wohl mehr Muth, als der lange Assessor. Und besonders wenn es einmal an das Zuschlagen ging.

Er faßte zurück. Er wollte einen Schlag führen.

Aber da fuhr er selbst zurück.

Und dann mußte er beinahe laut lachen.

Mensch, hier ist es, was dich geklopft und gar in das Gesicht geschlagen hat. Hier, fühle es.

Du hast es?

Ein altes Seil, das an der Wendeltreppe herunterhängt. Wir wollen uns daran stützen.

Ein ähnliches Seil hatte auch wohl auf der anderen Seite der Kirche Fritz von Helmschwert gestreift, und er hatte vergebens darnach gegriffen.

Sie erreichten den Fuß der Treppe.

Sie standen unmittelbar an einer Thür. Die Thür mußte auch hier in die Kirche führen.

Das kleine Seilabenteuer hatte Beiden Muth gemacht.

Der Lieutenant faßte beherzt die Thür an, sie zu öffnen.

Der Assessor hielt ihn nicht wieder auf.

Die Thür öffnete sich, aber nicht ohne Knarren. Das Knarren hallte in einem weiten, leeren Raume wieder.

Es fuhr ihnen doch wohl Beiden durch die Glieder. Der Assessor faßte wieder den Rock des Lieutenants an.

Und als sie dann gar in die Kirche eintraten, da hätte es in der That auch Muthigere wohl kalt überlaufen können.

Die Thür war hinter ihnen zugefallen.

Sie waren in einem hohen, weiten, leeren Raume. Nur hohe Säulen, die das Dach trugen, waren darin zu sehen.

Der Mond schien hell durch hohe, offene Fensterbogen hinein.

Die Säulen sahen in seinem Lichte aus, wie ungeheure weiße Riesen. Schwarze, riesige Schatten warfen sie hinter sich.

Und tiefe Stille herrschte in dem weiten Raume. Fast Todtenstille. Das Rauschen des Meeres hörte man kaum mehr, nur wie ein fernes, leises Murmeln einer Quelle.

Der Baumeister der Kirche hatte durch ungeheure doppelt dicke und feste Mauern nach der See hin das Geräusch der Brandung für die stillen Gebete der Kirche abgesperrt.

Die beiden jungen Männer waren schweigend an dem Eingange der Kirche stehen geblieben.

Sie suchten das Innere zu überblicken.

Sie konnten das Klopfen ihrer Herzen hören.

Er ist nicht da, Arthur.

Wenn er sich nicht hinter einem der Pfeiler verborgen hält, oder da hinten im Chor.

Er würde auf unser Geräusch hervorgekommen sein.

Wenn er sich nicht aus Furcht verkrochen hat.

Weiß Gott, das wäre möglich. Viel Muth hat er nicht.

Der Gedanke an einen noch Feigeren kann für Momente den Feigen erheben. Freilich nur für Momente.

Rufen wir ihn, Arthur?

Er könnte meinen, daß auch wir keinen Muth hätten. Suchen wir ihn.

Wir sollen weiter da hineingehen?

Ich denke.

Aber wohin denn?

Zuerst zu den Pfeilern, dann zum Chore. Komm!

Aber still, hörtest du nichts?

Nichts.

Doch, doch. Da hinten.

Wo denn?

Da unten, als wenn es unter der Erde wäre.

Hast du wieder Einbildungen?

Der Lieutenant, der schon vorangegangen war, blieb trotz der spöttischen Frage stehen.

Aber sie hörten nichts.

Ueberzeugst du dich nun?

Aber ich hatte etwas gehört. Ich bleibe dabei.

Komm weiter.

Sie gingen weiter.

Halt, sagte auf einmal der Lieutenant, diesmal er.

Er stand. Er stand vor einer offenen Grube.

Sie waren schon mitten zwischen den Säulen im Schiff der Kirche.

Ein Grab! rief der Assessor, und er flog zurück.

Er flog in einen hellen Schein des Mondes. Er sah leichenblaß aus.

Zurück! rief er, leise, mit bebenden Lippen. Zurück, Arthur! Hier hat der Jude graben lassen. Hier —! Allmächtiger Gott!

Auch der Lieutenant war zurückgetreten. Auch sein Gesicht war blaß, wie das eines Todten.

Aber er hatte etwas Anderes gesehen.

Sieh dorthin, Curt, sagte er, gleichfalls leise, gleichfalls mit einer Stimme, als wenn ihm die Zunge festklebe.

Wohin? fragte der Assessor.

Dort rechts von jenem Eckpfeiler.

Allmächtiger Gott! —

Sie flüsterten Beide.

Die Erde thut sich dort auf.

Ein Grab.

Es kommt etwas hervor.

Eine schwarze Gestalt.

Eine Nonne.

Und was geht vor ihr? An dem Pfeiler?

Eine weiße Gestalt!

Die weiße Nonne!

Die Schwarze steigt heraus.

Die Weiße hilft ihr.

Und —

Was der Assessor weiter flüstern wollte, wurde zu einem lauten Schrei.

Arthur! schrie er.

Er hatte etwas hinter sich gehört.

Er hatte sich umgeblickt.

Eine hohe, schwarze Mannesgestalt stand hinter ihm, sah ihn und den Lieutenant drohend an, hob den Arm auf —.

Hilfe! Hilfe! schrie der Assessor, laut, durchdringend.

Er fiel ohnmächtig nieder.

Der Lieutenant wollte ihn auffangen.

Der Fallende riß ihn mit sich zu Boden.

Die hohe, schwarze Nonnengestalt schritt still an Beiden vorüber, nach jener Stelle hin, wo sich die Erde aufgethan und eine weiße Gestalt einer schwarzen geholfen hatte, aus der geöffneten Erde hervorzusteigen.

Bilder der Einbildungskraft hatten der Assessor und der Lieutenant nicht gesehen.

VI.

Schwager und Schwägerin.

Die kostbare Wanduhr in dem Zimmer des Schlosses Thalhausen, in welchem die Gesellschaft zu Abend gespeist hatte, schlug 2 Uhr Nachts.

Sie waren noch Alle beisammen, mit Ausnahme derer, die zu dem alten Kloster Maria am Meere gegangen waren.

Sie warteten auf deren Rückkehr.

Schon zwei Uhr! sagte die Frau von Helmschwert.

Die Dame war sehr böse. Der Schlag der Uhr hatte ihren Zorn neu geweckt. Sie sah vorwurfsvoll ihre Tochter an. Zu dieser hatte sie auch die Worte gesagt.

Die kleine Susanna blieb vollkommen ruhig. Sie wiegte sich in ihrem Fauteuil. Sie wartete auch, aber doch anders, als die Anderen.

Ja, zwei Uhr, wiederholte sie.

Und noch hört und sieht man nichts.

Vielleicht haben sie in dem Kloster zu viel gesehen und gehört.

Und du kannst das so ruhig, so theilnahmslos sagen?

Für wen sollte ich mich ängstigen?

Ist nicht dein eigener Bruder dabei?

Aber unter dem Schutze von zwei so tapferen Kavalieren.

Fräulein, sagte das Fräulein Sidonie, Sie scheinen in dem Kloster sehr genau bekannt zu sein?

O ja!

Sie waren oft da?

Als Kind schon.

Und ohne Ihren Bruder?

Ohne meinen Bruder.

Allein?

Allein? wiederholte Fräulein Susanna wie träumend.

Das Fräulein Sidonie hatte Alles so lauernd gefragt.

Die kleine Susanna hatte es wohl bemerkt. Ihre Antworten hatten

mit dem Lauern gespielt. Sie schien sich jetzt auf eine Antwort zu besinnen. Sie blickte in sich hinein; manche Erinnerungen mochten sich ihr
zeigen. Sie sah ihre Mutter an; in dem, die Gewohnheit des Herrschens
bezeugenden, in diesem Augenblicke zugleich vom Zorne gerötheten Gesichte
mochte Manches sich ihr zeigen, das feindlich, tödtlich den Erinnerungen
ihres Herzens entgegentrat.

Mit meiner Tochter ist es etwas Anderes, hatte die Mutter zu der
Frau von Zikwoff gesagt, als davon die Rede war, daß ihr Sohn für
die Wahl einer Lebensgefährtin keine Wahl habe. War es mit der kleinen Susanna doch nicht anders?

Nein, nicht allein, antwortete Fräulein Susanna entschlossen dem
Fräulein Sidonie.

Als Kind nicht, oder auch später nicht?

Als Kind nicht, und später nicht.

Ah, auch später nicht? Sie mußten in angenehmer Gesellschaft da
sein, daß Sie den unheimlichen Ort so oft wieder betreten konnten.

Unheimlich? O, es war schön da, besonders um Mitternacht, wenn
der Mond schien.

Die Frau von Helmschwert schien auf glühenden Kohlen zu sitzen.
Kommt da nicht etwas? fragte sie.

Man horchte. Man hörte nichts.

Nein, Mutter.

Sie waren auch um Mitternacht da? fragte das Fräulein Sidonie
die sehr neugierig war.

In mancher dunklen und hellen Mitternacht.

Sie mußten unter sicherem Schutze sein.

Zuerst unter dem eines Kindes, und dann —

Und dann?

Susanna! rief fast drohend die Mutter.

Aber Susanna war immer entschlossener geworden.

Warum nicht, Mutter? Warum soll ich nicht von einem armen Kinde
und einem braven Menschen erzählen? Hören Sie, Fräulein. Erinnern
Sie sich, daß ich von einem reichen Juden sprach, der in den Klosterruinen das Beste verloren hatte, seinen Verstand?

Sie sprachen davon.

Der hatte einen Sohn. Der Knabe hatte keine Ruhe gehabt, bis er die Stelle sah, an der sein Vater so unglücklich geworden war. Ich fand ihn dort, weinend, bitter weinend. Ich war ein Kind, wie er. Ich mußte mit ihm weinen, und dann ihn trösten.

Und dann wurde er Ihr Schutz?

Ja.

Auch später? —

Horch, da kommt in der That etwas, rief die Frau von Helmschwert.

Diesmal kam etwas. Man hörte das Klatschen einer Peitsche, dann das Rollen eines Wagens, dann das Schnauben von Pferden.

Was mag denn das sein? rief verwundert die Frau von Helmschwert.

Sie scheinen noch späten Besuch zu bekommen, meine Liebe, oder vielmehr schon frühen, sagte die Frau von Zikwoff.

Fräulein Susanna's Gesicht hatte sich erheitert. Es schien da zu sein, was sie erwartet hatte.

Der Wagen hatte vor dem Hause gehalten.

Ein rascher, schwerer Schritt wurde in dem Gange vor dem Zimmer hörbar. Er nahete sich.

Wer kommt da? rief die Frau von Helmschwert. Das ist nicht Joachims Schritt.

Sie war ängstlich geworden.

Der Schritt hatte die Thür erreicht.

Die Thür wurde rasch aufgemacht.

Eine große, starke Figur erschien in dem Zimmer, ein bejahrtes, aber kräftiges, sonnenverbranntes Gesicht.

Die Frau von Zikwoff hatte es schon am Nachmittage gesehen. Ihre Tochter kannte es wohl noch nicht. Aber die Frau von Helmschwert und die kleine Susanna kannten es desto besser.

Die Frau von Helmschwert rief aber nicht wieder: Das ist unverschämt. Sie war auch nicht glühend roth geworden. Aber beinahe leichenblaß wurde sie.

Das kräftige Gesicht des alten Mannes war sehr ernst.

Frau Schwägerin, sagte der Bauer Helmer, ich habe Ihnen etwas Dringendes zu melden. Es wird Ihnen auch nicht besonders angenehm sein.

Um Gotteswillen, woher kommen Sie?

Geradewegs aus dem Kloster.

Mein Sohn!

Er ist gut aufgehoben.

Aber mein Sohn! rief die Frau von Zikwoff?

Sind Sie die Mutter der beiden jungen Herren?

Eines.

Des Langen?

Des Offiziers.

Sie sind Beide hier.

Und kommen nicht hierher?

Ich habe sie mitgebracht.

Im Wagen?

In meinem Wagen.

Um Gotteswillen, was ist geschehen? Sie leben doch noch?

Sie leben noch, Beide. Aber —

Aber, aber?

Sie waren in einem etwas desolaten Zustande. Den Einen, den langen Herrn hatte der Schreck so gelähmt, daß er gar nicht mehr gehen konnte.

Und mein Sohn?

Der Herr Lieutenant hinkte — der Andere hatte in seiner Angst ihn mit sich niedergerissen, daß er das Bein verstaucht hat. So sagte er.

Mein armer Arthur! Wo ist er? Ich muß zu ihm.

Der alte Joachim bringt die beiden Herren nach oben in ihre Zimmer. Hierher wollten sie nicht.

Ich glaube es, lächelte Fräulein Susanna in sich hinein. Die werden Thalhausen verwünschen, und Bergkirchen und Helldorf dabei, und sie wollten alle die drei schönen Güter haben.

Komm, komm, Sidonie, zu dem armen Arthur, rief die Frau von Zikwoff ihrer Tochter zu.

Die beiden Damen verließen das Zimmer.

Die beiden Herren haben sich wohl sehr gefürchtet, Onkel Helmer! sagte Fräulein Susanna.

Es war aber arg, du kleine Wetterhexe!

Erzähle.

Und Fritz? Fritz? rief die Frau von Helmschwert.

Ja, Fritz, was macht er? Von den Anderen nachher.

Er ist wohlauf, wie ich denke.

Wie Sie denken?

Der Bauer wurde wieder ernster.

Frau Schwägerin, wollen Sie mich mit Ruhe anhören!

Es ist ihm doch ein Unglück begegnet?

Ein Glück hoffentlich. Ein recht großes Glück.

Die Frau von Helmschwert schien zu errathen. Sie fuhr fast wüthend auf.

Ich will nicht hoffen!

Ruhig, Frau Schwägerin, sonst erzähle ich nichts, und Sie erfahren nichts.

Die Dame bezwang sich.

Erzählen Sie.

Der Bauer erhob seine Gestalt. Er war ein schöner alter Mann. Er sprach mit tiefem, würdigen Ernste.

Frau Schwägerin, Sie haben meinen verstorbenen Bruder so weit gebracht, daß er die Thorheit beging, sich adeln zu lassen.

Geht Sie das etwas an? fuhr die Frau von Helmschwert wieder auf.

Der Bauer blieb ruhig.

Die Eitelkeit läßt Ihnen noch keine Ruhe.

Erzählen Sie von meinem Sohne.

Jetzt wollen Sie sogar, um mit dem vornehmen Adel in Verbindung zu kommen, Ihre Kinder unglücklich machen.

Wer sagt Ihnen das?

Heute sollte der brave, ehrliche Fritz mit der vornehmen Dame verlobt werden, die da eben mit ihrer Mutter hinausging, und die in der Residenz schon vor zehn Jahren den Lieutenants und den Herren vom Hofe gut genug war.

Verleumden Sie nicht.

Da mußte ein Einsehen geschehen. Meinen guten Worten wollten Sie am Nachmittage kein Gehör geben. Da mußte Gewalt helfen.

Gewalt? Auch gegen Fritz?

Auch gegen ihn. Sie haben ihn so unterjocht, daß er nur noch Ihren Willen hat. Er mußte zu einem andern Willen gezwungen werden

Was haben Sie mit ihm gemacht?

Er ist heute Nacht entführt worden.

Wo? Wohin?

Wo? Im Kloster habe ich ihn aufheben lassen. Wohin? Das sage.

ich Ihnen erst, wenn Sie mir feierlich Ihre Einwilligung geben, daß er die Marianne heiraten darf.

Die Marianne? Wo ist die Marianne?

Mit ihm auf und davon. Sie hat ihn entführt.

Die —

Kein Wort gegen das Mädchen, Frau Schwägerin. Sie ist brav, sie ist tausendmal mehr werth, als das vornehme Residenzfräulein. Und Fritz liebt sie, und sie ihn. Sie wären Beide ohne einander gestorben.

Die Frau von Helmschwert rannte fast außer sich in dem Zimmer umher.

Nun, Frau Schwägerin?

Wo haben Sie Fritz gelassen?

Die Einwilligung, Frau Schwägerin!

Mutter, bat Fräulein Susanna, liebe Mutter!

Fort! stieß die Mutter sie von sich.

Der Bauer setzte sich ruhig auf einen Stuhl.

Komm her, Susanna. Derweil deine Mutter sich besinnt, erzähle ich dir, was im Kloster passirt ist.

Susanna war, trotz allem Anderen, neugierig darauf.

Wir fuhren in meinem Kahne hin, erzählte der Bauer. Meine Tochter war mit. Sie trug weiß, Marianne schwarz. So hatten wir es verabredet. Wir fuhren in den kleinen Hafen, an das verborgene Pförtchen. Wir gingen in den Gang, der unter die Kirche führt. Die Marianne und meine Tochter ließ ich da. Sie sollten nicht eher herauskommen, als bis ich ihnen ein Zeichen gäbe. Ich sah unterdeß nach, ob die Herren da seien. Fritz war da. Ich hörte ihn die Treppe heruntersteigen. In der Kirche kann man Alles hören. In dem nämlichen Augenblicke kamen auch die beiden Anderen. Zum Glück von der anderen Seite. Ich war in einem Winkel der Kirche versteckt. Ich gab den beiden Mädchen den Wink. Sie kamen aus dem unterirdischen Gange heraus. Zu derselben Zeit kam ich aus meinem Winkel hervor. Die beiden Herren sahen die Mädchen. Dann auf einmal mich. Nun, große Helden waren sie eben nicht. Aber deine Mutter will mir etwas sagen.

Die Frau von Helmschwert war näher getreten. Sie hatte zugehört.

Also solche Geschichten hattet Ihr verabredet!

Ja, Frau Schwägerin, einmal, um Fritz zu entführen, und dann auch, um die Susanna hier ein für allemal von solchen Freiern zu erlösen.

Der Fritz hatte zehnmal mehr Courage. Als die Beiden um Hilfe riefen, war er ohne sich zu besinnen, in die Kirche gestürzt, um ihnen zu helfen, und er schreckte nicht zurück, als er die schwarze und selbst die weiße Gestalt sah, und er erkannte uns doch erst nachher, und da lief er nach meinem Hause, um den Wagen zu holen, in dem ich sie hierher bringen mußte!

Und wo ist er jetzt? fragte die Frau von Helmschwert.

Wer? der Fritz?

Ja.

Sie haben sich also besonnen?

Wo ist er?

Jedenfalls außer Ihrer Gewalt. Sie wissen, ein Paar Meilen weit liegen Inseln im Meere. Sie gehören nicht mehr zu unserem deutschen Lande. Die See war ruhig und glatt, wie ein Spiegel. Ihr sollt einmal eine Lustfahrt bei Nacht machen, sagte ich zu den Beiden. So sind sie zusammen weggeschifft. Ich hatte meine Freude an dem Fritz, an seinem frischen Muth, er war auf einmal ein ganz anderer Mensch geworden. Nun, Frau Schwägerin?

Zusammen sind sie fort?

Zusammen.

Nach den Inseln?

Außerhalb Ihrer Gewalt.

Und der Fritz zeigte so viel Muth?

Er hatte ihn.

Und die Andern nicht?

Nein, Frau Schwägerin.

Es sei!

Sie willigen in die Heirath der Beiden?

Ja.

Des Fritz und der Marianne!

Ja.

Feierlich?

Förmlich und feierlich.

Brav, Frau Schwägerin. Geben Sie mir die Hand. Sie haben verziehen. Ich verzeihe Ihnen Alles, Alles. Wo die Beiden sind, wissen Sie nun schon. Morgen, oder eigentlich heute fahren wir Alle hin, sie wieder zu holen.

Es sei so, Schwager, sagte die Frau von Helmschwert und sie gab ihm ihre Hand.

Es war wohl das erstemal in ihrem Leben, und vielleicht auch zum erstenmal sagte sie Schwager zu dem Bauer.

Ihre Tochter Susanna näherte sich ihr.

Mutter verzeihest du auch mir?

Ja, mein Kind.

Und — und, Mutter —? und der Amschel, darf auch er —?

Nein, rief die Mutter, heftig, strenge, entschieden.

Susanna bat nicht mehr.

Nach einem Jahre war sie doch die Frau Amschel Meier.

Ich glaube, Ihre Schwägerin Marianne, die mit ihr der Liebling der Mutter geworden war, hatte so lange für sie gebeten, bis die Mutter Ja gesagt hatte.

Freund's Druckerei in Breslau.